ÉLIZABETH GEORGE

Elizabeth George est née aux États-Unis, dans l'Ohio, et a passé son enfance en Californie. Diplômée en littérature anglaise et en psychopédagogie, elle a enseigné l'anglais pendant treize ans, avant de se consacrer à l'écriture.

Dès son premier roman, *Enquête dans le brouillard* (Grand Prix de littérature policière en 1988), elle s'impose comme un brillant auteur de policiers "à l'anglaise". Elle est l'auteur de dix romans, qui ont tous pour cadre la Grande-Bretagne, et mettent en scène les enquêtes de l'inspecteur Thomas Linley et de sa fidèle adjointe le sergent Barbara Havers, attachés au prestigieux département de police criminelle de Scotland Yard.

Imprégnée de culture anglaise depuis son adolescence, cette Américaine connaît parfaitement l'histoire et la culture britanniques, et séjourne régulièrement en Grande-Bretagne pour faire les repérages nécessaires à la construction de ses romans. Elle vit actuellement près de Los Angeles, où elle accueille des étudiants pour des séminaires d'écriture.

DU MÊME AUTEUR
CHEZ POCKET

ELIZABETH GEORGE

ENQUÊTE
DANS
LE BROUILLARD

PRESSES DE LA CITÉ

Titre original : *A Great Deliverance*

Traduit par Dominique Wattwiller

*« Vous m'avez pris le dieu que je m'étais fabriqué, leur répondit-il,
ainsi que le prêtre. Vous partez et que me reste-t-il ? »*

Juges 19-24

© 1988 by Susan Elizabeth George.
© Presses de la Cité 1990 pour la traduction française
Publié avec l'accord de Bantam Books, département de Bantam
Doubleday Dell Publishing Group, Inc.

ISBN : 2-266-11756-4

A Natalie
pour fêter l'expansion de l'esprit
et le triomphe de l'âme.

1

Ce fut un solécisme de la pire espèce. Les yeux dans ceux de sa voisine, il lui lâcha un éternuement gras et sonore en pleine figure. Il y avait trois quarts d'heure qu'il se retenait, réprimant son envie avec la dernière énergie comme s'il s'était agi de repousser l'avant-garde d'Henry Tudor à la bataille de Bosworth. Mais il avait fini par succomber. Et son forfait commis, comme si cela ne suffisait pas, il se mit à renifler.

La femme le fixa. C'était le genre de personne qui lui faisait perdre tous ses moyens. De haute taille, vêtue avec l'élégance tranquille et décousue qu'affectionne la haute société britannique, l'air hors du temps, elle dardait sur lui un regard bleu acier qui avait dû faire fondre en larmes mainte soubrette un demi-siècle plus tôt. Elle était sûrement plus près de quatre-vingts ans que de soixante, encore qu'il eût été difficile de lui donner un âge. Posée droite comme un i sur sa banquette, les mains croisées sur les genoux, elle incarnait le défi permanent que son éducation et sa naissance avaient lancé à toutes les lois du confort.

Elle continua de le dévisager, fixant son col romain et son nez qui coulait.

Pardonnez-moi, très chère. Mille excuses. Ce n'est tout de même pas un malheureux éternuement qui va mettre un terme à une si belle amitié. Il était toujours plein d'esprit quand il se parlait à lui-même, mais dès qu'il ouvrait la bouche, les choses commençaient à se gâter. Il renifla encore. Et de nouveau elle le fixa. Pourquoi diable voyageait-elle en seconde ? Depuis qu'avec des grâces de Salomé arthritique elle s'était engouffrée dans le wagon à Doncaster, elle passait son temps à boire l'infect café tiédasse qu'on sert dans les chemins de fer et à lui lancer les regards désapprobateurs que l'Église anglicane réserve au reste du monde.

C'est alors qu'il avait éternué. Si encore sa conduite avait été irréprochable de Doncaster à Londres, peut-être aurait-elle fermé les yeux sur son catholicisme. Son éternuement l'avait, hélas, condamné à jamais.

– Je... ah... si vous voulez bien m'excuser...

Mais il n'y avait rien à faire. Son mouchoir était au fond de sa poche. Pour l'atteindre, il lui aurait fallu lâcher l'attaché-case cabossé posé en travers de ses genoux et ça, c'était impensable. Tant pis, il faudrait qu'elle comprenne. *Cette fois, madame, ce n'est pas d'un simple manquement à l'étiquette qu'il s'agit mais de meurtre.* A cette pensée, il renifla derechef avec une vigueur ostentatoire.

Ulcérée, sa voisine se redressa d'un cran encore, suant la désapprobation par tous les pores et le gratifiant d'un coup d'œil qui en disait plus long que bien des discours. « Pauvre petit bonhomme. Il est pathétique avec ses soixante-quinze ans bien sonnés et il correspond si bien à l'image qu'on se fait d'un prêtre : même pas capable de se raser sans se couper. Regardez-le avec cette miette de toast collée au coin des lèvres, son costume noir luisant raccommodé aux coudes et aux poignets, son chapeau informe et poussiéreux. Et cet horrible porte-documents ! Depuis Doncaster, il s'y cramponne comme s'il craignait que je le lui arrache des mains et me jette par la fenêtre avec. Seigneur ! »

Avec un profond soupir, la dame se détourna, cherchant ailleurs un salut hypothétique. Mais il était écrit qu'elle n'en trouverait pas. Le nez de l'ecclésiastique continua de couler jusqu'à ce que le ralentissement du train annonce leur arrivée imminente à bon port.

La voyageuse se leva, dirigeant sur lui un œil furibond.

– Je sais maintenant ce que les catholiques entendent par purgatoire, siffla-t-elle avant de mettre le cap sur la sortie.

– Mon Dieu, murmura le père Hart. Mon Dieu, je suppose que j'ai...

Mais elle était déjà partie. Le train s'était immobilisé sous le plafond voûté de la gare londonienne. Il était temps de passer à l'action.

Il balaya le compartiment d'un coup d'œil circulaire afin de s'assurer qu'il n'oubliait rien, précaution parfaitement inutile car il n'avait emporté que l'attaché-case dont il ne s'était pas séparé un seul instant. Le nez à la vitre, il loucha en direction de l'immense gare.

Il pensait trouver une architecture semblable à celle de la gare de Victoria – du moins telle qu'il l'avait connue dans son enfance –, avec ses rassurants murs de brique, ses kiosques et ses chanteurs des rues qui jouaient en permanence à cache-cache avec la police. Mais King's Cross n'avait rien de commun avec

Victoria. C'étaient des kilomètres de sols carrelés, une forêt de panneaux publicitaires, des kiosques à journaux, des buralistes, des gargotes à hamburgers. Et des centaines de gens – il ne s'était pas attendu à en voir autant – faisant la queue aux guichets, se calant diversement les joues tout en courant pour attraper leur train, discutant, riant, s'embrassant. Des gens de toutes les races et de toutes les couleurs. Il se demanda s'il réussirait à supporter tant de bruit et d'agitation.

– Vous descendez, mon père, ou vous passez la nuit ici ?

Saisi, le père Hart plongea son regard dans celui du jovial porteur qui l'avait aidé à trouver sa place lorsqu'il était monté à York. L'homme avait une bonne bouille de gars du Nord sur la quelle la bise glaciale des landes écossaises avait gravé une multitude de petits vaisseaux violacés.

Ses yeux couleur de silex naviguaient, interrogateurs, du visage du prêtre à son attaché-case avec une vivacité non dénuée de sympathie. Étreignant farouchement la poignée de la mallette, le père Hart se raidit, soucieux d'offrir à son prochain l'image rassurante de la résolution. Au lieu de quoi, il ne réussit qu'à se faire dans le pied gauche une horrible crampe qui lui arracha un faible gémissement de douleur.

– P't-êt' que vous devriez pas voyager seul, remarqua le porteur, inquiet. Z'êtes sûr que vous avez pas besoin d'un coup de main ?

Évidemment qu'il avait besoin d'aide. Malheureusement, il ne pouvait compter sur personne, et pas davantage sur lui-même.

– Non, non. Je descends. Merci encore de votre obligeance. Sans vous, je ne sais pas comment j'aurais trouvé ma place.

Le porteur balaya les remerciements d'un geste de la main.

– Pas de quoi. Y a des gens qui savent pas ce que c'est qu'une place réservée. J'ai bien fait, non ?

– Il n'y avait rien d'autre à faire...

Le père Hart inspira bien à fond. S'engager dans le couloir, descendre du train, trouver le métro, ça ne devait tout de même pas être infaisable. Il se dirigea vers la porte en traînant les pieds. Son porte-documents qu'il tenait serré à deux mains contre son estomac ballottait à chaque pas.

Derrière lui, la voix du porteur s'éleva :

– Attendez, mon père ! Pas commode, cette porte, je vais vous ouvrir.

Hart recula pour lui laisser le passage. Sacs de plastique sur l'épaule, deux costauds préposés à l'entretien se hissaient déjà dans le wagon par l'autre porte afin de remettre les lieux en état pour le voyage de retour à York. C'étaient des Pakistanais qui parlaient l'anglais avec un tel accent que le prêtre ne comprit pas un traître mot à ce qu'ils racontaient.

Cette découverte l'emplit d'effroi. Qu'était-il venu fabriquer dans cette capitale peuplée d'étrangers basanés qui lui jetaient des regards hostiles ? Quel semblant de bien pouvait-il espérer faire ? Qu'était-ce encore que cette sottise ? Qui croirait jamais...

– Un coup de main, mon père ?

Le père Hart se décida enfin à bouger.

– Non, merci. Ça ira.

Il négocia les marches, prit pied sur le quai, perçut aussitôt les cris des pigeons sous la voûte. L'air égaré, il se dirigea vers la sortie côté Euston Road.

Derrière lui, la voix du porteur retentit de nouveau :

– Y a quelqu'un qu'est venu vous attendre ? Est-ce que vous savez où vous allez, seulement ?

L'ecclésiastique se redressa, agitant la main en guise d'adieu.

– A Scotland Yard, répondit-il d'un ton ferme.

Située en face de la gare de King's Cross, celle de St. Pancras lui ressemblait si peu que le père Hart, frappé par le contraste, resta plusieurs instants en arrêt devant sa splendeur néo-gothique. Perdu dans sa contemplation, il en oublia jusqu'au vacarme de la circulation dans Euston Road et à la puanteur des camions diesel. Pour un mordu d'architecture comme lui, le bâtiment valait certes le coup d'œil.

– Bonté divine, quelle merveille ! murmura-t-il, inclinant la tête en arrière pour mieux embrasser le spectacle de ces pics et de ces vallées de pierre. Il suffirait de la nettoyer un peu pour en faire un véritable bijou. (Machinalement, il examina les alentours comme s'il s'apprêtait à arrêter le premier passant venu pour lui faire un exposé sur les méfaits du chauffage au charbon.) Je me demande bien qui...

La sirène d'un car de police retentit soudain dans Caledonian Road, emplissant Euston Road. Le ululement ramena le prêtre à la réalité. Partagé entre l'irritation et l'inquiétude, il prit sur lui et se secoua. Si son esprit vagabondait dès maintenant, c'était le commencement de la fin... Ravalant les craintes qui l'étouffaient, il s'efforça de se ressaisir. C'est alors que son regard tomba sur un titre accrocheur qui s'étalait à la une du journal du matin. Mû par la curiosité, il s'approcha du kiosque.

L'ÉVENTREUR FRAPPE A LA GARE DE VAUXHALL !

L'éventreur ! Sous le choc, il se recroquevilla, balaya les alentours du regard et ne put s'empêcher de jeter un coup d'œil subreptice sur l'article. Il le parcourut rapidement, tant il craignait qu'un examen plus approfondi ne trahisse un intérêt pour le morbide incompatible avec son état d'ecclésiastique. Des mots isolés lui sautèrent au visage. Tailladés... corps demi-nus... artères... sectionnées... victimes de sexe masculin...

Il frissonna. Portant instinctivement la main à sa gorge, il en mesura toute la vulnérabilité. Le col romain n'offrait à son porteur qu'une protection dérisoire; le couteau du tueur n'aurait aucun mal à trouver la chair et s'y enfoncer.

Cette pensée lui coupa bras et jambes. Chancelant, il s'éloigna du kiosque. Fort heureusement pour lui, il aperçut alors l'entrée du métro à quelque dix mètres de là, ce qui eut pour effet de lui rafraîchir la mémoire.

Il fouilla dans sa poche à la recherche d'un plan et passa un bon moment à étudier le document froissé. « Circle Line, direction St. James's Park », marmonna-t-il. Et sur un ton plus assuré : « Circle Line, direction St. James's Park. Circle Line, direction St. James's Park. »

Aux accents incantatoires et proprement grégoriens de cette petite phrase, il descendit l'escalier et se dirigea vers le guichet. Ce ne fut qu'une fois confortablement installé dans le wagon qu'il cessa de chantonner et se mit en devoir d'examiner les autres voyageurs. Constatant que deux dames d'un certain âge le dévisageaient avec une avidité patente, il baissa la tête.

— Je vous prie de m'excuser, expliqua-t-il avec un pâle sourire amical, la vie réserve parfois de ces surprises...

— Décidément, Pammy, ils ne reculent devant rien, confia aussitôt la plus jeune des deux femmes à son amie en décochant à l'ecclésiastique un regard de mépris glacial. Tous les déguisements sont bons maintenant.

Ses yeux délavés vissés sur le prêtre interdit, elle obligea sa frêle compagne à se mettre debout et l'entraîna vers la porte en l'invitant bruyamment à descendre à la prochaine.

Le père Hart les regarda partir avec résignation. Comment les blâmer ? On ne pouvait plus se fier à rien ni à personne. C'est exactement ce qu'il était venu leur dire : que ce n'était pas vrai, que ce n'était vrai qu'en apparence. Un corps, une adolescente, une hache. Mais la vérité était tout autre. Il lui fallait les convaincre et... O Seigneur, il était si peu doué pour ce genre de choses. Mais Dieu était avec lui. Il se cramponna de toutes ses forces à cette pensée. *Ce que je fais est juste, ce que je fais est juste, ce que je fais est juste.* Cette nouvelle litanie l'accompagna jusqu'aux portes de New Scotland Yard.

***

— Il se pourrait donc que nous assistions à une nouvelle passe d'armes entre Kerridge et Nies, conclut le commissaire Malcolm Webberly en marquant une pause pour allumer un gros cigare dont la fumée empesta illico l'atmosphère de la pièce.

– Au nom du ciel, Malcolm, si vous tenez absolument à fumer des barreaux de chaise, ayez au moins la décence d'ouvrir la fenêtre, s'écria son compagnon.

Commissaire principal et supérieur hiérarchique de Webberly, Sir David Hillier avait pour principe de laisser ses hommes diriger leur département comme bon leur semblait. Il ne lui serait jamais venu à l'idée de parfumer son bureau de la sorte avant un entretien mais à chacun ses méthodes, et celles de Malcolm avaient fait leurs preuves. Non sans avoir déplacé son siège de façon à être un peu moins incommodé par les lourdes volutes de fumée, il se laissa aller à faire le triste inventaire du bureau.

Hillier se demanda comment Malcolm, désordonné comme il l'était, parvenait à gérer efficacement son service. Dossiers, photos et livres étaient empilés partout. Des gobelets à café vides, des cendriers pleins, et même une vieille paire de tennis trônaient sur une étagère. Grâce aux savants efforts de Webberly, la pièce réussissait à avoir l'apparence et l'odeur d'une petite piaule d'étudiant : étriquée et sentant le renfermé. Il ne manquait guère qu'un lit défait pour compléter le tableau. C'était le genre d'endroit dans lequel on se sentait bien, où l'on s'attardait volontiers pour bavarder et tisser des liens de saine camaraderie entre membres d'une même équipe. « Malcolm est un malin, songea Hillier. Pourtant on ne le dirait pas à le voir, comme ça, avec son physique ordinaire, ses épaules voûtées et ses kilos superflus. »

Webberly se souleva de son siège et se mit à tripoter la crémone en bougonnant.

– Désolé, David. J'oublie tout le temps d'ouvrir.

Se rasseyant, il promena un regard mélancolique sur le monceau de papiers et d'objets hétéroclites qui jonchaient son bureau.

– Je n'avais vraiment pas besoin de ça.

Il passa une main dans ses cheveux, autrefois couleur carotte mais qui avaient nettement viré au gris et se clairsemaient.

– Des problèmes à la maison ? s'enquit prudemment Hillier, l'œil vissé sur sa chevalière en or.

C'était une question délicate car Webberly et lui avaient épousé deux sœurs, fait ignoré de la plupart de leurs collègues du Yard, et auquel les intéressés faisaient rarement allusion.

Leurs relations étaient celles de deux hommes que les bizarreries du destin ont amenés à se côtoyer et qui n'ont guère envie de s'étendre sur le sujet. La carrière d'Hillier était à l'image de son mariage : réussie et gratifiante. Sa femme était parfaite. Agréable et cultivée, mère aimante, amante délicieuse, elle était d'un dévouement sans borne. Il reconnaissait volontiers qu'elle était le pivot d'une existence où ses trois enfants jouaient le rôle de pâles comparses; tout charmants et drôles qu'ils étaient, ils lui semblaient en effet insignifiants comparés à Laura. Le matin au réveil, le soir au coucher, c'était à son épouse qu'il pensait. Chaque fois qu'il avait besoin de quelque chose, c'était vers elle qu'il se tournait et jamais elle ne le décevait.

Il n'en allait pas de même pour Webberly dont la carrière était, comme lui, poussive, et davantage assise sur la prudence que sur le brio. Certes, il remportait des succès, mais il ne savait pas les exploiter car il n'avait rien de l'animal politique qu'il fallait être pour réussir au Yard. Aussi son avenir professionnel ne contenait-il en germe aucun titre de chevalier, ce qui n'avait pas peu contribué à faire boiter son ménage.

Pour Frances Webberly, c'était un crève-cœur permanent que d'avoir une sœur cadette s'appelant lady Hillier. Au point que cette femme au foyer popote et empruntée s'était métamorphosée en une redoutable arriviste. Dîners, cocktails, buffets, les Webberly recevaient – au-dessus de leurs moyens – des gens avec lesquels ils n'avaient rien en commun mais qui au dire de Frances étaient susceptibles d'aider son mari à se hisser vers les plus hautes sphères. Les Hillier se faisaient un devoir d'assister à ces sauteries, Laura par loyauté envers une sœur avec qui elle n'avait plus d'atomes crochus et Hillier pour protéger de son mieux Webberly des commentaires acerbes que Frances n'hésitait pas à faire en public sur la terne carrière de son époux. Une vraie Lady Macbeth, songea le commissaire principal avec un frisson.

– Non, de ce côté-là ça va, répondit Webberly. C'est seulement que je croyais en avoir fini avec Nies et Kerridge et leurs enfantillages. L'idée qu'ils vont de nouveau se faire la guerre a quelque chose de déconcertant.

« C'est bien de Malcolm de culpabiliser pour les travers des autres », se dit Hillier.

– Rafraîchissez-moi donc un peu la mémoire. N'est-ce pas dans le Yorkshire qu'ils se sont accrochés la dernière fois ? A propos d'une histoire de gitans impliqués dans une affaire de meurtre ?

Webberly hocha la tête.

– Nies dirige la police de Richmond.

Il poussa un gros soupir, oubliant l'espace d'un instant de souffler la fumée de son cigare vers la fenêtre ouverte. Hillier se raidit pour ne pas tousser. Webberly desserra imperceptiblement son nœud de cravate et tripota d'un air absent le col élimé de sa chemise blanche.

– Il y a trois ans, une vieille gitane fut retrouvée assassinée là-bas. Nies dirige son service d'une main de fer, ses hommes sont des méticuleux qui ne laissent rien au hasard Ils menèrent leur enquête et coffrèrent le gendre de la vieille. Apparemment il y avait eu une dispute au sujet d'un collier de grenats.

– Des grenats volés?

Webberly fit non de la tête et tapota son cigare contre un cendrier métallique bosselé, délogeant ainsi la cendre qui s'y trouvait déjà et se mit à voleter avant de se poser sur les papiers et les dossiers épars.

– Non, le collier leur avait été donné par Edmund Hanston-Smith.

– Hanston-Smith? fit Hillier, le buste en avant.

– Oui. Ça vous revient maintenant? L'homme arrêté pour le meurtre de la vieille – un certain Romaniv, si ma mémoire est bonne – avait une femme. Vingt-cinq ans, belle comme seules ces filles-là savent l'être, c'était une brune exotique au teint mat.

– Capable de tourner la tête à un homme comme Hanston-Smith?

– Et comment. Elle parvint à lui faire croire que Romaniv était innocent. Cela lui prit quelques semaines – Romaniv n'avait pas encore été traduit en cour d'assises –, mais elle réussit à convaincre Hanston-Smith de faire rouvrir l'enquête. Elle lui jura qu'on les persécutait parce qu'ils étaient gitans, et que Romaniv était avec elle la nuit du crime.

– Compte tenu de ses charmes, elle n'a pas dû avoir beaucoup de mal à le convaincre.

La bouche de Webberly se pinça. Il écrasa son cigare dans le cendrier et croisa ses mains tavelées de taches de rousseur sur son ventre, cachant ainsi la superbe tache qui ornait son gilet.

– S'il faut en croire le témoignage du domestique de Hanston-Smith, la belle Mrs Romaniv était de taille à rendre sa vigueur à n'importe quel gentleman, fût-il septuagénaire. Hanston-Smith, vous vous en souvenez sûrement, était riche et influent. Persuader la police du Yorkshire d'intervenir fut pour lui un jeu d'enfant. C'est ainsi que Reuben Kerridge – qui est toujours chef de la police du Yorkshire malgré tout ce qui s'est passé – exigea la réouverture de l'enquête et, comme si cela ne suffisait pas, la libération de Romaniv.

– Comment Nies réagit-il?

– Que voulez-vous qu'il fît? Kerridge était son supérieur hiérarchique, il n'avait guère le choix. Fou de rage, il relâcha Romaniv et ordonna à ses hommes de se remettre en chasse.

– J'imagine que la relaxe de Romaniv, si elle réjouit sa femme, mit un terme abrupt au bonheur de ce pauvre Hanston-Smith, observa Hillier.

– Pas tout à fait, car Mrs Romaniv se sentit obligée de le remercier à sa façon. Elle coucha une dernière fois avec le malheureux – le tenant en haleine jusqu'aux petites heures de la nuit, si j'ai bien compris – puis elle aida Romaniv à s'introduire chez lui. (Entendant frapper un coup sec à la porte, Webberly leva la tête.) La suite, tout le monde la connaît. Les époux Romaniv assassinèrent Hanston-Smith, raflèrent tout ce qu'ils purent emporter, filèrent jusqu'à Scarborough et quittèrent le pays avant l'aube.

– Quelle fut la réaction de Nies ?

– Il exigea la démission immédiate de Kerridge. (Nouveau coup sec à la porte, que Webberly ignora.) Mais il ne l'obtint pas. Et depuis, il ne rêve plus que de ça.

– Et vous dites que ça recommence, c'est bien cela ?

Un troisième coup fut frappé avec plus d'insistance. Webberly cria au visiteur d'entrer. Bertie Edwards, chef du département de médecine légale, s'engouffra dans la pièce, griffonnant sur son bloc tout en lui parlant. Car pour Edwards son bloc-notes était aussi vivant qu'une secrétaire.

– Grave contusion sur la tempe droite, annonça-t-il d'un ton enjoué. Lacération de la carotide. Pas de papiers d'identité, pas d'argent, la victime était en sous-vêtements. Aucun doute possible, c'est l'Éventreur des chemins de fer qui a fait le coup.

Hillier examina le petit homme avec un dégoût non dissimulé.

– « L'Éventreur des chemins de fer », voilà bien une trouvaille de journaliste !

– Vous parlez du cadavre de Waterloo ? s'enquit Webberly.

Edwards jeta un coup d'œil à Hillier, se demandant visiblement si ça valait le coup d'entamer des polémiques avec lui pour savoir s'il valait mieux ou non – dans l'intérêt du public – affubler d'un sobriquet les tueurs anonymes. Renonçant à discuter, il s'essuya le front avec la manche de sa blouse et se tourna vers son supérieur direct.

– Oui, fit-il en hochant la tête. Le onzième. Nous n'en avons pas encore tout à fait fini avec celui de Vauxhall. Les deux sont des victimes types de l'Éventreur. Des vagabonds aux ongles en deuil, aux cheveux coupés n'importe comment, crasseux et pleins de poux. Celui de King's Cross est le seul qui ne colle pas avec les autres. Pas de papiers. Pas encore de demande de recherche. Je n'y comprends rien. (Il se gratta la tête avec son stylo.) Vous voulez la photo du type de Waterloo ? Je l'ai là.

Webberly lui désigna de la main le mur sur lequel s'étalaient les photos des douze victimes, toutes tuées de façon identique dans des gares londoniennes ou à proximité. Treize meurtres en cinq semaines. Les journaux réclamaient une arrestation à cor et à cri. Tout en sifflotant, Edwards farfouilla sur le bureau de Webberly à la recherche d'une punaise et épingla la dernière victime au mur.

– Ça, c'est du boulot, fit-il en reculant pour admirer son œuvre. On l'a bien recousu.

– Nom de Dieu! explosa Hillier. Vous êtes répugnant, mon vieux! Vous pourriez au moins avoir la décence d'ôter cette blouse sale quand vous venez nous rendre visite! Vous ne savez donc pas qu'il y a des femmes à cet étage!

D'un air faussement attentif, Edwards étudia le cou charnu du commissaire principal et la chevelure abondante qu'Hillier se plaisait à qualifier de léonine. Avec une moue entendue à Webberly, Edwards haussa les épaules.

– Un vrai gentleman, fit-il avant de quitter la pièce.

– Virez-le! s'écria Hillier alors que la porte se refermait sur le pathologiste.

Webberly éclata de rire.

– Prenez donc un xérès, David. La bouteille est dans le placard derrière vous. C'est samedi, et normalement nous n'avons rien à faire ici.

***

Deux verres de xérès permirent à Hillier de retrouver sa sérénité. Planté devant le mur où étaient punaisées les photos, il fixait les treize clichés d'un air morose.

– Regardez-moi cette pagaille! fit-il, amer. Victoria, King's Cross, Waterloo, Liverpool, Blackfriars, Paddington. Sacré nom de nom, il pourrait au moins respecter l'ordre alphabétique!

– Les dingues ont rarement le sens de l'organisation, répondit Webberly sans s'émouvoir.

– Cinq des victimes n'ont même pas de nom, bon sang, se plaignit Hillier.

– Le tueur leur retire toujours papiers d'identité, argent et vêtements. S'ils ne font pas l'objet d'un avis de recherche, nous n'avons que les empreintes digitales. Ça prend un temps fou, David. Nous faisons de notre mieux.

Hillier pivota vers lui. S'il y avait une chose dont il était sûr, c'est que Malcolm ferait toujours de son mieux et resterait à l'arrière-plan pendant que les autres récoltaient les compliments.

– Désolé. Me serais-je emporté?

– Un peu.

– Comme d'habitude. Alors, cette empoignade entre Nies et Kerridge, c'est à propos de quoi?

Webberly consulta sa montre.

– Encore un meurtre dans le Yorkshire. Ils envoient quelqu'un avec les données. Un prêtre.

– Un prêtre? Seigneur... qu'est-ce que c'est que cette affaire encore?

Webberly haussa les épaules.

– C'est le seul, semble-t-il, qui soit en mesure de nous communiquer les premiers éléments d'information. Sur ce point au moins Nies et Kerridge sont d'accord.

– Et pourquoi donc ?

– C'est lui qui a trouvé le corps.

2

Hillier se dirigea vers la fenêtre. Le soleil de l'après-midi jeta sur son visage bouffi une lumière cruelle, soulignant les rides causées par des nuits trop courtes et la couperose due à l'abus de la bonne chère et du porto.

– C'est tout ce qu'il y a de plus irrégulier. Kerridge aurait-il complètement perdu l'esprit ?

– C'est du moins ce que soutient Nies depuis des années.

– Nous envoyer la personne arrivée la première sur le lieu du crime... quelqu'un qui n'est même pas de la maison ! Qu'est-ce qu'il s'imagine ?

– Qu'un prêtre est la seule personne en qui ils puissent avoir confiance tous les deux. (Webberly consulta de nouveau sa montre.) Il ne devrait plus tarder. C'est pour cela que je vous ai prié de venir.

– Pour que j'entende son histoire ? Ça n'est guère votre style.

Webberly secoua lentement la tête. Il lui fallait aborder le point délicat.

– Pas pour ça, non, mais pour vous exposer mon plan.

– Vous m'intriguez.

Hillier alla se verser un autre xérès et tendit la bouteille vers son beau-frère qui refusa d'un signe de tête. Il retourna s'asseoir, croisant les jambes avec soin pour ne pas abîmer le pli impeccable de son superbe pantalon.

– Quel plan ?

Webberly tapota une pile de dossiers du bout du doigt.

– J'aimerais mettre Lynley sur cette affaire.

Hillier haussa un sourcil.

– Pour qu'il s'accroche avec Nies une seconde fois ? Vous ne trouvez pas que nous avons eu suffisamment de problèmes de ce côté-là, Malcolm ? En outre, Lynley n'est pas de service ce week-end.

— Cela peut s'arranger. (Webberly hésita, l'œil vissé sur son interlocuteur.) Vous allez me laisser patauger longtemps, David ? lâcha-t-il enfin.

Hillier sourit.

— Pardonnez-moi. J'étais curieux de savoir comment vous vous y prendriez pour formuler votre requête. Parce que vous allez me parler d'elle, n'est-ce pas ?

— Allez vous faire voir, jura Webberly à voix basse. Vous me connaissez trop.

— Disons que je connais votre sens de la justice : il est trop développé, et ça vous perdra. Si je puis me permettre de vous donner un conseil, Malcolm, laissez donc Havers là où vous l'avez mise.

Webberly fit une grimace et écrasa du poing une mouche invisible.

— J'ai mauvaise conscience.

— Ne soyez pas ridicule et surtout ne faites pas de sentiment. Pendant tout le temps qu'elle a passé à la criminelle, Barbara Havers n'a pas été fichue de s'entendre avec un seul inspecteur. Depuis qu'elle a de nouveau endossé l'uniforme, il y a maintenant huit mois, elle fait du bon boulot. Autant la laisser où elle est.

— Je ne l'ai pas poussée à faire équipe avec Lynley.

— Pourquoi pas avec le prince de Galles pendant que vous y êtes ! Vous n'êtes pas là pour caser vos subordonnés dans un coin peinard où ils attendront tranquillement l'âge de la retraite. Vous êtes là pour veiller à ce que le travail se fasse. Or, avec Havers, nous ne sommes jamais arrivés à rien, convenez-en !

— Cette expérience lui a servi de leçon. Elle a appris...

— Appris quoi ? Que ce n'est pas en faisant preuve d'entêtement et d'agressivité qu'elle montera en grade ?

Webberly laissa les mots cinglants d'Hillier flotter un instant dans l'air.

— Monter en grade, dit-il enfin. L'éternel problème, n'est-ce pas ?

Hillier perçut les accents de la défaite dans la voix de son beau-frère. L'avancement, c'était bien là le problème, en effet. Seigneur, comment avait-il pu dire une chose aussi stupide ?

— Pardonnez-moi, Malcolm, fit-il. (Il avala d'un trait son xérès pour se donner une contenance.) Vous mériteriez cent fois d'occuper mon fauteuil. Et nous le savons tous les deux.

— Ne soyez pas grotesque.

Mais Hillier se leva.

— Je vais faire appeler Havers.

Le sergent Barbara Havers ferma la porte du bureau du commissaire, passa raide comme un piquet devant la secrétaire et enfila le couloir au pas de charge. Elle était verte de rage.

Seigneur Dieu, comment osaient-ils! Elle bouscula un employé et ne jugea pas utile de s'arrêter lorsque les dossiers qu'il transportait lui échappèrent des mains et se répandirent par terre. Elle marcha même carrément dessus. A qui donc croyaient-ils avoir affaire? La jugeaient-ils stupide au point de ne pas voir clair dans leur jeu? Qu'ils aillent se faire foutre tous les deux!

Elle cilla, bien décidée à ne pas pleurer, à rester de marbre. Apercevant l'écriteau providentiel, elle s'engouffra dans les toilettes des dames. L'endroit était désert. Ici au moins on n'avait pas l'impression d'être dans une étuve. Faisait-il vraiment si chaud que cela dans le bureau de Webberly? Ou était-ce l'indignation qui lui avait donné l'impression d'étouffer? Elle tripota son nœud de cravate, le desserra d'un geste brusque et se dirigea vers le lavabo, manœuvrant le robinet d'une main furieuse. Un jet glacé jaillit, aspergeant la jupe de son uniforme et son chemisier blanc. Ce fut la goutte d'eau qui fit déborder le vase. Se regardant dans la glace, elle fondit en larmes.

— Pauvre imbécile, grinça-t-elle à l'adresse de son reflet. Espèce d'idiote! Laideron!

Elle n'était pas du genre à pleurer facilement, aussi trouva-t-elle particulièrement amères les larmes qui ruisselaient le long de ses joues, formant de vilaines traînées sur le visage ingrat qui évoquait de façon irrésistible la trogne d'un bouledogue.

— Tu en as une touche, Barbara, fit-elle, injuriant son reflet. Te voilà belle!

Secouée de sanglots, elle s'éloigna du lavabo et appuya le front contre le carrelage frais du mur.

A trente ans, Barbara Havers était résolument laide et fermement décidée à le rester. Elle aurait pu choisir, pour ses fins cheveux brillants couleur de pin, une coupe adaptée à la forme de son visage. Mais elle s'obstinait à les porter au ras des oreilles, à croire que le coiffeur lui avait fourré un bol trop petit sur la tête. Elle ne se maquillait pas. Ses sourcils épais et non épilés faisaient ressortir la petitesse des yeux au lieu d'en souligner l'intelligence. La bouche mince que ne rehaussait aucune touche de couleur était perpétuellement pincée en une moue désapprobatrice. Trapue, l'air costaud, elle donnait l'impression d'être absolument inabordable.

« Tu vas faire équipe avec le petit génie, songea-t-elle. Tu en as du pot, Barb! Après huit mois de purgatoire, ils te retirent de la rue pour te donner une autre chance, qu'ils disent, et c'est avec Lynley qu'ils te collent ! »

– Pas question, marmonna-t-elle. Pas question que je bosse avec ce gommeux à la noix.

Se redressant, elle revint vers le lavabo. Avec douceur cette fois, elle tourna le robinet, se pencha pour humecter son visage en feu et faire disparaître les traces de larmes compromettantes.

– J'aimerais vous donner une nouvelle chance au service des affaires criminelles, avait dit Webberly.

Pendant qu'il jouait avec son coupe-papier, elle avait eu tout le temps d'examiner les photos punaisées au mur et son cœur avait bondi dans sa poitrine. *Enquêter sur l'affaire de l'Éventreur ! Je suis partante ! Quand est-ce que je commence ? Je travaillerai avec MacPherson ?*

– Il s'agit d'une affaire bizarre, une adolescente dans le Yorkshire.

Ah... ce n'est pas l'Éventreur. Enfin, c'est une affaire de meurtre. Une adolescente, dites-vous ? Bien sûr que vous pouvez compter sur moi. Je vais travailler avec Stewart, alors ? Le Yorkshire n'a pas de secret pour lui. On ferait du bon boulot ensemble, j'en suis certaine.

– J'aurai tous les détails dans trois quarts d'heure. J'aimerais que vous soyez là, si vous êtes intéressée évidemment.

Si je suis intéressée ! Trois quarts d'heure, ça me donne juste le temps de me changer, de manger un morceau et de revenir. Après quoi, je saute dans le dernier train pour York. Est-ce qu'on se retrouve là-bas avec Stewart ? Faut-il que je loue une voiture ?

– Auparavant, il faudra que vous fassiez un saut à Chelsea.

Barbara retomba brutalement sur terre.

– A Chelsea, monsieur ?

Qu'est-ce que Chelsea venait faire là-dedans ?

– Oui, dit Webberly, laissant tomber le coupe-papier au milieu du fatras qui recouvrait son bureau. Vous allez faire équipe avec l'inspecteur Lynley, qui assiste en ce moment au mariage d'Allcourt-Saint James à Chelsea. (Il jeta un coup d'œil à sa montre.) La cérémonie religieuse était à onze heures. En ce moment, la réception doit battre son plein. Nous avons bien essayé de le joindre là-bas mais il semble que quelqu'un ait oublié de raccrocher le téléphone.

Levant les yeux, il s'aperçut qu'elle faisait une drôle de tête.

– Quelque chose qui ne va pas, sergent ?

– L'inspecteur Lynley ?

En un éclair, elle comprit pourquoi ils avaient fait appel à elle, pourquoi il n'y avait personne d'autre qui pût faire l'affaire.

– Oui, Lynley. Il y a un problème ?

– Non, aucun problème... monsieur.

La fixant de son œil malin, Webberly soupesa sa réponse.

– Parfait, vous m'en voyez ravi. Vous apprendrez beaucoup à ses côtés. (L'œil toujours vissé sur elle, il guetta sa réaction.) Tâchez de revenir au plus vite.

Il se replongea dans la contemplation de ses papiers. L'entretien était terminé.

Barbara s'examina dans la glace et fouilla dans la poche de sa jupe à la recherche de son peigne qu'elle se passa rageusement dans les cheveux, raclant impitoyablement le cuir chevelu. Lynley! Voilà donc pourquoi ils la rappelaient! Cela crevait les yeux. Ils voulaient mettre Lynley sur le coup, mais ils avaient également besoin d'une femme. Or, à Victoria Street, tout le monde savait qu'aucune représentante du sexe féminin n'était en sécurité avec Lynley. Il avait couché avec toutes les femmes du service, semant derrière lui les cœurs brisés comme d'autres sèment les mouchoirs. Il avait une solide réputation d'étalon et, à en croire la rumeur, il en avait aussi l'endurance. Elle fourra le peigne dans sa poche.

Alors, demanda-t-elle à son reflet, quel effet cela fait-il d'être la seule veinarde qui n'ait pas à trembler pour sa vertu face au redoutable Lynley? Pas de mains baladeuses avec Barb dans la voiture! Pas de dîners intimes sous prétexte de « revoir ses notes en tête reposée ». Pas d'invitation en Cornouailles pour « examiner les tenants et les aboutissants de l'enquête ». Pas de danger, Barb, tu n'as rien à craindre de Lynley.

Cinq ans. Elle avait travaillé cinq ans dans le même service que lui, et pendant tout ce temps, il avait trouvé le moyen de ne pas prononcer son nom une seule fois et réussi à éviter tout contact avec elle. Comme si les études qu'elle avait faites dans un collège de banlieue et le solide accent populaire qu'elle y avait acquis étaient des maladies honteuses dont il devait se protéger avec le plus grand soin.

Quittant les toilettes, elle se dirigea à grandes enjambées vers l'ascenseur. Y avait-il à New Scotland Yard quelqu'un qu'elle détestait plus que Lynley? Cet ancien élève d'Eton, diplômé d'Oxford avec mention bien en histoire, qui jouait de sa voix aux intonations distinguées et dont l'arbre généalogique prenait racine dans la nuit des temps, représentait tout ce qu'elle méprisait du fond du cœur. Ce pur produit de l'aristocratie à l'intelligence brillante était en outre bourré de charme, au point qu'elle se demandait pourquoi les criminels ne se livraient pas à lui pour le simple plaisir de lui être agréables.

La raison de sa présence au Yard était grotesque, c'était une fiction ridicule à laquelle elle n'ajoutait pas foi un instant. Il prétendait en effet vouloir se rendre utile, servir à quelque chose. Il préférait faire carrière à Londres plutôt que vivre sur ses terres. Quelle foutaise!

Les portes de l'ascenseur s'ouvrirent et elle appuya sur le bouton du garage d'un index rageur. Grâce à la fortune familiale, la carrière de Lynley avait été lisse et sans problème. L'argent lui avait permis de se hisser au poste qu'il occupait aujourd'hui et il ne faisait pas de doute qu'il finirait dans la peau d'un préfet de police. Le fait d'avoir hérité d'un titre n'avait en rien compromis ses chances de réussite, bien au contraire. Il était passé du grade de sergent à celui d'inspecteur en un temps record, et tout le monde savait bien pourquoi.

Elle se dirigea vers sa voiture, une Mini rouillée, parquée au fond du garage. Qui ne rêverait d'être riche et titré, de bosser uniquement pour le plaisir et, une fois la journée terminée, de regagner sa résidence de Belgravia ou mieux encore de s'envoler pour sa propriété de Cornouailles où vous attendait une cohorte de maîtres d'hôtel, de servantes, de cuisinières et de valets de chambre!

A propos, Barb, que feras-tu si jamais tu te trouves en présence de tant de grandeur? Tu tomberas dans les pommes ou tu vomiras?

Ayant jeté son sac sur le siège arrière, elle claqua la portière et démarra, faisant tousser et ronfler le moteur. Dans un crissement de pneus, elle gravit la rampe, adressa un brusque signe de tête à la sentinelle de garde dans sa guérite et s'engagea dans la rue.

La circulation était fluide le week-end et il lui fallut à peine quelques minutes pour se rendre de Victoria Street à l'Embankment. La brise tiède de l'après-midi d'octobre agit sur ses nerfs comme un calmant, lui faisant oublier sa colère. Le trajet jusqu'à la maison de Saint James était agréable.

Barbara aimait bien Simon Allcourt-Saint James. Elle avait tout de suite éprouvé de la sympathie pour lui lorsqu'elle avait fait sa connaissance dix ans plus tôt. Agée de vingt ans, elle était alors agent de police stagiaire, consciente jusqu'au malaise d'évoluer dans un univers d'hommes habitués à traiter les femmes flics de détraquées dès qu'ils avaient un verre dans le nez. Encore n'était-ce là qu'un qualificatif anodin : elle savait qu'on lui en avait décerné de pires. Qu'ils aillent au diable. A leurs yeux, une femme aspirant à faire carrière dans la criminelle ne pouvait être qu'une malade, un phénomène, et on ne perdait pas une occasion de le lui rappeler. Saint James, qui était de deux ans son aîné, l'avait, quant à lui, toujours considérée comme une collègue, voire une amie.

Saint James avait ouvert son propre laboratoire de criminalistique après avoir fait ses classes au Yard. A la veille de son vingt-quatrième anniversaire, cet homme vif, observateur et intuitif était déjà dans sa partie un as à qui toutes les voies étaient ouvertes, qu'il s'agît de l'investigation policière, de la pathologie criminelle ou de l'administration. Huit ans plus tôt, une folle randonnée nocturne sur les routes du Surrey en compagnie de Lynley avait mis un terme abrupt à sa carrière. Cette nuit-là, les deux jeunes gens étaient ivres tous les deux – Saint James avait d'ailleurs été le premier à en convenir. Mais tout le monde savait que c'était Lynley qui conduisait. Il avait perdu le contrôle du véhicule dans un virage, et s'en était tiré sans une égratignure alors que son ami d'enfance était sorti de l'accident estropié à vie. Saint James aurait pu continuer à travailler au Yard, mais il avait préféré se retirer dans la résidence familiale de Chelsea où il avait mené une vie de reclus quatre ans durant. Bravo, Lynley, un exploit de plus à ton actif, songea-t-elle amèrement.

Elle se demandait comment Saint James était parvenu à rester ami avec lui. Le fait est pourtant qu'ils avaient continué de se voir. Quelque cinq ans plus tôt, leur amitié avait été cimentée par des événements bizarres qui avaient décidé Saint James à reprendre le cours de ses activités. De cela aussi il fallait créditer Lynley, songea-t-elle à contrecœur.

Elle gara la Mini dans Lawrence Street et, longeant Lordship Place, revint vers Cheyne Row. Dans ce quartier proche de la Tamise, le blanc des stucs et des huisseries donnait un coup d'éclat aux édifices de brique couleur terre brûlée. Le fer forgé des balcons et des fenêtres était laqué de noir. Les étroites rues de Chelsea étaient métamorphosées en tunnels de verdure par les sycomores et les ormes massifs. La demeure de Saint James était au coin de deux rues. En passant devant le haut mur de brique qui enserrait le jardin, Barbara comprit, au bruit, que la réception battait son plein. Une voix mâle porta un toast. Des cris d'approbation succédèrent aux applaudissements. Il y avait dans le mur d'enceinte une antique porte de chêne. Elle était fermée, ce dont Barbara se réjouit, car elle n'avait guère envie de surgir dans son uniforme au milieu de la fête, comme un vulgaire argousin venu opérer une arrestation.

Elle tourna le coin et vit que la porte d'entrée de la vieille bâtisse était grande ouverte. Un rire léger flotta jusqu'à elle, mêlé au tintement délicat de la porcelaine et de l'argenterie, au « plop » d'un bouchon de champagne, au son du violon et de la flûte. Il y avait des fleurs partout, jusque sur les marches du perron dont les balustrades débordaient de roses blanches et roses qui emplissaient l'air de leur parfum entêtant. Sur les balcons du premier, des rangées de pots regorgeaient de volubilis dont les longs calices retombaient mollement dans une débauche de couleurs.

Barbara prit une profonde inspiration et gravit les marches du perron. Inutile de frapper. En la voyant surgir, l'air hésitant, dans son triste uniforme, plusieurs invités massés près de la porte lui décochèrent des regards inquisiteurs puis se dirigèrent lentement vers le jardin sans lui adresser la parole. Elle comprit que si elle voulait mettre la main sur Lynley, il lui faudrait faire irruption au milieu de la réception, perspective qui n'avait rien de réjouissant.

Elle allait battre lâchement en retraite pour prendre dans sa voiture un vieil imperméable sous lequel dissimuler son tailleur qui la bridait aux hanches et lui serrait le cou, lorsque des bruits de pas et l'écho d'un rire résonnant dans le vestibule attirèrent son attention. Une femme descendait l'escalier, parlant par-dessus son épaule à quelqu'un qui était resté à l'étage supérieur.

– Nous ne sommes que tous les deux à y aller. Viens avec nous, Sid, plus on est de fous plus on rit.

Se retournant, elle aperçut Barbara et se figea, une main sur la rampe. De toute évidence, elle posait. C'était le genre de femme qui, même enroulée à la diable dans des mètres de soie couleur sarcelle, aurait réussi à faire passer cette tenue pour le dernier cri en matière de mode. De taille moyenne, elle était très mince avec une masse de cheveux châtains encadrant un visage à l'ovale parfait. Barbara, qui l'avait entrevue des douzaines de fois au Yard, la reconnut immédiatement. C'était lady Helen Clyde, maîtresse en titre de Lynley, et assistante de Saint James. Lady Helen, vivante image de l'assurance et de la confiance en soi, acheva de descendre l'escalier, traversa le vestibule et s'approcha de la porte d'entrée.

– Quelque chose me dit que vous êtes venue chercher Tommy, déclara-t-elle, la main tendue. Bonjour. Je suis Helen Clyde.

Surprise par la vigueur de la poignée de main, Barbara se présenta.

– On le réclame au Yard.

– Le pauvre, ce n'est pas juste. (Lady Helen décocha un sourire d'excuse à Barbara.) Mais vous n'y êtes pour rien, n'est-ce pas ? Venez, il est par là.

Sans attendre de réponse, elle prit un couloir vers la porte du jardin, ne laissant à Barbara d'autre choix que de la suivre. A la vue des tables nappées de blanc autour desquelles les invités tirés à quatre épingles bavardaient en riant, Barbara recula précipitamment et se réfugia dans la pénombre du vestibule en tirant nerveusement sur son col.

Lady Helen marqua une pause. Son œil sombre prit une expression pensive.

– Voulez-vous que j'aille le chercher ? proposa-t-elle avec un nouveau sourire. Il y a tellement de monde...

– Volontiers, fit Barbara, incapable de faire un pas de plus.

Elle la regarda traverser la pelouse et se diriger vers un groupe animé au centre duquel se tenait un homme de haute taille qui semblait être né dans son habit tant il le portait avec un parfait naturel.

Lady Helen lui toucha le bras et lui chuchota quelques mots à l'oreille. L'homme tourna vers la maison un visage aristocratique évoquant l'inaltérable beauté d'une sculpture grecque. Ramenant en arrière une mèche de cheveux blonds, il posa son verre de champagne sur une table et après avoir échangé une plaisanterie avec un de ses amis, il fit mouvement vers la maison, flanqué de lady Helen.

A l'abri dans le vestibule ombreux, Barbara le regarda s'approcher. Ses mouvements étaient gracieux et souples comme ceux d'un chat. C'était l'homme le plus séduisant qu'elle eût jamais vu. Elle le détestait.

— Sergent Havers, fit-il avec un hochement de tête. Je ne suis pas de service ce week-end.

Vous ne voyez donc pas que vous me dérangez, Havers ? traduisit instantanément Barbara.

— C'est Webberly qui m'envoie. Appelez-le, si vous voulez, répondit-elle en fixant un point au-dessus de son épaule gauche.

— Il sait pourtant bien que Saint James se marie aujourd'hui, protesta faiblement lady Helen.

— Évidemment qu'il le sait, lâcha Lynley avec impatience. (Il jeta un coup d'œil en direction de la pelouse avant de reporter son regard sur Barbara.) C'est au sujet de l'Éventreur ? Je croyais que John Stewart devait travailler sur cette affaire avec MacPherson.

— Il s'agit d'un meurtre dans le Nord, je crois. Il y a une fille dans le coup.

Voilà un détail de nature à l'intéresser, songea Barbara. De quoi pimenter l'enquête. Elle attendit qu'il lui demande des précisions : âge, situation de famille, mensurations de la demoiselle en détresse qu'il se ferait une joie d'arracher aux griffes du Mal.

Les yeux de Lynley s'étrécirent.

— Dans le Nord ?

Lady Helen eut un petit rire sous lequel perçait une pointe de regret.

— Nos projets pour la soirée tombent à l'eau, Tommy chéri. Et moi qui essayais de persuader Sidney de venir danser avec nous...

— Je suppose que je n'ai pas le choix, répondit Lynley.

A son expression, Barbara mesura l'étendue de sa contrariété. Lady Helen s'en aperçut également car elle reprit d'un ton enjoué :

— Sid et moi pouvons parfaitement aller danser seules. Avec cette mode de l'androgynie, quelle que soit notre tenue, c'est bien le diable si l'une d'entre nous ne passe pas pour un homme... Mais j'y songe, nous avons toujours la ressource de téléphoner à Jeffrey Cusick.

Il devait s'agir d'une vieille plaisanterie entre eux car l'effet ne se fit pas attendre. L'air soudain détendu, Lynley ébaucha un sou rire qu'il ponctua d'un gloussement bref.

– Cusick ? Seigneur, les temps sont vraiment durs.

– C'est ça, moque-toi, fit lady Helen, riant à son tour. N'empêche qu'il nous a emmenées à Ascot alors que tu étais à la gare de St Pancras, retenu par je ne sais quelle sinistre besogne. Tu vois que les anciens de Cambridge ont aussi des qualités.

– Comme celle d'avoir tout du pingouin quand ils portent le smoking.

– Monstre! commenta lady Helen en se tournant vers Barbara. Puis-je au moins vous offrir un peu de notre délicieuse salade de crabe avant que vous ne nous enleviez Tommy ? Il y a des années au Yard, je me souviens avoir eu droit à un sandwich aux œufs particulièrement infect. Si la cuisine ne s'est pas améliorée, c'est votre dernière chance de manger à peu près correctement aujourd'hui.

Barbara consulta sa montre. Quelque chose dans l'attitude de Lynley lui disait qu'il souhaitait la voir accepter l'invitation afin de pouvoir consacrer quelques minutes de plus à ses amis avant de prendre le chemin du Yard. Elle décida qu'il n'y avait pas de raison de lui faire ce plaisir.

– Nous avons une réunion dans vingt minutes.

– Cela ne vous laisse guère le temps de faire honneur au buffet, soupira lady Helen. Qu'est-ce que je fais, Tommy ? Je t'attends ou je téléphone à Jeffrey ?

– Surtout pas. Ton père ne te pardonnerait jamais d'avoir remis ton avenir entre les mains de Cambridge.

– Très bien. Puisque tu nous quittes, laisse-moi au moins aller chercher les mariés pour qu'ils puissent te dire au revoir.

Lynley reprit son sérieux.

– Inutile, Helen. Tu leur feras mes excuses.

Ils échangèrent un regard chargé de sens.

– Il faut que tu les voies, Tommy, murmura lady Helen. (Il y eut une nouvelle pause.) Je vais leur dire que tu les attends dans le bureau.

Elle s'éloigna vivement, sans laisser à Lynley le temps de réagir.

Il marmonna quelque chose d'inaudible, la suivant des yeux tandis qu'elle se frayait un chemin à travers la foule.

– Vous êtes venue en voiture, Havers ? demanda-t-il soudain à Barbara.

Tournant le dos à la fête, il s'engagea dans le couloir.

Décontenancée, elle lui emboîta le pas.

– Avec ma splendide Mini, oui. Je ne sais pas si vous allez être à la hauteur.

– Ne craignez rien, je suis un caméléon. De quelle couleur est-elle ?

Elle fut tout étonnée par la question. De toute évidence, il essayait de lui faire la conversation tandis qu'ils se dirigeaient vers le devant de la maison.

– Rouille, malheureusement.

– Ma couleur préférée.

Il poussa une porte et l'invita à entrer dans une pièce sombre.

– Je vais vous attendre dans la voiture. Je l'ai garée...

– Ne bougez pas, sergent.

C'était un ordre. A contrecœur, elle le précéda. Les rideaux avaient été tirés et la seule lumière provenait de la porte qu'ils venaient d'ouvrir. Barbara vit néanmoins qu'il s'agissait d'un lieu masculin, une pièce lambrissée de chêne sombre et garnie d'étagères pleines de livres. Le mobilier était patiné, et il en émanait un arôme confortable de vieux cuir et de whisky.

L'air absent, Lynley s'approcha d'un mur couvert de photographies encadrées et se planta tranquillement devant un portrait qui occupait la place d'honneur. La photo avait été prise dans un cimetière et l'homme qui y figurait était penché au-dessus d'une tombe pour en toucher l'inscription effacée par le temps. Le cadrage était tel que l'œil était attiré non par la posture inélégante de l'homme due à l'appareillage qui maintenait sa jambe mais par le regard pétillant qui éclairait son visage émacié. Tout à sa contemplation, Lynley semblait avoir oublié Barbara.

Celle-ci se dit que le moment n'était pas plus mal choisi qu'un autre pour lui annoncer la nouvelle.

– La circulation, c'est fini pour moi, lança-t-elle tout à trac. C'est pourquoi je suis là, au cas où vous vous poseriez la question.

Il pivota lentement vers elle.

– Vous avez réintégré la criminelle ? Mais c'est très bien, Barbara.

– Pour moi oui, mais pas pour vous.

– Que voulez-vous dire ?

– Autant vous mettre au courant puisque que Webberly a manifestement omis de le faire. Félicitations, vous avez gagné le cocotier : c'est vous qui héritez de moi. (Elle marqua une pause, guettant une expression de surprise de sa part, mais en vain.) Faire équipe avec moi n'a rien de réjouissant, j'en suis bien consciente. Je me demande ce que Webberly a dans la tête. (Elle poursuivit, maladroitement, entendant à peine ses propres paroles, se demandant si elle essayait de prévenir ou de provoquer la réac-

32

tion qu'il ne pouvait manquer d'avoir : l'explosion de colère, le coup de fil pour exiger une explication, ou pire encore, la politesse glacée qui durerait jusqu'à ce qu'il s'explique avec le commissaire entre quatre yeux.) Sans doute n'y avait-il personne d'autre de disponible ou peut-être ai-je des talents cachés que Webberly est le seul à avoir décelés. Ou alors il s'agit d'une mauvaise blague. (Elle éclata d'un rire forcé.)

– Ou peut-être êtes-vous la plus qualifiée, tout simplement, compléta Lynley. Que savez-vous de l'affaire ?

– Moi, rien. Seulement que...

– Tommy ?

Au son de cette voix, ils pivotèrent d'un même mouvement. La mariée se tenait dans l'encadrement de la porte, une branche fleurie à la main, des fleurs piquées dans sa chevelure cuivrée qui lui descendait à l'épaule. Éclairée à contre-jour, elle semblait émerger d'un nuage dans sa robe ivoire, telle une apparition sortie d'une toile de Titien.

– Helen m'annonce que tu t'en vas ?

Lynley resta coi. Fouillant dans ses poches, il en sortit un porte-cigarettes en or, l'ouvrit et le referma d'un coup sec, l'air contrarié. La mariée le regarda faire, tenant ses fleurs d'une main qui tremblait légèrement.

– On me demande au Yard, Deb, finit par répondre Lynley. Il faut que j'y aille.

Elle le fixa sans un mot, jouant avec le pendentif qu'elle portait autour du cou. Ce n'est que lorsqu'il croisa son regard qu'elle répondit.

– Quel dommage. J'espère qu'il ne s'agit pas d'une urgence. Simon m'a dit hier soir qu'il se pouvait qu'on te mette sur l'affaire de l'Éventreur.

– Non, j'ai une réunion, c'est tout.

– Ah.

Elle parut sur le point d'en dire davantage, se ravisa et se tourna vers Barbara avec un charmant sourire pour se présenter :

– Deborah Saint James.

Lynley se passa une main sur le front.

– Désolé, dit-il en terminant machinalement les présentations. Où est Simon ?

– Il était derrière moi, mais je crois que Papa l'a intercepté. Il est terrifié à l'idée de nous laisser seuls, il s'imagine que je n'arriverai jamais à m'occuper correctement de Simon. (Elle éclata de rire.) J'aurais dû y réfléchir à deux fois avant d'épouser un homme que mon père trouve si sympathique. « Les électrodes », me répète-t-il. « N'oublie surtout pas de t'occuper de sa jambe tous les matins. » S'il ne me l'a pas dit au moins dix fois aujourd'hui...

– Tu as dû avoir du mal à l'empêcher de vous suivre dans votre voyage de noces.

– En un sens ça se comprend, ils ne se sont jamais quittés plus d'une journée depuis...

Elle s'arrêta soudain, gauchement. Leurs regards se croisèrent. Elle se mordit la lèvre et le rouge lui monta aux joues.

Le silence tomba, un silence tendu et lourd de sens. Il fut finalement – et heureusement – rompu par le bruit de pas lents et irréguliers annonçant l'arrivée du mari de Deborah.

– Ainsi vous êtes venue enlever Tommy.

Saint James s'arrêta sur le seuil mais continua de parler tranquillement comme à son accoutumée pour détourner l'attention de son handicap et mettre les autres à l'aise.

– Étrange entorse à la tradition, Barbara. Il fut une époque où c'était les jeunes mariées qu'on kidnappait, et non le garçon d'honneur.

Si Lynley était Apollon, Saint James était Héphaïstos. A l'exception de ses yeux, d'un bleu satiné comme un ciel d'Écosse, et de ses mains sensibles d'artiste, Simon Allcourt-Saint James n'avait pas grand-chose de séduisant. Ses cheveux sombres et bouclés, coupés à la diable, semblaient impossibles à discipliner. Son visage tout en angles avait une expression dure au repos, menaçante quand la colère le prenait, rayonnante et chaleureuse quand le sourire venait l'adoucir. Sa minceur était celle d'un homme qui a connu trop jeune souffrance et chagrin.

Barbara sourit en le voyant, et c'était son premier sourire authentique de l'après-midi.

– Il est rare qu'on enlève les garçons d'honneur pour les emmener à New Scotland Yard. Comment allez-vous, Simon ?

– Bien. C'est du moins ce que ne cesse de me répéter mon beau-père, qui ajoute que je suis un homme heureux. Il dit avoir su dès le début, dès le jour de la naissance de sa fille, que cela se terminerait comme ça. Avez-vous fait la connaissance de Deborah ?

– A l'instant.

– Il est inutile de songer à vous retenir ?

– Webberly nous a convoqués, intervint Lynley. Tu sais ce que c'est.

– Bien sûr. Dans ce cas, je n'insiste pas. D'ailleurs, nous n'allons pas tarder à partir, nous aussi. Au cas où il y aurait un problème, Helen a notre adresse.

– Tu plaisantes, j'espère. (Lynley marqua une pause, comme s'il ne savait trop que faire.) Tous mes vœux, Saint James, dit-il finalement.

– Merci, répondit le marié.

Il adressa un signe de tête à Barbara, tapota doucement l'épaule de sa femme et sortit.

Comme c'est bizarre, songea Barbara. Ils n'ont même pas échangé une poignée de main.

– Tu vas te rendre au Yard dans cette tenue ? s'enquit Deborah.

– J'ai une réputation de noceur à soutenir, fit-il en contemplant ses vêtements d'un air lugubre.

Ils éclatèrent d'un rire qui mourut aussi vite qu'il était né. Un nouveau petit silence s'établit.

– Bien, commença Lynley.

– J'avais préparé un discours, murmura très vite Deborah, le nez sur son bouquet. (Les fleurs tremblèrent de nouveau dans sa main et quelques pétales tombèrent sur le parquet. Elle releva la tête.) Un petit discours à la manière d'Helen. Je t'aurais parlé de mon enfance, de papa, de cette maison. Tu vois le genre. Intelligent et drôle. Mais je suis nulle pour ce genre de choses, ce n'est pas du tout dans mes cordes.

Baissant la tête à nouveau, elle s'aperçut qu'un minuscule teckel était entré dans le bureau, tenant dans sa gueule un sac de dame brodé de paillettes. Le chien déposa le réticule aux pieds de Deborah, certain de lui faire un cadeau de choix et se mit à frétiller amicalement de la queue.

– Oh non, Peach !

En riant, Deborah se pencha pour ramasser l'objet volé. Mais lorsqu'elle se releva, ses yeux verts étaient voilés de larmes.

– Merci, Tommy. Merci pour tout.

– Tous mes vœux de bonheur, Deb, répondit-il d'un ton léger.

S'approchant, il la serra très vite contre lui et lui déposa un bref baiser dans les cheveux.

Barbara eut l'étrange impression que pour une raison qui lui échappait, Saint James les avait laissés ensemble à seule fin de permettre à Lynley de prendre congé de sa femme.

3

Le corps n'avait pas de tête. Ce détail macabre constituait la caractéristique essentielle des photographies que se passaient de main en main les trois policiers de la criminelle réunis autour d'une table dans le bureau de New Scotland Yard.

Le regard du père Hart naviguait nerveusement d'un visage à l'autre tandis qu'il tripotait le petit chapelet d'argent enfoui au fond de sa poche. L'objet avait été béni par Pie XII en 1952. Pas à l'occasion d'une audience privée, bien sûr : il ne fallait pas demander l'impossible. Cependant, la main tremblante du Saint-Père qui avait fait le signe de croix sur la tête des deux mille pèlerins recueillis avait néanmoins conféré au chapelet des vertus particulières. Les yeux fermés, le prêtre avait brandi le rosaire à bout de bras afin que la bénédiction du pape l'atteigne de plein fouet.

Il entamait la troisième dizaine lorsque le grand homme blond ouvrit la bouche.

– « Que de violence dans ce coup », murmura-t-il.

Le père Hart lorgna aussitôt dans sa direction, se demandant si c'était un policier et pourquoi il était en habit.

– Cela n'est pas sans évoquer Shakespeare, en effet, opina-t-il.

L'homme au gros cigare lui jeta un regard vide. Le père Hart s'éclaircit la gorge et les observa tandis qu'ils continuaient d'examiner les clichés.

Il y avait près d'un quart d'heure qu'il était avec eux et pendant ces quinze minutes ils n'avaient pratiquement pas échangé un mot. L'aîné des participants avait allumé un cigare. A deux reprises, la femme avait paru sur le point de faire une remarque et s'était ravisée au dernier moment. C'était à peu près tout ce qui s'était passé avant que l'homme à la jaquette ne cite *Cymbeline*.

La femme ne cessait de pianoter sur la table. Elle, au moins, était de la police, il n'y avait qu'à voir son uniforme pour s'en convaincre. Mais quel air désagréable elle avait, avec ses petits yeux fuyants et sa bouche pincée. Jamais elle ne ferait l'affaire. Ce n'était pas du tout ce qu'il lui fallait, ni à Roberta. Mais que pouvait-il dire ?

Les horribles photographies continuaient de circuler. Le père Hart n'avait pas besoin de les voir, il ne savait que trop ce qu'elles représentaient. C'était lui qui était arrivé le premier sur les lieux et tout était gravé dans sa mémoire. William Teys – un bon mètre quatre-vingt-dix – étalé sur le côté en position fœtale, le bras droit tendu comme pour attraper quelque objet, le gauche plaqué contre l'estomac, les genoux ramenés quasiment contre la poitrine et, à l'endroit où aurait dû se trouver la tête... rien. Comme Cloten. Mais au lieu d'une Imogène pour se réveiller horrifiée à ses côtés, il n'y avait eu que Roberta. Roberta et ces mots terrifiants : « C'est moi qui ai fait ça. Je ne regrette rien. »

La tête avait roulé dans un tas de foin dans un coin du box. Et quand il l'avait aperçue... Seigneur, les yeux d'un rat luisaient dans la cavité – une toute petite cavité –, le museau gris mobile était rouge de sang et les petites pattes creusaient ! *Notre père qui êtes aux cieux... Notre père qui êtes aux cieux... Allons bon, voilà que je n'arrive pas à me rappeler la suite !*

– Père Hart, dit l'homme à la jaquette, qui avait ôté ses lunettes de lecture et sorti de sa poche un étui à cigarettes en or. Vous fumez ?

– Je... oui, merci.

Le prêtre tendit vivement la main vers le porte-cigarettes afin que les autres ne voient pas à quel point ses doigts tremblaient. L'homme passa le porte-cigarettes à la femme, qui secoua vigoureusement la tête en signe de refus. Il sortit un briquet en argent. Tout ce cérémonial prit quelques instants, ce qui permit à l'ecclésiastique de rassembler ses esprits.

L'homme blond se détendit et se mit à étudier les photographies punaisées sur l'un des murs du bureau.

– Pourquoi êtes-vous allé à la ferme ce jour-là, père Hart ? demanda-t-il doucement, balayant les photos du regard.

Le père Hart loucha vers le mur. Étaient-ce là les photos des suspects ? se demanda-t-il, l'espoir au cœur. Le Yard avait-il déjà commencé à traquer cette bête malfaisante ? A cette distance et avec sa myopie, il n'arrivait même pas à voir si c'étaient des photos d'êtres humains.

– C'était dimanche, répondit-il comme si cela expliquait tout.

L'homme blond tourna la tête vers lui. Ses yeux étaient d'un brun chaud.

– Vous aviez l'habitude de vous rendre chez les Teys le dimanche ? Pour y déjeuner peut-être ?

– Oh... je... excusez-moi, je croyais que le rapport...

Ce n'était pas comme ça qu'il s'en tirerait. Le père Hart téta avidement sa cigarette, fixant ses doigts jaunes de nicotine. Pas étonnant qu'on lui en ait offert une. Il n'aurait pas dû oublier les siennes, il aurait dû penser à en acheter un paquet à King's Cross. Mais tant de choses se bousculaient alors dans sa tête... Il tira une autre bouffée.

– Père Hart, dit le plus âgé des policiers qui était de toute évidence le supérieur hiérarchique du blond.

Ils s'étaient présentés, mais comme un idiot il avait oublié leurs noms. Il se souvenait uniquement de celui de la femme, Havers. Sergent Havers, à en juger par son uniforme. Les deux autres lui étaient sortis de l'esprit. Il fixa les visages graves avec un sentiment de panique croissant.

– Excusez-moi, vous m'avez demandé si...

– Si vous alliez chez les Teys tous les dimanches.

Le prêtre fit un effort désespéré pour penser clairement, en ordre chronologique, pour une fois. Plongeant la main dans sa poche, il chercha le contact rassurant du chapelet. La croix s'enfonça dans le gras de son pouce. Il sentit sous son doigt le corps minuscule du crucifié. *Seigneur, mourir de cette façon.*

– Non, s'empressa-t-il de répondre. William est... était notre premier chantre. Il avait une merveilleuse voix de basse qui résonnait dans toute l'église et je... (Il inspira bien à fond, histoire de se remettre sur les rails et enchaîna :) Il n'était pas venu à la messe ce matin-là et Roberta non plus. J'étais inquiet car les Teys ne manquent jamais l'office. Je me suis donc rendu chez eux.

Le fumeur de cigare regarda vers lui à travers la fumée corsée.

– Vous en faites autant pour tous vos paroissiens ? Cela doit les inciter à filer doux.

Le prêtre Hart avait fumé sa cigarette jusqu'au filtre, il ne lui restait donc plus qu'à l'éteindre. L'homme blond, qui n'avait fumé la sienne qu'à demi, l'imita néanmoins. Après quoi, il ressortit son porte-cigarettes, lui en offrit une autre qu'il alluma avec son briquet en argent. La fumée brûla la gorge du prêtre, lui calmant les nerfs et apaisant ses poumons.

– J'y suis allé parce qu'Olivia se faisait du mauvais sang.

Coup d'œil au rapport.

– Olivia Odell ?

Le père Hart opina vigoureusement.

– William Teys et elle venaient de se fiancer, voyez-vous. Ils devaient annoncer leurs fiançailles l'après-midi même, à l'occasion d'un petit thé. Elle lui avait téléphoné plusieurs fois après la messe mais, n'ayant pas réussi à le joindre, elle est venue me voir.

– Pourquoi ne s'est-elle pas rendue à la ferme elle-même ?

– Elle aurait bien voulu. Mais avec Bridie et le canard, elle était coincée. Le canard avait disparu, ça lui arrive de temps en temps et à chaque fois, c'est le drame. Olivia devait absolument remettre la main dessus.

Les trois policiers s'entre-regardèrent d'un air circonspect. Le prêtre vira au cramoisi. Tout cela était tellement absurde! Il poursuivit bravement néanmoins :

– Bridie est la petite fille d'Olivia, elle a un canard apprivoisé. Évidemment, ce n'est pas un animal familier au sens strict du terme...

Comment expliquer à des citadins les subtilités de la vie à la campagne?

– Pendant qu'Olivia et Bridie couraient après le canard, vous vous êtes rendu à la ferme, résuma l'homme blond avec gentillesse.

– C'est exactement ça, opina le père Hart avec un sourire de soulagement.

– Dites-nous ce qui s'est passé lorsque vous êtes arrivé.

– J'ai poussé jusqu'à la maison, il n'y avait personne et la porte n'était pas fermée à clé. Je me souviens m'être dit que c'était bizarre car William avait la manie de tout boucler à double tour quand il s'absentait. Il tenait à ce que j'en fasse autant à l'église quand je ne m'y trouvais pas. Le mercredi, jour de répétition de la chorale, il attendait pour partir que tout le monde soit sorti et que j'aie fermé les portes à clé.

– J'imagine que vous avez dû avoir un choc en trouvant la maison ouverte, remarqua l'homme blond.

– En effet. Même à une heure de l'après-midi. C'est pourquoi voyant que personne ne répondait alors que je frappais... (Il les regarda d'un air d'excuse.)... je suis entré.

– Avez-vous constaté quelque chose d'anormal à l'intérieur?

– Non. La maison était impeccablement propre comme d'habitude. Ah si, tout de même...

Il tourna les yeux vers la fenêtre. Comment leur expliquer?

– Oui.

– Les bougies s'étaient consumées entièrement.

– Ils n'ont pas l'électricité?

Le père Hart regarda les policiers le plus sérieusement du monde.

– Ces bougies font office de cierges, elles brûlent en permanence. Vingt-quatre heures sur vingt-quatre.

– Comme ceux qu'on met devant les autels?

– C'est exactement cela, acquiesça le prêtre avant de poursuivre. Quand j'ai vu ça, je me suis dit qu'il y avait quelque chose qui ne tournait pas rond. Ni William ni Roberta n'auraient laissé les bougies s'éteindre. J'ai traversé la maison et me suis dirigé vers l'étable.

– Et une fois là-bas... ?

Qu'ajouter d'autre, vraiment ? A la tranquillité glaciale qui régnait dans l'étable, il avait aussitôt compris. Dehors, dans le pré voisin, les bêlements des moutons, les cris des oiseaux évoquaient la paix. Tout était normal. Mais le calme absolu qui enveloppait l'étable portait la marque du diable. Il n'était même pas encore entré que l'odeur écœurante du sang répandu en une flaque épaisse était parvenue à ses narines, couvrant celle du fumier, du grain et du foin, l'attirant à l'intérieur de façon irrésistible.

Roberta, une grande fille costaude qui tenait de son père et était habituée aux travaux de la ferme, était assise sur un seau renversé dans un box. Immobile, elle fixait non pas la monstruosité sans tête qui gisait à ses pieds mais les fissures qui zébraient le mur en face d'elle.

– Roberta ? avait-il appelé d'un ton pressant, le cœur au bord des lèvres.

Pas de réponse, pas un souffle, pas un mouvement. Rien que le dos large, les jambes épaisses repliées sous elle, la hache à ses côtés. Par-dessus son épaule, il avait distingué nettement le corps pour la première fois.

– C'est moi qui ai fait ça et je ne regrette rien, s'était-elle bornée à dire.

Le père Hart ferma les yeux pour chasser le souvenir de cette vision.

– Je me suis précipité à la maison et j'ai téléphoné à Gabriel.

**
*

L'espace d'un instant, Lynley crut que le prêtre parlait de l'archange, tant le curieux petit homme qui s'efforçait de raconter son histoire donnait l'impression d'être en contact avec d'autres mondes.

– Gabriel ? lança Webberly, incrédule.

Lynley sentit que la patience du commissaire commençait à s'émousser. Il s'empressa de feuilleter le rapport et y trouva sans trop de mal le renseignement qu'il cherchait :

– Gabriel Langston, le constable du village, dit-il. Je suppose, père Hart, que Langston contacta aussitôt ses collègues de Richmond ?

Le prêtre opina avec un regard expressif en direction du porte-cigarettes de Lynley. Celui-ci l'ouvrit et offrit une nouvelle tournée. Havers refusa. Le prêtre allait l'imiter quand il vit Lynley se servir. Le policier avait la gorge à vif mais il savait que l'ecclésiastique n'arriverait jamais au bout de son récit s'il n'avait pas sa dose de nicotine et un compagnon avec qui partager son vice. Lynley, qui aurait bien bu un whisky, avala péniblement sa salive, alluma les cigarettes et laissa la sienne se consumer dans le cendrier.

– La police de Richmond arriva et tout se passa très vite. Elle... ils emmenèrent Roberta.

– Que pouvaient-ils faire d'autre ? Ne s'était-elle pas déclarée coupable ? remarqua alors Barbara Havers.

Se levant de son siège, elle s'approcha de la fenêtre. Au son de sa voix, il était clair qu'elle estimait qu'ils perdaient leur temps avec ce pauvre vieil homme, et qu'ils auraient mieux fait à l'heure qu'il était de foncer pleins gaz vers le Nord.

– Des tas de gens s'accusent d'avoir commis des crimes, dit Webberly, faisant signe à Havers de se rasseoir. J'ai eu vingt-cinq confessions d'individus prétendant être l'Éventreur. Et ce n'est pas fini.

– Je voulais seulement...

– Cela peut attendre.

– Roberta n'a pas tué son père, poursuivit le prêtre comme si de rien n'était. C'est impossible.

– Les crimes, ce sont des choses qui arrivent dans les familles, dit Lynley doucement.

– Pas dans les familles où il y a des Moustache.

La réflexion du prêtre – pour lui aveuglante de logique – fut saluée par un silence complet. Personne ne souffla mot, personne ne broncha. Il y eut une longue et insupportable pause à laquelle Webberly mit un terme en se levant :

– Seigneur, marmonna-t-il. Je suis vraiment désolé, mais...

Il se dirigea vers un placard vitré occupant un angle de la pièce et en sortit trois bouteilles.

– Whisky, xérès ou cognac ? proposa-t-il à la cantonade.

Lynley adressa une muette et vibrante prière de remerciement à Bacchus.

– Whisky, répondit-il.

– Havers ?

– Rien pour moi, dit-elle d'un ton rogue. Jamais pendant le travail.

– Comme vous voudrez. Et vous, mon père ?

– Je crois qu'un xérès...

– Va pour un xérès.

Webberly fit le service et retourna vers la table.

Ils contemplèrent tous leurs verres d'un air méditatif, se demandant qui le premier poserait la question. Ce fut Lynley qui s'en chargea, après avoir avalé une rasade de whisky qui fit merveille sur sa gorge irritée.

– Moustache, disiez-vous?

Le père Hart jeta un coup d'œil éperdu aux papiers éparpillés sur la table.

– Ce n'est pas dans le rapport? s'enquit-il d'un ton plaintif. On ne parle pas du chien?

– Si.

– Moustache, c'est le nom du chien, déclara le prêtre au soulagement général.

– Il était dans le box avec Teys, mort lui aussi, fit Lynley, consultant le rapport.

– Mais oui, et c'est pour cela que nous sommes tous convaincus de l'innocence de Roberta. Indépendamment du fait qu'elle était très attachée à son père, il y a la question du chien. Elle n'aurait jamais fait de mal à Moustache. C'était un chien de ferme, il faisait partie de la famille depuis que Roberta avait cinq ans. Il ne travaillait plus car il n'y voyait plus très bien, mais on ne se débarrasse pas d'un chien comme ça. Tout le monde connaissait Moustache au village. Nous l'aimions tous. L'après-midi, il lui arrivait de trotter jusque chez Nigel Parrish, de rester allongé au soleil sur le pré communal pendant que Nigel – qui est notre organiste – jouait de l'orgue. Parfois il allait chez Olivia à l'heure du thé.

– Il s'entendait bien avec le canard, je présume? s'enquit Webberly, le visage de marbre.

– A merveille! s'exclama le père Hart, radieux. Moustache s'entendait avec tout le monde. Quand Roberta vaquait à ses occupations, il ne la lâchait pas d'une semelle. C'est pourquoi, quand ils l'ont emmenée, je me suis dit qu'il fallait que je fasse quelque chose. Alors je suis venu.

– Je vois, conclut Webberly. Et vous avez bien fait, mon père. Grâce à vous, l'inspecteur Lynley et le sergent Havers ont tous les éléments en main désormais. (Il se mit debout et ouvrit la porte de son bureau.) Harriman?

Le tapotement des touches du système de traitement de texte qui évoquait le cliquetis du morse s'arrêta net. Une chaise racla le sol. La secrétaire de Webberly jaillit dans le bureau de son patron.

Dorothea Harriman avait un petit air de famille avec la princesse de Galles, ressemblance qu'elle réussissait à accentuer de façon déconcertante en se teignant les cheveux en blond blé et en refusant de porter ses lunettes en présence de malotrus susceptibles de faire des remarques sur la forme agressive de son nez et de son menton. Ambitieuse, elle voulait « faire carrière », comme elle disait, et était assez intelligente pour arriver à ses fins. Le seul obstacle était son goût en matière vestimentaire. Hideux, de l'avis de tous. Elle s'acharnait à vouloir ressembler à une princesse. De pacotille, ajoutaient certains. Ce jour-là, elle portait une robe de bal rose dont elle avait raccourci la jupe de façon à pouvoir la porter au bureau. Cette tenue était du plus vilain effet.

– Oui, commissaire ?

Sourde aux menaces et aux imprécations, Harriman s'entêtait à appeler ses collègues du Yard par leur grade.

Webberly se tourna vers le prêtre :

– Est-ce que vous passez la nuit à Londres, mon père, ou est-ce que vous regagnez le Yorkshire ?

– Je rentre par le dernier train. Je devais entendre mes fidèles en confession cet après-midi, voyez-vous, mais du fait de mon absence, j'ai promis de les confesser jusqu'à onze heures ce soir.

– Bien sûr, opina Webberly. Appelez un taxi pour le père Hart, dit-il à Harriman.

– Oh, mais je n'ai pas assez..., commença l'ecclésiastique.

Webberly l'arrêta d'un geste.

– C'est le Yard qui paie, mon père.

« Le Yard qui paie... » Le prêtre savoura ces paroles et rosit de plaisir : on le considérait donc comme faisant partie de la maison. Il se laissa remorquer hors de la pièce par la secrétaire du commissaire.

***

– Que prenez-vous lorsque vous buvez, sergent Havers ? s'enquit Webberly, une fois le père Hart parti.

– Du tonic, monsieur.

– Très bien, marmonna-t-il en rouvrant sa porte. Harriman, aboya-t-il, une bouteille de Schweppes pour le sergent Havers... Et ne venez pas me dire que vous n'avez pas la moindre idée de l'endroit où vous pouvez vous en procurer. Trouvez-en, c'est tout.

Claquant la porte, il se dirigea vers le placard faisant office de bar et sortit la bouteille de whisky.

Lynley se frotta le front et exerça une forte pression sur ses tempes.

– Seigneur ! J'ai une de ces migraines, murmura-t-il. L'un de vous aurait-il de l'aspirine ?

– J'en ai, répondit Havers en fouillant dans son sac à la recherche d'une boîte qu'elle lui lança à travers la table. Servez-vous, inspecteur.

Webberly les considéra d'un air songeur. Il se demanda une fois de plus si ce tandem constitué de deux personnalités aussi diamétralement opposées avait ne fût-ce que l'ombre d'une chance de fonctionner. Havers ressemblait à un hérisson, toujours prête à se rouler en boule à la moindre provocation. Pourtant sous ces dehors épineux se cachait une réelle et pénétrante intelligence.

Le tout était de savoir si Thomas Lynley serait suffisamment patient et bien disposé à l'égard d'Havers pour l'inciter à laisser ses facultés intellectuelles prendre le pas sur son caractère impossible. Un caractère qui l'avait empêchée de faire équipe avec qui que ce soit jusqu'alors.

– Désolé d'avoir dû vous kidnapper en plein mariage, Lynley, mais il n'y avait pas moyen de faire autrement. C'est la seconde rencontre entre Nies et Kerridge dans le Nord. La première a été un désastre, Nies ayant eu le mauvais goût d'avoir raison sur toute la ligne. (Tout en caressant de l'index le bord de son verre, il pesa soigneusement ses mots :) Je me suis dit que votre présence servirait à rappeler à Nies qu'il lui arrive aussi de se tromper.

Webberly scruta son interlocuteur, à l'affût d'une éventuelle réaction – mouvement de tête, raidissement d'un muscle ou battement de paupière. Mais il en fut pour ses frais car Lynley ne broncha pas. Ce n'était un secret pour personne au Yard que l'unique fois où Lynley avait eu à travailler avec Nies – cinq ans plus tôt à Richmond –, cela s'était terminé par une arrestation : la sienne. Quelque prématurée et injustifiée qu'elle eût été, il n'en restait pas moins que c'était le seul mauvais point entachant des états de service par ailleurs admirables, véritable croix que Lynley devrait porter jusqu'à la fin de sa carrière.

– Je comprends, répondit Lynley d'un ton uni.

Un coup frappé à la porte annonça que la quête de miss Harriman n'avait pas été vaine. L'air triomphant, elle posa en effet le Schweppes sur la table devant le sergent Havers et consulta l'horloge qui marquait près de six heures.

– Comme nous sommes samedi et que ce n'est pas un jour de travail ordinaire, commissaire, commença-t-elle, je me suis dit que je pourrais...

– C'est bon, c'est bon, bougonna Webberly avec un geste de la main, vous pouvez disposer.

– Oh, il ne s'agit pas de ça, fit Harriman, suave. L'article soixante-cinq A concernant les récupérations stipule...

– Si vous prenez votre lundi, je vous tords le cou, Harriman, fit Webberly avec une égale suavité. Avec l'affaire de l'Éventreur, il est hors de question que vous vous absentiez.

– Cela ne me viendrait pas à l'idée, monsieur. Dois-je mettre ces heures sur mon compte à récupérer ? L'article soixante-cinq C du règlement intérieur indique que...

– Mettez-les où vous voulez, Harriman.

Elle lui adressa un sourire compréhensif.

– Parfait, commissaire, dit-elle en refermant la porte derrière elle.

– Est-ce que cette teigne ne vous a pas fait un clin d'œil avant de sortir, Lynley ? s'enquit Webberly.

– Je n'ai rien remarqué, monsieur.

* * *

Il était huit heures et demie lorsqu'ils commencèrent à rassembler les papiers éparpillés sur le bureau de Webberly. La nuit était tombée et l'éclairage au néon, loin d'atténuer l'aspect fouillis – au demeurant bien sympathique – de la pièce, l'accentuait au contraire. Le désordre était encore pire qu'avant depuis qu'étaient venus s'y ajouter les dossiers du Nord étalés un peu partout. L'âcre nuage de fumée de cigarettes et de cigares joint aux relents de whisky et de xérès évoquait l'ambiance d'un club masculin plutôt crasseux.

En remarquant les rides que la fatigue avait creusées sur le visage de Lynley, Barbara se dit que l'aspirine ne lui avait pas fait grand bien. Il se tenait près du mur où étaient punaisées les photos des victimes de l'Éventreur, et les examinait une à une. Tandis qu'elle l'observait, il en désigna une de la main – celle du mort de King's Cross, nota-t-elle machinalement –, suivant du doigt l'entaille laissée par le couteau du maniaque.

– La mort met un point final à tout, murmura-t-il. Ce n'est plus que du noir et blanc, de la chair sans vie. Comment reconnaître un homme vivant à partir de ceci ?

– Ou de cela, si on va par là, fit Webberly, montrant les photographies apportées par le père Hart.

Lynley revint vers la table. Il se tenait près de Barbara mais ne faisait absolument pas attention à elle. Tandis qu'il examinait les clichés une dernière fois, elle vit se peindre sur son visage une expression de dégoût, d'incrédulité, puis de pitié. Il était si facile de lire sur ses traits qu'elle se demanda comment il se débrouillait pour ne pas se trahir en présence d'un suspect au cours d'une enquête. Il y parvenait pourtant, car il n'avait que des succès à son actif. Brillant, cet homme l'était à plus d'un titre.

– Nous nous mettrons en route pour le Nord demain matin, dit-il au commissaire.

Prenant une enveloppe de papier bulle, il y enfourna les documents.

Webberly étudiait un horaire des chemins de fer qu'il avait exhumé du fatras sous lequel disparaissait son bureau.

– Prenez le 8 h 45.

Lynley poussa un grognement de douleur.

– Ayez pitié de moi. Il va me falloir au moins dix heures pour me débarrasser de cette migraine.

– Alors prenez celui de 9 h 30, mais pas plus tard.

Webberly jeta un dernier coup d'œil autour de lui avant d'enfiler son manteau de tweed. Comme tous ses autres vêtements, le pardessus était élimé par endroits et le revers gauche s'ornait d'une petite reprise maladroite destinée à cacher une brûlure causée par de la cendre de cigare.

– Je veux un rapport mardi, déclara-t-il en s'en allant.

L'absence du commissaire parut rendre son tonus à Lynley car à peine Webberly avait-il tourné les talons qu'il se dirigea d'un pas alerte vers le téléphone. Il composa un numéro, pianotant sur le bureau et louchant sur la pendule. Au bout d'une minute, un grand sourire éclaira son visage.

– C'est gentil de m'avoir attendu, mon chou, dit-il dans le récepteur. Tu t'es enfin décidée à rompre avec Jeffrey Cusick ? Ah, j'en étais sûr, Helen ! Ne t'ai-je pas dit cent fois qu'un avocat ne réussirait pas à te rendre heureuse ? La réception s'est bien terminée ?... Il a fait ça ? Seigneur ! J'imagine la scène. Je me demande si Andrew a jamais pleuré de sa vie. Pauvre Saint James. Il ne devait plus savoir où se fourrer. C'est le champagne qui fait ça, tu sais. Et Sidney, elle a réussi à se ressaisir ? J'ai eu l'impression qu'elle allait y aller la larme à la fin. Elle n'a jamais caché que Simon est son frère préféré. Évidemment que nos projets tiennent toujours ! On avait bien dit qu'on allait danser, non ?... Peux-tu m'accorder, disons, une petite heure ? Hein, quoi ?... Helen ! Quelle coquine tu fais ! (Il rit et reposa le combiné sur son support). Toujours là, sergent ? s'enquit-il en se tournant vers Havers.

– Vous n'êtes pas motorisé, monsieur, répondit-elle, glaciale. Je me suis dit que vous aimeriez peut-être que je vous raccompagne.

– C'est très aimable à vous mais nous avons passé suffisamment de temps comme cela dans ce bureau et je suis sûr que vous avez mieux à faire un samedi soir que de me reconduire chez moi. Je prendrai un taxi. (Il se pencha au-dessus du bureau de Webberly, griffonnant à la hâte sur un bout de papier.) Voici mon adresse, dit-il en lui tendant le papier. Soyez-y à sept heures demain matin. Cela devrait nous donner le temps d'essayer d'y voir un peu plus clair avant de prendre le chemin du Yorkshire. Bonsoir, lança-t-il en quittant la pièce.

Barbara jeta un coup d'œil au bout de papier qu'elle tenait à la main, à l'écriture qui réussissait à être élégante bien que les lettres eussent été tracées à la va-vite. Elle l'étudia une bonne minute avant de le déchirer en petits morceaux qu'elle jeta à la poubelle. Elle savait très bien où habitait Thomas Lynley.

***

Le sentiment de culpabilité commença à la tarauder dans Uxbridge Road. Comme d'habitude. Ce soir, ce fut pire quand elle s'aperçut que l'agence de voyages était fermée, ce qui l'empêcherait d'y prendre la documentation sur la Grèce comme elle avait promis de le faire. Empress Tours. Drôle de nom pour cette petite boutique minable dont les employés étaient assis derrière des comptoirs au dessus plastifié et peints façon bois ? Elle ralentit, essayant à travers le pare-brise sale de voir s'il n'y avait pas un signe de vie à l'intérieur. Les propriétaires habitaient au-dessus de la boutique. Peut-être qu'en frappant à leur porte, elle réussirait à leur faire mettre le nez dehors. Mais non, c'était ridicule. Maman avait aussi peu de chances d'aller en Grèce qu'elle n'en avait d'aller sur la lune; elle attendrait ses brochures un peu plus longtemps, voilà tout.

Pourtant, elle était passée devant une douzaine d'agences au moins aujourd'hui. Pourquoi ne s'était-elle pas arrêtée ? Ces rêves idiots mis à part, quelle autre raison de vivre sa mère avait-elle ? Mue par le besoin de compenser son échec, Barbara stoppa devant chez Patel. L'épicerie délabrée, peinte en vert, était pleine d'étagères rouillées et de caisses empilées de façon précaire, d'où émanait cet étrange parfum qu'ont les fruits quand ils ne sont plus de la première fraîcheur. Patel était encore ouvert, lui au moins. Il n'était pas homme à laisser passer l'occasion de gagner trois sous.

— Barbara! s'écria-t-il de l'intérieur du magasin tandis qu'elle se penchait au dessus des fruits disposés dans des cageots sur le trottoir.

Essentiellement des pommes. Quelques pêches tardives en provenance d'Espagne.

— Qu'est-ce que vous fabriquez dehors à c't heure ?

Il ne lui serait jamais venu à l'idée qu'elle pût avoir un rendez-vous. Personne n'aurait songé à ça. Pas même elle.

— J'ai travaillé tard, Mr Patel. Combien, les pêches ?

— Quatre-vingt-cinq pence la livre, mais pour vous, ma jolie, ce sera quatre-vingt.

Elle en choisit six. Il les pesa, les enveloppa et les lui tendit.

— J'ai vu votre père aujourd'hui.

Elle leva vivement les yeux vers l'épicier dont le visage se figea lorsqu'il vit son expression.

— Il n'a pas fait de bêtises, au moins ? s'enquit-elle, l'air faussement détaché, remettant son sac bandoulière à l'épaule.

— Ça non, alors! Il ne fait jamais de bêtises! (Mr Patel prit son argent, le compta et le recompta avant de le fourrer dans sa caisse.) Faites bien attention à vous, Barbara. Les hommes, quand ils voient des gentilles filles comme vous...

— Je ferai attention, soyez sans crainte, l'interrompit Barbara.

Elle jeta les pêches sur le siège avant. *Une gentille fille comme toi, Barbara. Faut que tu fasses attention. Garde bien les genoux serrés, surtout. Une vertu comme la tienne ça se perd vite, et une femme déchue l'est à jamais.* Avec un rire amer, elle enclencha la première et démarra.

A Acton, il y avait deux quartiers : le bon et le mauvais. C'était comme si une ligne de démarcation coupait arbitrairement la banlieue en deux, condamnant du même coup à l'indignité la moitié de la population tout en assurant la respectabilité de l'autre.

Dans la partie résidentielle, les maisons de brique bien propres s'enorgueillissaient d'huisseries aux couleurs pimpantes qui étincelaient au soleil matinal. Les roses poussaient à foison. Les fuchsias prospéraient dans leurs pots. Les enfants jouaient sur les trottoirs impeccables et dans les jardins tirés au cordeau. En hiver, la neige ourlait telle une meringue les bords des toits tandis qu'en été les ormes élancés formaient des tunnels de verdure sous lesquels les familles flânaient dans la lumière parfumée du soir. Dans les rues chic d'Acton, il n'y avait jamais ni disputes, ni musique tonitruante, ni odeurs de friture ni poings brandis. Le quartier était un océan de perfection sur lequel voguaient placidement les rêves de ses habitants. Mais une rue plus loin, le décor changeait radicalement.

Les gens se plaisaient à dire que le soleil tapait dur sur les rues moches d'Acton et que cela faisait toute la différence. C'était comme si une main géante s'était abattue sur le quartier, secouant pêle-mêle bâtiments, avenues, habitants et mettant tout sens dessus dessous. Les maisons sombraient avec morosité dans la décrépitude. Une fois plantés, les jardins étaient oubliés et livrés à eux-mêmes. Sur les trottoirs jonchés de saletés, les enfants jouaient à des jeux bruyants qui obligeaient leurs mères à bondir sur le pas de leur porte pour les rappeler à l'ordre. La bise hivernale s'insinuait en sifflant par les fenêtres mal jointes, les toits laissaient entrer la pluie. Les gens qui habitaient du mauvais côté n'envisageaient même pas la possibilité d'être ailleurs : y penser, c'eût été espérer, et l'espoir était mort dans cette partie d'Acton.

C'était là que Barbara se rendait, engageant la Mini dans une rue bordée de voitures toutes aussi rouillées que la sienne. Devant chez elle, il n'y avait pas le moindre jardinet mais un bout de terrain aussi dur que le trottoir sur lequel elle se gara.

A côté, Mrs Gustafson faisait beugler sa télé. Comme elle était presque sourde, elle faisait profiter tout le voisinage des aventures de ses héros préférés. Sur le trottoir d'en face, les Kirby avaient entamé la querelle qui préludait rituellement à d'autres explications – plus intimes celles-là – tandis que leurs enfants les ignoraient de leur mieux, bombardant à coups de mottes de terre un chat indifférent posté sur le rebord d'une fenêtre du premier étage d'un pavillon voisin.

Barbara soupira, farfouilla à la recherche de sa clé et pénétra dans la maison. L'odeur du poulet aux petits pois l'atteignit de plein fouet.

– C'est toi, mon chou ? lança la voix maternelle. Tu rentres bien tard. Tu étais avec des amis ?

Cette bonne blague !

– Je travaillais, maman. J'ai réintégré la criminelle.

Mrs Havers s'approcha de la porte du séjour en traînant les pieds. Aussi petite que Barbara, elle était horriblement maigre, comme si une longue maladie l'avait ravagée, atrophiant muscle après muscle.

– La criminelle ? fit-elle d'un ton plaintif. Tu sais ce que j'en pense, mon chou.

Tout en parlant, elle porta la main à son crâne, tapotant nerveusement ses cheveux rares en un geste caractéristique. Ses yeux immenses étaient bouffis et bordés de rouge, à croire qu'elle avait passé la journée à pleurer.

– Je t'ai rapporté des pêches, fit Barbara, lui montrant le sac. L'agence de voyages était fermée, malheureusement. J'ai tambouriné à la porte pour les faire descendre mais sans succès. Ils ne devaient pas être chez eux.

Oubliant aussitôt la criminelle, Mrs Havers rosit imperceptiblement. Saisissant le tissu de sa minable robe d'intérieur, elle le tire-bouchonna entre ses doigts.

– Ça n'a aucune importance. J'ai quelque chose à te montrer, attends. Va dans la cuisine, ton dîner est encore chaud. Je te rejoins dans un instant.

Barbara passa devant le séjour. Le caquetage inepte de la télévision et l'odeur de renfermé qui s'échappait de la pièce la firent tressaillir de dégoût. La cuisine, où flottaient des relents fétides de poulet grillé et de petits pois anémiques, ne valait guère mieux. Elle darda un œil morne vers l'assiette posée sur la table, effleura du bout du doigt la viande flétrie. Le morceau de volaille était froid, aussi glissant et fripé que si on l'avait mis à tremper dans du formol aux fins de dissection. La graisse s'était figée tout autour, une noix de beurre rance reposait intacte sur les petits pois qui semblaient avoir été retirés du four des années plus tôt.

Génial ! songea-t-elle. La « délicieuse salade de crabe » pouvait-elle vraiment rivaliser avec ce festin digne d'Épicure ? Elle se mit en quête du journal qu'elle trouva plié sur une des chaises bancales. Elle le prit, l'ouvrit et déposa son dîner sur le visage souriant de la duchesse de Kent.

– Tu n'as pas jeté ton bon dîner, j'espère !

Aïe! Barbara se retourna et vit le visage défait de sa mère, ses lèvres tremblantes, ses grands yeux d'un bleu délavé pleins de larmes. Elle tenait un album relié en simili cuir contre sa poitrine osseuse.

– Tu m'as prise en flagrant délit, maman. (Barbara s'arracha un sourire, passa un bras autour des épaules maigrichonnes de sa mère et la conduisit vers la table). J'ai mangé un morceau au Yard, je n'ai pas faim. Tu voulais que je le mette de côté pour toi ou pour papa?

Mrs Havers cilla, son visage exprimant un soulagement pathétique.

– Je... je ne sais pas. Non, bien sûr que non. On ne va pas manger du poulet aux petits pois deux soirs de suite, pas vrai? (Avec un petit rire, elle posa son album sur la table). Ton père m'a rapporté les brochures sur la Grèce, annonça-t-elle.

– Vraiment? (*Voilà donc pourquoi il était sorti de sa cage.*) Tout seul? s'enquit Barbara, mine de rien.

Mrs Havers regarda au loin, tripotant les coins de l'album. Elle décocha à sa fille un sourire bref et radieux.

– Assieds-toi là, mon chou, fit-elle en avançant une chaise. Je vais te montrer.

Elle ouvrit l'album, tourna rapidement les pages consacrées à l'Italie, à la France, à la Turquie – la Turquie, je vous demande un peu – et au Pérou et arriva aux pages concernant la Grèce.

– Voilà l'hôtel où nous sommes descendus à Corfou. Juste devant la baie. On aurait pu séjourner dans un hôtel plus moderne, à Kanoni, mais j'aimais mieux la vue de l'autre, pas toi, mon chou?

Barbara avait les yeux qui picotaient. Elle n'avait pas envie de jouer le jeu. *Combien de temps cela va-t-il durer? Cela ne cessera-t-il donc jamais?*

– Tu ne m'as pas répondu, Barbara, fit Mrs Havers, la voix tremblante d'inquiétude. Je me suis donné tellement de mal avec ce voyage aujourd'hui. Il valait mieux qu'on ait la vue plutôt que le nouvel hôtel de Kanoni, tu ne crois pas?

– Bien mieux, maman, se força à répondre Barbara en se mettant debout. Je dois me lever de bonne heure demain, je suis sur une enquête. La Grèce ne peut pas attendre?

Mrs Havers comprendrait-elle?

– Quelle sorte d'enquête?

– Ça concerne une famille du Yorkshire. Je serai absente quelques jours. Crois-tu que tu pourras t'en sortir ou veux-tu que je demande à Mrs Gustafson de venir s'installer à la maison?

Une sourde s'occupant d'une folle, quelle réconfortante pensée!

– Mrs Gustafson ? (Mrs Havers referma l'album et se redressa.) Ce n'est pas la peine, mon chou. Ton père et moi, on se débrouillera très bien tout seuls. On s'est toujours très bien débrouillés seuls, tu sais. Sauf quand Tony...

Il faisait une chaleur étouffante et insupportable dans la pièce. Seigneur, songea Barbara, que ne donnerais-je pour un bol d'air. Pour respirer ne fût-ce qu'un instant. Elle se dirigea vers la porte de derrière qui donnait sur un jardinet envahi par les herbes folles.

– Où vas-tu ? s'enquit sa mère, une note familière d'hystérie dans la voix. Il n'y a rien là-bas derrière ! Tu ne dois pas sortir quand il fait nuit !

Barbara prit le poulet dans son papier.

– Je vais jeter ça à la poubelle, maman. J'en ai pour une minute. Tu n'as qu'à m'attendre près de la porte, comme ça tu me verras.

– Moi... Près de la porte ?

– Si tu veux, oui.

– Non, il ne faut pas que je reste près de la porte. On n'a qu'à la laisser entrouverte. Si tu as besoin de moi, tu n'auras qu'à crier.

– Excellente idée, maman.

Attrapant son paquet, elle sortit en hâte dans la nuit.

Quelques minutes. Elle respira l'air frais, écouta les bruits familiers du voisinage, tira de sa poche un vieux paquet de Players tout froissé. Elle prit une cigarette, l'alluma et leva les yeux vers le ciel.

Qu'est-ce qui avait déclenché la plongée dans la folie ? C'était Tony, bien sûr. Ce petit diable au visage parsemé de taches de rousseur. Une bouffée d'air frais dans les ténèbres perpétuelles de l'hiver. *Regarde, Barbie ! Regarde ! J'y arrive ! Je peux tout faire !* Panoplies de chimiste et ballons de rugby. Cricket sur le pré communal et chat perché l'après-midi. Et il avait fallu qu'il coure bêtement après une balle au milieu d'Uxbridge Road.

Pourtant ce n'était pas de cela qu'il était mort. Mais d'un séjour à l'hôpital, d'une fièvre persistante et bizarre, du baiser vampirique d'une leucémie. Par une étrange ironie du sort, il était entré à l'hôpital avec une jambe cassée et il en était ressorti avec la leucémie.

Il avait mis quatre horribles années à mourir. Quatre ans pendant lesquels ils avaient effectué cette descente dans la folie.

– Tu es là, mon chou ? fit la voix tremblante.

– Je suis là, maman. Je regarde le ciel.

Barbara écrasa sa cigarette sur le sol dur et rentra.

4

Deborah Saint James immobilisa la voiture en riant et se tourna vers son mari :

– On ne t'a jamais dit que tu étais le plus mauvais navigateur du monde, Simon ?

Il sourit et referma l'atlas routier.

– Pas une seule fois. Mais sois indulgente, pense au brouillard.

A travers le pare-brise, elle regarda le grand bâtiment sombre qui se dressait devant eux.

– Piètre excuse au fait que tu n'es pas capable de lire une carte, si tu veux mon avis. Tu es sûr que nous ne nous sommes pas trompés d'endroit ? Je n'ai pas l'impression qu'on nous attende.

– Le contraire m'étonnerait. Je leur ai dit que nous arriverions à neuf heures et il est maintenant... (A la faible lumière du plafonnier, il consulta sa montre.) Seigneur ! onze heures et demie. Eh bien, mon amour, qu'en penses-tu ? Si nous passions notre nuit de noces dans la voiture ?

– Tu veux que nous nous empoignions sur la banquette arrière comme deux adolescents en chaleur ? (Elle rejeta ses longs cheveux en arrière d'un mouvement vif.) Hmmm, c'est une idée. Seulement dans ce cas, tu aurais dû louer quelque chose de plus spacieux qu'une Escort. Non, Simon, nous n'avons pas le choix, j'en ai bien peur : il va falloir nous résigner à tambouriner à la porte. Mais je te préviens, c'est toi qui présenteras nos excuses au malheureux qui viendra ouvrir.

Elle sortit dans l'air glacial de la nuit et contempla le bâtiment.

De style pré-élizabéthain à l'origine, l'édifice avait subi à l'époque jacobéenne une série de remaniements qui ajoutaient à son air baroque. Les fenêtres à meneaux adressaient des clins d'œil au clair de lune qui avait réussi à percer à travers le brouillard et filait vers les vallons après avoir enveloppé les landes. Les murs étaient tapissés de vigne vierge. Les cheminées hérissaient le toit, se détachant sur fond de ciel nocturne comme une forêt de verrues bizarres. Le bâtiment semblait farouchement décidé à nier l'existence du xxᵉ siècle, détermination qui avait gagné le parc alentour.

D'énormes chênes déployaient leurs branches au-dessus de pelouses ponctuées de statues cernées de fleurs. Des chemins s'enfonçaient en serpentant dans les bois derrière la maison. Au milieu du calme absolu, le gargouillis d'une fontaine et le bêlement d'un agneau faisaient seuls écho au chuchotement de la brise qui frémissait dans la nuit.

Deborah pivota vers la voiture.

Son mari avait ouvert sa portière et la regardait, guettant avec la patience qui lui était coutumière sa réaction de photographe devant la beauté des lieux.

– C'est merveilleux, dit-elle. Merci, mon amour.

Il souleva sa jambe gauche appareillée, la laissa retomber sur l'allée et tendit la main. D'un mouvement preste et naturel, Deborah l'aida à se mettre debout.

– J'ai l'impression d'avoir tourné en rond pendant des heures, remarqua Saint James en s'étirant.

– C'est parce que nous avons tourné en rond pendant des heures, le taquina-t-elle. « C'est à deux heures de la gare, Deborah. Le trajet est magnifique. »

– Tu ne vas pas prétendre le contraire, chérie.

– Sûrement pas. La troisième fois que j'ai aperçu l'abbaye de Rievaulx, j'ai failli hurler d'enthousiasme. (Elle jeta un coup d'œil à l'impressionnante porte de chêne.) Si nous tentions notre chance ?

Les graviers crissant sous leurs pas, ils s'approchèrent du renfoncement sombre où s'encadrait la porte, flanquée de deux énormes urnes. L'une des jarres contenait une débauche de fleurs tandis que l'autre abritait une colonie de géraniums rachitiques dont les feuilles tombèrent sur le sol lorsque Deborah et son mari passèrent à proximité.

Saint James actionna vigoureusement le lourd heurtoir de cuivre fixé au centre du battant, mais sans grand résultat.

– Il y a une sonnette, remarqua Deborah. Essaie-la.

La sonnerie retentit au plus profond de la demeure, provoquant aussitôt les aboiements furieux de ce qui leur parut être une véritable meute.

– Pour une réussite, c'est une réussite ! fit Saint James en éclatant de rire.

– Casper ! Jason ! Bon sang, arrêtez donc ! Ce n'est que la sonnette, sales bêtes ! fit une voix de femme, rauque et masculine.

Couchés! Dehors! Retournez à la cuisine! (Il y eut une pause, suivie d'un bruit de mêlée farouche.) Ah non, la barbe! Filez, que je ne vous revoie plus! Oh, espèces de monstres! Rendez-moi mes pantoufles!

Sur ces mots, un verrou grinça et la porte s'ouvrit sans douceur, révélant une femme qui, pieds nus, sautillait sur les dalles glacées de l'entrée, sa chevelure grise et frisée flottant sur ses épaules.

— Monsieur Allcourt-Saint James, dit-elle sans autre préambule. Entrez. Brr!

Retirant le châle de laine qu'elle avait jeté sur ses épaules, elle le laissa tomber par terre pour s'en faire une carpette. Puis elle resserra étroitement autour d'elle les pans de sa volumineuse robe de chambre pourpre et claqua énergiquement la porte une fois que les visiteurs furent entrés.

— Ah, Dieu merci, ça va mieux. (Elle éclata d'un rire proprement rugissant.) Je vous demande pardon, je fais moins dans le genre Emily Brontë, d'habitude. Est-ce que vous vous seriez perdus?

— Complètement, avoua Saint James. Voici ma femme, Deborah. Mrs Burton-Thomas.

— Vous devez être frigorifiés, observa la maîtresse de maison. Nous allons remédier à cela sans tarder. Allons dans le salon, il y a un bon feu. Danny! beugla-t-elle par-dessus son épaule gauche. Venez, c'est par là. Danny!

Ils traversèrent à sa suite le vieux vestibule dallé de pierre. Tout murs blancs et poutres sombres, l'endroit était glacial. Fenêtres vierges de rideaux, table de réfectoire noire au centre de la pièce, vaste cheminée éteinte percée dans le mur du fond. Au-dessus de la cheminée était accroché un assortiment d'armes à feu et de casques aux formes bizarres.

— Eh oui, expliqua Mrs Burton-Thomas, nous avons eu les Têtes rondes de Cromwell ici. Ils ont occupé Keldale Hall dix mois durant, au cours de la révolution anglaise, et ils en ont bien profité. En 1644, précisa-t-elle, comme si elle attendait d'eux qu'ils enregistrent la date de cette année d'infamie dans l'histoire du clan Burton-Thomas. Mais nous nous en sommes débarrassés dès que nous avons pu, de ces démons!

Elle leur fit traverser une sombre salle à manger et les entraîna dans une pièce tout en longueur et richement lambrissée, ornée de doubles rideaux écarlates aux fenêtres, et où un feu de charbon ronflait dans l'âtre.

— Bon sang, où est-elle passée? marmonna Mrs Burton-Thomas, se dirigeant vers la porte qu'ils venaient de franchir. Danny!

Un bruit de galopade retentit et une jeune fille d'environ dix-neuf ans aux cheveux tout ébouriffés s'encadra dans le seuil.

– Désolée! fit-elle en riant. Tiens, tes pantoufles. (Elle les jeta à la châtelaine, qui s'en saisit habilement au vol.) Elles en ont pris un coup, j'en ai peur.

– Merci, mon lapin. Veux-tu aller chercher du cognac pour nos invités? Cet horrible Mr Watson en a liquidé un bon tiers de carafe ce soir. Pour un peu, il regagnait sa chambre à quatre pattes. Mais il y a d'autres bouteilles à la cave. Tu t'en occupes?

Tandis que l'adolescente s'éloignait, Mrs Burton-Thomas examina ses pantoufles et fronça les sourcils en découvrant un trou récent dans un talon. Toujours marmonnant, elle enfila les chaussons et drapa autour de ses épaules le châle qui lui avait pour ainsi dire tenu lieu de tapis volant dans sa traversée de la maison.

– Asseyez-vous, je vous en prie. Je n'ai pas voulu allumer un feu dans votre chambre avant votre arrivée, cela va nous permettre de bavarder, le temps qu'il flambe bien. Il fait rudement froid pour un mois d'octobre, vous ne trouvez pas? Il paraît qu'on va avoir un hiver précoce.

Bientôt, la jeune Danny revint avec la bouteille de cognac demandée. Après l'avoir débouchée, elle la transvasa dans une carafe sur une table d'acajou signée surmontée d'un portrait de quelque ancêtre aux traits anguleux et à la mine farouche. Puis elle s'approcha, portant avec précaution un plateau sur lequel étincelaient trois verres à dégustation et la carafe.

– Je m'occupe de la chambre, tante? s'enquit-elle.

– Oui. Et demande donc à Eddie de se charger des bagages. Et si jamais tu rencontrais nos Américains errant dans les couloirs et se demandant à quoi rime ce raffut, fais-moi le plaisir de leur présenter des excuses.

Mrs Burton-Thomas remplit généreusement les verres tandis que la jeune fille ressortait.

– Ils sont descendus chez moi pour l'atmosphère, et l'atmosphère, je me fais fort de leur en donner. (Avec un rire tonitruant, elle vida son verre d'un trait.) Je cultive la couleur locale, expliqua-t-elle, l'œil pétillant, en se resservant. Il suffit de jouer les excentriques pour avoir son nom dans tous les guides touristiques.

Son allure illustrait parfaitement ses propos. Il y avait en elle un mélange de noblesse seigneuriale et d'horreur gothique. Taille imposante, épaules de déménageur, elle se mouvait avec une grâce de bulldozer au milieu du mobilier sans prix qui garnissait la pièce. Elle avait des mains de manœuvre, des chevilles de danseuse et un visage de walkyrie vieillissante. Ses yeux bleus étaient profondément enfoncés dans les orbites, au-dessus de pommettes saillantes. Son nez en bec d'aigle, qui n'avait pas rapetissé avec les années, semblait, à la lumière tamisée du salon, jeter une ombre sur sa lèvre supérieure. On lui aurait donné soixante-cinq ans, mais pour Mrs Burton-Thomas l'âge n'avait de toute évidence qu'une valeur toute relative.

– Eh bien, fit-elle en examinant ses pensionnaires, que diriez-vous d'une petite collation ? Vous avez raté le dîner que nous avons servi il y a maintenant... (elle jeta un coup d'œil à l'horloge qui égrenait son tic-tac sonore à l'autre bout du salon) ... deux heures.

– Tu as faim, mon amour ? demanda Saint James à Deborah, l'œil malicieux.

– Euh... non, absolument pas. (Se tournant vers Mrs Burton-Thomas, elle s'enquit :) Vous avez d'autres pensionnaires ?

– Un couple d'Américains. Vous les verrez au petit déjeuner. Costume en polyester et chaînes en or tape-à-l'œil. Lui se promène avec une horrible bague ornée d'un diamant au petit doigt. Il m'a tenu hier soir sur l'art dentaire un discours à hurler de rire. Si j'ai bien compris, il voulait que je me fasse recouvrir les dents de résine pour les sceller. C'est le fin du fin, à ce qu'il paraît. (Mrs Burton-Thomas frissonna et avala un autre cognac.) Je ne sais pas pourquoi, ça m'a fait penser à l'Égypte. A ces choses qu'on conserve pour la postérité. Mais peut-être s'agit-il d'une nouvelle technique pour lutter contre les caries ? (Elle haussa les épaules avec une majestueuse indifférence.) Je n'ai pas la moindre idée de ce que cela peut être. Je me demande pourquoi les Américains font cette fixation sur leurs dents. La blancheur, la régularité, ils n'ont que ça à la bouche ! Enfin quoi, des dents un peu de travers, ça donne du caractère à un visage ! (Elle se mit à tisonner à grands coups le feu, expédiant sur le tapis une gerbe d'étincelles qu'elle piétina avec énergie.) Je suis ravie de vous avoir chez moi. Je sais bien que grand-père n'arrête pas de se retourner dans sa tombe depuis que je me suis lancée dans le tourisme, mais c'était ça ou traiter avec cette fichue Société pour la conservation des monuments. (Elle leur adressa un clin d'œil par-dessus le bord de son verre.) Excusez-moi mais l'hôtellerie, c'est quand même nettement plus amusant.

Une toux discrète se fit entendre. Un jeune garçon se tenait dans l'encadrement de la porte. Il était vêtu d'un pyjama de flanelle écossais et d'un vieux veston d'intérieur trois fois trop grand pour lui, ceinturé tant bien que mal autour de sa taille étroite. Le vêtement lui conférait une sorte de panache anachronique. Il portait une paire de béquilles.

– Qu'y a-t-il, Eddie ? s'enquit Mrs Burton-Thomas d'un ton bourru. Tu t'es occupé des bagages ?

– J'ai trouvé ça dans le coffre, tante. Je les monte aussi ?

– Évidemment, nigaud !

Il fit demi-tour et prit la fuite. Elle secoua la tête d'un air lamentable.

– Je suis une martyre, ces enfants me tueront. Allons, venez, mes petits, je vais vous montrer votre chambre. Vous devez tomber de fatigue. Emportez le cognac avec vous.

Ils retraversèrent à sa suite la salle à manger pour gagner le vestibule de pierre et, de là, se dirigèrent vers l'escalier. Les marches de chêne cirées et nues conduisaient aux régions supérieures de la maison qu'enveloppait une ombre épaisse.

– Des escaliers comme ça, expliqua Mrs Burton-Thomas en tapotant la rampe en bois massif, on n'en fait plus. Venez, c'est par ici.

Arrivée sur le palier, elle enfila un couloir faiblement éclairé le long duquel des portraits d'ancêtres rivalisaient avec trois tapisseries flamandes. Mrs Burton-Thomas désigna ces dernières d'un hochement de menton.

– Il faut absolument que je les enlève. Elles sont accrochées là depuis 1822, personne n'a réussi à convaincre mon arrière-grand-mère que ces machins-là rendent mieux quand on les regarde de loin. Toujours la tradition... Je ne cesse de lutter contre, sur tous les fronts. Voilà, mes petits, nous y sommes. (Elle ouvrit une porte.) Je vous laisse. Vous avez toutes les commodités. Je vous fais confiance, vous trouverez.

Là-dessus, elle s'en fut, sa robe de chambre lui battant les chevilles, ses pantoufles claquant sur le parquet.

En entrant dans la pièce, ils furent accueillis par un bon feu de charbon. Deborah se dit que c'était la plus belle chambre qu'elle eût jamais vue. Lambrissée de chêne, avec ses deux séduisants portraits de femmes peints par Gainsborough qui souriaient dans leur cadre, elle offrait un aspect douillet plein d'un charme suranné. De petites lampes de chevet aux abat-jour roses diffusaient une lumière sourde qui faisait miroiter l'acajou de l'énorme lit à baldaquin. Une haute armoire jetait une ombre dantesque contre un mur. Flacons de cristal et brosses à manche d'argent étaient alignés comme à la parade sur la coiffeuse. Devant l'une des fenêtres, un bouquet de lys était posé sur une table aux pieds de biche. Deborah s'approcha et effleura du bout des doigts l'extrémité cannelée d'une fleur ivoire.

– Il y a une carte, dit-elle, s'en emparant pour la lire.

Ses yeux s'emplirent de larmes. Elle se tourna vers son mari. Il s'était laissé tomber dans un énorme fauteuil flanquant la cheminée et l'observait sans mot dire, comme il le faisait si souvent, avec intensité.

– Merci, Simon, murmura-t-elle. (Elle remit la carte où elle l'avait trouvée, refoula une émotion indéfinissable et se força à prendre un ton léger.) Comment as-tu découvert cet endroit ?

– Ça te plaît ? s'enquit-il en guise de réponse.

– Tu n'aurais pas pu choisir un coin plus merveilleux. Mais tu le sais, n'est-ce pas ?

Il ne répondit pas. Un coup fut frappé à la porte. Il la regarda, un sourire flottant au coin des lèvres, l'air de dire : Quoi encore ?

– Entrez, cria-t-il.

C'était Danny, une pile de couvertures dans les bras.

– Désolée, j'avais oublié ça. Il y a déjà un édredon mais tante se figure que tout le monde est aussi frileux qu'elle. (Elle entra dans la pièce avec un petit air de propriétaire.) Eddie vous a monté vos affaires ? s'enquit-elle, ouvrant l'armoire et y laissant tomber les couvertures sans plus de cérémonie. Il est un peu empoté. Faut pas lui en vouloir. (Elle s'examina dans la glace qui ornait l'intérieur de la porte, tripota une ou deux mèches particulièrement folles et s'aperçut soudain qu'ils l'observaient.) Ne vous étonnez pas si vous entendez crier le bébé, déclara-t-elle d'un ton solennel.

– Le bébé ? Les Américains ont un bébé ? fit Deborah.

Les yeux sombres de Danny s'écarquillèrent. Son regard navigua de l'un à l'autre.

– Comment ! On ne vous a rien dit ? Vous n'êtes pas au courant ?

Deborah comprit que la jeune fille n'allait pas tarder à éclairer leur lanterne quand elle la vit s'essuyer soigneusement les mains après sa jupe, balayer la chambre du regard pour s'assurer qu'il ne s'y trouvait pas d'oreilles indiscrètes et se diriger vers la fenêtre qu'elle ouvrit en dépit du froid.

– Personne ne vous a parlé de ça ? fit-elle, dramatique, avec un grand moulinet du bras en direction de la nuit.

Intrigués, Deborah et Saint James rejoignirent Danny près de la croisée d'où l'on voyait surgir dans le lointain, à travers le brouillard, les murs squelettiques d'un édifice en ruine.

– L'abbaye de Keldale, psalmodia l'adolescente, s'installant confortablement auprès du feu pour faire la conversation. C'est de là que viennent les cris du nouveau-né, pas de la maison.

Saint James referma la fenêtre, tira les lourds rideaux, et entraîna Deborah vers la cheminée. La jeune femme s'assit par terre au pied du fauteuil de son mari, le dos au feu.

– Il s'agit sans doute d'un bébé fantôme ? dit-elle à Danny.

– Absolument, je l'ai entendu de mes propres oreilles. Vous l'entendrez vous aussi, vous verrez.

– Chaque fantôme a sa légende, observa Saint James.

La justesse de la remarque sembla remplir d'aise la jeune fille qui se tortilla sur son siège.

– Et celui-ci en a une, dit-elle gravement. Keldale était royaliste pendant la guerre. (Elle parlait comme si le XVIIe siècle datait d'hier.) Tous ici avaient épousé la cause du roi. Le village de

Keldale est à un kilomètre cinq cents d'ici, vous avez dû le voir en arrivant.

Saint James expliqua.

– Nous aurions dû, mais nous sommes venus par... un autre chemin.

– Nous avons pris l'itinéraire touristique, précisa Deborah.

Danny préféra ignorer la diversion.

– Bref, enchaîna-t-elle, ça se passait à la fin de la guerre. Ayant appris que les Seigneurs du Nord envisageaient de se soulever, ce démon de Cromwell entreprit de ratisser les vallons une dernière fois, s'emparant des manoirs, détruisant les châteaux, rasant les villages royalistes. Keldale est bien caché.

– C'est ce que nous avons eu l'occasion de constater, glissa Saint James.

L'adolescente hocha la tête.

– Le village eut vent de ce que préparaient les féroces Têtes rondes plusieurs jours avant leur arrivée. Ce n'était pas après le village que Cromwell en avait, mais après les habitants de Keldale, qui étaient tous fidèles au roi Charles.

– Il voulait les massacrer, évidemment, fit Deborah, profitant de ce que la jeune fille marquait une pause pour reprendre son souffle.

– Jusqu'au dernier! déclara l'adolescente. Lorsque le bruit se répandit que Cromwell cherchait Keldale, les villageois mirent une stratégie au point. Ils décidèrent de quitter le village avec armes et bagages et de se replier dans l'abbaye. Ainsi, lorsque les Têtes rondes arriveraient, il n'y aurait plus un chat dans Keldale.

– C'était un plan ambitieux, observa Saint James.

– Et un drôle de bon plan! rétorqua fièrement Danny. (Ses jolis yeux pétillaient au-dessus de ses joues roses, mais elle baissa la voix.) Seulement voilà, ils avaient pensé à tout sauf au bébé! (Elle se pencha, le buste en avant, parvenue manifestement au point culminant de son récit.) Les Têtes rondes arrivèrent, et, comme les villageois l'avaient souhaité, trouvèrent Keldale désert. Il n'y avait plus un chat dans le village. C'est alors... (d'un coup d'œil prompt, Danny s'assura que son public était attentif)... qu'un bébé se mit à crier dans l'abbaye où étaient réfugiés les villageois. Seigneur! fit-elle, la main sur la poitrine. Quelle horreur! Échapper aux griffes de Cromwell pour être trahis par un nouveau-né! La mère s'efforça bien de le faire taire en lui donnant le sein, mais en vain, le petit criait comme un perdu. Les villageois étaient morts de frousse, craignant que les chiens de Keldale ne se mettent à aboyer en entendant le bébé et que Cromwell ne découvre leur retraite. Aussi pour faire cesser les cris du pauvre enfant, ils l'étouffèrent!

– Juste ciel! murmura Deborah, se rapprochant du fauteuil de son mari. C'est exactement le genre d'histoire qu'on a envie d'entendre le soir de sa nuit de noces, n'est-ce pas?

– Ah, mais je ne pouvais pas faire autrement que de vous la raconter, fit Danny avec ferveur. Car les cris du bébé portent malheur si on ne sait pas ce qu'il faut faire.

– Et justement, que faut-il faire? s'enquit Saint James. Se mettre de l'ail autour du cou? Dormir avec un crucifix à la main?

Deborah lui administra une petite tape sur le genou.

– Je veux savoir, je tiens à savoir, moi. Ce n'est pas parce que j'ai épousé un cynique que ma vie doit être irrémédiablement gâchée. Danny, dites-moi ce que je dois faire si j'entends le bébé.

Danny opina gravement.

– C'est toujours la nuit que le nouveau-né crie dans l'abbaye. Il vous faut dormir sur le côté droit et votre mari sur le côté gauche. Et vous devez rester serrés l'un contre l'autre en attendant que les gémissements cessent.

– Voilà qui est intéressant, commenta Saint James. J'espère que cet enfant crie souvent.

– Pas très souvent, mais je... (Elle déglutit et ils s'aperçurent soudain qu'elle prenait très au sérieux cette histoire). Je l'ai entendu, il y a trois ans! Et je ne suis pas près de l'oublier! (Elle se mit debout.) Vous vous rappellerez ce qu'il faut faire? Vous n'oublierez pas?

– Nous n'oublierons pas, fit Deborah, rassurante, à l'adolescente qui s'éclipsa.

Ils restèrent silencieux après son départ. Deborah appuya sa tête contre le genou de Saint James. Il lui caressait les cheveux de ses longs doigts fins, ramenant sur la nuque la masse bouclée. Elle leva les yeux vers lui.

– J'ai peur, Simon. Je n'ai pas pensé un instant cette année que cela pourrait m'arriver, et pourtant j'ai peur.

Elle vit dans ses yeux qu'il comprenait. Bien sûr qu'il comprenait. Comment aurait-il pu ne pas comprendre?

– Moi aussi, répondit-il. J'ai été malade de peur toute la journée. Je m'étais juré de ne jamais me livrer. Ni à toi, ni à personne. C'est pourtant bien ce qui s'est passé. (Il sourit.) Tu t'es emparée de mon cœur avec une telle force que je n'ai pas pu résister, Deborah, et je m'aperçois maintenant que plus que de me perdre moi-même, ce que je redoute par-dessus tout, c'est te perdre, toi. (Il effleura le pendentif dont il lui avait fait cadeau le matin même et qui reposait au creux de sa gorge. C'était un petit cygne en or, symbole de leur engagement réciproque.) Ne crains rien, murmura-t-il doucement.

– Fais-moi l'amour, alors.
– Avec grand plaisir.

⋆

Jimmy Havers avait des petits yeux porcins qui devenaient fureteurs lorsqu'il était mal à l'aise. Il avait peut-être l'impression de se débrouiller comme un chef et de se tirer magistralement d'affaire – qu'il fût accusé de chapardage ou pris en flagrant délit – quand il racontait des bobards. Mais ses yeux le trahissaient à tous les coups, ce qui était le cas présentement.

– Comme Jimmy savait pas si tu serais rentrée à temps pour rapporter à ta mère la documentation sur la Grèce, il est allé la chercher, ma grande.

Mr Havers avait l'habitude de parler de lui à la troisième personne, moyen commode pour éviter d'endosser les conséquences de ses actes chaque fois qu'il faisait une bêtise. Comme maintenant. *Non, je suis pas allé chez le bookmaker. Non, j'ai pas acheté de tabac. Si quelqu'un l'a fait, c'est Jimmy, pas moi.*

Barbara observa son père, qui promenait un œil fouineur autour du séjour. Seigneur, quel endroit sinistre que cette petite pièce de trois mètres sur cinq! Les fenêtres étaient hermétiquement fermées par la crasse et la suie qui s'y étaient accumulées au fil des années. Le sacro-saint salon – élément indispensable du bien-vivre – mangeait toute la place. Le canapé et les deux fauteuils en crin artificiel avaient été achetés quelque trente-cinq ans plus tôt à une époque où même le crin authentique constituait une conception particulièrement perverse du confort. Les murs disparaissaient sous un papier fleuri à donner le tournis où des boutons de roses entrelacés partaient niaisement à l'assaut du plafond. Les journaux de courses empilés sur les tables retombaient sur le plancher où ils disputaient la place aux quinze albums de photos simili cuir qui retraçaient en détail la longue déchéance de sa mère. Et sur chaque cliché, immanquablement, Tony souriait, souriait...

Dans un coin du séjour se dressait l'autel qui lui était dédié. La dernière photo de Tony prise avant sa maladie – cliché flou d'un petit garçon tapant dans un ballon de foot dans un jardin jadis envahi par les fleurs – avait été agrandie au maximum. De part et d'autre du portrait, dans leurs cadres imitation chêne, étaient accrochés ses bulletins scolaires, les mots de félicitations de tous ses professeurs et – Seigneur, ayez pitié de nous – à la place d'honneur, son certificat de décès.

Face à l'autel, la télé braillait, comme d'habitude. On l'avait placée là de façon que Tony puisse la regarder, lui aussi. Les

Havers continuaient de regarder ses émissions préférées, comme si rien ne s'était passé, comme si rien n'avait changé. Tandis que fenêtres et portes étaient fermées, verrouillées, cadenassées pour tenir à distance la vérité de cet après-midi d'août dans Uxbridge Road.

Barbara traversa la pièce en deux enjambées et éteignit le poste.

– Hé, protesta son père, Jim regardait!

Elle lui fit face. Seigneur, un vrai porc. Quand avait-il pris un bain pour la dernière fois ? Elle le sentait d'ici – la transpiration, les cheveux gras, la peau rance, les vêtements sales.

– Mr Patel m'a dit que tu étais passé chez lui, fit-elle en s'asseyant sur le hideux canapé dont le crin lui gratta aussitôt la cuisse.

Les petits yeux se remirent en mouvement, balayant tour à tour l'écran vide, les fleurs de plastique, les roses obscènes qui escaladaient le mur.

– Jim est allé chez Patel, ça c'est vrai, opina-t-il en gratifiant sa fille d'un grand sourire.

Il avait les dents jaunes et le long de la gencive, Barbara vit le liquide jaunâtre s'accumuler dans sa bouche. Le pot de café était près de sa chaise, mal dissimulé sous un journal. Elle savait qu'il voulait qu'elle regarde ailleurs pour lui donner le temps de faire ce qu'il avait à faire sans se faire pincer, mais elle refusa d'entrer dans son jeu.

– Crache, papa, dit-elle patiemment. Inutile d'avaler, tu ne veux pas te rendre malade, non ?

Mr Havers se détendit visiblement, allongea le bras vers le pot de café en fer-blanc et y expédia un long jet de liquide brunâtre.

Il s'essuya avec un mouchoir douteux dans lequel il toussa abondamment, et ajusta les tuyaux qui lui envoyaient de l'oxygène dans le nez. L'air implorant, il quêta un peu de tendresse auprès de sa fille. Constatant qu'elle restait sourde à son appel, il se remit à promener les yeux autour de lui, inspectant la pièce du regard.

Barbara l'observait d'un air pensif. Pourquoi ne mourait-il pas ? se demanda-t-elle. Depuis dix ans qu'il déclinait, pourquoi ne se décidait-il pas à faire le grand saut une fois pour toutes dans l'oubli ? Le grand saut, ça le soulagerait, pourtant. Fini les halètements, fini l'emphysème. Plus besoin de mâcher du tabac pour tromper son envie de fumer. Plus que le vide et le néant.

– Tu finiras par attraper le cancer, papa, dit-elle. Tu le sais, n'est-ce pas ?

– Jim se porte comme un charme, Barb. T'inquiète pas, ma grande.

– Et maman, tu y penses ? Tu penses à ce qui se passerait si tu devais retourner à l'hôpital ? *Comme Tony.* (Les mots restèrent en suspens dans l'air.) Tu veux que je parle à Mr Patel ? Ce n'est pas que j'aie envie d'aller le trouver, mais j'y serai bien obligée si tu continues à mâchonner cette cochonnerie.

– C'est Patel qui lui a fourré cette idée dans le crâne, à Jim, protesta son père d'une voix geignarde. Quand tu lui as défendu de vendre des sèches à Jim.

– Si j'ai fait ça, c'est pour ton bien, et tu le sais. On ne doit pas fumer près d'une bouteille à oxygène. Les médecins te l'ont dit cent fois.

– Mais Patel dit que le tabac à mâcher, c'est bon pour Jim.

– Patel n'est pas médecin. Allons, donne-moi ton tabac, fit-elle en tendant la main.

– Mais Jim veut...

– Inutile de discuter, papa. Donne-le-moi.

Il déglutit à deux reprises, son œil fureteur se posant ici et là.

– Faut bien que j'aie une petite compensation. Je peux pas être privé de tout, Barbie, geignit-il.

Elle frissonna. Tony avait été le seul à l'appeler Barbie. Dans la bouche de son père cela sonnait comme une malédiction. Pourtant elle s'approcha de lui, lui mit la main sur l'épaule, se força à toucher les cheveux gras.

– Essaie de comprendre, papa. Il faut qu'on pense à maman. Sans toi, jamais elle ne survivrait. C'est pour ça qu'on doit essayer de te garder en forme. Tu ne vois donc pas que maman... t'aime tant.

Une lueur s'était-elle allumée au fond des prunelles paternelles ? Se voyaient-ils encore, seulement, dans ce petit enfer qu'ils méritaient si bien, ou le brouillard était-il trop dense ?

Il émit un sanglot étouffé, plongea sa main sale dans sa poche et en sortit la petite boîte métallique.

– Jim, c'est pas un mauvais cheval, Barbie, dit-il en tendant la boîte à sa fille.

Les petits yeux glissèrent du visage de Barbara à l'autel et de l'autel aux fleurs artificielles fichées dans leurs vases en plastique. Sans hésiter, Barbara vida les vases et confisqua les trois autres boîtes de tabac à mâcher qui y étaient cachées.

– Je parlerai à Mr Patel demain matin, dit-elle froidement en quittant la pièce.

★

Évidemment, il habitait Eaton Terrace. Eaton Place faisait trop Belgravia et Lynley n'était pas homme à afficher des goûts ostentatoires. En outre, cette maison n'était qu'un simple pied-à-terre. C'était à Howenstow – leur propriété de Cornouailles – que les Lynley prenaient réellement leurs aises.

Barbara contempla l'élégant bâtiment blanc. Comme tout était propre à Belgravia, songea-t-elle. Tout respirait le chic le plus aristocratique. C'était le seul quartier de Londres où, non contents de vivre dans d'anciennes écuries, les gens s'en vantaient auprès de tous leurs amis!

Nous habitons Belgravia maintenant. Nous ne vous l'avions pas dit? Faites-nous donc l'amitié de venir prendre le thé dans notre maisonnette. Nous l'avons eue pour trois cent mille livres, mais c'est un placement judicieux. Cinq pièces. Une adorable petite rue pavée. Promettez-moi d'être là à quatre heures et demie. Vous reconnaîtrez tout de suite l'endroit : j'ai planté des bégonias dans tous les bacs.

Barbara gravit les marches de marbre immaculées et eut un mouvement de tête méprisant en remarquant les armoiries des Asherton sous l'applique de cuivre. *Pas d'écuries aménagées pour vous, monsieur le comte!*

Sur le point de tendre la main pour appuyer sur la sonnette, elle se ravisa et se retourna pour examiner la rue. Depuis hier, elle n'avait pas eu le temps de réfléchir à sa situation. La rencontre avec Webberly, l'aller et retour à Chelsea, la réunion à Scotland Yard avec l'étrange petit prêtre s'étaient succédé si vite qu'elle n'avait pas eu une minute à elle pour mettre de l'ordre dans ses idées et se fixer une ligne de conduite afin d'essayer de ne pas gâcher cette nouvelle chance.

En apprenant qu'ils allaient faire équipe, Lynley n'avait pas paru aussi catastrophé qu'elle l'avait cru, en fait il avait eu l'air moins consterné qu'elle. Mais sans doute était-ce parce qu'il avait d'autres choses en tête : le mariage de Saint James, et son rendez-vous nocturne avec lady Helen Clyde. Il y avait gros à parier qu'après avoir réfléchi à la question, il ne se gênerait pas pour lui faire sentir à quel point il était furieux de se retrouver avec quelqu'un comme elle sur les bras.

Quelle attitude adopter ? L'occasion tant attendue et si ardemment désirée de faire ses preuves une fois pour toutes à la criminelle s'offrait enfin à elle. C'était le moment ou jamais de se racheter, de faire oublier les écarts de langage, les coups de gueule, les lapsus, les décisions impétueuses, les erreurs commises au cours des dix dernières années.

– Vous apprendrez beaucoup en travaillant avec Lynley.

Les mots de Webberly lui revinrent à l'esprit et elle fronça les sourcils. Qu'est-ce que Lynley pouvait bien lui enseigner ? Le vin qu'il convenait de commander avec tel ou tel plat ? Des pas de danse ? L'art de charmer un auditoire par sa conversation ? Que pouvait-elle apprendre de lui ?

Rien, évidemment. Mais elle savait pertinemment qu'il représentait sa seule chance d'être affectée de nouveau à la criminelle.

Aussi, plantée sur son seuil, elle se demanda comment elle devait s'y prendre pour faire bon ménage avec lui.

Elle décida d'opter pour une coopération pleine et entière : elle ne se permettrait pas la plus petite suggestion, serait d'accord avec lui sur toute la ligne.

Ta survie est à ce prix, se dit-elle en appuyant résolument sur la sonnette.

Alors qu'elle s'attendait à voir paraître une petite bonne rondelette à l'air mutin moulée dans un tablier blanc, elle eut la surprise de se trouver face à Lynley lui-même. Un Lynley en pantoufles, au nez aristocratique chaussé de lunettes, et qui tenait un toast à la main.

— Ah, Havers, dit-il en la fixant par-dessus ses verres. Vous êtes en avance. Parfait.

Il lui fit traverser la maison et la conduisit dans un petit salon tout boiseries blanches et murs vers d'eau, avec un plafond de style Adams d'une surprenante sobriété. A l'une des extrémités de la pièce, des portes vitrées donnaient sur un jardin où s'épanouissaient des fleurs tardives. Le petit déjeuner servi dans des plats en argent était disposé sur une desserte en noyer sculpté. La pièce dégageait une si agréable odeur de pain chaud et de bacon que l'estomac de Barbara se mit à gargouiller. Elle se plaqua une main contre le ventre, s'efforçant de ne pas penser à l'unique œuf à la coque trop cuit et au toast brûlé qui avait constitué tout son repas du matin. La table était dressée pour deux. Barbara s'en étonna avant de se rappeler le rendez-vous de Lynley avec lady Helen. Celle-ci devait sans nul doute être encore au lit, peu habituée à se lever avant dix heures et demie.

— Servez-vous, dit Lynley. (L'air absent, il pointa sa fourchette vers le buffet tout en ramassant des feuilles qui traînaient au milieu des assiettes.) Rien de tel que de manger un peu pour avoir les idées claires. A votre place, j'éviterais de toucher aux harengs. Je n'en garantis pas la fraîcheur.

— Non, merci, répondit-elle poliment. J'ai déjà déjeuné, monsieur.

— Vous ne prenez même pas une petite saucisse ? Elles sont délicieuses. Vous n'avez pas l'impression que les charcutiers essaient enfin de mettre plus de porc que de farine dans leurs produits ? Je trouve que c'est réconfortant. Près de cinquante ans après la Seconde Guerre mondiale, il serait temps d'en finir avec le rationnement. (Il empoigna la théière. Comme toute la vaisselle, elle était en porcelaine ancienne, un héritage familial sans aucun doute.) Puis-je vous offrir du thé si vous ne mangez pas ? Je vous préviens, je ne bois que du Lapsang Souchong. Helen prétend que ça sent le jus de chaussettes.

– Je... J'en prendrais volontiers une tasse.

– Très bien. Vous me direz ce que vous en pensez.

Au moment où elle mettait un morceau de sucre dans sa tasse, la sonnette retentit. Il y eut un bruit de pas montant un escalier.

– J'y vais, milord, lança une voix de femme avec un fort accent de Cornouailles. Désolée pour tout à l'heure. Avec le bébé et tout, je n'ai pas...

– C'est le croup, Nancy, marmonna Lynley pour lui-même. Emmenez donc ce pauvre enfant chez le médecin.

Une voix musicale résonna dans le couloir.

– Le petit déjeuner ?

Un rire léger.

– Mais alors je tombe à pic, Nancy. Il ne croira jamais que c'est une coïncidence.

Et sur ces mots, lady Helen entra en coup de vent dans le petit salon, paralysant Barbara qui eut un hoquet de désespoir.

Les deux femmes portaient le même tailleur. Mais si celui de lady Helen avait été coupé à ses mesures par le couturier qui l'avait dessiné, celui de Barbara n'était qu'une vulgaire copie achetée dans un magasin de prêt-à-porter. La marque de l'ourlet et les coutures qui godaient le démontraient amplement. Seule la couleur – qui était différente – pouvait lui éviter une complète humiliation. Elle attrapa sa tasse mais n'eut pas la force de la porter à ses lèvres.

Lady Helen marqua une pause infime en voyant Barbara.

– Je suis dans le pétrin, annonça-t-elle avec franchise. Dieu merci, vous êtes là aussi, sergent, j'ai l'impression que nous ne serons pas trop de trois pour trouver une solution au guêpier dans lequel je me suis fourrée.

Là-dessus, elle déposa un grand sac en papier sur la chaise la plus proche et se dirigea droit sur le buffet, soulevant les couvercles, examinant les plats, comme si la nourriture pouvait suffire à la tirer d'embarras

– Quel guêpier ? s'enquit Lynley. (Il jeta un coup d'œil à Barbara :) Comment trouvez-vous le Lapsang ?

– Très bon, monsieur, fit Barbara.

– Encore cet horrible thé ! gémit lady Helen. Vraiment, Tommy, tu n'as pas de cœur.

– Si j'avais su que tu venais, je n'aurais pas eu l'outrecuidance de t'en proposer pour la deuxième fois en une semaine, répondit Lynley, d'un air entendu.

Nullement décontenancée, elle rit.

– Regardez-le, sergent, il est vexé ! Ne dirait-on pas à l'entendre que je suis là tous les matins, à le ruiner en nourriture.

– Tu étais déjà là hier, Helen.

66

– Espèce de mufle! (Elle se tourna de nouveau vers le buffet.) Ces harengs ont une drôle d'odeur. Nancy les aurait-elle apportés de Cornouailles dans sa valise? (Elle vint s'asseoir et posa sur la table son assiette où était empilé un savant mélange d'œufs, de champignons, de tomates et de bacon.) Qu'est-ce qu'elle fabrique ici, au fait? Pourquoi n'est-elle pas à Howenstow? Où est passé Denton?

Lynley sirotait son thé à petites gorgées, fixant le rapport placé devant lui.

– Comme je dois m'absenter, j'ai donné quelques jours de congé à Denton, dit-il, sans lever les yeux. Inutile qu'il m'accompagne.

Lady Helen le fixa, la fourchette en l'air.

– Tu plaisantes, bien sûr. Dis-moi que tu plaisantes, chéri.

– Je suis parfaitement capable de me débrouiller sans mon valet de chambre. Je ne suis pas complètement idiot, Helen.

– Ce n'est pas ce que je voulais dire! (Lady Helen avala une gorgée de Lapsang Souchong, fit la grimace et reposa sa tasse.) Je pensais à Caroline. Elle est partie en vacances pour la semaine. Tu ne crois pas... Tommy, si elle s'est sauvée avec Denton, je suis perdue. Non... je sais ce que tu vas me dire. Ils ont le droit d'avoir une vie privée. Je suis entièrement d'accord. Mais il faut que nous arrivions à un compromis, toi et moi, parce que s'ils se marient et qu'ils s'installent ici...

– Eh bien, nous nous marierons aussi, voilà tout, répondit placidement Lynley. Et nous serons heureux comme des coqs en pâte tous les quatre.

– Tu trouves ça drôle? Regarde-moi. Une matinée sans Caroline et j'ai l'air d'un épouvantail. Ne me dis pas qu'elle approuverait cette tenue!

Lynley considéra la tenue en question. Quant à Barbara, elle n'eut pas besoin de l'imiter: la vision de lady Helen dans son élégant tailleur bourgogne, sa blouse de soie, son écharpe mauve cascadant jusqu'à sa taille de guêpe était gravée dans sa mémoire.

– Qu'est-ce qu'elle a, cette tenue? fit Lynley. Je la trouve parfaite. En fait, étant donné l'heure – il consulta sa montre de gousset –, je dirais que tu es presque trop élégante.

Exaspérée, lady Helen se tourna vers Barbara.

– N'est-ce pas une réaction typiquement masculine, sergent? Je débarque ici avec l'air d'une fraise trop mûre et tout ce qu'il trouve à dire c'est que ma tenue est parfaite avant de se replonger dans son dossier.

– Si tu crois que j'ai envie de t'aider à choisir tes vêtements pour les deux ou trois jours à venir, tu te trompes. (Lynley désigna du menton le grand sac qui s'était renversé et d'où s'échappaient des pans de tissu.) Parce que c'est la raison de ta venue, n'est-ce pas ?

Lady Helen attira le sac vers elle

– Si seulement c'était aussi simple que cela, soupira-t-elle. Mais c'est pire que les amours de Caroline et de Denton – question que nous n'avons toujours pas réglée, à propos – et je ne sais absolument pas comment m'en sortir. J'ai mélangé les trous de Simon.

Barbara, qui commençait à avoir l'impression d'être dans une pièce d'Oscar Wilde, se demanda quand Lane allait faire son apparition avec les sandwiches au concombre.

– Les trous de Simon ? fit patiemment Lynley, habitué à ce que lady Helen passe du coq à l'âne.

– Mais oui. Nous étions en train d'étudier les traces de sang causées par les différentes armes en fonction de la trajectoire, des angles de tir et des calibres. Tu t'en souviens, non ?

– Pour l'exposé du mois prochain ?

– Exactement. Simon avait laissé tout le matériel dans le labo pour que je puisse travailler dessus. J'étais censée effectuer les tests préliminaires, et tout préparer. Mais j'ai...

– ... mélangé les échantillons, compléta Lynley. Saint James va être content, tu n'as pas fini de l'entendre, Helen. Que suggères-tu ?

Elle regarda d'un air morne les échantillons qu'elle avait laissé tomber par terre.

– Je ne suis pas totalement ignare. Après quatre ans au laboratoire, je suis capable de reconnaître les impacts laissés par un calibre 22 et j'arrive à distinguer ceux causés par un 45 et un fusil de chasse. Mais pour ce qui est du reste... Quant à savoir quelles traces de sang correspondent à quelle trajectoire...

– Bref, tu es complètement perdue, résuma Lynley.

– Oui, convint-elle. Alors je me suis dit que je pourrais peut-être passer chez toi ce matin, histoire de voir si nous ne pourrions pas remettre de l'ordre dans tout ça.

Lynley se baissa et considéra la pile de tissus.

– Navré, mon chou, c'est impossible. Il y en aurait pour des heures et nous avons un train à prendre.

– Que vais-je dire à Simon ? Il a passé une éternité là-dessus.

Lynley réfléchit à la question.

– Il y a peut-être une solution...

– Laquelle ?

– Le professeur Abrams du Chelsea Institute. Tu le connais ? (Comme elle secouait la tête, il poursuivit :) Simon et lui ont eu tous deux l'occasion de témoigner en qualité d'experts. L'an dernier notamment, lors de l'affaire Melton. Ils se connaissent. Peut-être pourra-t-il te dépanner. Je peux essayer de l'appeler avant de partir.

68

– Tu ferais ça, Tommy? Je serais si contente. Je ferais n'importe quoi pour toi.

Il haussa un sourcil.

– Ce n'est pas le genre de chose à dire à un homme à l'heure du petit déjeuner.

Elle éclata de rire.

– Je suis prête à faire la vaisselle, si tu veux! J'irais même jusqu'à renoncer à Caroline si tu me le demandais.

– Et à Jeffrey Cusick?

– Même à Jeffrey, le pauvre. Et sans hésiter encore!

– Très bien. Je m'en occuperai dès que nous aurons fini de déjeuner. Car je suppose que nous pouvons finir notre petit déjeuner, maintenant?

– Oh, bien sûr. (Elle planta sa fourchette dans ses champignons tandis que Lynley chaussait ses lunettes et se replongeait dans ses papiers.) Quelle est cette affaire qui vous oblige à quitter Londres de si bonne heure? demanda lady Helen à Barbara en se versant une seconde tasse de thé dans laquelle elle mit du sucre et de la crème en abondance.

– Une décapitation.

– Ça a l'air particulièrement horrible. Et vous allez loin?

– Dans le Yorkshire.

Lady Helen s'immobilisa, la tasse en l'air, avant de la reposer avec soin sur la soucoupe. Ses yeux se braquèrent sur Lynley qu'elle observa un moment en silence.

– Où exactement dans le Yorkshire, Tommy? s'enquit-elle d'une voix mate.

Lynley consulta un papier.

– Dans un patelin qui s'appelle... attends, je l'ai là... Keldale. Tu connais?

Il y eut une pause pendant laquelle lady Helen réfléchit à la question. Le nez sur sa tasse, elle avait l'air impassible, pourtant une petite veine se mit à battre follement sur son cou. Elle releva la tête et eut un sourire sans joie.

– Keldale? Absolument pas.

5

Lynley jeta son journal sur la banquette et fixa carrément Barbara Havers. Il était en effet inutile de prendre des gants car, penchée au-dessus de la tablette de formica verdâtre qui les séparait, elle étudiait consciencieusement le compte rendu du meurtre de Keldale. L'espace d'un instant, il ne put s'empêcher de songer que les chemins de fer britanniques étaient tombés bien bas à en juger par le choix de cette gamme de coloris certes peu fragiles et faciles à entretenir mais résolument glauques. Puis il reporta son attention sur Barbara.

Il avait entendu parler d'Havers. Qui n'en avait entendu parler... Elle avait échoué lamentablement lors de son premier passage à la criminelle, réussissant à s'aliéner en un temps record MacPherson, Stewart et Hale, trois inspecteurs qui étaient les meilleurs garçons du monde. MacPherson, notamment, avec sa jovialité écossaise et son allure de bon père de famille aurait dû être un mentor extraordinaire pour une fille comme Havers : c'était un véritable nounours. Y avait-il un seul sergent qui n'ait pas réussi à s'entendre avec MacPherson ? Oui, Barbara Havers.

Lynley se souvenait fort bien du jour où Webberly avait décidé de lui faire rendosser l'uniforme. Tout le monde savait que cela lui pendait au nez. Il y avait des mois que ça se préparait. Mais personne ne s'était attendu à ce qu'elle réagisse de cette façon.

– Si je sortais d'Eton, vous me garderiez, s'était-elle écriée dans le bureau de Webberly d'une voix brisée mais suffisamment forte pour que tout l'étage l'entende. Si j'avais un compte en banque bien garni, un titre ronflant, et la manie de troncher tout ce qui me tombe sous la main – femme, homme, enfant ou animal –, vous m'y garderiez, dans votre précieux service !

A la mention d'Eton, trois têtes s'étaient tournées vers Lynley. A la fin de la diatribe, il avait compris au silence qui régnait autour de lui que tout le monde regardait de son côté. Planté devant un classeur où il cherchait le dossier du petit Harry Nelson, il s'aperçut soudain que ses doigts avaient du mal à lui obéir. Bien sûr, il n'avait pas vraiment besoin de ce document, du moins pas à ce moment précis. Mais il ne pouvait évidemment pas rester planté là indéfiniment. Il lui fallait faire demi-tour, retourner à son bureau.

Il s'obligea à pivoter sur ses talons, lança d'un ton léger :

— Seigneur, pas les animaux tout de même, il y a des limites!

Et il traversa la pièce en s'efforçant de prendre un air dégagé.

Un rire gêné salua sa remarque. Puis la porte de Webberly claqua et Havers enfila le couloir telle une furie, la bouche tordue de rage, le visage ruisselant de larmes qu'elle essuyait sauvagement avec la manche de son manteau. Les yeux de Barbara lorsqu'elle croisa le regard de Lynley, le retroussis méprisant de ses lèvres exprimaient la haine à l'état pur. Il eut alors l'impression d'être frappé par un mal sans remède.

Quelques instants plus tard, MacPherson s'approcha, jeta sur son bureau le dossier d'Harry Nelson et laissa tomber de sa bonne grosse voix :

— Vous êtes formidable, mon garçon.

Malgré cela, il lui avait fallu attendre dix bonnes minutes que ses mains cessent de trembler afin de pouvoir composer le numéro d'Helen.

— On déjeune ensemble, mon chou? lui avait-il demandé.

Au son de sa voix, elle avait tout de suite compris.

— Volontiers, Tommy. Simon m'a forcée à examiner des échantillons tous plus abominables les uns que les autres ce matin. Tu savais que le cuir chevelu vient avec quand on arrache les cheveux de quelqu'un, chéri? J'ai bien besoin d'un bon déjeuner pour me remettre de mes émotions. On se retrouve au Connaught?

Bénie soit Helen. Au cours de cette année, elle avait été sa bouée, son refuge. Lynley chassa cette pensée de son esprit et se remit à étudier Havers. Il lui trouvait un air de ressemblance avec une tortue. Ça l'avait frappé ce matin, lorsque Helen était entrée. La malheureuse s'était figée, c'est à peine si elle avait articulé dix mots avant de rentrer dans sa carapace. Quel étrange comportement! Comme si elle avait quelque chose à craindre d'Helen! Il fouilla dans ses poches à la recherche de son étui à cigarettes et de son briquet.

Le mouvement attira l'attention du sergent Havers, qui leva le nez puis se replongea dans sa lecture, le visage impassible. Elle ne fume pas, elle ne boit pas, songea Lynley en grimaçant un sourire. *Il faudra vous y habituer, sergent. Je ne suis pas homme à renoncer à mes vices. En tout cas, au cours de l'année qui vient de s'écouler, je ne me suis privé de rien.*

Il n'avait jamais vraiment réussi à comprendre la violente antipathie qu'il lui inspirait. Certes, il y avait ces ridicules histoires de classe sociale : Dieu sait que ses collègues ne s'étaient pas privés de le charrier lorsqu'ils avaient découvert qu'il avait hérité d'un titre. Cependant après l'avoir accueilli avec des courbettes et des « pom-pom-pom-pom » ironiques une ou deux semaines durant, ils avaient fini par se calmer. Mais pas Havers, qui semblait entendre les mots ronflants *huitième comte d'Asherton* chaque fois qu'il s'approchait d'elle, chose qu'il évitait soigneusement de faire depuis qu'elle avait rendossé l'uniforme.

Il soupira. Et voilà qu'ils se retrouvaient ensemble... qu'avait cherché Webberly en concoctant ce couple grotesque ? Comme le commissaire était de loin l'homme le plus intelligent qu'il eût jamais rencontré au Yard, ce tandem don-quichottesque ne pouvait être le fruit du hasard. Lynley contempla le paysage par la fenêtre mouchetée de pluie. *Si seulement j'arrivais à savoir lequel de nous deux est Sancho Pança, nous nous entendrions rudement bien.* Il rit.

Le sergent Havers lui jeta un regard curieux mais ne souffla mot. Lynley sourit.

– Je cherche des moulins à vent, expliqua-t-il.

***

Ils buvaient l'infâme café des chemins de fer dans le traditionnel gobelet en plastique lorsque le sergent Havers se risqua à soulever la question de la hache.

– La hache ne porte pas d'empreintes, observa-t-elle.

– Ça paraît bizarre, n'est-ce pas ? fit Lynley.

Le goût du breuvage lui ayant arraché une grimace, il repoussa son gobelet et poursuivit :

– Elle tue son chien, elle tue son père, elle reste assise à attendre la police mais elle essuie le manche de la hache pour effacer ses empreintes. Ça n'est pas logique.

– Pourquoi croyez-vous qu'elle ait tué le chien, inspecteur ?

– Pour le faire taire.

– Oui, j'imagine, acquiesça-t-elle du bout des dents.

Lynley se rendit compte qu'elle avait quelque chose à ajouter.

– Qu'est-ce que vous en pensez, vous, sergent ?

– Moi... je... Rien. Vous avez probablement raison, monsieur.

– Vous avez une autre idée ? Je vous écoute. (Havers le considérant d'un œil circonspect, il ajouta :) Allez-y, sergent.

Elle s'éclaircit la gorge.

– A mon avis, elle n'avait pas vraiment besoin de le tuer. Je veux dire... c'était son chien. Pourquoi aurait-il aboyé après elle ? Je peux me tromper, mais il me semble que c'est plutôt après un intrus qu'il aurait aboyé. Et que seul un intrus aurait éprouvé le besoin de le neutraliser.

Lynley étudia le bout de ses doigts réunis en clocher.

– « L'étrange incident du chien la nuit », murmura-t-il. Il aurait aboyé même après une gamine qu'il connaissait s'il l'avait vue tuer son père.

– Mais... je me disais, monsieur... (Havers ramena ses cheveux courts derrière ses oreilles, ce qui la fit paraître plus laide encore.) Est-ce que le chien n'aurait pas été tué d'abord ? (Elle feuilleta les papiers qu'elle avait remis dans la chemise et prit une des photographies.) Le corps de Teys est allongé sur l'animal.

Lynley étudia le cliché.

– En effet. Mais c'est peut-être une mise en scène de la gamine.

Les petits yeux vifs d'Havers s'écarquillèrent d'étonnement.

– Je ne crois pas. Ça me surprendrait beaucoup qu'elle ait réussi à faire ça.

– Pourquoi ?

– Teys faisait un mètre quatre-vingt-douze. (Elle sortit maladroitement d'autres feuillets.) Il pesait... ah, voilà, quatre-vingt-dix kilos. Je vois mal Roberta déplacer un poids mort de quatre-vingt-dix kilos pour monter une mise en scène sur le lieu du crime. Surtout si elle avait l'intention de tout avouer immédiatement après. Ça semble peu probable. En outre, si elle l'avait déplacé, vu que le corps n'avait pas de tête, il aurait dû y avoir du sang sur les murs. Or il n'y en avait pas.

– Un point pour vous, sergent, déclara Lynley, sortant ses lunettes de lecture de sa poche. Je crois que je suis d'accord avec vous. Laissez-moi jeter un coup d'œil. (Elle lui tendit le dossier.) Voyons, l'heure de la mort... Entre dix heures et minuit, dit-il plus pour lui-même que pour elle. Il a mangé du poulet aux petits pois au dîner. Que se passe-t-il, sergent ? Vous ne vous sentez pas bien ?

– Ce n'est rien, monsieur. J'ai des frissons.

– Ah. (Il poursuivit sa lecture.) On a retrouvé des barbituriques dans le sang de la victime. (Il releva la tête, le front barré d'une ride, et fixa Havers par-dessus la monture de ses lunettes.) Pourquoi un gaillard pareil aurait-il besoin d'avaler des somnifères ? Voilà un garçon qui travaille dur à la ferme au grand air des vallons, il dîne copieusement, s'endort au coin du feu. Le bonheur bucolique... Les somnifères ne collent pas.

– Il venait tout juste de les prendre, semble-t-il.

– C'est évident. Il est peu probable qu'il ait somnambulé jusqu'à l'étable.

Elle se figea instantanément, plongeant dans sa carapace.

– Je voulais seulement dire...

– Excusez-moi, coupa Lynley, je plaisantais. Ça m'arrive parfois, cela détend l'atmosphère. Il faudra essayer de vous y habituer.

– Bien sûr, monsieur, répondit-elle avec une courtoisie un peu forcée.

L'homme les aborda tandis qu'ils franchissaient la passerelle pour gagner la sortie de la gare. Mince à l'extrême, l'air anémique, il semblait être la proie d'une multitude de maux d'estomac qui lui empoisonnaient l'existence. Alors qu'il s'approchait d'eux, il se fourra dans la bouche une pastille qu'il se mit à sucer avec une détermination farouche.

– Commissaire Nies, fit Lynley, affable. Vous avez fait tout le trajet depuis Richmond rien que pour nous souhaiter la bienvenue ? C'est une sacrée trotte.

– Quatre-vingt-quinze kilomètres. Aussi, que les choses soient claires, inspecteur, lâcha Nies d'un ton sec.

Il s'était planté devant eux, bloquant l'escalier.

– Je ne veux pas de vous ici. C'est Kerridge qui mène la danse, je n'ai pas voix au chapitre. Si vous avez besoin de quoi que ce soit, adressez-vous à Newby Wiske, pas à Richmond. Compris ? Je ne veux absolument pas avoir affaire avec vous. Si vous êtes venu ici avec des idées de revanche, inspecteur, autant vous les carrer dans le cul. Pigé ? Je n'ai pas de temps à perdre avec des tapettes d'Eton que le prurit de la vengeance démange.

Il y eut un instant de silence. Barbara se demanda s'il y avait des gens qui osaient parler d'une façon aussi colorée à lord Asherton dans son domaine de Cornouailles.

– Sergent Havers, dit Lynley d'un ton neutre, je ne crois pas que vous connaissiez le commissaire principal Nies de la police de Richmond.

Elle n'avait jamais vu un homme en remettre un autre à sa place aussi vite et avec une aussi exquise politesse.

– Ravie de faire votre connaissance, monsieur, s'empressa-t-elle de déclarer.

– Allez vous faire foutre, Lynley ! gronda Nies. Et arrangez-vous pour rester en dehors de mon chemin.

Sur ces mots, il pivota sur ses talons et, fendant les rangs des voyageurs, se dirigea vers la sortie.

– Bien joué, sergent, fit Lynley avec sérénité.

Il entreprit de balayer des yeux la foule qui se pressait aux alentours. Il était presque midi et les allées et venues dont la gare d'York était habituellement le théâtre n'avaient fait qu'augmenter. Les gens profitaient en effet de l'heure du déjeuner pour acheter des billets, discuter le prix de location des voitures avec les préposés, attendre des parents ou des proches qui avaient eu le bon goût de planifier astucieusement leur arrivée. Lynley repéra la personne qu'il cherchait.

– Ah, j'aperçois Denton, là-bas dit-il en agitant la main vers un jeune homme qui se dirigeait de leur côté.

Denton sortait du buffet où il était manifestement en train de déjeuner. Tout en louvoyant à travers la foule, il mastiquait, avalait, s'essuyait la bouche avec un mouchoir en papier. Il réussit en outre à peigner son abondante chevelure sombre, à redresser sa cravate et à jeter un bref coup d'œil à ses chaussures avant d'arriver à leur hauteur.

– Le voyage a été bon, milord ? s'enquit-il en tendant à Lynley un jeu de clés. La voiture est devant la gare.

Il souriait mais Barbara vit qu'il évitait avec soin de croiser le regard de Lynley.

Lynley contempla son valet de chambre d'un air critique.

– Caroline, dit-il.

Les yeux ronds et gris de Denton s'arrondirent de plus belle.

– Caroline, milord ? reprit-il d'un air innocent, jetant néanmoins un coup d'œil nerveux derrière lui.

– « Caroline, milord ? » reprit Lynley, le singeant. Pas de ça avec moi, Denton. Nous avons deux ou trois petites choses à régler avant votre départ en vacances. Au fait, voici le sergent Havers.

Denton déglutit péniblement et adressa un bref signe de tête à Barbara.

– Très heureux, sergent, dit-il avant de se retourner vers Lynley. Vous disiez, milord ?

– Et cessez de m'appeler milord, vous n'êtes pas aussi obséquieux à la maison. En public, ces manifestations me rendent malade.

Agacé, Lynley fit passer sa mallette noire d'une main dans l'autre.

– Désolé, soupira Denton, changeant illico de ton. Caroline est au buffet. J'ai retenu un cottage à Robin Hood's Bay.

– Vous êtes un grand romantique, observa sèchement Lynley. Épargnez-moi les détails. Dites à Caroline de passer un coup de fil à lady Helen pour la rassurer, lui expliquer que vous n'avez pas l'intention de filer vous marier à la sauvette à Gretna Green. Je compte sur vous, Denton ?

Le jeune homme eut un large sourire.

Comptez sur moi. Ce sera fait dans un instant.

Merci. (Lynley plongea la main dans sa poche pour y prendre son portefeuille et en sortit une carte de crédit qu'il tendit à son valet de chambre.) N'allez pas vous faire d'idées, le prévint-il. C'est uniquement pour la voiture. Compris?

– Compris, répondit Denton.

Il jeta un coup d'œil par-dessus son épaule en direction du buffet. Une jolie jeune femme venait d'en émerger et les regardait. Elle était aussi élégante et bien coiffée que lady Helen elle-même. « On dirait son clone », songea Barbara, se demandant si c'était le métier qui voulait ça. La seule chose qui différenciait la femme de chambre de sa maîtresse était un léger manque d'assurance, visible à la façon dont Caroline tenait son sac : elle en étreignait les anses à deux mains comme s'il s'était agi d'une arme défensive.

– Je peux disposer? s'enquit Denton.

– Partez, partez, fit Lynley. Et soyez prudent, n'est-ce pas?

– Ne craignez rien, milord.

Lynley le regarda se fondre dans la foule, la jeune femme à son bras. Il se tourna vers Barbara :

– Cette fois nous devrions en avoir fini avec les interruptions. Nous allons pouvoir y aller.

Là-dessus, il l'entraîna vers Station Road et marcha droit vers une superbe Bentley gris métallisé.

★ ★ ★

– Je sais tout, annonça Hank Watson d'une voix confidentielle, de la table voisine. J'ai tous les détails de A à Z. (S'étant assuré que les autres convives étaient suspendus à ses lèvres, il poursuivit :) Jojo et moi avons eu droit ce matin à toute l'histoire du bébé de l'abbaye, de la bouche d'Angelina elle-même.

Saint James consulta sa femme du regard.

– Encore un peu de café, Deborah? s'enquit-il poliment.

Comme elle refusait, il se servit et reporta son attention sur le couple d'Américains.

Hank et Jojo Watson n'avaient pas perdu une seconde pour faire la connaissance des deux seuls autres pensionnaires de Keldale Hall. Mrs Burton-Thomas leur avait d'ailleurs facilité les choses en asseyant son monde à des tables voisines. Elle ne s'était même pas donné la peine de faire les présentations, sachant pertinemment que ce serait inutile. De fait les superbes moulures en relief des murs lambrissés, la desserte de Sheraton, les chaises d'époque perdirent tout intérêt aux yeux des Watson dès que Saint James et Deborah mirent le pied dans l'immense salle à manger.

– Hank, chéri, ils n'ont peut-être pas envie d'entendre parler du bébé de l'abbaye.

Jojo tripotait sa chaîne en or d'où pendillait une véritable forêt de breloques. Des plaques portant des inscriptions variées – Supermaman, Mon petit chou, Coco – voisinaient avec un logo de Mercedes-Benz, une cuiller miniature et une minuscule tour Eiffel.

– Tu parles qu'ils ont pas envie de l'entendre! riposta Hank. Pose-leur la question, Coco.

Jojo se mit à rouler les yeux d'un air confus.

– Hank a une passion pour l'Angleterre, il est fou de ce pays, expliqua-t-elle.

– Je l'adore, renchérit Hank. Si seulement je pouvais avoir des toasts chauds au petit déjeuner, ce serait le paradis. Pourquoi diable mangez-vous vos toasts froids?

– J'ai toujours pensé que c'était une carence culturelle, répondit Saint James.

Bouche grande ouverte, Hank lâcha un braiment appréciateur, exhibant une rangée de dents d'un blanc fulgurant.

– Une carence culturelle! Ah, elle est bonne! Elle est bien bonne celle-là! T'entends ça, Coco? Une carence culturelle! (Hank répétait toujours les remarques qui le mettaient en joie. Grâce à cette innocente manie, il finissait par se persuader qu'il en était l'auteur.) Mais revenons à l'abbaye, dit-il en homme qui a de la suite dans les idées.

– Hank, murmura sa femme.

Elle avait vaguement l'air d'un lapin, avec ses yeux globuleux et son petit nez retroussé sans cesse en mouvement.

– Relax, Coco. Ces gens appartiennent au gratin.

– Je crois que je vais reprendre du café, Simon, fit Deborah. Son mari la servit, croisa son regard.

– Du lait, chérie?

– Volontiers.

– Du lait chaud dans le café! s'exclama Hank. Encore une chose à laquelle je n'ai pas réussi à m'habituer. Tiens! Voilà Angelina qui rapplique!

La jeune fille – qui, à en juger par sa ressemblance avec Danny, appartenait elle aussi à l'étrange clan Burton-Thomas – entra dans la salle à manger, portant un grand plateau avec une expression d'intense concentration. Elle n'était pas aussi jolie que Danny. C'était une petite rousse rondelette, aux joues rouges et aux mains gercées, qui aurait été plus à son aise dans une ferme que dans une demeure ancestrale au milieu d'une famille d'excentriques. Elle esquissa une révérence maladroite et se mit à servir le petit déjeuner tout en se mordillant nerveusement la lèvre inférieure.

– C'est une grande timide, observa Hank à voix haute en éventrant son œuf au plat à l'aide d'un morceau de toast. N'empêche qu'elle nous a donné tous les tuyaux hier soir après dîner. Vous avez entendu parler de cette histoire de bébé, non ?

Deborah et Saint James se consultèrent du regard, se demandant lequel d'entre eux renverrait la balle. Deborah s'en chargea :

– En effet, convint-elle. Le nouveau-né qui pleure dans les ruines de l'abbaye. Danny nous en a touché un mot juste après notre arrivée.

– Ben tiens ! Ça m'étonne pas d'elle ! s'exclama Hank. (Il crut bon de préciser sa pensée.) Chouette petit lot. Elle aime se faire remarquer.

– Hank, murmura sa femme, le nez dans son porridge.

Sous ses cheveux blonds très courts couleur champagne rosé, elle avait le bout des oreilles tout rouge.

– Voyons, Coco, ces gens ne sont pas tombés de la dernière pluie, fit Hank. Ils connaissent la musique. (Il pointa vers les Saint James une fourchette au bout de laquelle tressautait, précairement empalé, un bout de saucisse.) Il faut excuser Jojo, expliquat-il. On pourrait penser que vivre à Laguna Beach l'aurait dessalée un peu, pas vrai ? Vous connaissez Laguna Beach en Californie ? (Sans attendre de réponse, il enchaîna :) Y a pas plus sympa au monde comme coin, sans vouloir vous vexer. Coco et moi, ça fait quoi, vingt-deux ans maintenant qu'on y habite, et elle trouve encore le moyen de piquer un fard quand elle tombe sur deux pédés en train de se faire du gringue ! « Jojo, que je lui dis, inutile de te mettre dans tous tes états quand tu rencontres des pédés ! » (Il baissa la voix.) Surtout qu'à Laguna, il nous en sort de partout.

Saint James jugea plus prudent de ne pas regarder Deborah.

– Mais oui ! insista Hank. Les tapettes, les homosexuels, il y en a des wagons à Laguna ! Ils veulent tous vivre là-bas ! Mais revenons-en à l'abbaye. (Il fit une pause et avala une lampée de café avec un affreux bruit de succion.) Il paraît que c'est là que Danny et son petit copain avaient l'habitude de se rencontrer pour se peloter un peu, vous voyez ce que je veux dire. La fameuse nuit, il y a trois ans de ça, les voilà qui décident de passer aux choses sérieuses. Vous me suivez ?

– A merveille, fit Saint James, évitant toujours soigneusement de rencontrer le regard de sa femme.

– Danny, elle, elle est un peu réticente. Un pucelage, c'est quand même quelque chose, pas vrai ? Et on ne s'en débarrasse pas comme ça, surtout au beau milieu des bois. Et une fois que c'est fait, ben, y a plus moyen de revenir en arrière, n'est-ce pas ?

– En effet, fit Saint James.

Hank hocha la tête d'un air sagace.

– Bon, alors selon sa sœur Angelina...

– Parce qu'elle était là? s'enquit Saint James, incrédule.

Hurlant de rire, Hank se mit à taper rythmiquement sur la table avec sa cuiller.

– Vous êtes un drôle de numéro, vous! (Et s'adressant à Deborah :) Il est toujours comme ça?

– Toujours, répondit-elle sans l'ombre d'une hésitation.

– Formidable! Mais revenons-en à nos moutons.

Deborah et Saint James échangèrent un coup d'œil entendu.

– Voilà donc le gars, avec Danny, en position, prêt à faire feu. (Hank prit son couteau et sa fourchette pour mimer la scène.) Quand tout à coup le moutard se met à pousser des hurlements à ameuter un régiment! Vous voyez le tableau?

– Très clairement, lui assura Saint James.

– En entendant les braillements du marmot, nos deux tourtereaux se figurent que c'est le Seigneur en personne qui se manifeste. Ils font ni une ni deux, ils quittent l'abbaye à toute pompe, à croire qu'ils avaient le diable aux trousses. Et ceci mit fin à cela.

– Aux cris du bébé, vous voulez dire? s'enquit Deborah. Oh, Simon, et moi qui espérais les entendre ce soir. Ou même cet après-midi. Conjurer le mauvais sort est une activité tellement... passionnante.

Coquine, dit le regard de son mari.

– Pas aux cris du bébé, aux galipettes de Danny et de son rigolo. Comment s'appelait-il, déjà, Coco?

– Il avait un drôle de nom. Ezra quelque chose.

Hank opina.

– Enfin bref, Danny rapplique au château avec le trouillomètre à zéro en déclarant qu'elle veut se confesser. Ils appellent le prêtre qui vient exorciser...

– ... l'abbaye, le château ou Danny? intervint Saint James.

– Les trois, mon vieux! Le curé arrive ventre à terre et se met à asperger le château avec de l'eau bénite, puis il se rend à l'abbaye et...

Il s'arrêta net, avec le visage radieux et l'œil brillant du conteur chevronné qui a plaisir à tenir son auditoire en haleine.

– Encore un peu de café, Deborah?

– Non, merci.

– Et une fois sur place, qu'est-ce qu'il découvre? demanda Hank.

Saint James fit mine de réfléchir à la question.

– Quoi? s'enquit-il soudain en réponse au coup de pied que sa femme lui décochait sous la table.

– Un bébé en chair et en os! Un nouveau-né auquel on n'avait pas encore coupé le cordon, né depuis à peine deux heures et complètement raide. Mort de froid.

– C'est horrible! fit Deborah, pâlissant.

Hank hocha solennellement la tête.

– Horrible, ç'a dû l'être aussi pour le pauvre Ezra! Je parie qu'il a dû lui falloir au moins deux ans avant de réussir à... vous voyez ce que je veux dire!

– A qui était ce bébé?

Hank haussa les épaules et reporta son attention sur son petit déjeuner maintenant complètement froid. De toute évidence, il ne s'était intéressé qu'aux détails les plus croustillants de l'affaire.

– Mystère, répondit Jojo. Les gens d'ici l'ont enterré dans le cimetière. La tombe porte une curieuse épitaphe mais je suis incapable de m'en souvenir. Il faudrait que vous y alliez d'un saut.

– Ce sont des jeunes mariés, Coco. (Hank adressa un clin d'œil réjoui à Saint James.) Ils ont sûrement mieux à faire que de se baguenauder dans les cimetières.

* * *

A l'évidence, Lynley avait une préférence pour les Russes. Ils avaient commencé par Rachmaninov, enchaîné avec Rimski-Korsakov et maintenant ils poursuivaient leur route aux accents canonnants de l'ouverture de *1812*.

– Vous avez remarqué? s'enquit-il alors que résonnaient les dernières notes. L'un des cymbaliers a eu un petit temps de retard. Mais c'est bien la seule chose que je reproche à cet enregistrement de *1812*.

Il éteignit la chaîne stéréo.

Pour la première fois, Barbara s'aperçut qu'il ne portait pas de bijoux – pas de chevalière, ni de coûteuse montre en or que le soleil aurait fait briller de mille feux. Sans qu'elle pût s'expliquer pourquoi, cette sobriété la troubla autant que l'eût fait un étalage éhonté d'accessoires opulents.

– Je n'ai rien remarqué. Désolée. Je ne connais pas grand-chose à la musique.

S'attendait-il vraiment, avec la formation qu'elle avait reçue, à ce qu'elle lui parle musique classique?

– Je ne connais pas grand-chose à la musique moi non plus, dit-il avec candeur. Je me contente de l'écouter. Je fais partie de ces ignorants qui disent : « Je ne suis pas un spécialiste mais je sais ce qui me plaît. »

Elle accueillit ces propos avec une certaine stupeur. N'avait-il pas fait ses études à Oxford, décroché une mention bien en histoire? Pourquoi diable se qualifiait-il d'ignorant? C'était peut-être pour la mettre à l'aise, avec ce charme qui n'appartenait qu'à lui.

— J'ai appris à l'apprécier quand mon père était malade, tout à la fin. Il y en avait toujours à la maison lorsque je réussissais à venir lui rendre visite.

Il marqua une pause, retira la cassette. Le silence envahit la voiture, aussi imposant que la musique, mais bien plus déconcertant. Quelques instants s'écoulèrent avant qu'il reprît la parole et lorsqu'il se décida à le faire, ce fut pour parler de son père.

— Il n'avait plus que la peau sur les os. Que de souffrance! (Il s'éclaircit la gorge.) Ma mère ne voulait pas l'envoyer à l'hôpital. Même à la fin, alors que cela lui aurait facilité la vie, elle refusa d'en entendre parler. Elle restait assise à son chevet, jour et nuit, à le regarder mourir lentement. Je crois que c'est la musique qui les a empêchés de devenir fous les dernières semaines. (Il gardait les yeux braqués sur la route.) Elle lui tenait la main et ils écoutaient Tchaïkovski. A la fin, il ne pouvait même plus parler. Je me suis toujours plu à penser que la musique parlait pour lui.

Il devenait vital de détourner la conversation. Barbara agrippa la carte de ses doigts brûlants, cherchant désespérément un autre sujet.

— Vous connaissez Nies, n'est-ce pas? laissa-t-elle échapper gauchement en lui décochant un regard circonspect.

Ses yeux s'étrécirent, il retira une main du volant. L'espace d'un instant, Barbara s'imagina bêtement que c'était pour la faire taire, mais il se contenta prosaïquement de choisir une autre cassette et de la glisser dans le lecteur sans toutefois mettre celui-ci en marche. Mortifiée, elle s'absorba dans la contemplation du paysage.

— Je suis étonné que vous ne soyez pas au courant, dit-il enfin.

— Au courant de quoi?

Il la regarda alors, cherchant à lire sur son visage insolence, sarcasme ou besoin de blesser. Ne voyant rien de tout cela, il reporta les yeux sur la route.

— Il y a cinq ans, mon beau-frère, Edward Davenport, fut assassiné chez lui au nord de Richmond. Le commissaire principal Nies crut bon de m'arrêter. L'épreuve ne dura que quelques jours. Mais suffisamment longtemps tout de même. (Coup d'œil oblique vers sa passagère, sourire moqueur à l'égard de lui-même.) Vous n'avez pas eu vent de cette histoire, sergent? Elle est assez moche pour qu'on s'amuse à la raconter dans les cocktails.

— Je... non... je ne la connaissais pas. Et de toute façon, je ne fréquente pas les cocktails. (Elle se tourna vers la vitre.) Le virage ne doit plus être très loin. Cinq kilomètres environ.

Elle était bouleversée. Elle n'aurait su dire pourquoi, elle ne voulait même pas y penser et se força à étudier le paysage, refusant de se laisser aller à bavarder avec cet homme. Il lui fallait se focaliser à tout prix sur le paysage. Elle se concentra si bien que le charme opéra. Pour une citadine habituée au rythme trépidant de la vie londonienne et à la morne crasse d'Acton, le Yorkshire avait de quoi surprendre.

La campagne, des champs aux landes, était parée d'un millier de nuances de vert. La route plongeait dans les vallons vers des villages immaculés noyés dans la forêt, montait et descendait avant de filer de nouveau en terrain découvert où le vent de la mer du Nord balayait impitoyablement bruyère et ajoncs. Les seuls êtres vivants étaient les moutons, qui erraient à leur guise, sans crainte de se heurter aux vieux murs de pierre sèche qui limitaient les ébats de leurs congénères des vallées.

Le paysage offrait aux regards un tissu de contradictions. Là où la terre était cultivée, la vie foisonnait dans les moindres recoins, les haies formaient une masse compacte d'où émergeraient dans toute leur beauté, le moment venu, le cerfeuil sauvage, la lychnide, la vesce et la digitale. C'était une région où il arrivait souvent aux voitures de devoir s'arrêter pour laisser le passage à des moutons gras à souhait. Des couples de chiens guidaient les troupeaux à travers pâturages et collines jusqu'au village voisin, des chiens auxquels le berger – qui les suivait en leur sifflant des ordres – n'hésitait pas à confier son sort et celui de ses bêtes. Et soudain, les plantes, les hameaux, les chênes, les ormes et les châtaigniers qui défilaient en un magnifique cortège disparaissaient pour céder la place aux landes.

Là, dans un bouillonnement de nuages, le ciel céruléen dévalait vers la terre aride et indomptée. Air et terre, il n'y avait rien d'autre, hormis les moutons sagaces à tête noire, hôtes robustes de ces lieux solitaires.

– C'est superbe, n'est-ce pas ? fit Lynley au bout de quelques minutes. J'ai beau y avoir connu des expériences désagréables, j'aime toujours autant le Yorkshire. Ce doit être la solitude, le côté désolé de l'endroit qui me séduit.

Barbara se raidit de nouveau, refusant la confidence, le message qui se cachait implicitement derrière les paroles, à savoir qu'elle était en présence d'un connaisseur.

– C'est très joli, monsieur. Ça ne ressemble à rien de ce que j'ai déjà vu. Voilà notre virage, je crois.

La route conduisant à Keldale montait et descendait, les emmenant au fond du vallon. Peu après le virage, les bois se refermèrent sur eux. Les arbres déployaient leurs branches au-dessus de la chaussée et les bas-côtés étaient envahis par les fougères. Ils arrivèrent au village par le chemin qu'avait emprunté Cromwell et, comme lui, ils le trouvèrent désert.

En entendant sonner les cloches de Sainte-Catherine, ils comprirent aussitôt pourquoi le village semblait mort. A peine les cloches se furent-elles tues que les portes de l'église s'ouvrirent, laissant échapper un maigre flot de fidèles.

Appuyé contre la voiture, Lynley inspectait pensivement les environs. Il s'était garé en face de Keldale Lodge, coquette auberge tapissée de lierre aux fenêtres à petits carreaux, d'où il pouvait embrasser du regard tout le paysage. En examinant les lieux, il se dit qu'on ne pouvait rêver endroit plus incongru pour un meurtre.

Au nord s'étirait la grand-rue. Flanquée de maisons de pierre grise aux toits de tuile et aux blancs colombages, cette artère étroite contenait tous les éléments nécessaires au confort de la vie à la campagne : un bureau de poste lilliputien, un magasin de fruits et légumes, une boutique surmontée d'une enseigne jaune rouillée vantant les gâteaux Lyons, et où il semblait qu'on pût trouver de tout – de l'huile à moteur aux petits pots pour bébé –, une chapelle wesleyenne bizarrement coincée entre un salon de thé « Chez Sarah » et un salon de coiffure baptisé « Sinji ». Les trottoirs étant à peine plus hauts que la chaussée, les averses du matin avaient laissé des flaques bleues devant les seuils. Le ciel était maintenant dégagé et l'air était si frais que Lynley pouvait en goûter la pureté.

A l'ouest, enclose entre les murs de pierre sèche qui quadrillent la région, la route de Bishop Furthing filait vers les fermes. Au coin se dressait un cottage ombragé dont la porte d'entrée n'était qu'à quelques pas de la chaussée. Le cottage était flanqué d'un jardin d'où s'échappaient des jappements excités, de ceux que poussent les jeunes chiots quand on s'amuse avec eux. Un panneau discret portant le mot POLICE en lettres bleues sur fond blanc était accroché à une fenêtre. La demeure de l'archange Gabriel, se dit Lynley en ravalant un sourire.

Au sud, deux routes partaient d'une pelouse hirsute nantie de deux bancs de bois. Comme son nom l'indiquait, Keldale Abbey Road conduisait à l'abbaye. Church Street, au coin de laquelle se dressait Sainte-Catherine, franchissait le pont en dos d'âne qui enjambait la rivière Kel. L'église était elle aussi entourée par un mur de pierre bas sur lequel était apposée une plaque commémorative, sombre rappel de la Première Guerre mondiale, comme il en existait dans tous les villages de Grande-Bretagne.

A l'est se trouvait la route sinueuse qu'ils avaient empruntée pour atteindre ce coin de paradis du Yorkshire. Sur la chaussée, déserte quelques instants plus tôt, on pouvait maintenant distinguer la silhouette penchée d'une femme gravissant la pente, une écharpe coincée dans le col de son manteau noir. Chaussée de solides souliers plats d'où émergeaient des socquettes d'un bleu éclatant, elle avait au bras un filet à provisions qui pendait, flasque et vide. Qu'elle n'eût pas trouvé à le remplir n'avait rien d'étonnant car, en ce dimanche après-midi, tout était hermétiquement fermé. Qui plus est, elle n'avait pas pris la bonne direction pour aller faire des emplettes. Le dos tourné au village, elle piquait en effet vers la lande. Peut-être s'agissait-il d'une femme de fermier, rentrant chez elle après avoir effectué quelque livraison.

Le village cerné par les bois semblait baigner dans la tranquillité et la paix la plus absolue. Quand les cloches de Sainte-Catherine se furent tues, les oiseaux, prenant le relais, se mirent à gazouiller du haut des toits et des arbres. La fumée odorante d'un feu de bois flottait dans l'air. Il était difficile de croire que trois semaines auparavant, à un kilomètre et demi du village, un homme avait été décapité par sa fille unique.

— Inspecteur Lynley ? J'espère que je ne vous ai pas fait attendre trop longtemps. Je ferme toujours à clé pendant l'office car il n'y a personne pour surveiller la maison. Je suis Stepha Odell, la propriétaire de l'auberge.

Au son de cette voix, Lynley cessa d'examiner les alentours et se retourna. La banale formule de politesse dont il allait gratifier son interlocutrice mourut sur ses lèvres lorsqu'il la vit.

La quarantaine, elle était grande et bien faite. Elle portait une robe en lin gris fort bien coupée et ornée d'un col blanc. Pour le reste, chaussures, ceinture, sac et chapeau, tout chez elle était noir, excepté ses cheveux d'un somptueux roux cuivré qui lui arrivaient à l'épaule. Elle était d'une beauté saisissante.

Il retrouva l'usage de la parole.

— Thomas Lynley, dit-il bêtement. Et voici le sergent Havers.

— Entrez, fit Stepha Odell d'une voix chaude et pleine de charme. Vos chambres sont prêtes. C'est calme ici, à cette époque de l'année.

Les murs épais, le sol carrelé de pierre donnaient une impression de fraîcheur. Le carrelage était recouvert d'un tapis d'Axminster passé. La démarche naturellement gracieuse, elle les conduisit dans une petite réception et sortit un gros registre pour le leur faire signer.

— Vous a-t-on dit que je ne servais que le petit déjeuner ? s'enquit-elle, mi-sérieuse, mi-inquiète, comme si en cet instant le souci premier de Lynley eût été d'assouvir sa faim.

Ça se voit donc tant que ça ?

— Ne vous inquiétez pas, Mrs Odell, nous nous débrouillerons, dit Lynley.

Attention, mon vieux. On lit en toi à livre ouvert.

Debout près de lui, le visage impassible, Havers ne soufflait mot.

— Pas Mrs, miss, rectifia leur hôtesse. Ou plutôt, Stepha. Vous pouvez prendre vos repas à La Colombe dans Saint-Chad's Lane, ou alors au Saint-Graal. Et si vous avez envie de quelque chose d'un peu plus sophistiqué, il y a Keldale Hall.

— Le Saint-Graal?

Elle sourit.

— Le pub en face de Sainte-Catherine.

— C'est un nom qui doit plaire aux dieux de l'abstinence.

— Il plaît au père Hart, qui n'hésite pas cependant à y vider une chope de bière à l'occasion. Je vous montre vos chambres?

Sans attendre de réponse, elle les précéda dans l'escalier tortueux, leur faisant admirer des chevilles particulièrement ravissantes surmontées de jambes qui ne l'étaient pas moins.

— Tout le monde au village se réjouit de votre venue, inspecteur.

Elle ouvrit la porte de la première chambre et leur désigna de la main la pièce contiguë, leur faisant ainsi comprendre que c'était à eux de choisir.

— Ravi de l'apprendre.

— Ce n'est pas que nous ayons quoi que ce soit contre Gabriel, mais il n'est guère populaire depuis qu'ils ont emmené Roberta à l'asile.

6

Blême de rage, Lynley n'avait pourtant pas la moindre trace d'émotion dans la voix. Barbara, qui l'observait, ne put s'empêcher d'admirer sa performance au téléphone. Un véritable virtuose.

– Le nom du psychiatre qui l'a admise?... Il n'y avait pas de psychiatre? Voilà qui est intéressant. Qui donc a jugé bon de... Comment vouliez-vous que j'apprenne la chose, commissaire, alors que vous n'avez pas cru utile d'en faire état dans le rapport?... J'ai peur que ce ne soit pas la meilleure façon de procéder. On ne met pas un suspect à l'asile sans avoir rempli un certain nombre de papiers... Il est dommage que votre surveillante soit en congé, mais il vous faudra lui trouver une remplaçante. On ne fourre pas une fille de dix-neuf ans dans un hôpital psychiatrique pour la seule raison qu'elle refuse de parler.

Barbara se demanda s'il se laisserait aller à exploser, si une faille apparaîtrait dans cette admirable armure tout droit sortie des ateliers des meilleurs tailleurs de Savile Row.

– Le fait de prendre un bain quotidien ne me paraît pas constituer non plus un signe irréfutable de santé mentale... Ne me faites pas le coup de la supériorité hiérarchique, commissaire. Si c'est là votre conception du travail bien fait, je ne m'étonne plus que Kerridge veuille avoir votre peau... Qui est l'avocat de la petite Teys? Ne devriez-vous pas dans ce cas vous charger de lui en procurer un?... J'aimerais autant que vous gardiez pour vous ce que vous n'avez pas l'intention de faire. On m'a confié l'enquête et j'entends la mener dans les règles. Est-ce clair? Maintenant écoutez-moi bien : vous avez deux heures exactement pour me faire parvenir le dossier complet à Keldale. Mandats, dépositions, intégralité des notes prises par les policiers qui ont enquêté sur cette affaire : je veux tous les documents. C'est bien compris ? Deux heures... Webberly. W-e-b-b-e-r-l-y. Vous pouvez l'appeler.

Visage de bois, Lynley tendit l'appareil à Stepha Odell.

Elle le reposa derrière le comptoir et passa à plusieurs reprises son doigt sur le récepteur avant de lever les yeux.

– J'aurais peut-être mieux fait de tenir ma langue ? hasarda-t-elle, une pointe d'inquiétude dans la voix. Je ne voudrais pas que, par ma faute, vous ayez des problèmes avec vos supérieurs.

Lynley ouvrit sa montre de gousset et regarda l'heure.

– Nies n'est pas mon supérieur. Et vous avez bien fait de parler. Je vous en remercie. Vous m'avez évité un voyage inutile à Richmond : Nies brûlait, sans aucun doute, de me voir faire l'aller et retour.

Sans même faire mine d'essayer de comprendre, Stepha désigna d'un geste vague une porte située à sa droite.

– Puis-je vous offrir un verre, inspecteur ? Et à vous aussi, sergent ? Nous avons une bonne petite bière blonde qui, comme Nigel Parrish se plaît à le dire, n'a pas son pareil pour vous remettre d'aplomb. Par ici.

Elle les fit entrer dans le salon typique d'une auberge de campagne anglaise où flottait un parfum de feu de bois. La pièce, conçue de façon à donner aux clients de passage l'impression qu'ils étaient chez eux, n'était pas exempte cependant d'une certaine solennité propre à décourager les villageois de s'y aventurer. Il y avait tout un assortiment de canapés et de fauteuils trapus, recouverts de chintz et agrémentés de coussins au petit point. Les tables en érable disséminées çà et là n'étaient plus de la première jeunesse comme en témoignaient les nombreuses traces de verres maculant leur plateau. Une moquette à fleurs recouvrait le sol. Des gravures d'une rassurante banalité étaient accrochées au mur : chasse à courre, journée à Newmarket, vue du village. Derrière le bar – qui se dressait à l'autre bout de la pièce – et au-dessus de la cheminée se trouvaient deux aquarelles exécutées avec un talent et un goût manifestes représentant toutes deux une abbaye en ruine.

Lynley s'approcha de l'une d'elles tandis que Stepha s'activait derrière le bar.

– Ravissant, apprécia-t-il. C'est l'œuvre d'un artiste du coin ?

– C'est un jeune homme du nom d'Ezra Farmington qui a fait ça. C'est notre abbaye. C'est comme cela qu'il a payé sa pension un automne. Il s'est fixé au village maintenant.

Barbara regarda la belle rousse manœuvrer d'une main experte les robinets et retirer le faux col qui se formait au bord du verre.

Stepha égrena un charmant petit rire lorsque la mousse en débordant lui dégoulina sur la main. Avec le plus parfait naturel, elle porta ses doigts à ses lèvres pour lécher le liquide brun. Barbara se demanda combien de temps il faudrait à Lynley pour la fourrer dans son lit.

– Sergent ? s'enquit Stepha. Une bière pour vous aussi ?

– Un tonic, si vous en avez, répondit Barbara tout en se tournant vers la fenêtre.

Au milieu du pré communal, le vieux prêtre qui était venu les voir à Londres bavardait avec un villageois. A en juger par les gestes et les regards obliques décochés à la Bentley gris métallisé, il était clair qu'ils parlaient des nouveaux arrivants. Une femme qui était sur le pont traversa pour se joindre à eux. Diaphane, elle semblait prête à s'envoler au moindre courant d'air, impression que renforçaient sa robe beaucoup trop légère pour la saison et ses fins cheveux de bébé qui voletaient au moindre souffle. Elle se frictionnait les bras pour se réchauffer et, au lieu de se mêler à la conversation, se contentait d'écouter comme si elle attendait que l'un des hommes s'éloigne. Au bout d'un moment, le prêtre prit congé et se dirigea vers l'église. Le curé parti, la conversation reprit sur un rythme haché. L'homme marmonnait quelques mots, fixait son interlocutrice, qui lui répondait brièvement. Le dialogue était ponctué de longs silences que la femme mettait à profit pour contempler le bord de la rivière tandis que son compagnon examinait l'auberge – ou plutôt la voiture qui était garée devant. Voilà quelqu'un, conclut Barbara, qui s'intéresse de fort près à l'arrivée de la police.

– Un tonic et une bière, dit Stepha en posant les deux verres sur le comptoir. C'est une fabrication maison, une recette de mon père, d'où son nom : Odell. Dites-moi donc ce que vous en pensez, inspecteur.

Le liquide riche et ambré était strié d'or.

– Ça requinquerait un mort, fit Lynley, lorsqu'il l'eut goûtée. Vous êtes sûre que vous n'en voulez pas, Havers ?

– Je préfère le tonic, merci, monsieur.

Il la rejoignit près du canapé. C'était là que, quelques instants plus tôt, il avait fouillé dans le rapport à la recherche d'un papier justifiant l'admission de Roberta Teys à l'asile de Barnstingham. N'en ayant trouvé aucun, il s'était précipité sur le téléphone pour appeler Richmond. Il se mit à passer les documents en revue pour la seconde fois, les classant par catégorie. Du bar, Stepha Odell observait les policiers avec un intérêt amical tout en sirotant la bière qu'elle s'était servie.

– Nous avons donc les mandats, les rapports d'autopsie, les dépositions signées, les photographies, récapitula Lynley. (Il regarda Barbara.) En revanche, il nous manque les clés de la ferme. Cet abruti de Nies a oublié de nous les remettre.

– Richard en a un jeu, si vous en avez besoin, glissa très vite Stepha Odell comme pour se faire pardonner la remarque qui avait mis le feu aux poudres entre Lynley et le commissaire de police de Richmond. Richard Gibson. C'était... c'est le neveu de William Teys. Il habite un pavillon H.L.M. dans Saint-Chad's Lane, à deux pas de la grand-rue.

Lynley leva le nez.

– Comment se fait-il qu'il ait les clés de la ferme ?

– La police a dû les lui confier après l'arrestation de Roberta. C'est lui qui doit hériter de la propriété une fois les problèmes de succession réglés, précisa-t-elle. William a rédigé son testament dans ce sens. Je suppose que Richard s'occupe de la propriété en attendant. Il faut bien que quelqu'un s'en charge.

– C'est lui qui hérite de la ferme ? Et Roberta, de quoi devait-elle hériter ?

Stepha passa un chiffon sur le comptoir d'un air songeur.

– La ferme devait revenir à Richard, c'était convenu entre William et lui, et c'était logique. Il y travaille avec William... (D'elle-même, elle rectifia :)... il y travaillait depuis qu'il avait réintégré Keldale deux ans plus tôt. Une fois qu'ils eurent décidé de l'avenir de Roberta – au sujet de laquelle ils avaient eu une sévère explication –, cet arrangement se révéla satisfaisant pour tout le monde. William avait quelqu'un pour lui donner un coup de main, Richard du travail et son avenir assuré, et Roberta un toit pour le restant de ses jours.

– Sergent. (D'un hochement de tête, Lynley désigna à Havers son carnet, qui était posé à côté de la bouteille de tonic.) Si vous voulez bien...

Stepha rougit en voyant Barbara empoigner son stylo.

– C'est un interrogatoire en règle si je comprends bien ? fit-elle avec un sourire inquiet. Je ne sais pas si je vais pouvoir vous aider beaucoup, inspecteur.

– Parlez-nous donc de l'explication que Teys et Gibson ont eue à propos de Roberta.

Contournant le bar, elle les rejoignit, tirant vers la table un confortable fauteuil. Elle s'assit en ramenant ses jambes sous elle, jeta un coup d'œil aux photos empilées devant elle et détourna vivement les yeux.

– Je veux bien vous dire ce que je sais, mais cela se résume à peu de chose. Olivia vous en apprendrait sûrement davantage.

– Olivia Odell... votre...

– Ma belle-sœur. La veuve de mon frère Paul.

Stepha posa son verre d'ale sur la table et, prenant une pile de dossiers, elle en recouvrit les photographies :

– Si vous permettez...

– Désolé, coupa Lynley avec empressement. Nous sommes tellement habitués à contempler ces horreurs que nous n'y faisons même plus attention. (Il rangea les clichés dans la chemise.) A propos de quoi au juste William Teys et son neveu se sont-ils disputés ?

– D'après ce qu'Olivia m'a raconté – elle était avec eux à La Colombe quand c'est arrivé –, il s'agissait de Roberta et de son allure.

Elle tripota son verre, s'amusant à tracer des dessins du bout du doigt sur la paroi embuée, et enchaîna :

– Richard, qui est originaire de Keldale, avait quitté le village pour tenter sa chance dans les Fens [1] où il voulait faire pousser de l'orge. Il s'y était marié et il avait deux enfants. N'ayant pas réussi, il revint au pays. (Elle sourit.) Keldale ne se quitte pas comme ça, Richard en a fait l'expérience. Il était resté parti huit ou neuf ans et à son retour, il a été sidéré en voyant le changement qui s'était produit chez Roberta.

– Un changement d'allure, avez-vous dit ?

– Roberta n'a pas tout le temps été comme ça. Bien sûr, elle a toujours été forte, elle l'était déjà à huit ans, au moment où Richard est parti. Mais elle n'a jamais été...

Stepha hésita, cherchant le mot juste.

– ... obèse, suggéra Barbara.

– Oui, poursuivit Stepha avec reconnaissance. Bien que de douze ans son aîné, Richard avait toujours été très copain avec Roberta. Retrouver sa cousine dans cet état – physiquement, s'entend, parce que pour le reste elle n'avait guère changé –, fut pour lui un choc terrible. Il reprocha à William de négliger sa fille. Lui déclara que si elle s'était mise dans cet état-là, c'était pour attirer son attention. William entra dans une colère noire. Olivia m'a dit qu'elle ne l'avait jamais vu aussi furieux. Le pauvre homme avait eu assez de problèmes dans sa vie sans que son neveu lui lance des accusations pareilles à la tête. Cependant, ils ne restèrent pas brouillés très longtemps. Richard lui présenta des excuses dès le lendemain. Certes, William n'emmena pas Roberta chez le médecin pour autant – ç'eût été vraiment trop lui demander –, mais Olivia trouva un régime pour Roberta et tout marcha ensuite comme sur des roulettes.

– Jusqu'à il y a trois semaines, remarqua Lynley.

– Si vous êtes d'avis que la petite a tué son père, alors oui, tout

_____

1. Plaines marécageuses de l'Angleterre de l'Est. (N.d.T.)

marcha le mieux du monde jusqu'à il y a trois semaines. Mais je ne crois pas qu'elle l'ait tué, pas un seul instant.

La vigueur des propos parut surprendre Lynley.

— Pourquoi pas?

— Parce qu'en dehors de Richard — Dieu sait qu'il a assez de mal à s'occuper de sa famille —, William était tout ce que Roberta avait au monde. Ses lectures et ses rêves exceptés, il n'y avait que son père qui comptait pour elle.

— Elle n'avait pas d'amies de son âge? Pas de petites camarades dans une ferme du voisinage ou au village?

Stepha secoua la tête.

— Elle ne voyait personne. Quand elle n'était pas occupée à travailler à la ferme avec son père, elle lisait les trois quarts du temps. Pendant des années, elle est venue à l'auberge chercher le *Guardian*. Ils n'achetaient pas de journal à la ferme. Alors, une fois que tout le monde l'avait lu, elle passait le prendre l'après-midi pour l'emporter chez elle. Je crois bien qu'elle avait lu tous les livres de sa mère et tous ceux de Marsha Fitzalan, et que le journal était tout ce qui lui restait à découvrir. Il n'y a pas de bibliothèque à Keldale, voyez-vous. (Elle fronça les sourcils en contemplant son verre.) Puis, elle a cessé de s'intéresser au journal il y a quelques années. A la mort de mon frère. Je n'ai pas pu m'empêcher de penser... (les yeux bleu gris s'assombrirent)... qu'elle était peut-être amoureuse de Paul. Après sa mort, il y a quatre ans, nous restâmes un bon moment sans voir Roberta. Et elle ne nous réclama plus jamais le *Guardian*.

☆[☆]☆

A supposer qu'il existât dans un village de la taille de Keldale un quartier donnant à ses habitants une furieuse envie de le fuir, Saint-Chad's Lane eût été celui-là. Plutôt ruelle que rue, c'était une artère non pavée ne menant nulle part et qui possédait pour tout titre de gloire un pub à l'enseigne de La Colombe. Les portes et les boiseries de l'estaminet étaient peintes dans un violet vibrant qui aurait certainement préféré se trouver ailleurs lui aussi.

Richard Gibson et sa progéniture habitaient dans le dernier cottage de la rue. C'était une étroite bâtisse en pierre, nantie de châssis de fenêtres éraflés et d'une porte d'entrée dont la laque bleu roi virait consciencieusement au gris. En dépit de la température assez fraîche, la porte était grande ouverte. Du minuscule pavillon, s'échappait le rude tintamarre d'une âpre dispute familiale.

— Pour l'amour du ciel, occupe-toi un peu de lui. C'est ton fils, nom d'un chien! Il n'est pas né par l'opération du Saint-Esprit, que je sache!

La femme qui braillait semblait prête à passer des cris au fou rire ou à l'hystérie.

Une voix d'homme gronda une réponse qui se perdit au milieu du tumulte ambiant.

– Oh, parce que ça va changer? Laisse-moi rire, Dick. Avec la ferme qui te servira de prétexte pour te défiler? Comme hier soir! Tu n'avais qu'une envie, c'était d'y courir, avoue! Alors ne me parle pas de la ferme, tu veux! Vingt-cinq hectares, c'est grand, ça en fait de la place pour se cacher! Quand on sera là-bas, on ne te verra plus!

Lynley actionna sèchement le heurtoir rouillé et la scène se figea sous ses yeux.

Assis sur un canapé défoncé dans un séjour étriqué, son assiette au contenu peu appétissant sur les genoux, un homme essayait de se restaurer. Debout devant lui, bras levé, brosse à cheveux à la main, était plantée une femme. Ils posèrent des yeux ronds sur leurs visiteurs.

– Vous ne pouviez pas mieux tomber. Cinq minutes plus tard, nous étions au lit, dit Richard Gibson.

* * *

Les Gibson étaient tout en contrastes. Monumental avec son mètre quatre-vingt-seize, le poil noir, Richard Gibson avait le teint basané, l'œil brun et sardonique. Il était nanti d'un cou de taureau et de membres épais. Blonde et menue, sa femme avait les traits fins. Bien qu'elle fût blême de rage, l'air était pourtant chargé d'une électricité toute particulière sur la nature de laquelle les propos du mari ne laissaient planer aucun doute. Dans ce couple, il sautait aux yeux que prises de bec et discussions n'étaient que de vulgaires escarmouches, un prélude à la véritable bagarre qui se livrait entre les draps et dont l'enjeu était de savoir lequel des deux sortirait vainqueur. A en juger par le spectacle que Lynley et Havers avaient devant les yeux, la réponse à cette question était demeurée en suspens.

Décochant à son mari un regard brûlant de fureur autant que de désir, Madeline Gibson sortit en claquant la porte de la cuisine derrière elle. Son massif époux gloussa dès qu'elle eut le dos tourné.

– Cinquante kilos toute mouillée mais c'est une vraie tigresse, commenta-t-il en se mettant debout. Quelle femme! (Il tendit sa grosse patte aux visiteurs.) Richard Gibson, lança-t-il aimablement. Vous êtes de Scotland Yard, je présume.

Après que Lynley eut effectué les présentations, Richard Gibson poursuivit :

– Le dimanche, c'est le jour le plus pénible de la semaine.

Il eut un mouvement de tête en direction de la cuisine d'où s'échappait un filet continu de couinements qui semblait émaner d'une bonne douzaine de gorges enfantines.

– Roberta nous donnait un coup de main. Maintenant, nous sommes bien obligés de nous passer d'elle. Mais vous le savez certainement, puisque vous êtes ici.

D'un geste plein d'hospitalité, il leur désigna deux antiques fauteuils qui vomissaient leur bourre. Lynley et Havers se frayèrent un chemin jusque-là, contournant avec soin jouets cassés, journaux et assiettes à demi pleines de nourriture posées à même le sol nu. Un verre de lait avait dû être oublié dans un coin car l'odeur du lait tourné emplissait la pièce, noyant relents de cuisine médiocre et odeurs de plomberie déglinguée.

– Vous avez hérité de la ferme, Mr Gibson, attaqua Lynley. Comptez-vous emménager bientôt ?

– Le plus tôt sera le mieux en ce qui me concerne. Je ne suis pas sûr que mon mariage tienne le coup si je reste un mois de plus ici.

Du bout du pied, Gibson repoussa son assiette. Un chat maigrichon surgit, renifla le pain rassis et les sardines; refusant cette manne, il se mit en demeure de l'enterrer. Gibson observa l'animal d'un air amusé.

– Vous vivez ici depuis longtemps, n'est-ce pas ?

– Deux ans, pour être précis. Deux ans, quatre mois et deux jours très exactement. Je pourrais peut-être même vous préciser les heures, si vous voyez ce que je veux dire.

– Je n'ai pas pu m'empêcher d'entendre ce que disait votre femme. Elle ne semble guère enthousiaste à l'idée d'habiter la ferme de Teys.

Gibson éclata de rire.

– Vous êtes un homme bien élevé, inspecteur Lynley. La bonne éducation, ça me plaît, chez les policiers.

Il fourragea dans son épaisse tignasse, scruta le plancher à ses pieds, découvrit une bouteille de bière qui, dans la confusion générale, avait glissé et était venue atterrir contre le canapé. Il s'en empara, la vida et s'essuya la bouche d'un revers de main. Son geste plein de naturel évoquait l'homme habitué à prendre ses repas en plein air.

– Madeline n'a qu'une envie : retourner dans les plaines de l'Est, poursuivit-il. Elle rêve de retrouver les grands espaces, l'air, le ciel. Mais c'est une chose que je ne peux lui offrir. Alors je lui offre ce que je peux. (Gibson jeta un coup d'œil au sergent Havers qui griffonnait, penchée sur son calepin.) Un homme prêt à assassiner son oncle ne parlerait pas autrement, vous ne croyez pas? fit-il avec bonhomie.

*
* *

Hank finit par les rattraper dans la salle des novices. Saint James venait d'embrasser sa femme – la peau de Deborah sentait délicieusement bon le lis, ses doigts tièdes se promenaient dans ses cheveux, ses « mon amour » murmurés contre sa bouche l'enflammaient de désir – lorsqu'il aperçut soudain l'Américain perché sur un mur, qui leur souriait de toutes ses dents.

– Je vous y prends! lança le Yankee avec un clin d'œil appuyé.

Saint James se sentit des envies de meurtre. Deborah hoqueta de stupeur. Hank sauta à bas de son perchoir pour les rejoindre sans qu'on l'y eût invité.

– Coco! brailla-t-il. Les tourtereaux sont là!

Jojo Watson s'encadra quelques instants plus tard dans la porte de l'abbaye en ruine, chancelant dangereusement sur ses talons hauts, l'Instamatic en sautoir autour du cou à côté de ses nombreuses chaînes et breloques.

– Nous prenons quelques photos, expliqua Hank avec un mouvement de tête en direction de l'appareil. Un peu plus et nous en avions des gratinées de vous! (Il rugit de rire, assenant une claque amicale sur l'épaule de Saint James.) Ce n'est pas une critique, mon vieux! Si elle était à moi, je serais sans arrêt à la peloter. (Il considéra sa femme.) Bon sang, Jojo, fais donc un peu attention! Tu vas finir par te casser la figure. (Il se retourna vers les Saint James et devant le matériel sophistiqué de Deborah – étui, pied, objectifs – remarqua :) Hé, vous faites de la photo, vous aussi? Vous m'avez bien eu, dites donc! Moi qui vous prenais pour des jeunes mariés en voyage de noces. Viens par là, Coco, reste pas toute seule.

– Déjà rentrés de Richmond? réussit à s'enquérir Saint James d'une voix étranglée.

Deborah essayait discrètement de remettre de l'ordre dans sa tenue. Ses yeux rencontrèrent ceux de son mari, pétillant de malice et de désir. Qu'est-ce que les Américains pouvaient bien fabriquer ici à ce moment précis?

– Ben oui, convint Hank tandis que Jojo opérait enfin la jonction. On a été bougrement déçus. Richmond est loin de ressembler à ce que vous nous en avez dit, mon vieux. La balade en voiture, ça nous a vachement plu, ça c'est vrai. Hein, Coco?

– Hank adore conduire du mauvais côté de la route, expliqua Jojo, toutes narines frémissantes. (Voyant les regards qu'échangeaient les Saint James, elle proposa :) Hank, pourquoi n'irions-nous pas faire un tour à pied du côté de Bishop Furthing Road? Ce serait une façon agréable de finir l'après-midi, tu ne crois pas?

Et de poser sa main couverte de bijoux sur l'épaule de son mari afin d'essayer de l'entraîner hors de l'abbaye.

— Foutre non, alors! La marche à pied, j'en ai ma claque, c'est fini pour le restant de mes jours. (Il inclina la tête d'un air rusé pour regarder Saint James.) Drôle de carte que vous nous avez refilée! Si Coco n'était pas aussi rapide pour lire les panneaux, on serait à Edimbourg à l'heure qu'il est! Enfin, y a pas de mal. On est arrivés à temps pour vous montrer le trou.

— Le trou? s'enquit Deborah, résignée.

Elle s'était agenouillée pour ranger dans sa sacoche le matériel photographique oublié l'espace d'un instant dans l'eau bleue du regard de Simon.

— Le bébé, vous vous souvenez? fit Hank, patient. Encore qu'à ce que je vois, cette histoire n'ait pas l'air de vous avoir foutu les jetons. Sinon vous ne seriez pas là en train de...

Il leur jeta un clin d'œil lascif.

— Ah, oui, le bébé, fit Saint James en prenant la sacoche de Deborah.

— A la bonne heure! Vous dressez l'oreille! approuva Hank. Vous faisiez vraiment une drôle de gueule quand je me suis pointé tout à l'heure, mais maintenant je vois bien que vous êtes tout ouïe.

— C'est exact, fit Deborah, l'esprit ailleurs.

Étrange, la soudaineté avec laquelle cela s'était passé. Elle l'aimait, elle était amoureuse de lui depuis l'enfance. Mais en l'espace d'une fraction de seconde, elle avait compris que cet amour avait changé, qu'il était devenu bien différent de ce qu'il avait été auparavant. Le Simon dont la tendre présence l'emplissait de joie s'était subitement transformé en un amant impérieux dont la seule vue suffisait à embraser ses sens. Seigneur, songea-t-elle, le désir te rend complètement idiote, ma pauvre Deborah.

Saint James entendit le rire étouffé de sa femme.

— Deborah?

Hank lui décocha un coup de coude dans les côtes d'un air entendu.

— Ne vous inquiétez pas : les mariées sont toutes de grandes timides au début.

Bombant le torse, il se mit en marche au milieu des ruines, signalant à sa femme les endroits intéressants :

— Vas-y Coco, une photo.

— Désolé, mon amour, murmura Saint James tandis qu'ils suivaient les Américains à travers les ruines jusqu'au cloître. Je pensais avoir réussi à me débarrasser de lui jusqu'à minuit au moins, mais c'est raté. Une minute de plus et il nous surprenait en très fâcheuse posture.

– Oh Simon! fit-elle en riant. Imagine qu'il nous ait pris sur le fait! Il aurait crié : « Coco, une photo » et c'en aurait été fait de notre vie amoureuse!

Ses yeux brillaient, ses cheveux luisaient au soleil de l'après-midi, balayant ses épaules.

Saint James inspira bien à fond, ce qui lui causa presque une souffrance.

– Je ne crois pas, fit-il d'un ton uni.

***

Le trou se trouvait dans ce qui restait de la sacristie, sorte de boyau sans toit envahi d'herbes folles et de fleurs sauvages, juste après le transept sud de l'antique église. Le mur était percé de quatre renfoncements vers lesquels Hank pointa un index dramatique.

– Nous y sommes, annonça-t-il. Photo, Coco. (Piétinant l'herbe, il prit la pose, découvrant généreusement ses dents.) C'est ici que les moines rangeaient leurs fringues pour dire la messe, c'était leur placard, quoi. Et la fameuse nuit, c'est là qu'on déposa le moutard. Ça vous fiche froid dans le dos quand on y pense, hein? (Il se rapprocha.) C'est la taille idéale pour un môme, ajouta-t-il pensif. Ça fait penser à une offrande rituelle.

– Je ne suis pas sûr que les moines cisterciens aient donné dans ce genre de choses, remarqua Saint James. Et il y a beau temps que les sacrifices humains sont passés de mode.

– A votre avis, il était à qui, ce mouflet?

– Je n'en ai pas la moindre idée, répondit Saint James, sachant pertinemment qu'on allait lui fournir la réponse.

– Alors laissez-moi vous raconter comment ça s'est passé. Coco et moi on a tout de suite pigé. Pas vrai, Coco? (Petit temps d'arrêt pour permettre à Coco de hocher docilement la tête.) Venez un peu par ici, les amoureux, je vais vous montrer quelque chose.

Hank leur fit traverser le transept sud, fouler les pavés inégaux du presbytère. Après avoir franchi à sa suite une brèche dans le mur, ils débouchèrent dans l'abbaye.

– Et voilà! fit le cicerone, pointant un doigt triomphal vers un chemin étroit qui s'éloignait vers le nord à travers bois.

– Je vois, fit Saint James.

– Alors, vous avez compris?

– Euh... non.

Hank se mit à rire aux éclats.

– Évidemment. C'est parce que vous ne vous êtes pas creusé la cervelle autant que nous, pas vrai, Chouchou ?

« Chouchou » hocha la tête, roulant des yeux de lapin contrit.

– Les gitans ! poursuivit son époux, impitoyable. Bon, d'accord, j'avoue : cette idée lumineuse ne nous est venue que ce matin. C'est en voyant les caravanes garées au bord de la route que le déclic s'est produit. On s'est dit comme ça qu'il devait y en avoir aussi dans les parages, cette nuit-là. Et que le bébé devait être à eux.

– Les gitans sont des gens qui aiment énormément les enfants, remarqua Saint James sèchement.

– Peut-être mais celui-là, ils avaient pas l'air d'y tenir beaucoup, rétorqua Hank, imperturbable. Bon, alors, reprenons depuis le début. Danny et Ezra sont par là... (il eut un geste vague du bras) prêts à... vous me suivez. Quand soudain, venant de ce sentier, arrive une vieille femme qui marche sur la pointe des pieds, un mouflet dans les bras.

– Une vieille femme ?

– Bien sûr, poursuivit Hank. La vieille regarde autour d'elle, se glisse dans l'abbaye, cherche un endroit où déposer son fardeau et toc, ça y est.

– C'est une théorie intéressante, intervint Deborah. Mais je ne peux m'empêcher de plaindre ces malheureux gitans. C'est toujours eux qu'on accuse quand il y a du vilain.

– Précisément, petite madame, c'est pour cela que j'ai échafaudé une seconde théorie.

Jojo battit des paupières, ne sachant comment se faire pardonner.

*_**

Gembler Farm était en excellent état, ce qui n'avait rien de surprenant puisque Richard Gibson avait continué d'y travailler depuis la mort de son oncle trois semaines plus tôt. Lynley et Havers poussèrent le portail bien huilé et examinèrent les lieux.

L'héritage était loin d'être mince. A leur gauche se dressait la ferme, vieux bâtiment de brique brune comme il y en avait tant dans la région, avec des boiseries fraîchement laquées de blanc. De la clématite soigneusement taillée couvrait les treillis encadrant fenêtres et porte. Le bâtiment était un peu en retrait par rapport à Gembler Road ; un jardin bien entretenu entouré d'une clôture séparait la maison de la route. Près de la ferme se trouvaient un bâtiment bas et à droite, formant un autre côté du quadrilatère qui constituait la cour, l'étable.

Comme la maison, elle était en brique avec un toit de tuiles. C'était une construction à un étage, avec des fenêtres béantes au premier par lesquelles on apercevait le haut d'échelles. Le rez-de-chaussée était réservé aux outils et aux animaux. Les véhicules devaient être garés dans le bâtiment bas, de l'autre côté de la maison.

Ils traversèrent la cour bien balayée et Lynley inséra une clé dans la serrure rouillée de la porte de l'étable qui s'ouvrit sans un bruit. A l'intérieur, tout était étrangement silencieux, sombre et glacial; c'était un cadre qui convenait presque trop bien à une mort violente.

– Quel calme, murmura Havers.

Debout sur le seuil, elle marqua une pause, laissant Lynley entrer.

– Hmm, répondit-il du fond du troisième box. C'est à cause des moutons.

– Pardon, monsieur?

Lynley, qui s'était accroupi sur le sol de pierre, releva les yeux. Barbara était très pâle.

– Les moutons, sergent. Ils sont dans la prairie du haut, vous vous souvenez? C'est pourquoi tout est si calme dans l'étable. Venez jeter un coup d'œil par là. (La sentant réticente, il ajouta :) Vous aviez vu juste.

Ces mots eurent raison de son hésitation. Elle se décida à franchir le seuil et balaya le box du regard. Au fond se dressait un tas de foin moisi. Au centre une petite flaque de sang séché brun et non rouge. C'était tout.

– J'avais vu juste, monsieur?

– Vous avez mis en plein dans le mille, sergent. Pas une goutte de sang sur les murs : autrement dit, personne n'a monté de mise en scène sur le lieu du crime. Bien vu, Havers.

Il leva le nez à temps pour voir la surprise se peindre sur son visage.

Elle devint rouge de confusion.

– Merci, monsieur.

Il se redressa et reporta son attention sur le box. Le seau retourné sur lequel Roberta était assise quand le prêtre l'avait découverte était toujours à sa place. Le foin dans lequel la tête avait roulé n'avait pas été remué. La flaque de sang séché portait des traces d'éraflures causées par les techniciens du labo, la hache avait disparu mais à part cela tout était comme sur les photographies. Il ne manquait que les corps. Les corps. Seigneur Dieu! Il s'était laissé avoir comme un bleu par Nies! Lynley contempla d'un œil morne le bord de la mare de sang coagulé d'où émergeaient des poils blancs et noirs, écrasés et collés par quelque talon. Il pivota vers Havers.

– Le chien.

– Inspecteur ?

– Au nom du ciel, Havers, qu'est-ce que Nies a fait du chien ?

Elle fixa l'empreinte laissée sans doute par le pied d'un technicien, aperçut la touffe de poils.

– C'était dans le rapport, non ?

– Justement non, fit-il en étouffant un juron.

Il allait lui falloir tirer les vers du nez de Nies avec la patience d'un chirurgien extrayant des éclats d'obus de la jambe d'un blessé. Ce qui ne serait pas exactement une partie de plaisir.

– Allons jeter un coup d'œil à la maison, enchaîna-t-il, la mine sombre.

Ils entrèrent par un couloir au plafond voûté où vieilles vestes et imperméables délavés étaient suspendus à des patères. Des godillots s'alignaient sous le banc poussé contre le mur. La maison étant restée trois semaines sans chauffage, l'air sentait le tombeau. Une voiture passa en grondant dans Gembler Road, mais le ronflement leur parvint assourdi et lointain.

Le couloir menait droit dans la cuisine. C'était une vaste pièce au sol recouvert d'un linoléum rouge, avec des placards de frêne foncé et des appareils électroménagers d'un blanc étincelant qui avaient l'air d'être briqués quotidiennement. Tout était parfaitement en ordre. Pas une assiette qui traînât, pas une miette de pain sur les plans de travail, pas une tache pour souiller la surface de l'évier blanc. Au milieu de la pièce se dressait une table en pin naturel au plateau orné de multiples estafilades laissées par l'épluchage de milliers de légumes.

– Pas étonnant que Gibson ait hâte d'emménager, remarqua Lynley en examinant les lieux. C'est quand même autre chose que son cottage de Saint-Chad's Lane.

– Vous l'avez cru, monsieur ? s'enquit Havers.

Lynley, qui examinait les placards, marqua une pause.

– Quand il m'a dit qu'il était au lit avec sa femme au moment où Teys a été tué ? Compte tenu de la nature des relations de ce couple, c'est un alibi qui me paraît valable. Ce n'est pas votre avis ?

– Je... si.

Il la fixa.

– Vous n'y croyez pas.

– C'est-à-dire que... je... elle m'a donné l'impression de mentir. Et en même temps d'être furieuse après lui. Ou après nous.

Lynley réfléchit. Madeline Gibson leur avait parlé du bout des dents, crachant les mots sans même jeter un coup d'œil à son mari. Pour sa part, le fermier avait fumé cigarette sur cigarette pendant son récit, le visage de marbre, une lueur amusée au fond de ses prunelles sombres.

– Il y a quelque chose de pas catholique là-dedans, je vous l'accorde. Allons jeter un œil de ce côté.

Ils franchirent une lourde porte ouvrant sur la salle à manger. La table en acajou était recouverte d'une nappe brodée propre, couleur crème. Au centre de la table, un vase contenait des roses jaunes fanées depuis longtemps, dont les pétales jonchaient le tissu. Une desserte en acajou était placée contre un mur. Un surtout en argent en occupait très exactement le centre. Une vitrine renfermait une belle collection d'assiettes, manifestement inutilisées par les habitants de la maison. C'étaient des pièces anciennes, présentées de façon à mettre en valeur les particularités des unes et des autres. Comme dans la cuisine, chaque chose était à sa place. S'il n'y avait eu les fleurs fanées, ils auraient aussi bien pu se promener dans un musée.

C'est en sortant de la salle à manger, de l'autre côté du couloir, qu'ils trouvèrent des signes indiquant que la maison avait été habitée. C'était dans le salon, en effet, que les Teys avaient dressé leur autel.

Havers, qui précédait Lynley, poussa un petit cri involontaire et battit précipitamment en retraite, un bras levé devant le visage comme pour parer un coup.

– Ça ne va pas, sergent ?

Lynley inspecta la pièce pour voir ce qui avait provoqué sa réaction et ne vit que des meubles et une collection de photos dans un coin.

– Excusez-moi. Je... (Elle grimaça un sourire.) Désolée, monsieur. Ce doit être la faim ou la fatigue. J'ai la tête qui tourne. Mais à part ça, ça va. (Elle se dirigea vers le coin de la pièce où étaient accrochées les photos devant lesquelles étaient massées bougies et fleurs fanées.) Ce doit être la mère de Roberta, dit-elle. Vous parlez d'un hommage !

Lynley la rejoignit près de la table d'angle.

– Jolie, cette petite, apprécia-t-il en étudiant les clichés. Presque encore une enfant. Regardez la photo de mariage. On lui donnerait dix ans ! Une vraie poupée.

Et les deux policiers de se demander chacun de leur côté comment cette fragile créature avait fait pour mettre au monde une grosse vache comme Roberta.

– Ne trouvez-vous pas ça un peu... (Havers marqua une pause et il la regarda. Elle avait les mains croisées derrière le dos.) Compte tenu du fait qu'il projetait d'épouser Olivia, je veux dire.

Lynley reposa sur la table ce qui semblait être le dernier portrait de Mrs Teys. Vingt-quatre ans à peine, un minois frais et souriant, des taches de rousseur dorées sur l'arête du nez et de longs cheveux blonds attachés en arrière qui bouclaient. Elle était ensorcelante.

Il fit un pas en arrière.

– C'est comme si Teys avait fondé une nouvelle religion dans le coin de cette pièce. Macabre, non ?

– Je... (Elle s'arracha à la contemplation du portrait.) Oui, monsieur.

Lynley examina le reste de la pièce. De toute évidence, c'était un endroit où les Teys s'étaient plu. Il y avait un canapé fatigué à l'air confortable, plusieurs chaises, un porte-revues contenant de nombreux magazines, un téléviseur, un secrétaire de femme. Lynley s'en approcha et l'ouvrit. Papier à lettres en piles bien nettes, boîte de timbres, trois factures impayées. Il y jeta un coup d'œil : un reçu du pharmacien pour les somnifères de Teys, une quittance d'électricité et un relevé de téléphone. Il éplucha ce dernier mais n'y trouva rien d'intéressant. Aucune trace d'appels interurbains. Tout était en ordre.

Dans le prolongement du salon se trouvait un petit bureau-bibliothèque. A peine furent-ils entrés qu'ils s'entre-regardèrent d'un air surpris. Trois des quatre murs étaient tapissés d'étagères montant jusqu'au plafond et littéralement couvertes de livres. Empilés les uns sur les autres, debout, couchés, il y avait des livres partout.

– Mais Stepha Odell ne nous a-t-elle pas dit...

– ... qu'il n'y avait pas de bibliothèque à Keldale et que c'est pour cela que Roberta lui empruntait le journal, finit Lynley. Elle avait lu tous les livres de sa mère – comment est-ce possible ? – et tous ceux de Marsha Fitzalan. Au fait, qui est Marsha Fitzalan ?

– L'institutrice, répondit Havers. Elle habite Saint-Chad's Lane, juste à côté de chez les Gibson.

– Merci, murmura Lynley en inspectant les étagères. (Il mit ses lunettes.) Hmm, il y a un peu de tout. Mais elles avaient un faible pour les sœurs Brontë.

Havers le rejoignit.

– Austen, lut-elle. Dickens, D. H. Lawrence. Elles aimaient les classiques.

Elle prit *Orgueil et Préjugé* et l'ouvrit. *Tessa* était griffonné en lettres enfantines sur la page de garde. Ce même prénom ornait les pages de garde des œuvres de Dickens, de Shakespeare et des sœurs Brontë.

Lynley s'approcha d'un lutrin dressé sous l'unique fenêtre de la pièce. C'était le genre de meuble sur lequel on pose d'ordinaire les dictionnaires volumineux. Sur celui-ci, on avait placé une énorme bible illustrée. Il caressa la page à laquelle le livre était ouvert et se mit à lire : « Je suis Joseph, votre frère, que vous avez vendu en Égypte. Mais maintenant ne vous désolez point et ne vous fâchez pas de m'avoir vendu ici, c'est pour préserver vos vies que Dieu m'a envoyé en avant de vous. Voici en effet deux ans que la famine est installée dans le pays et il y aura encore cinq années sans labour ni moisson. Dieu m'a envoyé en avant de vous pour assurer la permanence de votre race dans le pays et sauver la vie à nombre d'entre vous. »

Il regarda Havers.

– Je ne comprendrai jamais pourquoi il a pardonné à ses frères, dit-elle d'une voix brûlante d'amertume. Après ce qu'ils lui avaient fait, ils méritaient la mort.

Il ferma le livre lentement, marquant la page à l'aide d'un bout de papier pris sur le bureau.

– Il avait quelque chose dont ils avaient besoin.

– De la nourriture, fit-elle, méprisante.

Il ôta ses lunettes.

– Je ne crois pas que cela ait eu un rapport avec la nourriture. Pas vraiment. Si on allait voir en haut ?

***

Au premier étage se trouvaient quatre chambres, les toilettes, la salle de bains auxquelles donnait accès un palier central carré, éclairé au plafond par une verrière carrée de verre opaque. Ce détail manifestement ajouté après coup pour moderniser la maison donnait au visiteur l'impression d'être dans une serre. L'effet, s'il n'était pas désagréable, était inattendu dans une ferme.

La pièce à leur droite avait tout l'air d'être une chambre d'amis. Méticuleusement recouvert d'un couvre-pied rose, le lit – plutôt petit compte tenu de la taille des occupants de la maison – était poussé contre un mur au centre d'un tapis où s'entrelaçaient roses et fougères. Ce tapis était assez ancien car les rouges et les verts jadis éclatants se fondaient les uns dans les autres, formant une sorte de rouille. Les murs étaient tendus d'un papier à fleurs – marguerites et soucis. Sur la table de chevet, une petite lampe était posée sur un napperon de dentelle rond. La commode, comme l'armoire, était vide.

– Aussi impersonnel qu'une chambre d'auberge, remarqua Lynley.

Barbara s'approcha de la fenêtre : la vue sur l'étable et la cour était dénuée d'intérêt.

– Elle n'a pas l'air d'avoir beaucoup servi.

Lynley examinait le couvre-pied. Il le rabattit, révélant un matelas constellé de taches et un oreiller jaunâtre.

– De toute évidence, ils n'attendaient pas de visite. Bizarre qu'ils aient laissé le lit comme ça, vous ne trouvez pas ?

le dégoût. Qui s'en souciait ? Cet échec n'était-il pas prévisible ? S'était-elle réellement attendue à réussir ?

Traversant la pièce, elle s'approcha de la fenêtre et tripota la poignée. Qu'avait-il dit ? *Qu'y a-t-il ? Est-ce que je peux faire quelque chose ?* Le plus drôle c'est que, l'espace d'un moment, elle avait été tentée de lui parler, de lui dire tout ce qu'elle avait sur le cœur. Mais, bien sûr, c'était impensable. Personne ne pouvait l'aider, Lynley moins que tout autre.

Elle ouvrit la fenêtre pour laisser l'air du dehors rafraîchir ses joues brûlantes puis fit demi-tour, bien décidée à faire son travail.

Cette chambre, qui était celle de Roberta, était aussi nette que l'autre, mais moins impersonnelle. Le grand lit à baldaquin était recouvert d'un patchwork au dessin éclatant et pimpant : un soleil, des nuages et un arc-en-ciel sur fond de cieux saphir. Des vêtements étaient suspendus dans la penderie. De solides souliers, des chaussures de marche, des pantoufles étaient rangés sous les habits. Il y avait une coiffeuse surmontée d'une psyché instable et une commode sur laquelle se trouvait une photographie retournée, comme si elle était tombée. Barbara y jeta un coup d'œil curieux. Maman, papa et Roberta bébé dans les bras paternels. Le cliché semblait à l'étroit dans son cadre. Elle le retourna et en ôta la partie arrière.

Elle s'aperçut qu'elle ne s'était pas trompée. La photo, trop grande pour le cadre, avait été pliée. Une fois déplié, le cliché était nettement différent ; car, à gauche du père, mains croisées derrière le dos, se tenait le double de la mère du bébé, un double plus petit certes, mais à coup sûr mis au monde par Tessa Teys.

Barbara allait appeler Lynley lorsque celui-ci s'encadra dans la porte, un album de photos à la main. Il marqua une pause, à la recherche des mots susceptibles de rétablir le contact.

– J'ai mis la main sur quelque chose de fort curieux, sergent, attaqua-t-il.

– Moi aussi, fit-elle, bien décidée à repartir du bon pied. Ils échangèrent leurs trouvailles.

– La vôtre explique la mienne, remarqua Lynley.

Elle examina avec une curiosité attentive les pages de l'album qui retraçaient à grand renfort d'instantanés l'histoire de la famille : mariages, naissances, fêtes de Noël et de Pâques, anniversaires. Toutes les photos sur lesquelles figurait plus d'un enfant avaient été découpées, amputées, de sorte qu'il en manquait des morceaux et que la taille de la famille était systématiquement réduite. Cela donnait froid dans le dos.

– Une sœur de Tessa, sans doute, observa Lynley.

– Son premier enfant, plutôt, suggéra Barbara.

– Non. A quoi bon mettre des draps dans un lit si per
doit coucher dedans ?

– Sauf si...

– Écoutez, inspecteur, voulez-vous que j'aille jeter un
d'œil à côté ? s'enquit Barbara sans dissimuler son impa

La maison l'oppressait.

Lynley leva la tête au ton de sa voix. Il rabattit le couvre-
le repliant avec soin, et s'assit au bord du lit.

– Qu'y a-t-il, Barbara ?

– Rien, répondit-elle, sentant la panique poindre dans sa v
Je ne vois pas l'utilité de s'attarder ici. Il y a des années que ce
pièce n'a pas été utilisée, ça crève les yeux. Pourquoi l'examin
sur toutes les coutures à la manière de Sherlock Holmes comm
si le meurtrier allait jaillir des lames du parquet ?

Il ne répondit pas tout de suite. La réplique débitée d'un ton
strident sembla flotter dans la pièce longtemps après qu'elle eut
parlé.

– Qu'est-ce qui ne va pas ? s'enquit-il. Est-ce que je peux faire
quelque chose ?

Ses yeux étaient posés sur elle, pleins d'une infinie bienveil-
lance. Il ne serait pas difficile de...

– Tout va très bien ! explosa-t-elle. Simplement, j'en ai assez
de vous suivre partout comme un toutou. Je ne sais pas ce que
vous attendez de moi. J'ai l'impression d'être la dernière des
cruches. J'ai un cerveau, bon Dieu ! Laissez-moi m'en servir !

Sans la quitter des yeux, il se leva.

– Pourquoi n'allez-vous pas examiner la pièce d'à côté ? suggéra-t-il.

Elle ouvrit la bouche, se ravisa, et le planta là, s'arrêtant un
instant dans la lumière verdâtre du palier. Elle entendait sa
propre respiration, rauque et bruyante, consciente qu'il devait
l'entendre aussi.

Maudit autel ! Enveloppée dans ce calme effrayant, la ferme
n'avait certes rien d'engageant mais l'autel l'avait mise sens
dessus dessous. Il avait été dressé dans le meilleur coin de la
pièce. Avec vue sur le jardin, songea Barbara. Tony a la télé et
elle ce foutu jardin !

Comment Lynley avait-il appelé cela ? Une religion. Oui
doux Jésus ! Un temple à Tony. Elle s'efforça de respirer no
malement, traversa le palier et entra dans la seconde chamb

C'est la fin des haricots, Barb, se dit-elle. Et tes bonnes réso
tions ? Toi qui t'étais promis d'être obéissante, de collabo
docilement ? Quelle tête feras-tu la semaine prochaine e
retrouvant en uniforme ?

Elle jeta autour d'elle un regard furieux, les lèvres tremb

– Trop âgée pour être sa fille aînée, à moins que Tessa ne l'ait eue alors qu'elle était elle-même une enfant.

Il reposa le cadre, glissa la photo dans sa poche et se mit à ouvrir les tiroirs.

– Ah, voilà pourquoi Roberta tenait tellement à se procurer le *Guardian*, dit-il. Elle en a tapissé ses tiroirs. Et... Havers, regardez un peu ça.

Du tiroir du bas, sous une pile de vieux chandails, il exhuma une photo, retournée elle aussi, comme cachée.

– Encore la mystérieuse petite fille.

Barbara regarda la photo qu'il lui tendait. C'était bien la même fillette, mais adolescente cette fois. Roberta et elle étaient debout dans la neige devant Sainte-Catherine, toutes deux souriaient à l'appareil. L'aînée avait posé les mains sur les épaules de Roberta, l'attirant contre elle. Elle s'était penchée – légèrement seulement, car Roberta était presque aussi grande qu'elle – et avait appuyé sa joue contre celle de l'autre fillette. Ses cheveux dorés touchaient les boucles brunes de Roberta. Devant elles, la main de Roberta agrippant ses poils, un chien de berger écossais avait lui aussi l'air de sourire. Moustache.

– Roberta n'est pas mal du tout là-dessus, dit Barbara, tendant la photo à Lynley. Forte, mais pas grosse.

– Ce cliché a dû être pris avant que Gibson ne quitte Keldale. Vous vous souvenez de ce que Stepha Odell nous a dit ? Roberta n'était pas grosse avant le départ de Richard.

Il empocha la photo et balaya la pièce du regard.

– C'est tout ?

– Il y a des vêtements dans la penderie, rien de bien passionnant, observa Barbara.

Comme Lynley l'avait fait dans l'autre pièce, elle rabattit le couvre-lit. Le lit était fait. Le linge propre et fraîchement repassé exhalait des effluves de jasmin. Mais sous ce parfum, tel de l'encens qu'on fait brûler pour noyer l'odeur de la marijuana, perçaient d'autres senteurs. Barbara consulta Lynley du regard.

– Vous n'avez pas l'impression que...

– Tout à fait. Aidez-moi à bouger le matelas.

Elle s'exécuta, se plaquant une main sur la bouche et le nez lorsque la puanteur emplit la pièce et qu'ils virent ce qui se cachait sous le matelas. La toile du sommier avait été arrachée au pied du lit et à l'intérieur de cette cachette étaient dissimulées des provisions. Fruits pourrissants, pain gris de moisissure, biscuits, sucreries, gâteaux entamés, paquets de chips.

– Seigneur, murmura Barbara.

C'était plus une prière qu'une exclamation. Malgré les horreurs sans nom qu'elle avait eu l'occasion de contempler dans l'exercice de sa profession, elle sentit son estomac se soulever et recula d'un pas.

– Désolée, hoqueta-t-elle avec un rire incertain. Mais pour une surprise...

Lynley remit le matelas en place, l'air impassible.

– C'est une véritable entreprise de sabotage, murmura-t-il comme pour lui-même.

– Monsieur ?

– Stepha avait parlé d'un régime.

Comme Barbara en entrant dans la pièce, il se dirigea vers la fenêtre. Le soir tombait. Profitant d'un reste de clarté, il prit les photos dans la poche de son manteau et les examina.

Il était debout, immobile, dans l'espoir peut-être qu'un examen prolongé des deux fillettes lui dirait qui avait tué William Teys et pourquoi, et ce qu'une réserve de provisions en voie de décomposition venait faire dans cette histoire.

En le regardant, Barbara fut frappée de constater qu'à la lumière qui balayait cheveux, joue et sourcil il faisait nettement plus jeune que ses trente-deux ans. Pourtant rien n'altérait ni n'émoussait l'intelligence et l'acuité d'esprit de cet homme, pas même les ombres. Le seul bruit qui emplissait la chambre était celui de sa respiration, régulière et paisible, celle d'un homme parfaitement sûr de soi. Il se retourna, la vit qui l'observait, fit mine de parler.

Elle ne lui en laissa pas le temps.

– Eh bien, fit-elle avec un entrain forcé en ramenant ses cheveux derrière ses oreilles d'un geste belliqueux, qu'avez-vous trouvé encore dans les autres pièces ?

– Une boîte de vieilles clés dans l'armoire et un véritable musée à la gloire de Tessa, répondit-il. Vêtements, photographies, mèches de cheveux. Dans les affaires de Teys, évidemment.

Il remit les photos dans sa poche.

– Je me demande si Olivia Odell savait ce qui l'attendait.

**

Ils avaient fait à pied, le long de Gembler Road, le kilomètre et demi séparant le village de la ferme de Teys. Sur le chemin du retour, Lynley se prit à regretter qu'ils ne fussent pas venus en voiture. Ce n'était pas que l'obscurité l'inquiétât, mais il avait envie d'écouter de la musique pour se distraire. Privé de musique, il se prit à jeter des coups d'œil obliques à la femme qui marchait en silence à ses côtés, songeant malgré lui à ce qu'il avait entendu dire sur son compte.

– Une vieille fille aigrie, avait déclaré MacPherson. Ce qu'il lui faudrait, c'est une bonne partie de jambes en l'air. (Rugissant de rire, il avait levé sa chope de bière dans son gros poing.) Mais pas avec moi, jamais je ne m'y frotterai. Je laisse ce soin à un type plus jeune.

Lynley songea que MacPherson avait tort. Le refoulement n'avait rien à voir là-dedans. Il y avait autre chose.

Ce n'était pas la première fois qu'Havers enquêtait sur un meurtre, aussi il avait du mal à comprendre sa réaction devant la ferme : sa répugnance à pénétrer dans l'étable, son étrange comportement dans le salon, sa sortie inattendue en haut.

Pour la seconde fois, il se demanda pourquoi Webberly leur avait fait faire équipe, mais il s'aperçut qu'il était trop fatigué pour trouver ne fût-ce qu'un embryon d'explication.

Les lumières de La Colombe apparurent au détour de la route, après le dernier tournant.

– Allons manger un morceau, dit-il.

***

– Poulet rôti, annonça le patron. C'est ce qu'on sert d'habitude le dimanche soir. Je vous apporte ça tout de suite. Trouvez-vous une table dans la salle à manger.

La Colombe faisait des affaires d'or. Dans le bar, où les conversations s'étaient tues à leur entrée, la fumée des cigarettes formait un gros nuage gris.

Des fermiers bavardaient dans un coin, leurs bottes crottées de boue sur les barreaux des chaises au dossier à barres horizontales, deux types plus jeunes jouaient bruyamment aux fléchettes près d'une porte indiquant TOILETTES, tandis qu'un petit groupe de femmes entre deux âges comparaient ce qui restait des mises en plis et des frisettes qu'elles s'étaient fait faire le samedi chez Sinji. Le bar lui-même était pris d'assaut par les clients, dont la plupart blaguaient avec la serveuse.

Dans ce pub villageois, la jeune fille faisait résolument tache. Cheveux d'un noir de jais hérissés sur la tête comme autant de piquants, yeux ourlés d'un épais trait violet, vêtements dignes de Soho : minijupe de cuir noir, chemisier blanc au décolleté plongeant, collant noir en dentelle aux trous maintenus par des épingles de sûreté, bottines de grand-mère noires également. Dans chacun de ses lobes quatre fois percés, elle arborait des boucles d'oreille en forme de clou. Le dernier trou à droite s'ornait d'une plume qui lui pendillait sur l'épaule.

– Elle se prend pour une chanteuse rock, expliqua le patron du pub en suivant leur regard. C'est ma fille, mais j'essaie de ne pas le crier sur les toits.

Il déposa sans douceur une pinte de bière blonde sur la table branlante devant Lynley, donna un tonic à Barbara et sourit.

— Hannah! beugla-t-il en direction du bar. Cesse de te donner en spectacle, mon petit! Tu ne vois donc pas que tu rends fous de désir tous les hommes de l'assistance!

Il leur adressa un clin d'œil salace.

— Oh, papa! fit-elle en pouffant de rire, bientôt imitée par tous les clients.

— Ferme-lui son clapet, Hannah! cria un consommateur.

— Il connaît rien au style, le pauvre vieux! braila un autre.

— Ça, du style? lança le patron gaiement. Elle ne coûte pas cher à habiller, c'est vrai. Mais elle me ruine avec cette saleté qu'elle se colle sur les cheveux.

— Comment que tu fais pour avoir les cheveux dressés sur la tête en permanence comme ça, Han?

— Elle a dû avoir la trouille de sa vie dans l'abbaye.

— Ce sont les cris du bébé, Han?

Éclat de rire général.

Vous voyez, on est tous amis, ici. Barbara se demanda s'ils avaient répété la scène.

Lynley et elle étaient seuls dans la salle à manger. Une fois que la porte se fut refermée derrière le patron, elle se prit à regretter le brouhaha du bar.

— Ce devait être une boulimique, dit Lynley.

— Qui a assassiné son père parce qu'il l'avait mise au régime?

Les mots avaient franchi les lèvres de Barbara avant même qu'elle pût se retenir, sa voix était lourde de sarcasme.

— Qui s'empiffrait en cachette, poursuivit Lynley, imperturbable.

— Ce n'est pas l'impression que j'ai, contra Barbara.

Elle était en train de le pousser à bout, et elle s'en rendait compte. C'était stupide. Mais c'était plus fort qu'elle.

— Quelle est donc votre impression?

— Ces provisions ont été oubliées. Qui sait depuis combien de temps elles sont restées là?

— Depuis trois semaines au moins, ce qui explique qu'elles se soient gâtées.

— Je veux bien, concéda Barbara. Mais je ne suis pas d'accord en ce qui concerne la boulimie.

— Pourquoi?

— Parce que vous ne pouvez pas le prouver, nom d'un chien!

— Voyons, fit-il en comptant sur ses doigts. Deux pommes pourries, trois bananes toutes noires, quelque chose qui ressemble à une poire, une miche de pain, seize biscuits, trois gâteaux entamés, trois paquets de chips. Si ce n'est pas de la boulimie, qu'est-ce que c'est?

– Je n'en ai pas la moindre idée.

– Dans ce cas pourquoi ne pas accepter ma version? (Il marqua une pause.) Barbara...

Au son de sa voix, elle comprit aussitôt qu'il lui fallait absolument l'empêcher de poursuivre. Jamais il ne pourrait comprendre.

– Je suis désolée, inspecteur, coupa-t-elle. La ferme m'a flanqué une telle frousse que je n'ai cessé de m'en prendre à vous. Je... je vous prie de m'excuser.

Il eut l'air déconcerté.

– Très bien. Repartons à zéro, d'accord?

Le patron du pub s'approcha et déposa deux assiettes sur la table.

– Poulet aux petits pois, annonça-t-il fièrement.

Barbara se leva et sortit en trombe de la pièce.

7

– Non! Arrête, Ezra! Je ne peux pas!

Avec un juron retentissant, Ezra Farmington se souleva, libérant la jeune fille qui se débattait sous lui. Pivotant vers le bord du lit, il s'y assit, s'efforçant de reprendre son souffle et de retrouver sa maîtrise de soi, le corps et la tête en feu. Se prenant la tête dans les mains, il passa ses doigts dans sa chevelure couleur de miel.

Et maintenant elle va se mettre à pleurer, songea-t-il.

– Bien, bien! Je ne suis pas un violeur, bon Dieu! fit-il sauvagement.

A ces mots, elle fondit en larmes, le poing contre la bouche, pleurant à gros sanglots qui semblaient jaillir du tréfonds de son être. Il tendit le bras vers la lampe.

– Non!

Au son de sa voix, il se figea.

– Danny, dit-il, les mâchoires serrées en essayant cependant de parler calmement.

Il ne pouvait se résoudre à la regarder.

– Je suis désolée! fit-elle, toujours pleurant.

Le scénario n'était que trop familier. Cela ne pouvait pas continuer ainsi.

– C'est ridicule.

Il attrapa sa montre, vit au cadran lumineux qu'il était près de huit heures, la mit à son poignet. Il commença à s'habiller.

Elle redoubla alors de pleurs, tendit la main vers lui, effleura son dos nu. Il tressaillit. Les sanglots continuaient. Il ramassa le reste de ses vêtements, quitta la pièce, entra dans le cabinet de toilette où, après s'être habillé, il contempla d'un air morose son reflet dans le miroir obscur pendant cinq bonnes minutes.

Lorsqu'il réintégra la chambre, les pleurs avaient cessé. Elle était toujours allongée sur le lit, son corps couleur d'ivoire luisant sous la clarté de la lune, et elle fixait le plafond. Ses cheveux exceptés, tout en elle était clair. Il l'examina d'un œil d'artiste : modelé de la joue, courbe du sein, renflement de la hanche, douceur de la cuisse. Une étude objective en blanc et noir, qu'il transposa rapidement sur la toile. Cet exercice, auquel il s'adonnait fréquemment, lui permettait de prendre du recul, c'était exactement le genre de passe-temps dont il avait besoin à cet instant précis. Ses yeux se posèrent sur le triangle sombre et bouclé. Et toute son objectivité s'envola par la fenêtre.

– Pour l'amour du ciel, couvre-toi, jappa-t-il. Suis-je censé rester planté là à t'admirer en guise de dédommagement ?

– Tu sais pourquoi je ne peux pas, murmura-t-elle. (Elle ne bougea pas.) Tu le sais.

– Si je le sais !

Il était campé à l'autre bout de la pièce, près de la porte du cabinet de toilette. C'était plus sûr. S'il s'approchait, il lui sauterait de nouveau dessus, il ne pourrait pas s'en empêcher. Il sentit sa mâchoire se durcir, ses muscles se contracter.

– Tu ne perds pas une occasion de me le rappeler.

Danny se redressa et se tourna vers lui.

– Pourquoi est-ce que je devrais te le rappeler ? cria-t-elle. Tu sais pertinemment ce que tu as fait !

– Moins fort ! Tu tiens à ce que Fitzalan aille faire un rapport à ta tante ? Sois un peu raisonnable, veux-tu ?

– Pourquoi est-ce que je devrais être raisonnable ? Est-ce que tu l'es, toi ?

– Si tu ne peux te résoudre à sauter le pas, à quoi bon, Danny ? Pourquoi continuer à me voir ?

– Tu me poses la question ? Maintenant ? Alors que tout le monde est au courant ?

Il croisa les bras, s'efforçant de rester de marbre devant le spectacle qu'elle lui offrait. Cheveux retombant en désordre sur les épaules, lèvres entrouvertes, joues trempées de larmes scintillant dans la lumière sourde. Seins... Il s'obligea à fixer son visage.

– Tu sais ce qui s'est passé. On en a parlé cent fois. Ce n'est pas en remettant encore ça sur le tapis qu'on va changer quoi que ce soit au passé. Si tu ne peux pas te décider à sauter le pas, autant cesser de se voir.

Les larmes jaillirent de nouveau, ruisselant le long des joues. Il détestait la voir pleurer. Cela lui donnait envie de traverser la pièce et de la serrer dans ses bras, mais à quoi bon ? Ils repartiraient pour une nouvelle séance et cela se terminerait par un désastre.

– Non. (Elle pleurait toujours mais elle ne criait plus. Elle baissa la tête.) Je ne veux pas qu'on arrête de se voir.

– Qu'est-ce que tu veux, alors? J'ai besoin de le savoir parce que je sais ce que je veux, moi, Danny. Mais si nous ne voulons pas tous les deux la même chose, alors ce n'est vraiment pas la peine.

Il s'efforçait de se contrôler, conscient que le peu d'empire qu'il avait sur lui-même diminuait à vue d'œil. Il se sentait à deux doigts de fondre en larmes de frustration.

– Je te veux, toi, murmura-t-elle.

Seigneur, ça c'est le bouquet. C'est vraiment trop fort.

– Je ne crois pas, répondit-il. Parce que si c'était moi que tu voulais et si tu m'avais, tu me lancerais le passé à la figure à tout bout de champ. Et je ne peux pas supporter ça, Danny, j'en ai assez.

Non sans honte, il s'aperçut que sa voix avait dérapé sur « assez ».

Elle releva vivement la tête.

– Je suis désolée, murmura-t-elle.

Elle se glissa hors du lit et traversa la chambre, son corps sculpté par la lune. Il détourna les yeux, sentit des doigts frôler sa joue, effleurer ses cheveux.

– Je ne pense jamais à ce que tu éprouves, dit-elle. Seulement à ce que je ressens. Je suis vraiment désolée, Ezra.

Il s'employa à fixer le mur, le plafond, le carré de ciel nocturne derrière la vitre, sachant que s'il croisait son regard, il était perdu.

– Ezra?

Dans l'obscurité, la voix de Danny ressemblait à une caresse. Elle ramena ses cheveux en arrière, esquissa encore un pas vers lui.

Il respira son odeur fauve, sentit la pointe de ses seins contre sa poitrine. Elle lui posa une main sur l'épaule, l'attira contre elle.

– Ne crois-tu pas que nous avons des choses à nous faire pardonner tous les deux?

C'en fut trop. Impossible de regarder ailleurs. Sa dernière pensée cohérente fut : *Mieux vaut se perdre qu'être seul.*

Nigel Parrish attendit qu'ils sortent de la salle à manger. Il était encore assis dans le bar, à sa place habituelle, à siroter un Courvoisier, lorsqu'ils terminèrent leur repas.

Il les observa comme il observait les villageois : avec un intérêt passionné, un peu comme s'ils devaient passer plusieurs années à Keldale. Ils en valaient incontestablement la peine, car ils formaient un couple pour le moins insolite.

L'homme était d'une élégance raffinée. Costume anthracite,

coupé à ses mesures à Savile Row sans aucun doute, montre de gousset en or dont la chaîne barrait le gilet, Burberry négligemment jeté sur le dos d'une chaise – pourquoi les gens qui ont les moyens de s'offrir des trench-coats de chez Burberry les laissent-ils traîner négligemment ? –, chaussures impeccablement cirées. Scotland Yard, ça ?

La femme correspondait mieux à l'image qu'il s'en faisait. Petite et trapue, elle ressemblait à un tonneau sur pattes. Elle portait un tailleur froissé et constellé de taches qui lui allait fort mal et dont la couleur lui seyait encore moins. *Le bleu layette, c'est ravissant, mais pas quand on ressemble à un boudin.* Le chemisier jaune accentuait encore l'aspect cireux du teint, et il n'était même pas rentré correctement dans la jupe. Et les chaussures! Les souliers plats, c'est ce que l'on s'attend à voir aux pieds des policiers, et comme de juste, elle en portait. Mais avec un collant bleu pour aller avec le tailleur ? Seigneur, quel tableau! Avec un claquement de langue désapprobateur, il se leva.

Il se dirigea sans se presser vers la table qu'ils avaient choisie près de la porte.

– Scotland Yard ? commença-t-il sans même se présenter. Vous a-t-on parlé d'Ezra ?

* *
*

Tout en levant la tête vers le nouvel arrivant, Lynley ne put s'empêcher de songer : *Non, mais j'ai l'impression que vous allez vous en charger.* L'homme qui lui avait adressé la parole était planté là, un verre de cognac à la main, attendant de toute évidence qu'on l'invite à s'asseoir. Voyant le sergent Havers ouvrir machinalement son calepin, il se considéra aussitôt comme accepté et prit une chaise.

– Nigel Parrish, se présenta-t-il.

L'organiste, se dit Lynley en l'examinant. Il avait dans les quarante ans et le genre de traits qui s'améliorent avec l'âge. Ses cheveux bruns – striés de gris aux tempes et qui se clairsemaient – étaient ramenés en arrière, dégageant un front intelligent. Le nez vigoureux et droit donnait au visage de Parrish de la distinction. La mâchoire forte et le menton accusé étaient la marque d'un caractère ferme. Il était mince, pas particulièrement grand, et s'il n'était pas beau, il sortait en tout cas de l'ordinaire.

– Ezra ? fit Lynley pour le remettre sur la voie.

Les yeux bruns de Parrish naviguaient d'un consommateur à l'autre, comme s'il attendait quelqu'un.

– Ezra Farmington. L'artiste local. Tout village ne se doit-il pas de posséder un artiste, qu'il soit peintre, poète ou romancier ? Je croyais que c'était une des nécessités de la vie à la campagne. (Parrish haussa ses épaules étroites.) Ezra est le nôtre. Il peint des aquarelles. Des huiles à l'occasion. Pas mal, d'ailleurs. Il en vend, même, à une galerie de Londres. Il avait l'habitude de passer un mois ou deux à Keldale chaque année, il s'est fixé chez nous maintenant. (Il sourit, les yeux dans son verre.) Ce cher Ezra.

Lynley n'était pas d'humeur à ce qu'on le fasse languir.

– Qu'avez-vous à nous apprendre au sujet d'Ezra Farmington, Mr Parrish ?

L'organiste eut un regard effaré. De toute évidence, il ne s'était pas attendu à ce que l'entretien soit mené aussi rondement.

– Outre le fait que c'est le Don Juan du village, il serait bon que vous sachiez ce qui s'est passé chez les Teys.

– Que s'est-il passé chez les Teys ? demanda Lynley, ignorant la première des deux carottes qu'on lui mettait sous le nez.

– Eh bien..., attaqua Parrish dans une envolée qui s'interrompit net lorsqu'il eut contemplé son verre vide.

– Sergent, énonça Lynley d'une voix atone, ses yeux braqués sur son vis-à-vis. Voulez-vous aller chercher un autre...

– Courvoisier, dit Parrish, souriant.

– Et un autre pour moi.

Havers se leva docilement.

– Rien pour elle ? s'enquit Nigel Parrish, le visage tout plissé de sollicitude.

– Elle ne boit pas.

– Pas marrant !

Lorsque Havers revint, Parrish la gratifia d'un sourire compréhensif puis il avala une petite lampée de cognac avant de reprendre le fil de son histoire.

– Pour en revenir à Ezra, dit-il avec un air de conspirateur, il s'agit de quelque chose qui n'est pas joli joli. Si je suis au courant, c'est que je me trouvais passer là. A cause de Moustache.

Lynley, qui n'était pas homme à tomber deux fois dans le même panneau, remarqua sans un battement de cil :

– L'amateur de musique à quatre pattes.

– Pardon ?

– Le père Hart nous a confié que Moustache aimait s'allonger sur la pelouse pour vous écouter jouer de l'orgue.

Parrish éclata de rire.

– N'est-ce pas incroyable ? Je m'écorche les doigts jusqu'à l'os à force de travailler, et tout ça pour quoi ? Pour un chien de ferme.

A en juger par la formulation, il semblait trouver ça du plus haut comique. Pourtant Lynley ne pouvait s'empêcher de déceler sous cette bonne humeur de façade un abîme d'amertume. Parrish jouait la jovialité mais il en faisait un peu trop pour qu'on y crût vraiment.

– Et voilà, poursuivit-il en faisant tourner son verre entre ses mains, admirant la variété des couleurs que prenait le cognac à la lumière. Sur le plan musical, Keldale c'est le néant, un vrai Sahara. Si je joue à Sainte-Catherine le dimanche, c'est uniquement pour me faire plaisir. Dieu sait que je suis bien le seul ici à pouvoir distinguer une fugue d'un scherzo. Savez-vous que Sainte-Catherine possède le plus bel orgue du Yorkshire ? Signé, n'est-ce pas ? Je suis sûr que Rome l'a acheté pour que les catholiques restent majoritaires à Keldale. Moi-même, je suis anglican.

– Et Farmington ? s'enquit Lynley.

– Ezra ? Je ne crois pas qu'Ezra soit porté sur la religion. (Voyant que son interlocuteur n'avait pas l'air de trouver ça drôle, il enchaîna :) Mais peut-être voulez-vous que je vous dise ce que je sais sur lui ?

– On ne peut rien vous cacher, Mr Parrish.

– Ezra...

Parrish sourit et but une gorgée. Il était difficile de dire ce qu'il puisait dans l'alcool, courage ou réconfort. Il baissa un instant la voix, cependant, offrant à son vis-à-vis un aperçu de sa personnalité véritable, morose et sombre. Mais son côté caquetant reprit bien vite le dessus.

– Voyons voir, il doit bien y avoir un mois de ça, William Teys chassa Ezra de Gembler Farm.

– Vous voulez dire qu'Ezra se promenait sur ses terres sans son autorisation ?

– Exactement. Encore qu'il prétende que son statut d'artiste lui donne le droit de se balader partout à sa guise. Et je dis bien partout. Il faisait ce qu'il appelle des « études de lumières » sur la lande de High Kel. Du genre de celles qui ont été faites sur la cathédrale de Rouen de quart d'heure en quart d'heure.

– Je connais Monet, merci.

– Dans ce cas, inutile que je vous fasse un dessin. Le seul chemin, enfin disons le chemin le plus court, pour atteindre la lande de High Kel est celui qui passe par les bois, derrière Gembler Farm. Et pour atteindre les bois...

– ... il faut traverser les terres de Teys.

– Parfaitement. Je marchais donc d'un bon pas le long de la route, suivi de Moustache. Cette brave bête était venue s'allonger devant chez moi et comme il se faisait un peu tard pour le laisser rentrer seul, j'avais décidé de le raccompagner jusqu'à la ferme. Au départ, je comptais sur notre chère Stepha pour le ramener dans sa Mini, mais n'ayant pas réussi à la trouver, j'avais dû me résoudre à pousser jusque là-bas avec ce vieux Moustache.

– Vous n'avez pas de voiture ?

– J'en ai une, mais elle n'est pas fiable. Bref, en arrivant à la ferme, je tombai sur eux. Ils étaient au beau milieu de la route, en train de s'engueuler comme du poisson pourri. William était en pyjam...

– Pardon ?

– En pyjama, inspecteur. Ou bien peut-être en robe de chambre ? (Parrish loucha vers le plafond, l'air de réfléchir.) Oui, il était en robe de chambre. Je me souviens m'être dit en le voyant : « Seigneur, il en a du poil aux jambes, ce William ». Un vrai gorille.

– Je vois.

– Et Ezra était planté en face de lui, hurlant, agitant les bras, proférant des jurons qui devaient faire dresser les cheveux sur la tête à ce pauvre William, lui qui était si pieux. Le chien se mit de la partie et planta les crocs dans le pantalon d'Ezra, en arrachant un bon morceau. Pendant que l'animal en décousait avec notre artiste, William réduisit en charpie trois de ses précieuses aquarelles et jeta le contenu de son carton à dessin sur le bas-côté. Une scène horrible.

Parvenu à la conclusion de son récit, Parrish prit un ton lugubre et baissa la tête. Mais lorsqu'il releva le nez, ses yeux semblaient dire clairement qu'Ezra n'avait eu que ce qu'il méritait.

Lynley regarda le sergent Havers monter l'escalier et disparaître. Il se frictionna les tempes et pénétra dans le salon, où une lumière à l'autre bout de la pièce éclairait la tête penchée de Stepha Odell. En entendant des pas, elle leva les yeux de son livre.

– Vous avez été obligée de nous attendre pour fermer la porte ? s'enquit Lynley. Je suis vraiment désolé.

Elle sourit et s'étira languissamment.

– Pas du tout, fit-elle, aimable. Mais j'avoue que je m'endormais un peu quand même sur mon bouquin.

– Que lisez-vous ?

– Un roman à l'eau de rose.

Elle rit et se leva, ce qui permit à Lynley de constater qu'elle était pieds nus. Elle s'était changée et avait troqué sa robe grise du matin contre une simple jupe de tweed et un sweater. Une perle au bout d'une chaîne en argent pendait entre ses seins.

– C'est ma façon à moi de m'évader. Dans les romans à l'eau de rose, les gens sont toujours heureux à la fin. (Lynley, qui était près de la porte, ne bougeait pas.) Et vous, inspecteur, comment vous évadez-vous ?

– Je ne m'évade pas, j'en ai peur.

– Comment faites-vous pour chasser les ombres de votre vie ?

– Les ombres?

– Pourchasser les meurtriers ne doit pas être un métier tellement agréable. Pourquoi l'avez-vous choisi?

Bonne question. Il connaissait la réponse. *C'est pour faire pénitence, Stepha, pour expier des péchés que j'ai commis et que vous ne pourriez comprendre.*

– Je ne me suis jamais posé la question.

– Ah. (Elle hocha pensivement la tête et n'insista pas.) Il y a un paquet pour vous. Apporté de Richmond par un type plutôt antipathique. Il n'a pas voulu me donner son nom, il sentait les pastilles pour la digestion à plein nez.

Excellente description de Nies, songea Lynley, tandis qu'elle passait derrière le bar. Il la suivit. A l'évidence, elle avait travaillé dans le salon en fin d'après-midi car la pièce embaumait la cire d'abeille et la bière blonde. Ce mélange d'odeurs le replongea en Cornouailles à l'époque de ses dix ans, époque où il avalait gloutonnement des pâtés en croûte dans la cuisine de la ferme Trefallen. Viande et oignons enrobés dans une couche de pâte fine étaient pour lui de véritables délices, d'autant que les oignons étaient des légumes interdits qui n'avaient pas droit de cité dans la salle à manger solennelle de Howenstown. « Vulgaire », grognait son père avec mépris. C'était parfaitement exact, et c'est bien pour cela qu'il les adorait.

Stepha plaça une grande enveloppe sur le comptoir.

– Votre paquet. Voulez-vous prendre un dernier verre avec moi?

– Volontiers, merci.

Elle sourit. Il remarqua que le sourire lui arrondissait les joues, faisait disparaître les ridules qui entouraient ses yeux.

– Parfait. Asseyez-vous, alors. Vous semblez exténué.

Il se dirigea vers l'un des canapés, s'y laissa tomber et ouvrit l'enveloppe. Nies y avait enfourné tous les documents pêle-mêle. Il y avait là trois carnets couverts de notes, des photographies de Roberta, des rapports du médecin légiste identiques à ceux qu'il possédait déjà, mais rien sur Moustache.

Stepha Odell posa un verre sur la table et s'assit en face de lui, ramenant ses jambes sous elle.

– Qu'est-il advenu de Moustache? Pourquoi n'y a-t-il aucun papier se rapportant au chien? s'interrogea Lynley.

– Gabriel vous le dira, fit Stepha.

L'espace d'un instant, il se demanda s'il s'agissait là d'une expression villageoise puis il se rappela le nom du constable.

– Le constable Langston?

Elle hocha la tête, avalant une gorgée de bière. Ses doigts étaient longs et minces, vierges de bagues.

– C'est lui qui a enterré Moustache.

– Où ?

Elle haussa une épaule et ramena ses cheveux en arrière, dégageant son visage. Ce geste, hideux lorsqu'il était fait par Havers, devenait charmant exécuté par Stepha. On eût dit qu'elle repoussait des ombres.

– Je ne sais pas exactement. Près de la ferme, il me semble.

– Pourquoi n'y a-t-il pas de rapport du labo concernant le chien ?

– Sans doute les policiers ont-ils jugé que c'était inutile. Il était facile de voir comment la pauvre bête était morte.

– Comment ?

– La gorge tranchée, inspecteur.

★ ★

Il farfouilla dans les documents, cherchant les photos. Pas étonnant qu'il ne s'en soit pas rendu compte plus tôt. Le corps de Teys affalé sur celui du chien empêchait de voir quoi que ce soit. Il examina le cliché.

– Vous voyez où est le problème maintenant, n'est-ce pas ? fit Stepha.

– Que voulez-vous dire ?

– Est-ce que vous imaginez Roberta tranchant la gorge de Moustache ? (Une expression de dégoût passa sur le visage de Stepha.) C'est impossible. Je suis désolée, mais c'est tout bonnement impossible. En outre, on n'a retrouvé aucune arme. Ce n'est sûrement pas avec une hache qu'elle a égorgé cette pauvre bête !

Tandis qu'elle parlait, Lynley commença à se demander pour la première fois qui, de William Teys ou de son chien, avait été la cible véritable du meurtrier.

Imaginons que des voleurs aient été en train d'opérer, songea-t-il. Il leur aurait fallu réduire le chien au silence. L'animal n'était certes plus de la première jeunesse, mais s'il était incapable d'attaquer quelqu'un, il devait quand même encore pouvoir faire un sacré boucan lorsqu'il reniflait une présence étrangère sur son territoire. Il leur aurait donc fallu le neutraliser. Mais peut-être les monte-en-l'air n'avaient-ils pas été assez rapides, et lorsque William Teys s'était précipité dans l'étable afin de voir pourquoi l'animal aboyait de la sorte, ils s'étaient trouvés dans l'obligation de le neutraliser, lui aussi. Peut-être ne sommes-nous pas en présence d'un meurtre avec préméditation, songea Lynley, mais d'un délit d'une tout autre nature.

– Stepha, murmura-t-il pensivement. (Il plongea la main dans sa poche.) Qui est-ce ?

Il lui tendit la photo qu'Havers et lui avaient trouvée dans la commode de Roberta.

– Où diable avez-vous déniché ça ?

– Dans la chambre de Roberta. Qui est-ce ?

– C'est Gillian, la sœur aînée de Roberta. (Elle se mit à tapoter la photo, l'examinant tout en parlant.) Roberta a dû se donner un mal de chien pour que son père ne tombe pas dessus.

– Pourquoi ?

– Parce qu'après que Gillian se fut enfuie de la maison, William la considéra comme morte. Il jeta ses vêtements, se débarrassa de ses livres, et alla jusqu'à détruire toutes les photos sur lesquelles elle figurait. Il brûla même son certificat de naissance avec ses affaires, dont il fit un feu de joie au beau milieu de la cour. Comment diable, fit-elle en se parlant à elle-même, Roberta a-t-elle réussi à conserver cette photo ?

– Ce qui me paraît plus important, peut-être, c'est de savoir pourquoi elle l'a conservée ?

– Rien de plus simple : Roberta adorait Gillian. On se demande bien pourquoi. Gillian était la brebis galeuse de la famille, elle a mal tourné. Elle buvait, jurait, cavalait, et menait une vie de bâton de chaise, un soir à Whitby dans une fête, le lendemain Dieu sait où en compagnie d'on ne sait quel vaurien. Racolant des hommes et leur en donnant pour leur argent. Et puis un soir, il y a onze ans de ça, elle a pris ses cliques et ses claques et elle est partie. Elle n'est jamais revenue.

– Elle est partie ? Ou elle a disparu ?

Stepha se tassa sur son siège. Elle leva une main pour la porter à sa gorge, suspendit son geste comme s'il était de nature à la trahir.– Partie, dit-elle d'un ton ferme.

Il poursuivit.

– Pourquoi ?

– Parce qu'elle était à couteaux tirés avec William, j'imagine. Il était plutôt du genre collet monté et Gillian, elle, ne pensait qu'à faire les quatre cents coups. Son cousin Richard vous en dirait certainement plus long. Ils étaient assez liés tous les deux avant qu'il ne parte pour les Fens.

Stepha se mit debout, s'étira et marcha jusqu'à la porte, où elle fit halte.

– Inspecteur, dit-elle doucement. (Lynley leva les yeux des photos, s'attendant à ce qu'elle lui en apprenne davantage sur Gillian Teys. Elle hésita :) Vous n'avez pas besoin... d'autre chose ce soir ?

La lumière de la réception derrière elle jetait une ombre sur ses cheveux. Sa peau avait l'air lisse et douce, ses yeux tendres. Ce serait si facile. Une heure de bonheur. Une heure d'oubli.

– Non, merci, Stepha, s'obligea-t-il à dire.

* * *

Contrairement à bon nombre de rivières qui dévalaient fougueusement les collines avant d'aboutir dans les vallons, la Kel était un cours d'eau paisible. Elle traversait Keldale en silence, glissant le long de l'abbaye en ruine, avant de poursuivre sa course vers la mer. Amoureuse du village, elle avait des égards pour lui et jamais elle ne sortait de son lit pour lui faire du mal. Elle voyait d'un bon œil l'auberge se dresser sur sa rive, éclaboussait joyeusement le pré communal, écoutait vivre les gens installés dans les maisons construites les pieds dans l'eau.

Olivia Odell habitait l'une de ces maisons, de l'autre côté du pont, en face de l'auberge, et jouissait d'une vue panoramique sur le pré communal et l'église de Sainte-Catherine. C'était la plus jolie bâtisse du village, agrémentée d'un ravissant jardin et d'une pelouse qui descendait en pente douce vers la rivière.

Il était encore tôt lorsque Lynley et Havers poussèrent la grille, mais les gémissements persistants d'un enfant leur apprirent que les occupants du lieu étaient déjà debout. Ils remontèrent jusqu'à la source des couinements désolés.

La jeune éplorée était assise sur les marches de l'escalier de derrière. Vivante image du chagrin et de la désolation, elle était recroquevillée sur elle-même, la tête contre les genoux, une photo de magazine froissée sous ses chaussures sales. A sa gauche, se tenait son confident, un col-vert à l'air solennel qui la contemplait d'un air compréhensif. Il suffisait de voir la tête de la fillette pour comprendre la cause de son chagrin : ses cheveux, plaqués sur le crâne avec de la gomina, avaient été sauvagement coupés. Une chevelure qui à l'origine devait être rousse et, à en juger par certaines mèches rebelles, très bouclée. Présentement, exhalant un infâme relent de pommade bon marché, sa coiffure était tout bonnement affreuse à regarder.

Havers et Lynley échangèrent un regard.

– Bonjour, dit l'inspecteur d'un ton engageant. Tu t'appelles bien Bridie ?

La fillette leva les yeux, attrapa la photo et la serra contre sa poitrine en un geste possessif. Le canard se contenta de cligner de l'œil.

– Qu'est-ce qu'il y a qui ne va pas ? s'enquit Lynley avec gentillesse.

Complètement désarçonnée par l'amabilité de la voix, Bridie renonça à crâner :

– Je me suis coupé les cheveux, gémit-elle. J'avais économisé mes sous pour aller chez Sinji, mais elle m'a dit qu'elle pouvait pas me coiffer comme ça et qu'elle refusait de toucher à mes cheveux. Alors je les ai coupés moi-même et voilà le résultat et maman pleure, elle aussi. J'ai essayé de les faire tenir avec le truc d'Hannah, mais y a pas moyen !

Elle émit un hoquet pathétique.

Lynley hocha la tête.

– Je vois. Ce n'est pas franchement réussi, en effet, Bridie. Que cherchais-tu à faire au juste ?

Il frissonna intérieurement en pensant aux piquants noirs qui hérissaient le cuir chevelu d'Hannah.

– Ça ! fit-elle en brandissant la photo avec une nouvelle salve de gémissements.

Il prit la photo et considéra la souriante image de la princesse de Galles, très élégante avec ses diamants et sa robe du soir noire, et impeccablement coiffée.

– Évidemment, marmonna-t-il.

Dépossédée de sa photo, Bridie chercha le réconfort auprès de son canard. Lui passant un bras autour du cou, elle l'attira contre elle.

– Ça t'est égal à toi, hein, Dougal ? demanda-t-elle au volatile.

Pour toute réponse, Dougal cligna de l'œil et se mit à explorer la chevelure de Bridie à la recherche d'une hypothétique nourriture.

– Il s'appelle Dougal ? s'enquit Lynley.

– Angus McDougal McDuck, répondit Bridie.

Les présentations effectuées, elle s'essuya le nez sur la manche de son pull-over déchiré et jeta un regard angoissé derrière elle en direction de la porte fermée. Une larme roula le long de sa joue tandis qu'elle poursuivait :

– En plus il a faim et je peux pas aller lui chercher sa pâtée. J'ai que de la guimauve à lui donner. Comme dessert, ça va, mais autrement c'est pas suffisant, il lui faut sa pâtée. Et je peux pas entrer.

– Pourquoi ?

– Parce que maman a dit qu'elle refusait de me voir tant que je n'aurais pas arrangé mes cheveux. Et je sais pas quoi faire !

L'enfant se remit à pleurer à chaudes larmes. Dougal était condamné à mourir de faim – ce qui semblait peu probable compte tenu de sa taille – à moins que quelqu'un ne se décidât à intervenir rapidement.

L'élaboration d'une stratégie s'avéra toutefois inutile car à cet instant précis la porte s'ouvrit avec violence.

Olivia Odell jeta un regard à sa fille – le second de la journée – et fondit en larmes.

– Je n'arrive pas à croire que tu aies pu faire ça! Franchement, je n'y arrive pas! Rentre à la maison te laver les cheveux!

Sa voix dérapa dangereusement dans les aigus.

– Mais Dougal...

– Emmène Dougal avec toi, dit Mrs Odell en pleurant. Mais fais ce que je te demande!

La fillette prit l'animal dans ses bras d'enfant de neuf ans et les deux fautifs disparurent. Olivia extirpa un mouchoir en papier de la manche de son cardigan, se moucha, et adressa un sourire tremblotant aux deux adultes.

– Quel horrible spectacle!

A peine avait-elle prononcé ces mots qu'elle éclata de nouveau en sanglots et s'engouffra dans la cuisine, les laissant plantés devant la porte ouverte. Elle se dirigea en chancelant vers la table et enfouit son visage dans ses mains.

Lynley et Havers se consultèrent du regard et, leur décision prise, entrèrent résolument dans la maison.

Contrairement à Gembler Farm, cette maison donnait vraiment l'impression d'être occupée. La cuisine était complètement sens dessus dessous. Casseroles et poêles encombraient la cuisinière. Les appareils ménagers, toutes portes ouvertes, attendaient qu'on les astique, les fleurs qu'on leur donne de l'eau et les assiettes empilées dans l'évier qu'on les lave. Le sol collait sous les pieds, les murs avaient besoin d'un sérieux coup de peinture, la pièce tout entière sentait le toast brûlé. Le pain carbonisé d'où s'exhalaient ces effluves reposait sur une assiette, réduit à l'état de masse noire et spongieuse par la tasse de thé qui avait servi à éteindre les flammes.

Dans le prolongement de la cuisine, le salon – ou du moins le peu qu'ils en aperçurent – leur sembla être dans le même état. Il était évident qu'Olivia Odell n'avait rien d'une fée du logis. Et si elle n'était pas douée pour le ménage et le rangement, il était clair qu'elle ne l'était pas non plus pour l'éducation des enfants s'il fallait en juger par la scène dont ils venaient d'être les témoins.

– Elle est intenable! se désolait Olivia. Elle a neuf ans et je ne peux rien en tirer! (Elle déchiqueta son mouchoir en papier, en chercha un autre d'un regard vitreux et, n'en trouvant pas, se mit à pleurer encore plus fort.)

Lynley prit son mouchoir dans sa poche.

– Tenez, lui dit-il.

– Merci. Seigneur, quelle matinée!

Elle se moucha, s'épongea les yeux, fourragea dans ses cheveux bruns, et contempla son reflet dans le grille-pain. Elle poussa un gémissement en se voyant, et ses yeux rouges s'embuèrent de nouveau. Mais elle réussit à refouler ses pleurs.

– J'ai l'air d'avoir au moins cinquante ans. Paul aurait bien ri! (Et sans la moindre logique, elle enchaîna :) Elle veut ressembler à la princesse de Galles.

– C'est ce que j'ai cru comprendre, fit Lynley, impassible.

Il tira une chaise vers lui, ôta les journaux qui encombraient le siège et s'assit. Après un temps de réflexion, Havers l'imita.

– Pourquoi? demanda Olivia au plafond plutôt qu'à ses visiteurs. Qu'ai-je fait pour que ma fille s'imagine que le bonheur consiste à ressembler à la princesse de Galles? (Elle se frotta le front.) William aurait su que faire, lui. Sans lui, je suis perdue.

Désireux d'éviter de nouveaux pleurs, Lynley s'empressa de prendre la parole pour détourner son attention.

– Les petites filles ont toujours un modèle qu'elles admirent, n'est-ce pas?

– Oui, opina Olivia. Ça c'est bien vrai. (Le mouchoir s'était transformé en cordelette entre ses doigts. Lynley ne put s'empêcher de grincer des dents en la voyant maltraiter son bien de la sorte.) Je ne sais jamais comment prendre Bridie. William savait quoi faire et quoi dire, lui. Quand il était là, tout allait comme sur des roulettes. Mais dès qu'il avait le dos tourné, nous nous disputions toutes deux comme des chiffonniers. Maintenant qu'il nous a quittées pour de bon, qu'allons-nous devenir? (Sans attendre de réponse, elle poursuivit :) Tout ça à cause de ses cheveux! Ils sont roux et elle les déteste. Elle les a toujours détestés. Je ne comprends pas. Pourquoi une gamine de neuf ans aurait-elle des réactions aussi violentes à propos de ses cheveux?

– Les rousses, remarqua Lynley, sont généralement des tempéraments passionnés.

– Tout à fait! Stepha est pareille. On jurerait que Bridie est son clone, pas sa nièce. (Elle prit une profonde inspiration et se redressa sur sa chaise. On entendit un bruit de galopade dans le couloir.) Seigneur, donnez-moi du courage, murmura Olivia.

Bridie entra, une serviette enroulée à la diable autour de la tête, son pull-over – qu'elle n'avait pas jugé bon d'enlever dans sa hâte à obéir aux instructions maternelles – complètement trempé aux épaules et dans le dos. Elle était suivie de son canard, qui avançait d'une démarche instable et croupionnante de vieux loup de mer.

– Il est handicapé, annonça Bridie en voyant Lynley examiner le col-vert. Quand il est dans l'eau, il a du mal à barboter, c'est pour ça que je le surveille quand il nage. On l'a emmené nager souvent l'été dernier, dans la Kel. Pas vrai, Dougal?

Le canard cligna de l'œil et se mit à explorer le sol de la cuisine en quête de nourriture.

– Approche un peu, Bridie, fit sa mère.

La fillette obtempéra. Mrs Odell lui ôta sa serviette afin d'examiner l'étendue des dégâts. Ses yeux s'emplirent de larmes au-dessus de la tête de sa fille. Elle se mordit la lèvre.

– Ils ont seulement besoin d'un petit coup de ciseaux, remarqua vivement Lynley. Qu'en pensez-vous, sergent ?

– Un petit coup de ciseaux devrait suffire, renchérit Havers.

– Je crois qu'il va te falloir renoncer à ressembler à la princesse de Galles, Bridie. (Voyant que la lèvre inférieure de la petite se mettait à trembler, Lynley ajouta :) Vois-tu, quand Sinji t'a dit qu'elle ne pouvait pas te coiffer de cette façon, elle ne mentait pas, c'est une question de nature de cheveux : les tiens bouclent alors que ceux de lady Diana sont raides.

– Mais elle est tellement jolie, protesta Bridie, de nouveau au bord des larmes.

– C'est un fait. Mais le monde serait bizarre si toutes les femmes lui ressemblaient, non ? Il y a des tas de femmes qui sont ravissantes et ne lui ressemblent absolument pas, tu peux me croire.

– Ah oui ?

Bridie jeta un coup d'œil concupiscent à la photo froissée. Il y avait une grosse tache de graisse sur le nez de la princesse.

– Si l'inspecteur te le dit, tu peux le croire, Bridie, ajouta Havers, la voix lourde de sous-entendus.

C'est un expert en la matière.

Consciente qu'il se passait quelque chose, Bridie fixa alternativement la femme et l'homme.

– Bon, annonça-t-elle. Il faudrait peut-être que je donne à manger à Dougal.

Le canard, quant à lui, eut l'air d'approuver.

* * *

Le salon Odell était à peine moins en désordre que la cuisine. Il était difficile de croire qu'une femme et une fillette pussent à elles seules mettre autant de pagaille dans une pièce. Les vêtements étaient empilés sur les chaises, comme si la mère et la fille étaient en plein déménagement ; il y avait des objets hétéroclites perchés sur les tables et les appuis des fenêtres ; une planche à repasser dépliée semblait prête à l'emploi en permanence ; des partitions tombées du piano droit étaient étalées sur le sol. Le fouillis était insensé et la poussière si épaisse que l'air en était presque parfumé.

Olivia ne semblait pas consciente du désordre en invitant d'un air absent ses visiteurs à prendre un siège. En s'asseyant, cependant, elle poussa un profond soupir de résignation :

– D'habitude, la maison n'est pas aussi... J'ai...

Elle s'éclaircit la gorge et secoua la tête comme pour remettre de l'ordre dans ses idées. Une fois de plus, elle fourragea dans ses cheveux fins qui semblaient avoir été ébouriffés par le vent. C'était un geste enfantin, incongru chez une femme qui avait passé l'âge de se comporter en gamine. Elle avait une peau fine comme du papier à cigarette et des traits délicats, mais les années n'avaient pas été tendres avec elle. Ses rides et sa peau qui manquait d'élasticité donnaient à croire qu'elle avait perdu trop de poids et trop vite. Elle avait les pommettes saillantes et des poignets graciles.

– Quand Paul est décédé, dit-elle soudain, ç'a été moins dur, d'une certaine façon. Je n'arrive pas à me remettre de la mort de William.

– La soudaineté, suggéra Lynley. Le choc.

Elle acquiesça.

– C'est peut-être ça. Paul, mon mari, est resté plusieurs années malade. J'ai eu le temps de me préparer, et Bridie était trop jeune pour comprendre. Mais William... (Elle fit un effort pour se contrôler, fixa le mur et se raidit sur sa chaise.) William occupait une telle place dans notre existence, il avait une telle force... C'est juste au moment où nous commencions à compter sur lui qu'il nous a quittées. Je sais, c'est affreusement égoïste de ma part de réagir de cette façon. Je ferais mieux de penser à Bobba, n'est-ce pas ?

– Roberta ?

Elle lui jeta un bref coup d'œil, fixa de nouveau le mur.

– Elle l'accompagnait chaque fois qu'il venait nous voir.

– Comment était-elle ?

– Guère communicative, très gentille. Pas jolie. Plutôt forte. Mais elle était toujours adorable avec Bridie.

– Richard Gibson et son oncle n'ont-ils pas eu des mots au sujet de son poids ?

Olivia plissa le front.

– Des mots ?

– Ils se sont disputés à ce propos. A La Colombe.

– Oh... C'est Stepha qui a dû vous raconter ça. Mais cela n'a aucun rapport avec la mort de William, s'empressa-t-elle d'ajouter en voyant le sergent Havers griffonner dans son carnet.

– Sait-on jamais. Vous pouvez nous en parler ?

Elle agita la main en signe de protestation, la reposa sur ses genoux.

– Il y avait peu de temps que Richard était rentré des Fens lorsqu'il tomba sur nous à La Colombe. William et lui eurent des mots. Des bêtises. Ça ne dura pas plus d'une minute. C'est tout.

Elle eut un sourire vague.

– Des mots?

– Au départ, rien à voir avec Roberta. Nous étions tous assis à la même table lorsque William fit une réflexion au sujet d'Hannah. La serveuse. Vous l'avez vue?

– Hier soir.

– Dans ce cas vous savez qu'elle a un genre un peu... spécial. Son allure ne plaisait pas du tout à William, qui désapprouvait la façon dont son père se conduit avec elle. Vous avez dû vous en apercevoir, il fait celui que ça amuse. Bref, William fit une réflexion, quelque chose comme : « Je me demande bien pourquoi son père la laisse se promener dans cette tenue, on dirait une grue. » Ce genre de chose. Rien de bien méchant. Richard était un peu parti. Il avait dû avoir une explication avec sa femme, car il avait le visage couvert d'égratignures. Il était d'humeur massacrante. Il rétorqua que seuls les imbéciles jugeaient sur les apparences, qu'un ange pouvait fort bien se dissimuler sous la tenue d'une tapineuse et qu'il existait de ravissantes blondinettes qui pouvaient en fait n'être que des putains.

– Comment William réagit-il?

Olivia Odell eut un sourire las.

– Il démarra au quart de tour, prenant ça pour une allusion à Gillian, sa fille aînée. Il demanda à Richard ce qu'il entendait dire par là. Richard et Gilly avaient été très amis, voyez-vous. Je crois que pour éviter de s'expliquer, Richard se débrouilla pour faire dévier la conversation sur Roberta.

– Comment?

– En la prenant pour exemple en ce qui concernait les apparences. Et bien entendu, c'est ce qui mit le feu aux poudres. Richard voulut savoir pourquoi William avait laissé Roberta enfler comme ça. A son tour, William voulut savoir ce qu'il avait voulu dire avec ses insinuations au sujet de Gilly. Richard exigea que William lui réponde. William demanda à Richard de préciser sa pensée. Bref, vous voyez le genre.

– Et ensuite?

Elle rit d'un petit rire d'oiseau pris au piège.

– J'ai cru un instant qu'ils allaient en venir aux mains. Richard décréta qu'il ne laisserait jamais un de ses enfants creuser sa tombe avec ses dents, que William devrait avoir honte, qu'il était un mauvais père. Hors de lui, William lui rétorqua du tac au tac qu'il devrait avoir honte d'être un aussi mauvais mari. Il fit une... allusion plutôt crue au fait que Madeline était une épouse insatisfaite. Madeline, c'est la femme de Richard. Vous l'avez rencontrée? Et franchement, au moment où je me disais que Richard allait taper sur son oncle, il a éclaté de rire. Il a dit qu'il était bien bête de se faire du mauvais sang pour Roberta, que c'était du temps de perdu, et il nous a plantés là.

126

– C'est tout?

– Oui.

– Qu'est-ce que Richard entendait dire par là, à votre avis?

– Quand il disait qu'il était bien bête de se faire du souci pour Bobba? (Comme si elle voyait soudain où menait la question, elle fronça les sourcils.) Vous voulez me faire dire qu'il pensait qu'il était idiot de se faire de la bile parce que si Roberta mourait il hériterait de la ferme?

– C'est à cela qu'il pensait?

– Absolument pas. William avait refait son testament peu de temps après que Richard fut revenu des Fens. Richard savait pertinemment que la ferme devait lui revenir à lui, et pas à Roberta.

– Mais si William et vous deviez vous marier, il est probable qu'il aurait de nouveau modifié son testament, non?

Elle flaira aussitôt le piège.

– Oui, mais... Je sais à quoi vous pensez. Richard avait intérêt à ce que William meure avant que nous passions devant le maire. Mais n'est-ce pas toujours le cas lorsqu'il y a un héritage à la clé? Et les gens ne s'entretuent pas sous prétexte qu'ils vont hériter.

– Détrompez-vous, Mrs. Odell, objecta poliment Lynley. Cela se produit très fréquemment.

– Pas dans ce cas-là. Je crois seulement que... Richard n'est pas très heureux. Et les gens malheureux disent des tas de choses qu'ils ne pensent pas vraiment, et font pour oublier des tas de choses qu'ils ne feraient pas autrement, vous n'êtes pas d'accord?

Ni Lynley ni Havers ne répondirent. Olivia se tortilla sur sa chaise. Dehors, Bridie donna de la voix pour appeler son canard.

– Roberta eut-elle vent de cette conversation? s'enquit Lynley.

– Si c'est le cas, elle n'y a jamais fait allusion. Quand elle était ici, elle ne parlait que du mariage. Je crois qu'elle désirait ardemment nous voir nous marier, William et moi. Afin d'avoir une sœur en Bridie, de retrouver ce qu'elle avait eu avec Gillian. Sa sœur lui manquait affreusement. Je crois qu'elle ne s'est jamais remise du départ de Gillian.

Olivia trouva un fil qui pendait à l'ourlet de sa jupe et elle se mit à le tordre jusqu'à ce qu'il casse. Puis elle le contempla sans mot dire, semblant se demander comment il avait atterri autour de son doigt.

– Bobba – c'est ainsi que William l'appelait et nous en faisions autant – sortait avec Bridie de façon que William et moi puissions rester seuls. Bridie, Roberta, Moustache et le canard partaient se promener. Vous imaginez le tableau? (Elle sourit et se mit à lisser sa jupe pour en effacer les plis.) Ils allaient au bord de la rivière, vers le pré, ou pique-niquer du côté de l'abbaye. Tous les quatre. William et moi pouvions alors bavarder.

– De quoi parliez-vous?

– De Tessa. C'était un problème qui le tracassait. Pourtant, la dernière fois qu'il est venu ici – le jour de sa mort –, il m'a dit qu'il avait fini par le surmonter.

– Je ne suis pas certain de bien comprendre, remarqua Lynley. De quel genre de problème s'agissait-il? D'un problème d'ordre émotionnel? D'un refus d'accepter sa mort?

Olivia, qui regardait par la fenêtre, se tourna vers les policiers en entendant ce mot.

– Sa mort? répéta-t-elle, perplexe. Tessa n'est pas morte, inspecteur. Elle a abandonné William peu de temps après la naissance de Roberta. Il avait engagé un détective privé pour la retrouver afin de pouvoir faire annuler son mariage par l'église, et samedi après-midi il est venu m'apprendre qu'on avait enfin retrouvé sa trace.

* * *

– York, énonça l'homme. Et je ne suis pas obligé de vous en dire davantage. Je n'ai pas encore été payé, figurez-vous.

Lynley serra le téléphone à s'en faire mal aux jointures. La colère lui brûlait la poitrine.

– Une ordonnance du tribunal, c'est ça que vous voulez? s'enquit-il d'un ton urbain.

– Écoutez, mon petit vieux, ce genre de conneries, ça ne prend pas avec moi...

– Mr Houseman, contrairement à ce que vous pensez, nous ne sommes pas dans un roman de Dashiell Hammett.

Lynley imagina son correspondant, les pieds sur le bureau, une bouteille de bourbon dans un tiroir du classeur, le récepteur coincé contre l'épaule, jouant à faire passer son revolver d'une main dans l'autre. Il n'était pas loin de la vérité.

Harry Houseman jeta un coup d'œil par la fenêtre crasseuse de son bureau situé au-dessus de la boutique d'un coiffeur dans Trinity Church Square à Richmond. Le crachin fouettait les vitres. Pas assez pour les nettoyer, mais suffisamment pour en souligner la crasse. Quelle journée, songea-t-il. Il avait mis à son programme d'aller faire un tour sur la côte – il connaissait une petite à Whitby qui ne demandait qu'à mener des enquêtes... poussées en sa compagnie – mais avec ce temps, il ne se sentait pas d'humeur. Et Dieu sait qu'il avait de plus en plus besoin de se sentir d'humeur ces temps-ci pour que quelque chose se passe dans son pantalon. Il sourit, exhibant une jaquette mal fichue. Cette dent, qui lui donnait un air de pirate, pimentait un peu un physique par ailleurs bien quelconque : cheveux d'un brun terne, yeux couleur de boue, teint blême et – détail incongru – lèvres pleines et sensuelles.

Il se mit à jouer avec un crayon tout mâchonné sur son bureau maculé de taches. Il accrocha du coin de l'œil le visage aux lèvres minces de sa mégère de femme qui le fixait pensivement dans son cadre. Du bout de son crayon, il fit basculer la photo, qui tomba face contre terre.

– Je suis persuadé que nous pouvons trouver un terrain d'entente, dit Houseman dans le téléphone. Voyons voir. Miss Doalson? (Il laissa s'écouler quelques secondes pour faire plus vrai.) Est-ce que j'ai le temps aujourd'hui de... Bien, annulez-le. Cela peut certainement attendre que je... (Retour au téléphone.) Vous pouvez me rappeler votre nom?

– Il n'est pas question que nous nous rencontrions, déclara Lynley, patient. Vous allez me donner cette adresse à York et nos relations s'arrêteront là.

– Oh... je ne vois pas comment...

– Je suis sûr que si, coupa Lynley d'une voix dure. Parce que, comme vous l'avez dit vous-même, vous n'avez pas encore été payé. Et si vous voulez l'être une fois la succession réglée – ce qui risque de prendre des années si vous n'y mettez pas un peu du vôtre –, il va falloir que vous me communiquiez l'adresse de Tessa Teys.

Nouvelle pause pour se donner le temps de la réflexion.

– Qu'est-ce qu'il y a, Miss Doalson? s'enquit Houseman d'un ton sucré. Sur l'autre ligne? Eh bien, faites-le patienter, s'il vous plaît. (Soupir à fendre l'âme.) Vous n'êtes pas un type commode, inspecteur. Il faut bien que tout le monde gagne sa croûte.

– Je sais, répliqua sèchement Lynley. L'adresse?

– Il va falloir que je fasse une recherche dans mes dossiers. Puis-je vous rappeler dans... disons une petite heure?

– Non.

– Écoutez, mon vieux...

– J'arrive.

– Non, ce n'est pas nécessaire. Attendez un instant. (Houseman se laissa aller contre le dossier de son siège, contemplant une minute le ciel gris. Puis il se pencha vers son classeur déglingué, ouvrant et fermant bruyamment des tiroirs pour donner le change.) Qu'y a-t-il, Miss Doalson? s'écria-t-il soudain. Non, soyez gentille de lui dire de rappeler demain. Je me fous pas mal de savoir si elle pleure comme une Madeleine, mon petit, je n'ai pas le temps de la voir aujourd'hui, un point c'est tout. (Il prit un bout de papier sur son bureau.) Ah, la voilà, inspecteur, dit-il. (Il communiqua l'adresse à Lynley.) Mais ne vous attendez pas à ce qu'elle vous accueille à bras ouverts.

– Je me moque éperdument de l'accueil qu'elle me réservera, Mr Houseman. Au...

– Vous avez tort, inspecteur. Si j'étais à votre place, je m'en soucierais, au contraire. Son petit mari est entré dans une colère noire quand il a appris la nouvelle. J'ai bien cru qu'il allait se jeter sur moi et m'étrangler séance tenante. Dieu sait comment il réagira quand il verra Scotland Yard se pointer chez lui. C'est un de ces petits intellectuels à mots ronflants et grosses lunettes. Mais croyez-moi, inspecteur, il cache bien son jeu. C'est un vrai fauve.

Les yeux de Lynley s'étrécirent. Houseman avait manœuvré avec beaucoup d'habileté. Force lui fut de s'avouer vaincu.

– De quelle nouvelle parlez-vous ?

– De l'existence du mari numéro un, évidemment.

– Qu'est-ce que vous essayez de me dire, Houseman ?

– Que Tessa Teys est bigame, mon vieux, jubila le détective privé. Elle a épousé le numéro deux sans avoir pris légalement congé de William. Vous imaginez sa stupeur quand elle m'a vu débarquer chez elle !

***

La maison ne ressemblait pas du tout à l'image qu'il s'en était faite. En bonne logique, les femmes qui abandonnent mari et enfants devraient atterrir dans des taudis empestant l'ail et l'urine. Elles devraient se sentir obligées d'absorber une copieuse dose quotidienne de gin pour apaiser les tourments de leur conscience. Elles devraient être fanées et usées, leur beauté détruite par la honte. Quoi qu'elles dussent être, en tout cas, elles ne devaient pas ressembler à Tessa Teys Mowrey.

Il s'était garé devant la villa. Ils restèrent un moment à la contempler en silence avant qu'Havers se décide à prendre la parole.

– On ne peut pas dire qu'elle ait dégringolé la pente, n'est-ce pas ?

Ils avaient trouvé sans problème. C'était un quartier respectable, neuf, situé à quelques kilomètres du centre ville, le genre d'endroit où les maisons, outre des numéros, portent des noms. La demeure des Mowrey s'appelait Jorvik View. C'était l'expression parfaite du rêve médiocre : une façade de brique recouvrait la construction. Des tuiles rouges s'élançaient pour former des pignons. Les bow-windows ornés de rideaux blancs ouvraient respectivement sur un salon et une salle à manger de part et d'autre de la porte d'entrée bien astiquée. Le garage attenant, prévu pour une voiture, était surmonté d'une terrasse entourée d'une balustrade en fer laquée de blanc, à laquelle on accédait par une porte au premier étage. C'est là-haut qu'ils aperçurent Tessa.

Cheveux blonds voletant au vent, elle venait de déboucher sur la terrasse pour arroser les plantes en pot – chrysanthèmes, dahlias, marguerites – qui formaient un rideau couleur d'automne contre le blanc de la balustrade. En apercevant la Bentley, elle se figea, l'arrosoir en l'air, comme surprise par le pinceau d'un Renoir dans cette lumière de fin de matinée.

La mine sévère, Lynley ne put s'empêcher de remarquer qu'elle ne paraissait pas avoir vieilli d'un jour depuis la photo prise dix-neuf ans auparavant qui trônait religieusement sur l'autel de Gembler Farm.

– Et voilà pour le salaire du péché! murmura-t-il.

wages of sin

8

– Il y a peut-être un portrait au grenier [1], remarqua Havers.
Lynley lui jeta un coup d'œil surpris.

Elle s'était donné tant de mal jusqu'à maintenant pour se
comporter de façon irréprochable, coopérer sur toute la ligne et
lui obéir au doigt et à l'œil qu'en la voyant changer brutalement
son fusil d'épaule – surtout pour faire une réflexion amusante – il
éprouva un véritable choc, plutôt agréable, d'ailleurs.

– Un point pour vous, sergent, gloussa-t-il. Voyons ce que
Mrs Mowrey a à nous raconter.

Tessa Teys Mowrey vint leur ouvrir la porte, les dévisageant à
tour de rôle d'un air confus, non dénué d'une certaine crainte.

– Bonjour, dit-elle.

Descendue de sa terrasse, elle ressemblait maintenant davantage à une femme proche de la quarantaine. Mais c'était une qua-
dragénaire qui avait des cheveux blonds couleur de soleil, la silhouette déliée, la peau piquetée de taches de rousseur et presque
aucune ride.

Lynley lui montra sa carte.

– Scotland Yard, service des affaires criminelles. Pouvons-nous
entrer, Mrs Mowrey ?

Le regard de Tessa naviga du visage de Lynley à la physionomie sévère d'Havers.

– Bien sûr.

Le ton était uni, la voix polie et chaleureuse. Cependant il y
avait dans les mouvements une hésitation, une imperceptible rai-
deur indiquant qu'elle s'efforçait de refouler une vive émotion.

Elle les entraîna vers une porte qui ouvrait sur le séjour et, d'un
simple geste, leur fit signe de s'asseoir. C'était une pièce décorée

1. Allusion au *Portrait de Dorian Gray*, d'Oscar Wilde. (*N.d.T.*)

132

et meublée avec goût de meubles très « design » en pin et en noyer qui s'harmonisaient avec les couleurs éteintes de l'automne. Une horloge égrenait son tic tac dans un coin, rapide comme un pouls qui s'emballe. Nulle trace ici du désordre cataclysmique qui régnait chez Olivia Odell ou de la rigueur maniaque de Gembler Farm. Le living-room était de toute évidence la pièce de prédilection d'une famille bon enfant où l'on avait rassemblé photos d'amateur sans prétention et souvenirs de voyages, ainsi qu'une pile de jeux de société et de jeux de cartes rangés sur une étagère au milieu des livres.

Tessa Mowrey prit place dans le coin le plus sombre. Elle s'assit tout au bord de sa chaise, le dos droit, les jambes croisées, les mains sur les genoux. Elle portait au doigt une alliance, un simple anneau d'or. Au lieu de demander à ses visiteurs ce que Scotland Yard venait faire chez elle, elle se contenta de suivre Lynley des yeux, tandis qu'il s'approchait de l'âtre et examinait les photos posées sur le dessus de la cheminée.

– Vos enfants ? s'enquit-il.

Il y en avait deux, une fille et un garçon, photographiés lors de vacances familiales à Saint Ives. Il reconnaissait la courbe familière de la baie, les bâtiments gris et blancs au bord du rivage, et les bateaux échoués sur le sable à marée basse.

– Oui, répondit-elle.

Elle se garda bien de lui fournir davantage de renseignements. L'air calme et résigné, elle attendait l'inévitable. Lynley ne fit rien pour mettre un terme au silence qui s'installait. Au bout d'un moment, n'y tenant plus, elle reprit la parole :

– Russell vous a téléphoné ?

Il y avait du désespoir dans sa voix. C'était une voix dénuée de tonus, la voix de quelqu'un qui a fait le tour du chagrin et qui sait avoir touché le fond.

– Je pensais bien qu'il le ferait. Évidemment, ça fait trois semaines. Je commençais à me dire qu'il voulait seulement me punir, le temps que nous mettions les choses au point. (Elle s'agita nerveusement sur sa chaise en voyant Havers prendre son calepin.) Est-ce vraiment indispensable ? demanda-t-elle dans un souffle.

– Je le crains, fit Lynley.

– Dans ce cas, je vais tout vous raconter, ce sera mieux.

Contemplant ses mains, elle les serra plus étroitement l'une contre l'autre.

C'est étrange, songea Lynley, les membres d'une même espèce ont recours à une gestuelle identique pour lancer des signaux de détresse. Main qu'on porte d'instinct à sa gorge, bras qu'on serre frileusement autour de la taille, vêtement qu'on remet en place, léger tressaillement destiné à parer un choc psychologique. Manifestement, Tessa rassemblait ses forces pour traverser l'épreuve, comme si, par simple pression, sa main droite avait le pouvoir de transfuser du courage à sa main gauche. Le truc sembla marcher car elle le regarda bien en face, d'un air de défi.

— J'avais seize ans à peine quand je l'ai épousé. Épouser un homme de dix-huit ans son aîné quand on n'a que seize ans, vous vous imaginez ce que ça représente ? Mais non, bien sûr. Vous ne pouvez pas comprendre. Personne ne le peut. Pas même Russell.

— Vous n'aviez pas envie de continuer à étudier ?

— Si. J'avais arrêté pour aider à la ferme pendant quelques semaines, car papa avait eu des ennuis de dos. C'était provisoire. Je devais retourner en classe au bout d'un mois. Marsha Fitzalan m'avait donné du travail à faire à la maison afin que je ne prenne pas trop de retard. Mais ça ne m'a pas empêchée d'en prendre, et puis il y a eu William.

— Comment cela ?

— Il était venu acheter un bélier à papa. Je l'ai emmené le voir. William était... très beau garçon. J'étais une âme romanesque. J'ai vu en lui Heathcliff venant enfin chercher Cathy.

— Votre père a dû se faire du mauvais sang quand il a compris que sa fille de seize ans voulait se marier ? Surtout avec un homme beaucoup plus âgé qu'elle ?

— En effet. Ma mère aussi s'en est fait. Mais j'étais têtue et William était un homme responsable et respectable, un garçon solide. Je crois qu'ils se sont dit que s'ils ne me laissaient pas l'épouser, je me révolterais et ferais de toute façon de grosses bêtises. Alors ils ont donné leur consentement et nous nous sommes mariés.

— Qu'advint-il de ce mariage ?

— Qu'est-ce qu'une adolescente de seize ans connaît au mariage, inspecteur ? s'enquit-elle au lieu de répondre. Quand j'ai épousé William, je ne savais même pas vraiment comment les bébés venaient au monde. Vous allez me dire que je n'étais pas très dégourdie pour une gamine élevée à la ferme, mais il faut vous souvenir que je passais le plus clair de mes loisirs en compagnie des Brontë. Or Charlotte, Anne et Emily n'étaient pas très explicites sur ce genre de détails. Mais j'eus tôt fait de combler mes lacunes. Je donnai naissance à Gillian avant même de fêter mon dix-septième anniversaire. William était fou de joie. Il adorait le bébé. C'est à croire que sa vie commença le jour où il vit Gilly.

— Pourtant il s'écoula un certain nombre d'années avant que vous n'ayez un second enfant.

— C'est parce que la naissance de Gilly changea tout entre nous.

– Comment ça ?

– Elle... ce minuscule, ce fragile bébé fit découvrir la religion à William, et rien ne fut plus tout à fait comme avant après ça.

– Il m'a donné l'impression d'avoir toujours été très porté sur la religion.

– Oh, non, pas avant la naissance de Gillian. Dès lors, ce fut comme s'il n'arrivait pas à être un père suffisamment bien, comme s'il lui fallait purifier son âme pour être digne de cet enfant.

– Comment s'y prenait-il ?

Elle eut un petit rire triste et plein de regret.

– Il lisait la bible, se confessait, communiait tous les jours. En l'espace d'un an, il devint le paroissien le plus assidu de Sainte-Catherine et un père modèle.

– Et vous, encore adolescente, deviez essayer de vivre coincée entre un nouveau-né et un saint.

– C'est exactement ça. A ceci près que le bébé ne me donnait pas beaucoup de travail. Je n'étais pas une femme assez bien pour prendre soin de l'enfant de William. Ou peut-être pas assez pieuse. Aussi est-ce lui qui s'en occupait les trois quarts du temps.

– Que faisiez-vous ?

– Je me réfugiais dans mes livres.

Alors qu'elle était restée tranquille sur sa chaise pendant toute la première partie de son récit, elle se leva, traversa la pièce et alla se planter devant le bow-window pour admirer la cathédrale d'York dont la silhouette se dressait dans le lointain. Lynley ne put s'empêcher de penser que ce n'était pas le prestigieux édifice que Tessa contemplait, mais plutôt son passé.

– J'imaginais que William deviendrait Mr Darcy. Je rêvais que Mr Knightley viendrait m'enlever. J'étais persuadée que je rencontrerais un jour Edward Rochester[1], si seulement je parvenais à y croire assez fort. (Elle croisa les bras sur sa poitrine comme pour éloigner les souffrances de cette époque révolue.) Je voulais désespérément être aimée. Oh, comme je voulais être aimée! Vous comprenez ça, inspecteur ?

– Comment ne pas comprendre, fit Lynley.

– Je me disais que si nous avions un second enfant, nous aurions chacun le nôtre à chérir. C'est pourquoi j'entrepris de faire la... reconquête de William.

– La reconquête ?

– Mais oui, la reconquête. Peu après la naissance de Gilly, abandonnant le lit conjugal, il avait pris l'habitude de coucher ailleurs : sur le canapé, dans la lingerie, n'importe où pourvu que je n'y sois pas.

1. Darcy, Knightley, Rochester : trois personnages de romans des sœurs Brontë.

– Pourquoi ?

– J'avais beaucoup souffert en mettant Gilly au monde. Il prétexta ne pas vouloir que je me retrouve enceinte afin de m'éviter de retraverser cette épreuve.

– Mais les contraceptifs, ça existe...

– William est catholique, inspecteur. Les catholiques ne doivent pas utiliser de contraceptifs.

Elle pivota, tourna le dos à la fenêtre, et leur fit de nouveau face. La lumière ôtait toute couleur à ses joues, gommait cils et sourcils et accentuait les plis joignant le nez à la bouche. Si elle en eut conscience, elle ne fit rien pour s'y soustraire. Au contraire, elle demeura là, à contre-jour, comme pour leur permettre de bien se rendre compte de son âge. Elle poursuivit :

– En y repensant, je crois que ce n'est pas tant la procréation que le sexe qui faisait peur à William. Je finis tout de même par le persuader de partager de nouveau mon lit. Et huit ans après Gilly, Roberta vint au monde.

– Si vous aviez ce que vous vouliez – un second bébé à cajoler –, pourquoi avoir quitté Gembler Farm ?

– Parce que le même scénario se reproduisit. Roberta ne fut pas plus mienne que Gilly ne l'avait été. J'aimais mes petites filles, mais je n'avais pas le droit de les approcher, du moins pas comme je le souhaitais. Je me retrouvais sans rien. (Sa voix se brisa sur le dernier mot mais, les bras serrés autour du corps, elle se raidit et réussit à se contrôler.) Tout ce que j'avais, une fois de plus, c'était Darcy. Mes livres.

– Alors vous êtes partie.

– Un matin au réveil – quelques semaines à peine après la naissance de Roberta –, je compris que si je restais dans cette maison je me dessécherais complètement. J'avais presque vingt-cinq ans, deux enfants qu'on ne me laissait pas aimer et un mari qui en était à consulter la Bible au saut du lit pour savoir comment enfiler sa chemise. J'ai regardé par la fenêtre, j'ai vu le chemin qui menait à la lande de High Kel, et j'ai su que j'allais partir le jour même.

– N'a-t-il pas essayé de vous en empêcher ?

– Non. J'aurais bien voulu, mais non. J'ai pris la porte et je suis sortie de sa vie avec pour tout bagage une petite valise et trente-quatre livres dans mon porte-monnaie. Je suis allée à York.

– Il n'est jamais venu vous voir ? Il n'a jamais essayé de vous suivre ?

Elle secoua la tête.

– Je ne lui ai jamais dit où j'étais. J'ai cessé d'exister, c'est tout. Mais j'avais cessé d'exister depuis si longtemps pour William que cela n'avait pas d'importance.

– Pourquoi n'avez-vous pas divorcé ?

– Parce que je n'avais pas l'intention de me remarier. J'étais allée à York pour reprendre mes études, pas pour dénicher un mari. J'avais l'intention de travailler, le temps de mettre assez d'argent de côté pour me rendre à Londres ou même émigrer aux États-Unis. Mais six semaines après mon arrivée à York, tout bascula. Je fis la connaissance de Russell Mowrey.

– Comment?

Elle sourit à ce souvenir.

– Vous vous souvenez qu'on avait élevé des palissades autour d'une partie de la ville pour y procéder à des fouilles archéologiques?

– En effet, je m'en souviens.

– Russell, qui était originaire de Londres, venait d'avoir son diplôme, et il faisait partie de l'équipe qui fouillait, à la recherche de vestiges normands. J'avais passé la tête dans un trou de la palissade pour jeter un coup d'œil. Et c'est alors que je l'aperçus. Ses premiers mots furent : « Seigneur! Une déesse nordique! » Et là-dessus, il rougit jusqu'à la racine des cheveux. Je crois que je suis tombée amoureuse de lui tout de suite. Il avait vingt-six ans. Il portait des lunettes qui n'arrêtaient pas de glisser le long de son nez, un pantalon parfaitement dégoûtant, et un chandail aux couleurs de son université. En s'approchant de moi pour me parler, il glissa dans la boue et tomba sur le derrière.

– Drôle de Darcy, observa gentiment Lynley.

– En effet. Mais c'était beaucoup mieux qu'un Darcy. Nous nous sommes mariés quatre semaines plus tard.

– Pourquoi ne lui avez-vous pas parlé de William?

Elle fronça les sourcils, cherchant les mots qui leur permettraient de comprendre.

– Russell était l'innocence même. Il se faisait une telle... idée de moi. Il me voyait sous les traits d'une princesse viking, d'une Reine des Neiges. Comment pouvais-je lui annoncer que je venais d'abandonner deux enfants et un mari dans une ferme au creux d'un vallon?

– Qu'est-ce que cela aurait changé s'il l'avait su?

– Rien, je suppose. Mais à l'époque, j'étais persuadée que ça aurait tout changé. Je croyais qu'il ne voudrait plus de moi, qu'il n'aurait pas la patience d'attendre que le divorce soit prononcé. J'avais cherché l'amour, inspecteur, et je le tenais enfin. Pouvais-je risquer de le laisser me filer entre les doigts?

– Mais York n'est qu'à deux heures de Keldale. N'avez-vous jamais eu peur que William fasse irruption un jour dans votre vie? N'avez-vous jamais craint de tomber sur lui dans la rue?

– William n'était pas homme à quitter sa vallée. Il n'a pas bougé une seule fois pendant tout le temps que j'ai passé avec lui.

Pourquoi aurait-il bougé d'ailleurs ? Il avait tout là-bas : enfants, religion, ferme. Pourquoi diable serait-il venu à York ? En outre, j'étais persuadée au départ que nous irions vivre à Londres, où Russell a sa famille. Je ne me doutais pas qu'il voulait s'installer ici. Mais finalement c'est ce que nous fîmes. Cinq ans après nous eûmes Rebecca. Et dix-huit mois après Rebecca, un fils, William.

– William ?

– Je vous laisse imaginer ce que j'ai éprouvé le jour où Russell décida de le baptiser William, comme son père... Je ne pouvais guère m'y opposer.

– Et vous avez passé dix-neuf ans à York ?

– Oui. D'abord dans un petit appartement du centre ville, ensuite dans une maison près de Bishopthorpe Road. Puis, l'an dernier, nous avons réussi à acheter cette maison-ci avec nos économies. Russell avait deux emplois et moi, je travaille au musée. Nous avons été... (elle cilla pour refouler ses larmes) ... si heureux. Tellement heureux, mon Dieu. Jusqu'à maintenant, du moins. Vous êtes venus me chercher, n'est-ce pas ? Ou me donner des nouvelles, alors ?

– Personne ne vous a prévenue ? Vous n'avez pas lu...

– ... lu quoi ? Est-ce que quelque chose... Il n'est pas... (Tessa regarda alternativement Lynley puis Havers. De toute évidence, elle vit quelque chose sur leur visage car le sien se décomposa sous l'effet de la peur.) La nuit où Russell est parti, il était dans une colère noire. Je me suis dit que si je me taisais, si j'attendais en faisant le gros dos, les choses se tasseraient. Il reviendrait à la maison, et...

Lynley comprit soudain qu'ils n'étaient absolument pas sur la même longueur d'onde.

– Mrs Mowrey, dit-il, vous n'êtes donc pas au courant concernant votre mari ?

Les yeux de Tessa s'agrandirent, s'assombrirent sous l'effet de l'appréhension.

– Russell, chuchota-t-elle. Il est parti le samedi où le détective privé m'a retrouvée. Il y a trois semaines de ça. Et il n'a pas remis les pieds à la maison depuis.

***

– Mrs Mowrey, fit Lynley avec précaution. William Teys a été assassiné il y a trois semaines. Un samedi dans la nuit entre vingt-deux heures et minuit. Votre fille Roberta a été accusée du meurtre.

S'ils s'étaient attendus à la voir s'évanouir, ils en furent pour leurs frais. Elle les dévisagea sans un mot pendant près d'une minute puis se tourna de nouveau vers la fenêtre.

– Rebecca ne va pas tarder, dit-elle d'une voix atone. Elle rentre déjeuner. Elle va me demander des nouvelles de son père, comme elle le fait chaque jour. Elle sait qu'il y a quelque chose qui ne va pas, mais j'ai réussi à lui cacher la vérité. (Elle porta une main tremblante à sa joue.) Russell est allé à Londres, j'en suis persuadée. Je n'ai pas appelé ses parents parce que je n'ai pas envie qu'ils sachent qu'il y a un problème. Mais je sais qu'il est allé chez eux à Londres. Je le sais.

– Avez-vous une photo de votre mari? s'enquit Lynley. L'adresse de sa famille à Londres?

Elle pivota brutalement vers lui.

– Jamais il ne ferait ça! s'écria-t-elle comme une furie. C'est un homme qui n'a jamais levé la main sur un de ses enfants! Il était en colère – c'est vrai, je vous l'ai dit –, mais après moi, pas après William! Il ne serait pas allé, il n'aurait pas...

Elle se mit à pleurer avec un bruit atroce, versant ce qui devait être ses premières larmes depuis trois semaines. Le front contre la vitre, elle sanglotait amèrement, comme inconsolable.

Havers se leva et sortit du séjour. Seigneur, où va-t-elle? se demanda Lynley, s'attendant à la voir disparaître comme elle avait disparu du pub la veille. Mais quelques instants plus tard, elle revint avec un verre et un pichet de jus d'orange.

– Merci, Barbara, dit-il.

Elle hocha la tête, le gratifia d'un sourire timide et versa du jus de fruit dans un verre.

Tessa Mowrey s'en saisit mais au lieu de boire elle l'étreignit comme s'il s'agissait d'un talisman.

– Il ne faut pas que Rebecca me voie dans cet état. Il faut que je me ressaisisse. Que je sois forte. (Voyant le verre dans sa main, elle en avala une gorgée, fit la grimace.) J'ai horreur du jus d'orange en boîte. Je me demande pourquoi j'en ai à la maison. Russell trouve que ce n'est pas si mauvais que ça. Il a sans doute raison. (Lorsqu'elle se tourna vers Lynley, il constata qu'elle faisait bien ses quarante-trois ans, cette fois.) Il n'a pas tué William.

– Les habitants de Keldale sont du même avis en ce qui concerne Roberta. Ils pensent qu'elle n'a pas tué William.

Elle tressaillit.

– Je n'arrive pas à la considérer comme ma fille. Je suis désolée. Je ne l'ai pour ainsi dire pas connue.

– On l'a mise à l'asile, Mrs Mowrey. Quand William a été retrouvé, elle a déclaré l'avoir assassiné.

– Si elle a avoué, pourquoi êtes-vous venus me trouver? Si elle a reconnu avoir tué William, Russell n'est certainement pas...

Elle laissa sa phrase en suspens. A croire qu'elle venait soudain d'entendre ses propres paroles, de comprendre combien elle était impatiente de voir son mari dédouané, fût-ce aux dépens de sa propre fille.

En songeant à l'étable, à la bible illustrée, aux albums de photos, au silence glacial et à la tristesse de Gembler Farm, Lynley ne se sentit pas le cœur de la blâmer.

– Vous n'avez jamais revu Gillian ? s'enquit-il abruptement, à l'affût d'un signe indiquant que Tessa était au courant de la disparition de sa fille aînée.

Mais elle ne broncha pas.

– Jamais.

– Elle ne vous a jamais contactée ?

– Bien sûr que non. Même si elle avait voulu le faire, je suis certaine que William l'en aurait empêchée.

C'est probable, songea Lynley. Pourtant, après sa fuite, après avoir coupé les ponts avec son père, pourquoi n'avait-elle pas cherché à retrouver sa mère ?

[*]

– C'était un bigot, un fanatique, décréta Havers d'un ton sans appel.

Ramenant ses cheveux derrière ses oreilles, elle se mit à étudier la photo qu'elle tenait à la main.

– En revanche, celui-ci n'a pas l'air mal du tout. Elle a eu la main plutôt heureuse, la seconde fois. Dommage qu'elle ne se soit pas donné la peine de divorcer.

Russell Mowrey souriait sur la photo que Tessa leur avait remis. Physique avenant, costume trois pièces, il donnait le bras à sa femme un dimanche de Pâques.

Havers glissa la photo dans l'enveloppe de papier bulle et se replongea dans la contemplation du paysage qui défilait sous ses yeux :

– Au moins nous savons maintenant ce qui a poussé Gillian à mettre les voiles.

– Le fanatisme religieux du père ?

– Ça et l'arrivée du second bébé, répondit Havers. Huit années durant, elle est le centre des préoccupations de son père – la mère ne semble pas avoir beaucoup compté –, quand tout à coup un autre bébé débarque dans la famille. Il est censé être celui de maman, mais papa n'a pas confiance en maman, alors il prend également celui-là en charge. Maman s'en va et Gillian lui emboîte le pas.

– Pas tout à fait, Havers. Elle a attendu huit ans avant de prendre la poudre d'escampette.

– Elle ne pouvait tout de même pas s'enfuir de chez elle à l'âge de huit ans! Elle a attendu son heure, haïssant probablement de toutes ses forces la petite Roberta qui lui avait volé son papa.

– Ça ne tient pas debout, sergent. Vous commencez par affirmer qu'elle est partie parce qu'elle ne supportait pas le fanatisme religieux de son père. Ensuite vous dites qu'elle s'est enfuie parce que Roberta avait pris sa place dans le cœur paternel. De deux choses l'une : ou elle aime son père – auquel cas elle rêve de redevenir son chouchou –, ou elle ne peut pas supporter sa bigoterie – auquel cas elle n'a qu'une envie : fuir. Ça ne peut pas être les deux à la fois.

– Vous avez tort de voir les choses en noir et blanc! protesta bruyamment Havers. Ça n'est pas si simple!

Lynley la regarda, sidéré par la violence du ton. Ses traits épais s'étaient encore alourdis.

– Barbara...

– Je suis désolée! Bon sang, voilà que je recommence! Pourquoi est-ce que je m'emballe? A chaque fois, c'est pareil. Je ne...

– Barbara, l'interrompit-il fermement.

– Oui, monsieur? dit-elle en regardant droit devant elle.

– Nous bavardons, nous ne sommes pas au tribunal. C'est bien d'avoir une opinion. En fait, je suis heureux que vous en ayez une. Ça aide, de pouvoir discuter d'une affaire avec quelqu'un.

Comme s'il s'agissait seulement de discuter! Ce qui lui plaisait tant, c'était argumenter pied à pied, rire, entendre la douce voix lui dire : *Tu crois avoir raison, Tommy, mais je vais te prouver que tu as tort!* Il sentit la solitude s'abattre sur lui comme un linceul humide et glacé.

Havers se trémoussa sur son siège. En l'absence de musique, la tension était presque palpable dans la voiture.

– Je ne sais pas ce qui me prend, dit-elle enfin. Je me jette dans la mêlée et j'oublie tout.

– Je comprends.

Il jugea inutile d'insister et se mit à suivre des yeux le dessin capricieux que les murs de pierre traçaient le long des flancs de la colline.

Il songea à Tessa. Il s'efforçait de la comprendre, tout en sachant qu'il n'était guère armé pour y parvenir. Que ce fût à Howenstow – en Cornouailles –, à Oxford ou à Belgravia, à Scotland Yard, même, rien dans son existence ne l'avait préparé à comprendre que l'aridité de la vie dans une ferme isolée ait pu pousser une fille de seize ans à croire que le mariage constituait son seul avenir. Et pourtant c'était sûrement là qu'il fallait chercher la clé de l'histoire. Aucune interprétation romanesque des faits – aucune référence à Heathcliff, aussi pertinente fût-elle – ne pouvait masquer la véritable explication. L'incommensurable ennui qui l'avait accablée au cours des semaines passées à la maison pour aider aux travaux ingrats de la ferme lui avait fait parer de couleurs attrayantes un prosaïque fermier du Yorkshire. Elle était tombée d'un piège dans un autre. Mariée à seize ans, mère avant de fêter son dix-septième anniversaire. Quelle femme n'aurait souhaité fuir une telle existence ? Pourtant, si tel était le cas, comment expliquer qu'elle se fût remariée si vite ?

Havers interrompit le cours de ses réflexions. Il y avait dans sa voix quelque chose de si pressant que Lynley lui décocha aussitôt un coup d'œil curieux. De minuscules gouttes de sueur perlaient à son front. Elle déglutit avec bruit :

– Il y a une chose qui me chiffonne, c'est... l'autel dédié à Tessa. Sa femme le plaque – non sans raisons légitimes – et il trouve le moyen de lui élever un mausolée, un véritable Taj Mahal, dans un coin du salon.

Une pensée effleura soudain Lynley :

– Qui nous dit que c'est William qui a dressé cet autel ?

– Ç'aurait fort bien pu être l'une des deux filles, répondit Havers après un temps.

– Laquelle, selon vous ?

– Gillian.

– Par esprit de vengeance ? Pour être sûre que William n'oublie pas la fuite de maman ? Pour lui enfoncer un poignard dans les côtes, le punir de lui préférer Roberta ?

– Je suis prête à le parier, monsieur, acquiesça Havers.

Ils roulèrent pendant plusieurs kilomètres avant que Lynley ne reprenne la parole.

– Je l'en crois capable, Havers. Quelque chose me dit qu'elle était assez à bout pour ça.

– Tessa, vous voulez dire ?

– Russell n'était pas là, cette nuit-là. Elle affirme avoir pris de l'aspirine et être allée se coucher immédiatement, mais comment vérifier ? Elle aurait pu se rendre à Keldale.

– Pourquoi supprimer le chien ?

– Il ne la connaissait pas. Il n'était pas là dix-neuf ans plus tôt. Tessa était une étrangère pour lui.

– Elle aurait décapité son premier mari ? (Havers fronça les sourcils.) Il aurait été plus simple de divorcer.

– Non, pas pour un catholique.

– Admettons. Tout de même, je vois mieux Russell dans le rôle du meurtrier. Où est-il donc passé ?

– Je... (Lynley hésita, les yeux braqués sur la route.) Tessa a raison : il s'est rendu à Londres.

– Vous êtes bien catégorique.

– C'est parce que je crois l'avoir vu, Havers. Au Yard.

– Ainsi, il est allé la dénoncer à la police. Depuis le début, elle se doutait qu'il le ferait.

– Non, je ne crois pas.

Havers partit sur une autre piste.

– Il y a Ezra, aussi.

Lynley lui décocha un sourire.

– William en pyjama au beau milieu de la route déchirant les aquarelles d'Ezra tandis que ce dernier l'abreuve d'injures ? Ce pourrait être un mobile. Quel artiste serait capable de supporter sans broncher qu'on détruise ainsi ses œuvres ?

Havers ouvrit la bouche, la referma.

– Mais il n'était pas en pyjama, objecta-t-elle après un instant de réflexion.

– Si.

– Non, insista-t-elle. Il était en robe de chambre. Souvenez-vous, Nigel nous a déclaré que ses jambes lui avaient fait penser à un gorille. Qu'est-ce qu'il fabriquait en robe de chambre en plein jour ? Ce n'était pas l'heure d'aller se coucher.

– Peut-être se changeait-il avant le dîner. Il est dans sa chambre, regarde par la fenêtre, aperçoit Ezra et fonce dans la cour.

– C'est une possibilité.

– Vous en avez une autre à me suggérer ?

– Il était peut-être en train de faire de la gymnastique.

– Vous le voyez faisant des flexions en sous-vêtements ? Difficile à imaginer.

– Alors... il était peut-être avec Olivia ?

Lynley sourit.

– Non. Si tout ce qu'on nous a raconté sur lui est vrai, William ne me semble pas être du genre à consommer avant le mariage. Je le vois mal batifolant avec Olivia Odell avant la cérémonie.

– Et Nigel Parrish ?

– Eh bien, quoi, Nigel Parrish ?

– Il ramenait le chien à la ferme par pure bonté d'âme, comme un gentil membre de la S.P.A. ? Son histoire ne vous semble pas un peu tirée par les cheveux ?

– Si. Mais croyez-vous vraiment Parrish capable de répandre fût-ce une goutte du sang de William Teys ? Ou de lui trancher la tête ? Il aurait bien trop peur de salir ses blanches mains.

– Vous avez raison. Je le vois plutôt tournant de l'œil devant pareil spectacle.

Ils éclatèrent de rire. Ce fou rire – qui était la première chose qu'ils partageaient – retomba bien vite, se muant en un silence embarrassé lorsqu'ils comprirent soudain qu'ils pouvaient devenir amis.

Si Lynley avait décidé de pousser jusqu'à l'asile d'aliénés de Barnstingham, c'est parce qu'il était persuadé que Roberta détenait toutes les cartes du jeu : identité du meurtrier, mobile du crime, disparition de Gillian Teys. Il s'était arrêté à la sortie d'York afin de prendre, par téléphone, les dispositions nécessaires.

Après avoir immobilisé la voiture sur l'allée de gravier en face du bâtiment, il se tourna vers Barbara.

— Cigarette ? fit-il en lui présentant son étui en or.

— Non, merci, monsieur.

Il hocha la tête, jeta un coup d'œil à l'imposante bâtisse, reporta les yeux sur sa passagère.

— Vous préférez attendre ici, sergent ? s'enquit-il en allumant sa cigarette avec son briquet en argent.

Il prit son temps pour ranger étui et briquet.

Elle le regarda d'un air pensif :

— Pourquoi ?

Il haussa les épaules d'un air négligent. Trop négligent, estimat-elle.

— Vous avez l'air vannée. Je pensais que vous aimeriez peut-être souffler un peu.

« Vannée. » Du jargon d'ancien élève d'Eton. Barbara avait remarqué qu'il n'hésitait pas à s'en servir à l'occasion quand il le jugeait bon. Il y avait renoncé jusque-là. Pourquoi remettait-il ça tout à coup ?

— Puisque vous abordez le sujet, inspecteur, vous avez vous-même l'air bon à ramasser à la petite cuiller. Que se passe-t-il ?

A ces mots, il s'examina dans le rétroviseur, la cigarette au coin de la lèvre, l'œil mi-clos. Moitié Sam Spade, moitié Algernon Moncrieff.

— En effet, je suis à faire peur.

Il s'employa un instant à remettre de l'ordre dans sa tenue, redressant sa cravate, vérifiant l'ordonnance de sa coiffure, tapotant les revers de sa veste pour en faire tomber des fils invisibles. Elle attendit. Finalement, il croisa son regard. Envolé, l'ancien d'Eton.

— Notre petite expédition à la ferme vous a pas mal secouée, hier, dit-il franchement. J'ai l'impression que ce que nous allons découvrir dans cet établissement risque d'être cent fois pire.

L'espace d'un instant, Barbara le fixa, incapable de détacher son regard du sien. Puis elle tendit la main vers la portière, qu'elle ouvrit avec violence.

— Je tiendrai le coup, monsieur, fit-elle d'un ton abrupt, sortant dans l'air vif de l'automne.

– Nous l'avons enfermée, expliquait le Dr Samuels à Lynley, tandis qu'ils longeaient le couloir qui traversait le bâtiment d'est en ouest.

Barbara les suivit, soulagée de constater que Barnstingham ne ressemblait pas exactement à l'image qu'avaient évoquée en elle les mots « asile d'aliénés ». Cette construction du plus pur baroque anglais n'avait pas grand-chose en effet d'un hôpital. L'entrée était majestueuse, avec de fins piliers s'élançant vers le plafond très haut. Lumière et couleur, tels semblaient être les maîtres mots : la pièce était peinte dans d'apaisants tons pêche, les stucs étaient blancs, la moquette épaisse tirait sur le rouille. Quant aux portraits de l'école flamande, s'ils étaient sombres et méditatifs, ils avaient le bon goût de sembler s'en excuser.

Havers respira plus librement. Car lorsque Lynley avait mentionné pour la première fois la nécessité de pousser jusqu'à cet endroit pour voir Roberta, elle avait senti le cœur lui manquer et l'insidieuse vague de panique qu'elle connaissait trop bien s'était emparée d'elle. Lynley s'en était rendu compte, évidemment. Ce type n'avait pas les yeux dans sa poche, il n'en ratait pas une.

Une fois à l'intérieur, elle se sentit davantage dans son assiette. Ce sentiment de mieux-être s'intensifia encore lorsqu'ils quittèrent le grand hall central pour attaquer la traversée du couloir. Les paysages lénifiants de Constable, les vases débordant de fleurs fraîches et les voix paisibles donnaient aux lieux un caractère éminemment convivial. De la musique et des chants flottaient dans l'air.

– La chorale, expliqua le Dr Samuels. Par ici.

Samuels lui-même avait été une source d'étonnement et de soulagement. L'eût-elle rencontré à l'extérieur de l'hôpital, Barbara ne se serait jamais douté qu'il fût psychiatre. *Psychiatre*, le mot évoquait aussitôt l'image de Freud : le visage barbu et victorien, le cigare, le regard méditatif. Samuels, lui, avait l'allure d'un homme qui préfère monter à cheval ou arpenter les landes plutôt que de sonder les psychés perturbées. Glabre et bien bâti, il semblait enclin à manquer de patience avec moins intelligent que lui. Barbara le soupçonna également d'être redoutable sur un court de tennis.

Elle commençait à se sentir à l'aise dans ce cadre, lorsque le Dr Samuels ouvrit une porte étroite – camouflée par des boiseries – et les fit pénétrer dans la partie moderne de l'établissement. C'était l'aile fermée, dont l'aspect et l'odeur correspondaient exactement à ce qu'Havers avait imaginé. La moquette était d'un marron foncé utilitaire en diable. Les murs nus, couleur sable, étaient percés de portes munies de petites ouvertures vitrées à la hauteur des yeux. L'atmosphère était imprégnée d'un parfum d'antiseptiques, de détergents et de médicaments. Un gémissement sourd emplissait l'air, qui semblait provenir de nulle part et de partout à la fois. Ç'aurait pu être le vent. Ç'aurait pu être n'importe quoi.

Nous y sommes, songea-t-elle. C'est là qu'on enferme les dingues, les petites filles qui décapitent leur papa, les filles qui commettent des meurtres. Des meurtres, il y en a de toutes sortes, Barb.

— Nous n'avons pas entendu le son de sa voix depuis sa déclaration initiale, disait le Dr Samuels à Lynley. Elle n'est pas catatonique. Je crois simplement qu'elle a tout dit, un point c'est tout. (Il jeta un coup d'œil à son bloc.) « C'est moi qui ai fait ça. Je ne regrette rien. » Voilà exactement ce qu'elle a déclaré le jour où on a trouvé le corps. Depuis, elle n'a pas desserré les dents.

— Son silence n'aurait-il pas une cause médicale ? Est-ce qu'elle a été examinée ?

Le Dr Samuels pinça les lèvres d'un air offensé. A ses yeux, cette intervention de Scotland Yard revêtait un caractère insultant. Désormais, s'il devait communiquer des renseignements aux policiers, il s'en tiendrait au strict minimum.

— Oui, répondit-il. Pas d'attaque. Elle peut parler. Elle a choisi de se taire.

S'il fut irrité par la réponse laconique du médecin, Lynley n'en laissa rien paraître. Il avait l'habitude de se heurter à ce genre d'attitude, ses interlocuteurs semblant fréquemment considérer les policiers comme des ennemis qu'il fallait combattre plutôt que comme des alliés qu'il convenait d'aider. Il ralentit l'allure et entreprit de parler au Dr Samuels de la cachette de Roberta. Ce détail parut intéresser le spécialiste car lorsqu'il reprit la parole, ce fut d'un ton où la frustration le disputait à la réflexion.

— Je ne sais que vous dire, inspecteur. Manger ainsi, c'est peut-être, vous vous en doutez, une activité compulsionnelle. Mais est-ce un stimulus ou une réponse ? Une source de gratification ou une manière de sublimation ? Tant que nous ne disposerons pas d'éléments d'interprétation – que Roberta est seule à pouvoir nous fournir –, nous ne pourrons évidemment pas nous prononcer.

Lynley changea de sujet.

— Pourquoi l'avoir retirée des mains des policiers de Richmond ? N'est-ce pas contraire aux règlements ?

— Non, c'est la personne responsable qui a demandé son admission, répondit le Dr Samuels. Nous sommes un hôpital privé.

– La personne responsable. C'est-à-dire le commissaire Nies ?
Samuels secoua impatiemment la tête.

– Pas du tout. (Il parcourut le dossier de Roberta.) C'était...
voyons voir... Gibson, Richard Gibson. Son plus proche parent.
C'est lui qui a effectué les démarches, obtenu l'autorisation du tribunal et rempli les papiers.

– Richard Gibson ?

– C'est en effet le nom qui figure sur l'imprimé, inspecteur,
répondit Samuels. Il l'a fait admettre chez nous pour qu'elle soit
suivie en attendant le procès. Elle a droit à une séance de thérapie
quotidienne. Nous n'avons pas encore constaté de progrès, mais
cela ne veut pas dire qu'il n'y en aura pas.

– Mais pourquoi Gibson..., fit Lynley, parlant plus pour lui-
même que pour les deux autres.

Croyant sans doute que la question s'adressait à lui, le psychiatre enchaîna :

– C'est sa cousine, après tout. Et plus vite elle sera rétablie, plus
vite le procès aura lieu. Sauf si elle est reconnue irresponsable.

– Auquel cas, finit Lynley, ses yeux braqués sur le visage du
médecin, elle est internée à vie, n'est-ce pas ?

– Jusqu'à ce qu'elle guérisse, corrigea Samuels en les conduisant vers une épaisse porte fermée. Elle est là. Je regrette qu'elle
doive rester seule, mais compte tenu des circonstances... (Il fit un
geste, déverrouilla la porte et l'ouvrit en grand.) Roberta, vous
avez de la visite, annonça-t-il.

***

Il avait choisi *Roméo et Juliette* de Prokofiev et la musique avait
empli l'habitacle presque immédiatement après qu'il eut démarré.
Dieu merci, songea Barbara, brisée. Dieu merci. Que les violons,
les violoncelles et les altos chassent pensées et souvenir, que la
musique emporte tout, afin que seule l'ouïe demeure, afin qu'elle
n'ait plus à penser à la fille assise dans la pièce ni – ce qui était
plus effrayant encore – à l'homme assis près d'elle dans la Bentley.

Les yeux obstinément rivés sur la route, elle continuait cependant de voir ses mains sur le volant, ses mains couvertes de poils
blonds – d'un blond plus clair encore que ses cheveux –, ses
doigts, leur plus léger mouvement tandis qu'il ramenait la voiture
vers Keldale.

Lorsqu'il se pencha pour régler le son, elle le vit de profil. Il
était légèrement bronzé. Doré et brun. Peau, cheveux, yeux. Nez
droit, classique. Ligne ferme de la mâchoire. Un visage qui trahissait une prodigieuse force intérieure, des ressources qu'elle ne
parvenait pas à s'expliquer.

Comment avait-il réussi à faire ça?

Ils l'avaient trouvée près de la fenêtre, les yeux fixés non sur le paysage mais sur le mur. C'était une grande bêtasse de près d'un mètre quatre-vingts qui devait peser plus de quatre-vingt-dix kilos. Assise sur un tabouret, le dos voûté, vivante image de l'échec, elle se balançait d'avant en arrière.

– Roberta, je m'appelle Thomas Lynley et je suis venu te parler de ton père.

Elle avait continué à se balancer, ne regardant rien, ne voyant rien, les yeux dans le vide. Si elle entendait, elle n'en laissait en tout cas rien paraître.

Ses cheveux sales empestaient. Ramenés en arrière, attachés à l'aide d'un élastique, ils dégageaient une physionomie lunaire. Des mèches graisseuses pendaient comme des baguettes de tambour le long du cou dans les plis duquel – ornement incongru – était enchâssée une fine chaîne d'or.

– Le père Hart est venu à Londres, Roberta. Il nous a demandé de t'aider. Il est persuadé que tu n'as fait de mal à personne.

Rien. Le visage massif était dénué d'expression. Des boutons suppurants couvraient les joues et le menton. La peau était tendue à craquer sur des couches de graisse qui avaient depuis longtemps effacé le contour des traits. Elle évoquait la pâte à tarte, grise et sale.

– Nous avons interrogé toutes sortes de gens à Keldale. Nous avons vu ton cousin Richard, Olivia et Bridie. Bridie s'est coupé les cheveux, Roberta. Elle voulait ressembler à la princesse de Galles, malheureusement c'est raté. Sa mère a très mal pris la chose. Elle nous a dit que tu avais toujours été gentille avec Bridie.

Aucune réaction. Roberta portait une jupe trop courte révélant des cuisses blanches et flasques dont la chair tavelée de pustules rouges tremblotait quand elle se balançait. Elle était chaussée de pantoufles d'hôpital trop petites d'où dépassaient des orteils gros comme des saucisses.

– Nous sommes allés à la ferme. Tu as lu tous ces livres? Stepha Odell nous a assuré que oui. Nous avons été sidérés de voir que tu en possédais autant. Nous avons vu les photos de ta mère, Roberta. Elle était jolie, n'est-ce pas?

Silence. Ses bras pendaient à ses côtés. Ses énormes seins mettaient à rude épreuve le tissu bon marché de son chemisier. Les boutons menaçaient de sauter sous la pression que le balancement obstiné leur imposait, la chair se soulevait et retombait en une vilaine pavane à chacun de ses mouvements.

– Ça va peut-être être un peu difficile à entendre, Roberta, mais nous avons vu ta mère aujourd'hui. Sais-tu qu'elle habite

York? Tu as un autre frère et une autre sœur. Elle nous a dit combien ton père vous aimait, Gillian et toi.

Le mouvement cessa soudain. Le visage demeura impassible, mais les larmes commencèrent à couler. Rivières laides et silencieuses de chagrin muet plongeant dans les plis de la graisse, glissant entre les boutons d'acné. Avec les larmes vint la morve. Dégoulinant du nez en un filet visqueux, elle atteignit les lèvres, glissa sur le menton.

Lynley s'accroupit devant Roberta. Il tira de sa poche un mouchoir neigeux et lui essuya le visage. Puis il prit entre les siennes la main molle et sans vie et la serra avec force.

– Roberta. (Pas de réponse.) Je retrouverai Gillian.

Il se redressa, plia l'élégant carré de tissu brodé à ses initiales et le remit dans sa poche.

Qu'avait donc dit Webberly? songea Barbara. *Vous auriez beaucoup à apprendre de Lynley.*

Et voilà que soudain elle comprenait. Elle se sentit incapable de le regarder, incapable de croiser son regard. Elle savait ce qu'elle y lirait, et à la pensée de trouver cela chez cet homme dont elle avait décidé qu'il n'était qu'un fat et un horrible snob elle se sentait glacée jusqu'à la moelle.

Lynley? Il était censé être l'homme qui dansait dans les boîtes de nuit, qui faisait avec prodigalité les honneurs de sa table ou de son lit et évoluait sans effort dans un monde doré de privilégiés et de nantis. Mais il n'était – en aucun cas – censé être l'homme qu'elle avait entrevu aujourd'hui.

Il était sorti sans le moindre effort du moule qu'elle avait créé et l'avait détruit sans un regard en arrière. Elle devait s'arranger pour l'y faire entrer de nouveau. Faute de quoi, le feu qui l'avait maintenue en vie pendant si longtemps serait promptement éteint. Et alors, elle le savait, elle mourrait de froid.

Telle fut la pensée qui l'occupa pendant le trajet du retour à Keldale : le désir de le fuir. Cependant, lorsque la Bentley négocia le dernier virage avant d'entrer dans le village, elle comprit qu'elle ne s'échapperait pas aussi facilement. Nigel Parrish et un autre homme étaient en train de se disputer violemment sur le pont, leur barrant la route.

9

Le grondement de l'orgue semblait jaillir des arbres eux-
mêmes. Il enflait crescendo, faiblissait, repartait de plus belle en
une combinaison si baroque d'accords, de pauses et de fioritures
que Lynley se demanda si le fantôme de l'Opéra n'allait pas descendre des lustres d'un moment à l'autre. En voyant apparaître la
Bentley, les deux hommes se séparèrent. L'inconnu hurla une
ultime imprécation à l'adresse de Nigel Parrish avant de s'éloigner à pas furieux vers la grand-rue.

— Je crois que je vais aller dire un mot à l'ami Nigel, remarqua
Lynley. Inutile de m'accompagner, Havers. Allez donc vous repo-
ser un peu.
— Je peux...
— C'est un ordre, sergent.
Qu'il aille se faire voir.
— Oui, monsieur.

Lynley attendit que Barbara Havers se soit engouffrée dans
l'auberge avant de traverser le pont et de se diriger vers l'étrange
petit cottage situé à l'autre bout du pré communal. C'était une
construction décidément bizarre. La façade disparaissait sous les
treillis couverts de roses tardives. Les fleurs qui poussaient sans
entrave semblaient s'élancer à l'assaut des étroites fenêtres flanquant la porte d'entrée. Elles escaladaient le mur, couronnaient
majestueusement le linteau, poursuivaient leur glorieuse ascen-
sion jusqu'au toit. Elles formaient un épais manteau d'un rouge
inquiétant couleur de sang et emplissaient l'air d'un parfum entêtant, presque miasmatique. Cette profusion avait quelque chose
de vaguement obscène.

Nigel Parrish s'était déjà replié à l'intérieur du logis. Lynley le
suivit et s'immobilisa sur le pas de la porte restée ouverte afin
d'examiner les lieux. La musique qui les enveloppait émanait

d'un système de sonorisation qui dépassait l'imagination. D'énormes enceintes disposées aux quatre coins de la pièce créaient en son centre un véritable tourbillon sonore. A l'exception de l'orgue, d'un magnétophone, d'un amplirécepteur et d'une platine, il n'y avait dans le living qu'un tapis usé jusqu'à la trame et quelques chaises vermoulues.

Parrish arrêta le magnétophone, source du grondement. Il rembobina la bande, qu'il retira de l'appareil et remit dans sa boîte. Il effectua toute la manœuvre sans se presser le moins du monde, avec des gestes dont la précision même permit à Lynley de conclure que le maître de maison se savait bel et bien observé.

– Mr Parrish ?

Tressaillement de surprise. Demi-tour abrupt. L'interpellé esquissa un sourire de bienvenue qui éclaira ses traits mais il ne parvint cependant pas à masquer le tremblement de ses mains. Ce détail n'échappa pas plus à Lynley qu'à l'organiste, qui s'empressa de fourrer ses mains dans les poches de son pantalon de tweed.

– Inspecteur ! C'est une visite de courtoisie, j'espère ? Désolé que vous ayez assisté à cette vilaine scène avec Ezra.

– Ah, c'était donc Ezra.

– Mais oui. Le petit Ezra aux cheveux de miel et à la parole mielleuse. Le brave petit s'était mis dans la tête que sa qualité d'artiste lui donnait le droit de pénétrer dans mon jardin pour étudier les jeux de la lumière sur la rivière. Vous parlez d'un culot ! J'étais en train de me retremper l'âme en écoutant du Bach lorsqu'en regardant par la fenêtre, j'ai aperçu ce petit salaud qui déballait son matériel.

– Il est un peu tard dans l'après-midi pour se mettre à peindre, observa Lynley.

Il s'approcha de la fenêtre. De la pièce on ne voyait ni la rivière, ni le jardin. Il réfléchit au mensonge de Parrish.

– Qui sait ce qui se passe dans l'esprit des magiciens du pinceau, fit Parrish d'un ton léger. Whistler n'a-t-il pas peint la Tamise au beau milieu de la nuit ?

– Je doute qu'Ezra Farmington soit de la même classe que Whistler.

Lynley regarda Parrish prendre un paquet de cigarettes et s'efforcer d'en allumer une avec des doigts qui refusaient de collaborer. Il traversa la pièce et lui offrit la flamme de son briquet.

Le regard de Parrish croisa le sien et disparut derrière un fin voile de fumée.

– Merci, dit-il. Quelle scène odieuse. Mais je manque à tous mes devoirs, je ne vous ai même pas souhaité la bienvenue au cottage des Roses. Vous voulez un verre ? Non ? Cela ne vous ennuie pas que j'en prenne un ?

Il disparut dans la pièce voisine d'où s'échappa bientôt un bruit de verre qu'on remue. Il y eut une longue pause, suivie de nouveaux tintements de verre. Parrish reparut, un bon doigt de whisky dans un gobelet. Son deuxième ou son troisième, supputa Lynley.

– Pourquoi allez-vous boire à La Colombe ?

La question prit visiblement Parrish au dépourvu.

– Prenez un siège, inspecteur. Il faut que je m'asseye et l'idée de vous voir planté devant moi, me dominant de toute votre taille telle Némésis, me coupe bras et jambes.

Excellente tactique pour gagner du temps, songea Lynley. Mais on pouvait jouer à deux, à ce petit jeu-là. Il se dirigea vers la chaîne stéréo et prit tout son temps pour faire l'inventaire des bandes de Parrish. Il y avait là une collection impressionnante d'œuvres de Bach, Chopin, Verdi, Vivaldi et Mozart ainsi qu'un vaste choix de compositeurs modernes. Le musicien avait des goûts éclectiques. Lynley traversa la pièce pour s'approcher d'un des lourds fauteuils rembourrés et leva les yeux vers les poutres de chêne noirci qui barraient le plafond.

– Pourquoi habitez-vous dans ce village perdu ? Un homme possédant des goûts et un talent pareils pour la musique serait sûrement plus heureux dans un milieu plus cosmopolite, ne trouvez-vous pas ?

Parrish lâcha un bref éclat de rire. Il passa la main dans ses cheveux impeccablement coiffés.

– Je préfère la première question. Puis-je choisir celle à laquelle j'ai envie de répondre ?

– Le Saint-Graal est au coin. Pourtant vous traversez tout le village pour aller boire dans le pub de Saint-Chad's Lane. Qu'est-ce qui vous attire tellement là-bas ?

– Absolument rien. Si je vous disait que c'est Hannah, vous ne me croiriez pas. La vérité, c'est que je préfère l'atmosphère de la Colombe. Il y a quelque chose d'impie à se poivrer en face d'une église, ne croyez-vous pas ?

– Est-ce que par hasard vous éviteriez quelqu'un qui fréquente le Saint-Graal ?

– J'éviterais... ?

Les yeux de Parrish abandonnèrent Lynley pour se braquer sur la fenêtre. Une rose embrassait la vitre de ses lèvres énormes. Les pétales commençaient à se recroqueviller. Stigmate, style, anthère et filet avaient noirci. La fleur aurait dû être cueillie. Elle n'allait pas tarder à se faner.

– Seigneur Dieu, non. Qui voudriez-vous que j'évite ? Le père Hart, peut-être ? Ou ce cher William, aujourd'hui diparu ? Le prêtre et lui avaient l'habitude d'écluser quelques godets ensemble une ou deux fois par semaine.

– Vous n'aviez pas une sympathie débordante pour Teys, avouez-le.

– Non, en effet. Je n'ai jamais tellement apprécié les culs bénis. Je me demande comment Olivia faisait pour le supporter.

– Peut-être était-elle à la recherche d'un père pour Bridie.

– Sans doute. Dieu sait que la petite en aurait besoin. Et William, tout austère qu'il était, c'était quand même mieux que pas de père du tout. Liv a un mal de chien avec Bridie. Je m'en occuperais bien, seulement les enfants ne m'intéressent guère. Quant aux canards, je les ai en horreur.

– Mais vous êtes proche d'Olivia ?

Le regard de Parrish demeura impénétrable.

– J'allais en classe avec son mari, Paul. Quel homme ! Un sacré bon vivant, ce vieux Paul.

– Il est mort il y a quatre ans, c'est ça ?

Parrish hocha la tête.

– Chorée de Huntington. A la fin, il ne reconnaissait même plus sa femme. Ce fut horrible pour tout le monde, de le voir mourir de cette façon. Ça nous a tous marqués.

Il cilla plusieurs fois, contempla l'extrémité de sa cigarette puis ses ongles très soignés, avant de gratifier Lynley d'un de ses larges sourires. Le sourire était son arme défensive, sa façon de refouler toute émotion susceptible de percer la mince carapace d'indifférence dont il s'enveloppait.

– Je suppose que vous allez me demander où j'étais la nuit du crime ? Je serais ravi de vous débiter un alibi quelconque, inspecteur. De vous dire, par exemple, que j'étais au lit avec la fille de joie du village. Seulement, comme je ne pouvais pas savoir que notre bienheureux William aurait rendez-vous avec une hache cette nuit-là, je suis resté chez moi à jouer de l'orgue. Tout seul. Mais il faut que je me lave de tout soupçon, n'est-ce pas ? Aussi devrais-je m'empresser d'ajouter que quiconque m'a entendu pourra confirmer mon histoire.

– Comme aujourd'hui, peut-être ?

Parrish ignora la question et vida son verre.

– Après avoir fini de jouer, je me suis mis au lit. Également seul, hélas.

– Il y a combien de temps que vous habitez à Keldale, Mr Parrish ?

– Ah, on revient à son point de départ. Voyons voir. Cela doit faire près de sept ans.

– Et avant cela ?

– Avant ça, inspecteur, j'habitais York où j'enseignais la musique dans une école privée. Et au cas où il vous prendrait l'envie de fouiner dans mon passé à la recherche de détails croustillants, je n'ai pas été renvoyé. Je suis parti de mon plein gré. J'avais envie de campagne. J'avais soif de paix.

Il dérapa légèrement dans les aigus en prononçant le dernier mot.

Lynley se leva.

– Eh bien je vais vous laisser en paix. Bonsoir.

Tandis qu'il quittait le cottage, la musique résonna de nouveau – moins fort cette fois – mais seulement après qu'un bruit de verre se fracassant sur la pierre lui eut indiqué de quelle manière Nigel Parrish fêtait son départ.

★ ★ ★

– J'espère que ça ne vous ennuie pas, dit Stepha Odell. Je vous ai réservé une table à Keldale Hall pour le dîner. (La tête inclinée sur le côté, elle examina pensivement Lynley.) Je crois que j'ai bien fait. C'est exactement ce dont vous semblez avoir besoin ce soir.

– Aurais-je l'air famélique ?

Elle referma un registre et le rangea derrière le comptoir de la réception.

– Pas du tout. La cuisine est excellente à Keldale Hall, mais ce n'est pas pour cela que je vous y ai réservé une table. Le château est l'une des principales distractions de la région. Il est tenu par l'excentrique de service.

– Décidément, on trouve de tout chez vous.

Elle éclata de rire.

– Tous les plaisirs de la vie, inspecteur. Voulez-vous prendre un verre, ou êtes-vous encore en service ?

– Je ne refuserais pas un demi d'Odell.

– Parfait. (Elle l'entraîna vers le salon et s'activa derrière le bar.) Keldale Halle est géré par la famille Burton-Thomas. « Famille », au sens large du terme, s'entend. Mrs Burton-Thomas, qui emploie une bonne demi-douzaine de jeunes gens et jeunes filles, tient à ce qu'ils l'appellent tous « tante ». Cela fait partie du halo d'excentricité dont elle aime s'entourer, je suppose.

– Tout ça sent son Dickens, remarqua Lynley.

Elle poussa la bière de Lynley sur le comptoir et s'en versa une plus petite pour elle.

– Attendez de les rencontrer. Car vous les rencontrerez, cela ne fait pas l'ombre d'un doute : Mrs Burton-Thomas dîne toujours avec ses hôtes. Quand je lui ai téléphoné pour faire la réservation, elle était surexcitée à l'idée d'avoir Scotland Yard à sa table. Elle est capable d'empoisonner quelqu'un rien que pour vous voir à l'œuvre. Le choix de la victime ne devrait pas l'embarrasser. Elle m'a dit qu'elle n'avait que deux couples au château pour l'instant : un dentiste américain avec sa femme, et deux jeunes mariés.

– Exactement le genre de soirée qu'il me faut.

Il se dirigea vers la fenêtre, verre au poing, et tourna ses regards vers le chemin sinueux qu'était Keldale Abbey Road. On n'en voyait qu'une courte partie car il tournait à droite avant de disparaître dans le crépuscule.

Stepha le rejoignit. Ils restèrent quelques instants sans parler.

– Vous avez vu Roberta, je suppose, finit-elle par dire doucement.

Il se tourna, s'attendant à voir les yeux de Stepha levés vers lui. Mais elle contemplait le verre de bière qu'elle tenait à la main. Elle le faisait touner dans sa paume, l'air concentré, attentive à ne pas en faire tomber une goutte.

– Comment le savez-vous ?

– Petite fille, elle était d'une belle taille. Presque aussi grande que Gillian. Je m'en souviens bien. C'était une enfant plutôt forte. (D'une main que le verre embué avait mouillée, elle repoussa quelques cheveux qui lui tombaient sur le front. Ses doigts laissèrent sur la peau une traînée d'humidité qu'elle effaça d'un geste impatient.) Ça s'est fait tout doucement, inspecteur. Au début, elle était juste un peu enrobée... potelée. Puis elle est devenue... ce que vous avez vu aujourd'hui. (Le frisson qui la secoua tout entière fut plus éloquent qu'un long discours. Consciente de ce que sa réaction impliquait, elle poursuivit :) C'est horrible de ma part de réagir comme ça, n'est-ce pas ? Je n'y peux rien, j'éprouve une violente aversion pour la laideur. C'est un trait de caractère dont je ne suis pas fière, croyez-moi.

– Vous n'avez pas répondu à ma question.

– Quelle question ?

– Comment savez-vous que j'ai vu Roberta ?

Les joues de Stepha s'empourprèrent. Elle se dandina d'un pied sur l'autre, paraissant si mal à l'aise que Lynley regretta d'avoir insisté.

– Aucune importance, dit-il.

– C'est que... vous avez l'air... différent ce soir. Plus las que ce matin. Et il y a des rides au coin de votre bouche. (La peau lisse de Stepha vira au cramoisi.) Des rides qui n'y étaient pas auparavant.

– Je vois.

– C'est pourquoi je me demandais si vous l'aviez vue.

– Vous connaissiez la réponse avant même de me poser la question.

– Oui, c'est bien possible. Et je me demandais comment vous arriviez à contempler la laideur de la vie des autres comme vous le faites.

– Cela fait un certain temps que je fais ce métier. On s'y habitue, Stepha.

Le gaillard étranglé assis à son bureau, la fille crasseuse avec l'aiguille plantée dans le bras, le cadavre sauvagement mutilé d'un jeune homme. S'habituait-on vraiment à la noirceur de l'âme et à la misère humaine ?

Le regard de Stepha croisa le sien avec une étonnante fermeté.

– C'est comme contempler l'enfer, non ?

– Il y a de ça.

– N'avez-vous jamais cherché à vous enfuir ? A courir à toute vitesse dans la direction opposée ? Jamais ? Pas une seule fois ?

– On ne peut pas passer sa vie à fuir.

Elle se détourna, reportant les yeux sur la fenêtre.

– Moi, si, murmura-t-elle.

***

En entendant frapper un coup sec à la porte, Barbara s'empressa d'éteindre sa troisième cigarette. Elle balaya la pièce d'un regard affolé, ouvrit la fenêtre et se précipita dans les toilettes pour jeter le corps du délit dans la cuvette des WC et tirer la chasse. Il y eut un second coup et la voix de Lynley retentit.

Elle se dirigea vers la porte. Il hésita, jeta un coup d'œil curieux par-dessus son épaule.

– Ah, Havers, dit-il. Miss Odell a cru bon de nous trouver un endroit plus agréable où dîner ce soir. Elle nous a réservé une table à Keldale Hall. (Il consulta sa montre.) Il nous faut y être dans une heure.

– Quoi ? s'exclama Barbara, horrifiée. Je n'ai pas... je ne peux pas... je ne crois pas...

Lynley haussa un sourcil.

– Inutile de me faire le numéro d'Helen et de me raconter que vous n'avez rien à vous mettre, Havers.

– Mais c'est la vérité ! protesta-t-elle. Allez-y sans moi. Je mangerai un morceau à La Colombe.

– Étant donné la réaction que vous avez eue hier, je me demande si c'est bien raisonnable.

Un coup au-dessous de la ceinture. Zut !

– Je ne raffole pas du poulet. Je n'ai jamais aimé ça.

– Parfait. J'ai cru comprendre que le cuisinier du château était un connaisseur. Je doute que nous apercevions ne fût-ce que l'ombre du bout d'une plume. A moins qu'Hannah ne fasse le service.

– Mais je vous assure que je ne peux pas...

– C'est un ordre, Havers. Dans une heure, dit-il en tournant les talons.

Qu'il aille au diable! Elle claqua la porte avec force pour bien lui montrer son mécontentement. Bravo! Une sacrée soirée en perspective. Elle se vit se débattant avec une armada de couverts et de verres, entourée d'un bataillon de maîtres d'hôtel et de serveuses qui lui ôtaient couteaux et fourchettes avant même qu'elle sache lequel il convenait d'utiliser. Le poulet aux petits pois de La Colombe, c'était le paradis comparé à ça.

A grandes enjambées furieuses, elle marcha sur l'armoire et l'ouvrit rageusement. Génial. Que porter pour cette élégante soirée dans le beau monde? La jupe de tweed marron et le chandail assorti? Le jean et les chaussures de randonnée? Pourquoi pas le tailleur bleu, histoire de lui rappeler Helen? Cette bonne blague! Qui pourrait lui rappeler Helen, avec sa garde-robe impeccable, ses cheveux merveilleusement bien coupés, ses ongles manucurés, sa voix musicale?

Elle extirpa de l'armoire une robe chemisier de laine blanche et l'expédia sur le lit en désordre. C'était presque comique. Les gens allaient-ils s'imaginer qu'elle était sa petite amie? Apollon invitant Méduse à dîner? Comment affronterait-il regards appuyés et plaisanteries?

Une heure plus tard, fidèle à sa parole, il vint frapper à sa porte. L'estomac noué, Barbara se contempla dans la glace. Seigneur, cette robe était hideuse. Elle ressemblait à un sac, là-dedans. Elle ouvrit la porte avec violence et l'enveloppa d'un regard furibond. Il était tiré à quatre épingles.

– Vous emportez toujours des vêtements de ce genre avec vous? s'enquit-elle, incrédule.

– Je suis comme les scouts: toujours prêt, répondit-il en souriant. On y va?

Il l'escorta galamment dans l'escalier et jusqu'à la voiture, lui ouvrit la portière et l'aida à s'installer dans le confort tout cuir de la Bentley. Un vrai gentleman, songea-t-elle, sarcastique. Il a mis le pilote automatique. A peine a-t-il endossé sa livrée de châtelain qu'il oublie Scotland Yard.

Comme s'il lisait dans ses pensées, il se tourna vers elle avant de faire démarrer la voiture.

– J'aimerais que nous ne parlions pas boutique ce soir, Havers.

De quoi diable allaient-ils parler si le meurtre de Teys était un sujet tabou?

– Très bien, fit-elle d'un ton abrupt.

Il hocha la tête et tourna la clé de contact. Le moteur de la grosse voiture ronronna.

– J'adore ce coin d'Angleterre, dit-il tandis qu'ils s'engageaient dans Keldale Abbey Road. Vous a-t-on dit que j'étais un partisan enragé de la maison d'York?

– La maison d'York ?

– La guerre des Deux Roses. Nous sommes en plein dans la région où elle s'est déroulée. Sheriff Hutton est tout près d'ici et Middleham est à deux pas.

– Oh.

Merveilleux! Un discours sur l'histoire. Hormis le nom, elle ignorait tout de la guerre des Deux Roses.

– Bien sûr, je sais qu'on ne peut que penser du mal des York. Après tout, ils ont bel et bien réglé son compte à Henry VI. (Il tapota pensivement le volant du bout des doigts.) Mais je ne peux m'empêcher de considérer qu'il y a une justice dans tout ça. Richard II a été assassiné par son propre cousin. Tuer Henry, c'était boucler la boucle du crime.

Elle se mit à froisser le tissu de sa robe blanche entre ses doigts et soupira, vaincue.

– Écoutez, monsieur, je ne suis pas douée pour ce genre de sport. Je... je me sentirais nettement plus à l'aise à La Colombe. Aussi, si vous voulez bien...

– *Barbara.* (Il s'arrêta brutalement sur le bas-côté. Il la regardait, elle le savait, mais elle fixait obstinément l'obscurité en s'efforçant de compter les moucherons qui dansaient dans la lueur des phares.) Ne pourriez-vous, l'espace d'une soirée, être simplement vous-même? *Quoi* que vous soyez?

– Qu'est-ce que ça signifie ?

Seigneur, quelle voix de harpie!

– Cela signifie que vous pouvez cesser de faire votre numéro. Ou du moins que j'aimerais vous voir y renoncer.

– Quel numéro ?

– Contentez-vous d'être vous-même.

– Comment osez-vous...

– Pourquoi faites-vous semblant de ne pas fumer ? coupa-t-il.

– Et vous, pourquoi jouez-vous les fats ?

C'était sorti malgré elle. Il laissa passer un certain temps avant de répondre, comme s'il analysait la remarque.

Il y eut un silence. Puis, rejetant la tête en arrière, il éclata de rire.

– Touché. Et si nous faisions une trêve ce soir, quitte à recommencer à nous détester l'un l'autre à l'aube?

Elle lui jeta un regard furieux et sourit, malgré elle. Elle savait pertinemment qu'il la manipulait, mais c'était sans importance.

– D'accord, fit-elle à regret, tout en remarquant qu'ils n'avaient répondu ni l'un ni l'autre à la question qu'ils s'étaient posée.

**

A leur arrivée à Keldale Hall, ils furent accueillis par une femme qui fit taire les dernières craintes vestimentaires de Barbara. L'hôtesse portait une jupe mangée aux mites d'une couleur indécise, un chemisier de gitane orné d'étoiles et un châle brodé de perles qu'elle avait jeté sur ses épaules à la manière d'une couverture indienne. Ses cheveux gris retenus par des élastiques pendaient en couettes de part et d'autre de son cou. Pour compléter sa tenue, elle s'était fiché un peigne espagnol en écaille au sommet du crâne.

– Scotland Yard? s'enquit-elle en examinant Lynley d'un œil critique. Eh bien dites donc! Les policiers n'avaient pas si fière allure de mon temps. (Son éclat de rire avait tout du hennissement.) Entrez! Nous ne sommes pas nombreux ce soir et cependant vous m'avez évité de commettre un meurtre.

– Comment cela? fit Lynley, poussant Barbara devant lui.

– J'ai ici un couple d'Américains auxquels je tordrais volontiers le cou. Mais laissons cela pour l'instant. Vous n'allez pas tarder à comprendre ce que je veux dire. (Elle leur fit traverser l'immense hall de pierre où flottait l'odeur des viandes qui rôtissaient dans la cuisine voisine.) Je n'ai dit à personne que vous étiez du Yard, leur confia-t-elle d'une voix forte en rajustant son châle. Quand vous ferez la connaissance des Watson, vous comprendrez pourquoi. (Ils poursuivirent leur route, traversèrent la salle à manger, où des bougies allumées jetaient des ombres pâles sur les murs. La table nappée de blanc était couverte de porcelaine et d'argenterie.) L'autre couple, ce sont des jeunes mariés. Des Londoniens. Ils me plaisent bien. Ils ne sont pas toujours à se tripoter en public comme tant de jeunes époux ont coutume de le faire. Ils sont très discrets, charmants. Manifestement ils n'aiment pas attirer l'attention sur eux, sans doute parce que lui est handicapé. Elle est ravissante, une vraie beauté.

Barbara entendit Lynley prendre une rapide inspiration, s'arrêter.

– Comment s'appellent-ils? s'enquit-il d'une voix rauque.

Mrs Burton-Thomas fit volte-face à l'entrée du salon.

– Allcourt-Saint James, fit-elle en ouvrant la porte. Nous avons de la compagnie! ajouta-t-elle à la cantonade.

Barbara fut frappée par la netteté quasi photographique de la scène. Un feu d'enfer brûlait dans l'âtre, les flammes dévoraient le charbon avec des crachotements. Des fauteuils confortables étaient disposés autour de la cheminée. A l'autre bout de la pièce, presque dans l'ombre, Deborah Saint James penchée au-dessus d'un piano feuilletait avec délices un album de famille. Le sourire aux lèvres, elle leva les yeux. Les hommes se levèrent et la scène se figea.

– *Seigneur,* chuchota Lynley.

En l'entendant, Barbara le regarda et éprouva un brusque choc. Comment diable ne s'en était-elle pas rendu compte plus tôt ? Lynley était amoureux de la femme de l'autre.

<center>* * *</center>

– Salut ! Vous en avez un chouette costume ! dit Hank Watson en tendant à Lynley une main grasse et légèrement moite qui donna au policier l'impression d'étreindre un poisson tiède et vivant. Je suis dentiste, annonça-t-il. Je suis venu assister au congrès des chirurgiens-dentistes américains à Londres. Déductible des impôts ! Voici Jojo, ma femme.

Les présentations s'effectuèrent tant bien que mal.

– Champagne avant le dîner, c'est la règle ici, déclara Mrs Burton-Thomas. S'il ne tenait qu'à moi, j'en prendrais également avant le petit déjeuner. Danny, la bouteille ! cria-t-elle en direction de la porte.

Quelques instants plus tard, une jeune fille entra, chargée d'un seau à glace, d'une bouteille de champagne et de verres.

– Dans quelle branche êtes-vous ? demanda Hank à Lynley tandis que les verres circulaient. J'étais persuadé que Simon ici présent était professeur à l'université. Ça m'a fichu un coup quand j'ai appris qu'il s'occupait de macchabées.

– Le sergent Havers et moi-même travaillons à Scotland Yard, répondit Lynley.

– Dis donc, Coco, t'entends ça ? (Il dévisagea Lynley avec un regain d'intérêt.) Vous êtes là pour l'histoire du bébé ?

– L'histoire du bébé ?

– Une affaire vieille de trois ans. La piste doit être complètement froide maintenant. (Hank eut un clin d'œil en direction de Danny, qui mettait la bouteille de champagne dans le seau.) Le nouveau-né qu'on a retrouvé mort dans l'abbaye, vous voyez ce que je veux dire.

Lynley ne voyait rien et il ne voulait rien voir. Sa vie en eût-elle dépendu qu'il eût été incapable de répondre. Il s'aperçut qu'il ne savait que faire, où poser les yeux, que dire. Il ne pensait qu'à Deborah.

– Nous sommes ici pour une affaire de décapitation, déclara Havers si opportunément que cela tenait du miracle.

– Une dé-ca-pi-ta-tion, gronda Hank. Décidément, il s'en passe de belles dans cette région ! Pas vrai, Coco ?

– Et comment! appuya Coco en opinant solennellement du chef.

Tripotant son long collier de perles blanches, elle jeta un regard plein d'espoir aux Saint James qui ne pipaient mot.

Hank se pencha sur son siège, qu'il approcha de celui de Lynley.

– Allez-y, faites-nous un topo.

– Je vous demande pardon?

– Donnez-nous les détails. De A à Z. (Hank assena une claque sur l'accoudoir du fauteuil de Lynley.) Qui a fait le coup, selon vous, mon petit vieux?

Lynley trouva que c'était trop. L'horrible petit homme et son excitation malsaine lui parurent vraiment insupportables. Hank était vêtu d'un costume en polyester jaune safran, d'une chemise à fleurs assortie et portait autour du cou une lourde chaîne en or ornée d'un médaillon qui bringuebalait sur sa poitrine velue. Un diamant de la taille d'une noix scintillait à son doigt et il ne cessait d'exhiber des dents éclatantes de blancheur que son hâle couleur pain brûlé faisait paraître plus étincelantes encore. Il avait le nez bulbeux et le naseau frémissant.

– Nous n'en sommes pas encore tout à fait sûrs, répondit Lynley le plus sérieusement du monde. Mais vous correspondez au signalement.

Hank le dévisagea, les yeux ronds.

– Je corresponds au signalement? coassa-t-il. (Il examina attentivement Lynley et son visage se fendit en un vaste sourire.) Ah, vous les British, je crois que je ne me ferai jamais à votre foutu sens de l'humour! Pourtant je fais des progrès, pas vrai, Si?

Lynley se décida à regarder son ami Simon et le vit qui souriait, l'œil pétillant de malice.

– Absolument, fit Si.

★ ★ ★

Tandis qu'ils regagnaient l'auberge dans l'obscurité, Barbara étudia Lynley furtivement. Jusqu'à ce soir, il ne lui était pas venu à l'idée qu'un homme comme lui pût avoir été malheureux en amour. Pourtant, à deux pas du village, quelqu'un en était la preuve vivante: Deborah.

Il y avait eu un moment horrible au château, lorsqu'ils s'étaient regardés tous les trois avant qu'elle ne s'approche, un sourire incertain aux lèvres, la main tendue en signe de bienvenue.

– Tommy! Qu'est-ce que tu fabriques à Keldale? s'était enquis Deborah Saint James.

Il avait été incapable de répondre et Barbara était venue à la rescousse.

– Nous sommes sur une enquête.

Sur ces entrefaites, l'insupportable petit Américain s'était jeté dans la mêlée – Dieu merci – et les trois autres avaient commencé à respirer plus librement.

Pourtant, Saint James était resté à sa place, près du feu, accueillant son ami avec politesse mais sans faire un mouvement, les yeux braqués sur sa femme. Impossible de dire s'il était contrarié par l'arrivée inopinée de Lynley, si la jalousie le taraudait face aux sentiments qui agitaient visiblement le policier : il était demeuré impassible.

Deborah avait été plus gênée que lui. Elle avait rougi, serré et desserré les mains sur ses genoux. Ses yeux avaient navigué sans trêve de l'un à l'autre, et elle n'avait pas caché son soulagement lorsque Lynley avait, à la première occasion, manifesté le désir de prendre congé.

Il immobilisa la voiture devant l'auberge et coupa le contact. Il se laissa aller contre le dossier du siège et se frotta les yeux.

– Je crois que je dormirais douze mois d'affilée. Comment croyez-vous que Mrs Burton-Thomas va réussir à se débarrasser de cet horrible dentiste ?

– Arsenic ?

Il rit.

– Il va falloir qu'elle songe à prendre des mesures. Il parlait de passer un autre mois chez elle. Quel détestable individu !

– Pas vraiment le genre de personne qu'on a envie de rencontrer quand on est en voyage de noces, convint-elle.

Elle se demanda s'il allait mordre à l'hameçon, s'il allait faire allusion à Saint James et à Deborah et aux circonstances qui les avaient malencontreusement mis sur son chemin. Elle alla même jusqu'à se demander s'il allait faire allusion ou non aux circonstances qui l'avaient mis dans une telle situation, à la place la moins enviable de ce surprenant triangle amoureux.

Sans répondre, il sortit de la voiture et claqua la portière. Barbara l'examina d'un air rusé quand il s'approcha de son côté. Pas une vague ne venait rider son calme. Il était parfaitement maître de lui. Le fat était de retour.

La porte de l'auberge s'ouvrit et un carré de lumière encadra Stepha Odell.

– Il m'avait bien semblé reconnaître votre voiture, dit-elle. Vous avez un visiteur, inspecteur.

★[★]★

Deborah contempla son reflet dans le miroir. Simon n'avait pour ainsi dire pas desserré les dents depuis qu'ils étaient entrés

162

dans leur chambre, se contentant de s'approcher du feu et de s'asseoir dans le fauteuil, son verre de cognac à la main. Elle l'avait regardé, ne sachant trop que dire, craignant de faire tomber le mur qu'il venait soudain d'élever entre eux. *Ne fais pas ça, Simon*, avait-elle eu envie de lui crier. *Ne te coupe pas de moi. Ne replonge pas dans les ténèbres*. Mais comment le dire sans risquer de s'entendre jeter le nom de Tommy à la figure ?

Elle fit couler de l'eau dans le lavabo et la regarda tristement. A quoi pensait-il, seul, dans cette pièce ? Était-il obsédé par Tommy ? Se demandait-il si elle fermait les yeux quand ils faisaient l'amour afin de pouvoir rêver de Lynley ? Il ne lui avait jamais posé de questions. Il acceptait simplement ce qu'elle lui disait, ce qu'elle lui donnait. Que pouvait-elle lui dire ou lui donner maintenant, alors que son passé et celui de Tommy se dressaient entre eux ?

Elle s'aspergea le visage à plusieurs reprises, se sécha, ferma le robinet, s'obligea à retourner dans la chambre. Son cœur se serra lorsqu'elle vit qu'il s'était mis au lit. Son lourd appareillage gisait par terre à côté du fauteuil, et ses béquilles étaient appuyées contre le mur près du lit. La pièce était plongée dans l'obscurité. Mais à la lueur mourante du feu, elle vit qu'il était assis, bien éveillé, les oreillers calés derrière le dos, regardant les braises rougeoyantes.

Elle s'approcha du lit et s'assit.

— Je suis toute retournée, dit-elle.

Il chercha sa main à tâtons.

— Je sais. Je suis resté là à essayer de voir comment je pourrais t'aider. Mais je ne sais que faire.

— Je lui ai fait du mal, Simon. Je ne l'ai pas fait exprès, mais ça s'est fait quand même, et je n'arrive pas à oublier. Quand je le vois, je me sens responsable de son chagrin. Je voudrais pouvoir l'effacer. Je... je crois que je me sentirais mieux si j'y parvenais. Je me sentirais moins coupable.

Il lui effleura la joue, et du bout du doigt suivit le contour de sa mâchoire.

— Si seulement c'était aussi simple que ça, mon amour. Tu ne peux pas effacer sa peine. Tu ne peux pas l'aider. C'est à lui de se prendre en main, mais c'est difficile car il t'aime et le fait que tu sois mariée n'y change rien, Deborah.

— Simon...

Il ne la laissa pas terminer.

— Ce qui m'ennuie, c'est l'effet qu'il produit sur toi. Je vois bien que tu te sens coupable et je voudrais faire disparaître ce sentiment de culpabilité, mais je ne sais comment m'y prendre. J'aimerais tant savoir comment faire. Je déteste te voir dans cet état.

Elle chercha son visage dans la pénombre, trouvant réconfort et paix dans ses traits anguleux et irréguliers. Son cœur se gonfla d'amour pour lui. Sa gorge se serra sous la soudaine intensité de l'émotion qui l'habitait.

— Tu es vraiment resté dans le noir à te faire du mauvais sang pour moi ? C'est bien de toi, Simon.

— Pourquoi cette réflexion ? Que croyais-tu donc que je faisais ?

— Je pensais que tu te tourmentais en pensant au... passé.

— Ah. (Il l'attira contre lui, posant le menton sur le haut de sa tête.) Je n'ai pas l'intention de te mentir, Deborah. Cela ne me simplifie pas les choses de savoir que Tommy a été ton amant. S'il s'était agi d'un autre homme, j'aurais pu lui attribuer toutes sortes de défauts afin de me persuader qu'il n'était pas digne de toi. Mais tel n'est pas le cas, n'est-ce pas ? C'est un type bien, qui te mérite. Et s'il y a quelqu'un qui est bien placé pour le savoir, c'est moi.

— Cela te hante donc. Je m'en doutais.

— Cela ne me hante pas, non. (Ses doigts frôlèrent doucement les cheveux de Deborah, puis sa gorge, firent glisser les bretelles de la chemise de nuit.) Au début, si, je l'avoue. Mais franchement la première fois que nous avons fait l'amour, j'ai compris qu'il était inutile que je repense à toi et à Tommy. Consciemment du moins. Maintenant, chaque fois que je te regarde, c'est au présent que je songe, non au passé. Je m'aperçois que j'ai envie de te déshabiller, de respirer l'odeur de ta peau, d'embrasser tes lèvres, tes seins, tes cuisses. Je ne pense même qu'à ça, cela devient une véritable obsession.

— Pour moi aussi.

— Dans ce cas, mon amour, chuchota-t-il, peut-être devrions-nous unir nos forces et chercher une solution.

Deborah glissa la main sous les couvertures. Il eut presque un sursaut lorsqu'elle le toucha.

— Bon début, admit-il en posant sa bouche sur la sienne.

10

Le visiteur n'était autre que le commissaire Nies. Il attendait dans le salon, trois chopes de bière vides sur une table près de lui, un carton à ses pieds. Il était resté debout, en homme méfiant qui est toujours sur ses gardes et ne sait pas se détendre. Ses lèvres se pincèrent à la vue de Lynley, ses narines aussi, à croire qu'il flairait soudain une mauvaise odeur. C'était le mépris personnifié.

– Vous vouliez tout, inspecteur, jappa-t-il. Voilà, tout est là.

Il décocha un coup de pied au carton, davantage pour le désigner à l'attention de son interlocuteur que pour le déplacer.

Personne ne broncha. A croire que la haine à l'état pur qui couvait sous les mots de Nies les avait tous pétrifiés. Barbara, qui était à côté de Lynley, le sentit qui se raidissait. Mais son visage demeura impassible tandis qu'il prenait la mesure de son vis-à-vis.

– C'est bien ce que vous vouliez, n'est-ce pas ? insista Nies, l'air désagréable. (Il ramassa le carton, en répandit le contenu sur la moquette.) Quand vous dites *tout*, c'est tout, inspecteur, nous sommes bien d'accord ? Vous n'êtes pas homme à parler à la légère. Mais peut-être espériez-vous que je vous ferais porter ça par un de mes sous-fifres, ce qui vous aurait évité une autre conversation avec moi ?

Les yeux de Lynley se braquèrent sur les objets éparpillés sur le sol. Des vêtements de femme, selon toute vraisemblance.

– Vous n'auriez pas un peu trop bu ? suggéra-t-il.

Nies esquissa un pas en avant, le visage violacé.

– Ça vous arrangerait de penser que j'ai un coup dans le nez, hein ? Que je lève le coude pour noyer les cuisants regrets que j'ai de vous avoir expédié au ballon quand Davenport est mort. La prison, ce n'est pas vraiment le genre d'endroit que Sa Seigneurie a coutume de fréquenter, n'est-ce pas ?

Barbara n'avait jamais aussi nettement perçu chez un homme

pareil besoin d'en frapper un autre, non plus que cette sauvagerie primitive qui pousse à passer à l'acte. Pourtant c'était exactement ce qu'elle voyait chez Nies, à son attitude, à ses mains aux doigts crochus à demi fermées, aux tendons qui saillaient sur son cou. Mais ce qu'elle ne parvenait pas à comprendre, c'était la réaction de Lynley. Après s'être d'abord raidi, il affichait maintenant une sérénité presque inquiétante, ce qui rendait Nies d'autant plus furieux.

— Alors, inspecteur, vous l'avez résolue, cette affaire ? ricana le commissaire, sarcastique. Vous avez procédé à des arrestations ? Non, bien sûr que non. Vous n'aviez pas tous les éléments en main. Laissez-moi vous en fournir quelques-uns, ça vous fera gagner du temps. Roberta Teys a tué son père. Elle lui a coupé la tête et s'est assise à côté du corps en attendant qu'on la découvre. Et toutes les saloperies de preuves que vous pourriez dénicher n'y pourront rien changer. Mais allez-y, mon vieux, fouillez si ça vous amuse. Vous n'obtiendrez rien de plus de moi. Et maintenant ôtez-vous de mon chemin.

Nies les bouscula, ouvrit la porte et se dirigea d'un pas rageur vers sa voiture dont on entendit bientôt rugir le moteur. Il fit hurler les vitesses et disparut.

★★★

Lynley regarda les deux femmes. Stepha était très pâle, Havers stoïque, mais toutes deux attendaient visiblement une réaction de sa part. Il s'aperçut alors qu'il était précisément incapable de réagir. Quels que fussent les démons qui poussaient Nies à se comporter de la sorte, il ne se sentait pas d'humeur à en parler. Il aurait bien aimé pouvoir lui coller des étiquettes : *paranoïaque, psychopathe, timbré* lui vinrent aussitôt à l'esprit. Mais il savait trop bien ce que c'était que d'être amené au point de rupture par une tension et une fatigue trop grandes pendant une enquête. Lynley voyait que Nies était à deux doigts de craquer : le stress que lui imposait la remise en cause de ses compétences par Scotland Yard était trop fort. Si l'accrochage qu'ils avaient eu cinq ans plus tôt pouvait procurer à Nies l'occasion de se soulager en l'insultant, tant mieux pour lui !

— Voulez-vous faire un saut dans ma chambre pour y prendre le dossier Teys, sergent ? demanda-t-il à Havers. Je l'ai laissé sur la commode.

Barbara le regarda d'un air hébété.

— Mais monsieur, le commissaire Nies vient de...

— Sur la commode, répéta Lynley.

Traversant la pièce, il s'approcha du tas de vêtements répandus par terre, ramassa la robe, et l'étendit, telle une tente privée de ses piquets, sur le canapé. C'était une robe en tissu imprimé pastel avec un col marin blanc et des manches longues agrémentées de poignets, blancs eux aussi. Il avait en main réfléciée son puis. Il n'y

La manche gauche, tachée, s'ornait d'une sorte de croûte brune. Une autre croûte maculait la jupe, des cuisses aux genoux. Le bas de la jupe était également éclaboussé de brun. Du sang.

Il tâta le tissu et en reconnut la texture : c'était du linon.

Avec la robe, il y avait des chaussures, de grandes chaussures noires crottées de boue, elles aussi tachetées de brun. Un jupon et des sous-vêtements complétaient le tout.

— C'est la robe qu'elle mettait pour aller à la messe, dit Stepha Odell, qui ajouta d'une voix sans timbre : Elle en avait deux. Une pour l'hiver et une pour le printemps.

— Sa plus belle robe ? s'enquit Lynley.

— Autant que je sache.

Il commençait à comprendre pourquoi les villageois refusaient obstinément de croire que Roberta avait commis le meurtre. Plus il avançait dans son enquête et moins sa culpabilité tenait debout. Havers revint avec le dossier, le visage dénué d'expression. Avant même de commencer à le feuilleter, il sut qu'il n'y découvrirait pas le renseignement qu'il cherchait. Il ne fut pas déçu : il ne s'y trouvait effectivement pas.

— Maudit soit ce type, murmura-t-il en consultant Barbara du regard. Il ne nous a pas communiqué l'analyse des taches.

— Pourtant il les a sûrement fait analyser.

— Sans aucun doute. Mais il n'a pas l'intention de nous faire connaître les résultats. Pas si ça peut nous faciliter le travail.

Lynley poussa un juron étouffé et replaça les vêtements dans leur carton.

— Que faire ? s'enquit Havers.

La réponse, Lynley la connaissait. Il avait besoin de Saint James, de son esprit précis, de ses compétences indiscutables. Il lui fallait un laboratoire où les tests puissent être effectués et un expert capable de les réaliser. Un véritable cercle vicieux car, de quelque côté qu'il se tournât, la piste le ramenait infailliblement vers Saint James.

Il contempla le carton éventré à ses pieds et s'accorda le fugace plaisir de maudire l'homme de Richmond. Webberly a commis une erreur, se dit-il. Je suis la dernière personne à qui il aurait dû confier cette affaire. Nies voit trop clairement dans ce choix la condamnation de Londres. Il voit en moi sa seule erreur grave.

Il réfléchit aux solutions qui s'offraient à lui. Il pouvait s'effacer pour laisser la place à un autre inspecteur. MacPherson pouvait parfaitement arriver ventre à terre à Keldale et régler l'affaire en quarante-huit heures. Seulement MacPherson travaillait sur les meurtres de l'Éventreur et il était inconcevable qu'on lui retirât une affaire nécessitant tout son savoir-faire sous prétexte que Nies avait du mal à digérer son passé. Il pouvait téléphoner à Kerridge. Après tout, Kerridge était le supérieur hiérarchique de Nies. Mais mêler à cette histoire un Kerridge qui brûlait du désir de rattraper l'erreur qu'il avait commise lors de l'affaire Romaniv était encore plus ridicule. En outre, Kerridge n'avait ni le dossier, ni les résultats des analyses, ni les dépositions. Tout ce qu'il avait, c'était une immense aversion pour Nies.

La situation était un maëlstrom d'ambitions déçues, d'erreurs et de désirs de vengeance. Ça le rendait malade rien que d'y penser.

Lynley vit qu'on posait un verre sur sa table. Il releva la tête, croisa le regard serein de Stepha.

— Une pinte d'Odell s'impose, remarqua-t-elle.

Il eut un rire bref.

— Sergent, ça vous dit ?

— Non, monsieur. (Au moment où il croyait que Barbara allait remettre ça avec ses jamais-pendant-le-service exaspérants, elle ajouta :) Mais je grillerais volontiers une cigarette si vous n'y voyez pas d'inconvénient.

Il lui tendit étui en or et briquet en argent.

— Prenez-en autant que vous voudrez.

Elle alluma sa cigarette.

— Roberta se serait mise sur son trente et un pour couper la tête de son papa ? Ça n'a pas de sens.

— La robe en a un, glissa Stepha.

— Comment ça ?

— C'était dimanche. Elle s'était préparée pour aller à la messe.

Lynley et Havers levèrent le nez, prenant conscience en même temps de la portée de la remarque de Stepha.

— Mais Teys a été tué dans la nuit de samedi, objecta Havers.

— Roberta a dû se lever comme d'habitude le dimanche matin, passer sa belle robe et attendre son père. (Lynley jeta un coup d'œil au vêtement qui gisait en tas dans le carton.) Comme il n'était pas à la maison, elle s'est dit qu'il était parti vaquer quelque part dans la propriété. Elle ne s'est pas inquiétée, persuadée qu'il reviendrait à temps pour l'emmener à l'église. Il n'avait jamais dû manquer l'office de sa vie. Mais en ne le voyant pas arriver, elle a commencé à se faire du souci, elle est sortie à sa recherche...

— ... et l'a trouvé dans l'étable, conclut Havers. Mais le sang sur sa robe... comment croyez-vous qu'elle...

— Elle devait être en état de choc. Elle a dû soulever le corps, le serrer contre elle.

— Un corps sans tête ! Comment aurait-elle pu...

Lynley poursuivit :

– Elle l'a reposé par terre et, toujours sous le choc, s'est assise là jusqu'à ce que le père Hart arrive et la découvre.

– Mais pourquoi avoir dit qu'elle l'avait tué ?

– Elle n'a jamais dit ça, rétorqua Lynley.

– Comment cela ?

– « C'est moi qui ai fait ça. Je ne regrette rien. » Voilà ses mots exacts, fit Lynley d'un ton empreint de fermeté.

– Pour moi ça équivaut à une confession.

– Pas forcément. (Il passa les doigts autour de la tache, nota la distance qui séparait les différentes éclaboussures.) Mais ça veut au moins dire une chose.

– Quoi ?

– Que Roberta sait qui a assassiné son père.

Lynley ouvrit les yeux en sursaut. La lumière de l'aube filtrait dans la pièce en raies délicates qui striaient le sol jusqu'au lit. Une brise glaciale agitait les rideaux, apportant avec elle trilles d'oiseaux et lointains bêlements de moutons. Mais de tout cela il n'avait cure. Allongé dans son lit, il n'éprouvait qu'un désespoir sans nom, un profond abattement et la flamme du désir. Il avait envie de se tourner sur le côté et de la trouver endormie près de lui, les paupières scellées par le sommeil, son opulente chevelure répandue sur les draps. Il brûlait d'envie de la réveiller, de goûter avec sa bouche et sa langue les changements subtils qui s'opéraient en elle et trahissaient son désir.

Il rejeta les couvertures. *C'est de la folie*, songea-t-il. Il commença à s'habiller machinalement, furieusement, enfilant ce qui lui tombait sous la main. Fuir, il lui fallait fuir.

Il attrapa un pull irlandais, sortit de la chambre en courant, dévala avec bruit l'escalier et se précipita dehors. C'est là qu'il finit par s'apercevoir qu'il était six heures et demie.

Une brume épaisse recouvrait le vallon, enveloppant les maisons et la rivière. A sa droite, la grand-rue, volets clos, était comme abandonnée. Nulle trace de l'épicier mettant en place ses cageots sur le trottoir. La vitrine de Sinji n'était pas éclairée, la chapelle wesleyenne fermée. Quant au salon de thé, il lui rendit son regard avec une absence totale d'intérêt.

Il marcha jusqu'au pont, perdit cinq minutes à jeter des cailloux dans la rivière avant de se laisser distraire par la vue de l'église.

Du haut de sa butte, Sainte-Catherine contemplait paisiblement le village. C'était exactement l'exorciste dont il avait besoin pour chasser les démons de son passé. Il se dirigea de ce côté.

C'était une bien belle petite église. Entourée d'arbres et d'un vieux cimetière croulant, elle dressait vers les cieux sa splendeur romane. L'abside en forme de conque abritait des vitraux, le clocher donnait asile à une froufroutante colonie de colombes. Il regarda un moment les oiseaux qui murmuraient au bord du toit, puis remonta le sentier de gravillons menant au porche d'entrée du cimetière. A peine l'eut-il franchi que la paix du cimetière fondit sur lui.

Sans but précis, il commença à errer au milieu des sépultures, jetant un coup d'œil aux inscriptions que les ravages du temps avaient presque effacées. Le cimetière humide de rosée était envahi par les mauvaises herbes. Les pierres tombales s'affaissaient au cœur d'une végétation touffue. La mousse tapissait les recoins qui ne voyaient jamais le soleil, les frondaisons abritaient les lieux où reposaient les défunts depuis longtemps oubliés.

Un peu plus loin, un étrange bouquet de cyprès aux troncs tordus veillait sur des pierres tombales couchées sur le flanc. Les contorsions troublantes et curieusement humanoïdes de ces arbres donnaient à croire qu'ils tentaient de protéger les sépultures qu'ils dominaient. Intrigué, il se dirigea de ce côté. Ce fut alors qu'il la vit.

Comme c'était bien d'elle d'avoir roulé les jambes de son jeans délavé, d'avoir retiré ses chaussures et de s'être risquée pieds nus dans la végétation haute et humide pour saisir les tombes sous le meilleur angle. Comme c'était caractéristique cette intense concentration qui la laissait indifférente à tout ce qui n'était pas son travail : la traînée de boue qui serpentait le long de sa jambe, de la cheville au mollet, la feuille rouge qui s'était accrochée dans ses cheveux, le fait enfin qu'il se tînt à moins de dix mètres d'elle, surveillant ses moindres mouvements et brûlant en vain de la voir redevenir ce qu'elle avait été pour lui autrefois.

Le brouillard bas dissimulait et révélait tour à tour le paysage. Le soleil matinal tachetait faiblement les pierres. Perché sur une tombe voisine, un oiseau curieux surveillait la scène de ses petits yeux vifs. Lynley n'avait de tout cela qu'une conscience vague, pourtant il savait qu'elle saisirait les moindres détails avec son objectif.

Il chercha du regard Saint James qui devait sûrement être assis à proximité, à regarder amoureusement sa femme travailler. Mais il n'y avait trace de lui nulle part. Elle était seule.

Il eut aussitôt l'impression que l'église l'avait trahi en lui promettant réconfort et paix. *C'est inutile. Deb,* songea-t-il en l'observant. *Je n'arrive pas à t'oublier. Je veux que tu le quittes, que tu le laisses tomber, que tu reviennes. Ta place est auprès de moi.*

Elle leva la tête, chassa les cheveux qui lui tombaient dans les yeux et l'aperçut.

A l'expression qui se peignit sur les traits de Deborah, il comprit qu'il aurait tout aussi bien pu dire tout haut ce qu'il pensait tout bas, car elle avait tout de suite compris.

– Oh, Tommy.

Bien sûr, elle n'était pas du genre à faire semblant. Elle n'était pas, comme Helen, du genre à caqueter pour meubler un silence embarrassant. Non. Elle se mordit la lèvre, comme s'il l'avait frappée, et se tourna vers son appareil pour effectuer d'inutiles réglages.

Il la rejoignit.

– Je suis désolé.

Elle continua de tripoter futilement son matériel, tête baissée, cheveux masquant son visage.

– Je n'arrive pas à oublier. J'essaye, mais je n'y arrive pas.

Deborah s'était détournée et semblait examiner la courbe des collines.

– J'ai beau me répéter que ça s'est terminé de la meilleure façon possible pour nous tous, je n'y crois pas. Je t'aime toujours, Deb.

Le visage crayeux, les yeux brillant de larmes, elle se tourna vers lui :

– Il ne faut pas. Il faut que tu acceptes.

– Mon intellect l'accepte. Mais le reste ne suit pas.

Une larme roula le long de la joue de Deborah. Il tendit la main pour l'essuyer mais, se ravisant, laissa retomber son bras.

– Je me suis réveillé ce matin avec une telle envie de te faire l'amour que je me suis dit que si je ne sortais pas immédiatement, j'allais me mettre à grimper aux murs comme un adolescent frustré. Je pensais que l'église agirait sur moi comme un baume. Je ne pouvais pas me douter que je te trouverais errant dans le cimetière aux aurores. (Il jeta un coup d'œil à son matériel.) Qu'est-ce que tu fais ici ? Où est Simon ?

– Il est resté au château. Je... je suis tombée du lit et je suis sortie faire un tour dans le village.

L'explication sonnait faux.

– Il est souffrant ? s'enquit vivement Lynley.

Elle scruta les branches des cyprès.

Un changement de rythme dans la respiration de Simon l'avait réveillée en sursaut peu avant six heures. Il était couché dans une immobilité telle que, l'espace d'un instant, elle l'avait cru mourant. Il respirait avec tant de précaution qu'elle avait compris aussitôt que sa seule pensée avait été de ne pas la tirer du sommeil. Mais quand elle lui avait pris la main, les doigts de Simon s'étaient refermés comme des tenailles sur les siens.

– Laisse-moi aller te chercher ton médicament, avait-elle chuchoté.

Après quoi, elle l'avait regardé, les mâchoires serrées, lutter pour surmonter la douleur.

– Est-ce que tu pourrais... une petite heure, mon amour?

Ce pan de son existence ne supportait pas de témoin. C'était un aspect de sa vie qu'elle ne pourrait jamais partager avec lui. Elle l'avait laissé seul.

– Il a... il n'était pas bien ce matin.

Les paroles de Deborah frappèrent Lynley de plein fouet. Il comprenait tellement bien ce qu'elles impliquaient.

– Seigneur, il n'y a pas moyen d'y échapper, n'est-ce pas? fit-il amèrement. Ça aussi, ça fait partie de l'addition.

– Non! s'écria-t-elle, horrifiée. Ne dis pas ça! Jamais! Je te défends de te torturer de la sorte! Ce n'est pas ta faute!

Elle avait parlé très vite, sans vraiment penser à l'effet que ses paroles produiraient sur Lynley. Elle comprit soudain qu'elle en avait trop dit – beaucoup plus qu'elle n'avait eu l'intention d'en dire. Aussi se remit-elle à tripoter son matériel, le démontant cette fois, ôtant l'objectif du boîtier, et le boîtier du pied, rangeant toutes ses affaires.

Il l'observa sans mot dire. Ses mouvements étaient saccadés, comme ceux d'un vieux film qu'on passe à la mauvaise vitesse. S'en rendant compte peut-être et comprenant ce que son désarroi avait de révélateur, elle s'arrêta, tête baissée, une main sur les yeux. Un rayon de soleil éclairait ses cheveux. Des cheveux couleur d'automne. Mort de l'été.

– Simon est resté à Keldale Hall? Tu l'as laissé là-bas, Deb?

Ce n'était pas exactement ce qu'il avait envie de savoir mais il sentait que c'était de ça qu'elle avait besoin de lui parler.

– Il voulait... C'est la douleur. Il ne veut pas que je le voie souffrir. Il pense me protéger en me demandant de le laisser seul. (Elle leva les yeux, contempla le ciel, comme pour y chercher un signe quelconque. Il vit bouger les muscles délicats de son cou.) Être séparée de lui comme ça, c'est dur. Je ne supporte pas.

– C'est parce que tu l'aimes, fit Lynley.

Elle le dévisagea un instant avant de répondre:

– Oui, je l'aime, Tommy. Je l'aime comme un autre moi-même. Il fait partie de mon âme. (De la main, elle lui effleura imperceptiblement le bras.) Je veux que tu trouves quelqu'un que tu puisses aimer de cette façon. C'est ce dont tu as besoin. Ce que tu mérites. Mais je... je ne puis être ce quelqu'un pour toi. Et je ne veux pas l'être.

Il blêmit en entendant ces mots: ils semblaient si définitifs que le désespoir l'envahit. Cherchant à se donner une contenance, il jeta un coup d'œil à la tombe qui était à leurs pieds.

– Est-ce là que tu puises ton inspiration matinale? s'enquit-il d'un ton léger.

– Oui, fit-elle, calquant délibérément son ton sur le sien. A force d'entendre parler du bébé de l'abbaye, je me suis dit que je ferais bien de venir jeter un coup d'œil à sa tombe.

– « Comme la fumée la flamme », lut-il. Étrange épitaphe pour un nouveau-né.

– J'aime assez Shakespeare, déclara une petite voix derrière eux.

Ils pivotèrent. Le père Hart, tel un gnome dans sa soutane et son surplis, se tenait sur les gravillons de l'allée à quelques pas d'eux, les mains croisées sur l'estomac. Il avait réussi à s'approcher sans bruit, à la manière d'une apparition jaillissant du brouillard.

– Il n'y a rien de tel que Shakespeare dès lors qu'il s'agit d'orner une sépulture. C'est éternel et poétique. Il a l'art de donner un sens à la vie et à la mort.

Il tapota les poches de sa soutane et sortit un paquet de Dunhill. Il en alluma une et éteignit l'allumette entre ses doigts avant de la fourrer dans sa poche. Le geste était machinal, accompli comme dans un rêve.

Lynley remarqua que le vieil homme avait le teint cireux et les yeux chassieux.

– Voici Mrs Saint James, père Hart, dit-il doucement. Elle est venue photographier votre tombe la plus célèbre.

Le père Hart s'arracha à sa rêverie.

– La plus célèbre...? (Perplexe, il regarda ses deux interlocuteurs avant de porter sur la sépulture des yeux qui se voilèrent. Il laissa sa cigarette se consumer entre ses doigts jaunes de nicotine.) Ah, oui, je vois. (Il fronça les sourcils.) Quelle chose horrible! Avoir abandonné un nouveau-né tout nu pour le laisser mourir de froid. J'ai dû solliciter une autorisation spéciale pour l'enterrer ici, pauvre petite chose.

– Une autorisation spéciale?

– Elle n'était pas baptisée. Mais je l'appelle Marina. (Il cilla, passa à autre chose.) Si ce sont vraiment des tombes célèbres que vous êtes venue voir, Mrs Saint James, il vous faut visiter la crypte.

– On se croirait dans Edgar Poe, remarqua Lynley.

– Pas du tout. Ceci est un endroit sacré.

Le prêtre jeta sa cigarette et l'écrasa. Il se baissa avec naturel pour ramasser le mégot et le fourrer dans sa poche, puis il se mit en route vers l'église.

Lynley prit le matériel photographique de Deborah et ils lui emboîtèrent le pas.

– C'est là qu'est enterré saint Cedd, disait le père Hart. Entrez donc. Je m'apprêtais à dire la messe, mais je vais d'abord vous faire faire le tour de la crypte. (Il ouvrit les portes de l'église à l'aide d'une énorme clé et leur fit signe d'entrer.) Il n'y a pas foule pour entendre la messe en semaine. Les gens ne se dérangent plus guère que le dimanche. William Teys était bien le seul de mes paroissiens à assister à l'office tous les jours. Maintenant qu'il n'est plus là... je me retrouve seul plus souvent qu'à mon tour.

– Vous étiez très amis, je crois, n'est-ce pas ? s'enquit Lynley.

La main du prêtre voleta au-dessus du commutateur.

– Il était pour moi comme... un fils.

– Vous parlait-il de ses problèmes de sommeil ? Du besoin qu'il avait de prendre des somnifères ?

La main voleta de nouveau. L'ecclésiastique hésita. Trop longtemps, estima Lynley, qui changea de place dans la pénombre afin de mieux distinguer les traits du vieil homme. Le prêtre avait les yeux braqués sur l'interrupteur mais ses lèvres remuaient. On aurait dit qu'il priait.

– Ça va, père Hart ?

– Je... oui, ça va. Je... le souvenir de William me hante. (Le prêtre fit un effort sur lui-même pour se ressaisir, comme quelqu'un qui rassemble en un tas approximatif les pièces éparses d'un puzzle.) William était quelqu'un de bien, inspecteur, mais c'était une âme inquiète. Il... il ne s'est jamais ouvert à moi de ses problèmes de sommeil, mais je ne suis pas autrement surpris d'apprendre qu'il en avait.

– Pourquoi ?

– Parce que, contrairement à nombre d'âmes troublées qui noient leur angoisse dans l'alcool et s'arrangent pour fuir leurs difficultés d'une façon ou d'une autre, William les abordait de front et faisait de son mieux pour les résoudre. C'était un homme solide et un brave garçon, mais il avait de lourds fardeaux à porter.

– Comme la désertion de Tessa, suivie de la fuite de Gillian ?

A l'énoncé du second prénom, le prêtre ferma les yeux. Il déglutit avec peine.

– Le départ de Tessa lui a fait beaucoup de mal, mais celui de Gillian l'a anéanti. Il n'a plus jamais été le même après cela.

– A quoi ressemblait-elle ?

– A... un ange, inspecteur. Un rayon de soleil. (La main tremblante, il donna de la lumière et, du doigt, désigna l'église.) Eh bien, qu'est-ce que vous en pensez ?

Ça n'avait décidément rien à voir avec l'intérieur d'une église de campagne. Les églises villageoises sont en général petites, carrées, essentiellement fonctionnelles, dénuées de couleurs, de lignes et de beauté. Mais celle-ci n'était rien de tout cela. Celui qui l'avait édifiée s'était à l'évidence inspiré des cathédrales, car deux énormes piliers à l'extrémité ouest avaient été élevés pour supporter un toit autrement plus important que celui de Sainte-Catherine.

– Ah, vous avez remarqué, murmura le père Hart en suivant la direction du regard de Lynley, qui naviguait des piliers à l'abside. C'était là qu'aurait dû être construite l'abbaye : Sainte-Catherine aurait dû être la grande église abbatiale. Mais, au terme du conflit qui les opposait, les moines décidèrent de construire l'abbaye près de Keldale Hall. Ce fut une décision miraculeuse.

– Miraculeuse ? fit Deborah.

– Absolument. S'ils avaient construit l'abbaye ici, où se trouvent les restes de saint Cedd, elle aurait été détruite au temps d'Henry VIII. Vous vous rendez compte, il ne serait pas resté pierre sur pierre de l'église où saint Cedd est enterré ! fit le prêtre, d'une voix révoltée. Vous ne m'ôterez pas de l'idée que c'est Dieu qui a fait éclater la querelle qui a divisé les moines. Comme les fondations de cette église étaient déjà faites et la crypte terminée, il n'y avait pas de raison d'exhumer le corps du saint : aussi le laissèrent-ils dans la crypte auprès d'une petite chapelle. (Il se dirigea avec une pénible lenteur vers un escalier de pierre qui s'enfonçait dans les ténèbres.) Par ici, leur dit-il en les invitant d'un geste à le suivre.

La crypte formait comme une seconde église – mais miniature celle-là – au cœur de Sainte-Catherine. Elle était voûtée selon le style roman et ses piliers étaient maigrement décorés. A son extrémité, un simple autel de pierre était orné de deux cierges et d'un crucifix ; sur les côtés, des alignements de pierres provenant d'une version antérieure de l'église étaient là pour l'éternité. C'était un lieu faiblement éclairé et fleurant la glaise, où flottait une forte odeur de renfermé. Les murs étaient verdis par l'humidité.

Deborah frissonna.

– Pauvre homme. Il fait si froid dans cet endroit. Il aurait sûrement préféré être enterré dehors, quelque part au soleil.

– Il est plus en sûreté ici, fit le prêtre.

Il se dirigea vers la grille de l'autel, s'agenouilla et passa quelques instants à méditer.

Lynley et Deborah l'observèrent. Ils virent les lèvres de l'ecclésiastique remuer puis se figer comme s'il communiait avec un dieu inconnu. Sa prière terminée, il se remit debout avec un sourire angélique.

– Je lui parle tous les jours, murmura le père Hart. Car nous lui devons tout.

– Comment cela ? questionna Lynley.

– Il nous a sauvés. Il a sauvé le village, l'église, il a permis au catholicisme de survivre à Keldale.

Le visage du vieil ecclésiastique s'éclaira.

– L'homme lui-même ou ses reliques ? s'enquit Lynley.

– L'homme, sa présence, ses reliques, tout. (Le prêtre étendit les bras, enveloppant dans un grand geste la crypte tout entière, et la jubilation aidant, sa voix s'enfla.) Il a donné aux habitants de Keldale le courage de rester fidèles à leur foi, inspecteur, de rester fidèles à Rome, pendant l'époque terrible de la Réforme. Les prêtres se réfugiaient ici même. L'escalier était dissimulé sous un faux plancher et les prêtres du village restèrent cachés dans la crypte pendant des années. Mais le saint était avec eux, et Sainte-Catherine ne tomba jamais entre les mains des protestants. (Il en avait les larmes aux yeux. Il fouilla dans sa poche à la recherche de son mouchoir.) Vous... Je suis... excusez-moi. Quand je parle de saint Cedd... c'est un tel privilège d'avoir ses reliques ici. De pouvoir communier avec lui. Je ne suis pas certain que vous compreniez.

Être sur un tel pied d'intimité avec un saint, c'était manifestement trop pour le vieil homme. Lynley s'empressa de faire diversion :

— Les sculptures qui ornent les confessionnaux que nous avons vus là-haut ont un air élisabéthain, dit-il avec gentillesse. Est-ce qu'elles datent de cette époque ?

L'ecclésiastique s'essuya les yeux, s'éclaircit la gorge et les gratifia d'un sourire incertain.

— Oui. A l'origine elles n'étaient pas destinées à des confessionnaux, d'où leur caractère païen. On ne s'attend pas à voir des jeunes gens et des jeunes femmes enlacés s'adonnant aux joies de la danse orner des édifices religieux, mais ces panneaux sont ravissants, n'est-ce pas ? Dans cette partie de l'église, la lumière n'est pas assez forte pour que les pénitents distinguent clairement les portes. Certains doivent penser que les sculptures représentent les Hébreux livrés à eux-mêmes pendant que Moïse montait sur le Sinaï.

— Que représentent-elles en fait ? s'enquit Deborah tandis qu'à la suite du petit prêtre ils gravissaient l'escalier pour regagner l'église.

— Une bacchanale païenne, j'en ai peur, répondit-il avec un sourire d'excuse.

Là-dessus, il prit congé et disparut par une porte sculptée près de l'autel.

Ils regardèrent la porte se refermer sur lui.

— Voilà un étrange petit homme. Comment l'as-tu connu, Tommy ?

Lynley emboîta le pas à Deborah et ils se retrouvèrent dehors, à la lumière.

— Il est venu au Yard nous apporter tous les éléments qu'il possédait sur l'affaire Teys. C'est lui qui a trouvé le corps.

Tandis qu'il la mettait brièvement au courant, elle l'écoutait comme elle l'avait toujours fait, ses yeux verts dardés sur lui.

– Nies! s'écria-t-elle lorsqu'il eut terminé son compte rendu. Quelle horreur! Tommy, ce n'est pas juste!

C'était bien d'elle, songea-t-il, d'aller droit à l'essentiel, de distinguer sous l'accessoire le problème qui le préoccupait le plus dans cette affaire.

– Webberly s'est imaginé que ma présence le rendrait plus coopératif, Dieu sait pourquoi, dit-il sèchement. Malheureusement, je semble avoir l'effet inverse sur lui.

– Mais c'est affreux pour toi! Après ce que Nies t'a fait subir à Richmond, comment ont-ils pu te confier cette enquête? Ne pouvais-tu refuser de t'en charger?

L'indignation de Deborah lui arracha un sourire.

– En règle générale, on ne nous laisse pas le choix, Deb. Puis-je te ramener au château?

– Oh non, ce n'est pas la peine, fit-elle aussitôt. J'ai...

– Bien sûr. Où avais-je la tête...

Lynley posa la sacoche contenant le matériel de photo de Deborah et, l'air morne, observa les colombes qui lissaient leurs plumes sur le clocher de l'église. Elle lui effleura le bras.

– Ce n'est pas ce que tu crois, dit-elle doucement. J'ai laissé ma voiture à deux pas d'ici. Tu n'as pas dû la remarquer.

Il la vit, en effet. C'était une Escort bleue garée sous un marronnier qui tapissait le sol de feuilles d'automne. Il prit la sacoche et la porta jusqu'à la voiture. Elle le suivit à quelques pas.

Elle ouvrit le coffre et le regarda y déposer la sacoche. Elle prit tout son temps pour s'assurer que le matériel ne risquait pas d'être renversé pendant le bref trajet. Et, lorsqu'il lui fut impossible de faire autrement, elle leva ses yeux vers les siens.

Il l'observait, examinant ses traits avec ferveur comme si elle s'apprêtait à disparaître à jamais et que tout ce qui lui resterait serait cette image d'elle à ce moment précis.

– Je me souviens de l'appartement de Paddington, murmura-t-il. Et du temps où je t'y faisais l'amour l'après-midi.

– Je n'ai pas oublié, Tommy.

Sa voix était tendre. Pour une raison qu'il ne put s'expliquer, cela ne fit que lui faire plus de mal. Il détourna les yeux.

– Lui diras-tu que tu m'as vu?

– Bien sûr que je le lui dirai.

– Tu lui diras de quoi nous avons parlé?

– Simon sait ce que tu ressens. Il est ton ami. Et moi aussi.

– Je ne veux pas de ton amitié, Deborah.

– Je sais. Mais j'espère que tu l'accepteras un jour. Tu pourras compter dessus le jour où tu changeras d'avis.

Il sentit de nouveau la pression de ses doigts sur son bras, puis plus rien. Elle ouvrit la portière, se glissa dans la voiture et s'en fut.

Seul, il reprit le chemin de l'auberge, sentant le poids de la tristesse s'abattre sur ses épaules. Il était parvenu à la hauteur de la maison d'Olivia Odell lorsque la porte du jardin s'ouvrit.

Une petite silhouette dévala les marches d'un air décidé, suivie quelques instants plus tard par son canard.

— Attends-moi ici, Dougal! cria Bridie. Maman a mis ta pâtée dans l'appentis hier.

Incapable de négocier les marches, le col-vert s'assit patiemment tandis que la fillette ouvrait laborieusement la porte de l'appentis et s'y engouffrait. Elle en ressortit quelques instants plus tard, traînant un gros sac derrière elle. Lynley remarqua qu'elle portait un uniforme tout froissé et pas vraiment propre.

— Bonjour, Bridie, fit-il.

Elle leva vivement la tête. Ses cheveux avaient l'air moins hirsutes que la veille. Il se demanda qui avait réussi cet exploit.

— Faut que je donne à manger à Dougal, expliqua-t-elle. Et aussi que j'aille à l'école. Je déteste l'école.

Il la rejoignit dans la cour. Le canard le regarda approcher avec méfiance, un œil sur lui et l'autre sur son petit déjeuner. Bridie versa par terre une portion gigantesque et l'animal se mit à battre des ailes avec entrain.

— OK, Dougal, tu peux y aller, fit Bridie. (Attrapant le volatile à pleins bras, elle lui fit descendre l'escalier et le déposa sur le sol humide, le regardant avec attendrissement se jeter sur la nourriture.) C'est le petit déjeuner qu'il préfère, confia-t-elle à Lynley, prenant place sur la première marche.

Le menton appuyé sur les genoux, elle contempla le col-vert d'un air d'adoration. Lynley vint s'asseoir près d'elle.

— Tes cheveux sont bien comme ça, remarqua-t-il. C'est Sinji qui les a arrangés?

Elle secoua la tête, les yeux toujours sur le canard.

— Non. C'est tante Stepha.

— Vraiment? Elle a bien travaillé.

— Pour ce genre de choses, elle est forte, convint Bridie, laissant entendre qu'il y en avait d'autres pour lesquelles tante Stepha n'était pas douée. Mais maintenant il faut que j'aille en classe. Hier, maman n'a pas voulu que j'y aille. Elle a dit que c'était trop humiliant. (Bridie hocha la tête d'un air de mépris.) Ce sont mes cheveux, pas les siens, ajouta-t-elle, pratique.

— Les mères prennent souvent les choses un peu trop à cœur, tu n'as pas remarqué?

— Dommage qu'elle n'ait pas réagi comme tante Stepha. Elle s'est contentée de rire quand elle m'a vue. (Dégringolant l'escalier, elle alla remplir d'eau une casserole.) Tiens, Dougal, appela-t-elle.

Le canard l'ignora. Il y avait une chance pour qu'on lui retire sa nourriture s'il ne l'avalait pas aussi vite que possible, et Dougal n'était pas un canard qui prenait des risques. L'eau pouvait attendre. Bridie rejoignit Lynley. Ensemble, ils regardèrent le volatile s'empiffrer. Bridie poussa un gros soupir. Elle se mit à inspecter le bout éraflé de ses chaussures et les frotta sans succès avec son doigt sale.

– Je sais pas pourquoi il faut que j'aille à l'école. William n'y est jamais allé.

– Jamais ?

– Eh ben... pas après l'âge de douze ans. Si maman avait épousé William, j'aurais pas été obligée d'aller en classe. Bobba n'y a jamais mis les pieds, elle.

– Jamais ?

– William ne l'a jamais obligée à y aller après ses seize ans, corrigea Bridie. Je sais pas comment je vais faire s'il faut que j'attende d'avoir seize ans. Maman m'obligera à y aller. Elle veut que j'aille à l'université, mais moi j'ai pas envie.

– Que veux-tu faire ?

– M'occuper de Dougal.

– Ah. Ce n'est pas qu'il n'ait pas l'air en parfaite santé, Bridie, mais les canards ne sont pas éternels. Il est préférable d'avoir une solution de rechange.

– Je pourrais aider tante Stepha.

– A l'auberge ?

Elle hocha la tête. Dougal, qui avait fini son petit déjeuner, buvait, le bec plongé dans la casserole d'eau.

– J'ai beau le dire à maman, elle veut pas en entendre parler. « Il n'est pas question que tu passes ta vie dans cette auberge », fit-elle, imitant de façon troublante la voix d'Olivia Odell. (Elle secoua la tête d'un air sombre.) Si William et maman s'étaient mariés, ç'aurait été différent. J'aurais pu quitter l'école et étudier à la maison. William était très intelligent, il aurait pu me servir de professeur. Il l'aurait fait, j'en suis sûre.

– Comment le sais-tu ?

– Parce qu'il nous faisait toujours la lecture, à Dougal et à moi. (A l'énoncé de son nom, le canard s'approcha d'eux en se dandinant.) Il nous lisait la Bible. (Bridie frotta une de ses chaussures contre sa chaussette pour la faire briller.) J'aime pas tellement la Bible et encore moins l'Ancien Testament. D'après William, c'est parce que je comprenais pas. Il disait à maman de me faire suivre des cours d'instruction religieuse. Il était rudement gentil et il m'expliquait toutes sortes d'histoires, mais je les comprenais pas bien. C'est parce que dans ses histoires, les menteurs, ils étaient jamais punis.

– Comment cela ? fit Lynley dont les connaissances en matière d'instruction religieuse étaient fort limitées.

– Tout le monde mentait toujours à tout le monde. Dans ses histoires, en tout cas. Et on leur disait pas que c'était pas bien.

– Ah, je vois. (Lynley considéra le col-vert, qui examinait ses lacets d'un bec intéressé.) Les choses sont un peu symboliques dans la Bible, dit-il d'un ton léger. Que lisiez-vous d'autre ?

– Rien. Seulement la Bible. C'est tout ce que William et Bobba lisaient, je crois. J'ai essayé de m'y mettre, mais j'aimais pas trop ça. Je l'ai jamais dit à William car il s'efforçait d'être gentil et je voulais pas être mal polie. Je crois qu'il essayait de faire connaissance avec moi, ajouta-t-elle, sagace. Parce que s'il avait épousé maman, j'aurais tout le temps été là.

– Tu voulais qu'il épouse ta maman ?

Elle prit le canard dans ses bras et le posa sur la marche entre eux. Avec un regard neutre à Lynley, Dougal entreprit de se lisser les plumes.

– Papa me faisait la lecture, fit Bridie en guise de réponse. (Elle avait baissé la voix et se concentrait sur ses chaussures.) Et après, il est parti.

– Parti ?

Lynley se demanda si c'était un euphémisme pour parler de sa mort.

– Un jour il est parti. (Bridie posa la joue sur son genou, serra le canard contre elle, et regarda fixement la rivière.) Il ne m'a même pas dit au revoir. (Elle se tourna et piqua un baiser sur la tête soyeuse du volatile qui lui donna de petits coups de bec sur la joue.) Moi, j'aurais dit au revoir, chuchota-t-elle.

– Utiliseriez-vous le mot ange ou rayon de soleil pour décrire quelqu'un qui buvait, jurait et faisait la vie ? s'enquit Lynley.

Le sergent Havers leva le nez de ses œufs matinaux, remua le sucre dans son café et réfléchit.

– Ça dépend du sens qu'on donne au mot pluie, non ?

Il sourit.

– Oui, sûrement.

Repoussant son assiette, il examina pensivement Barbara. Elle avait l'air rudement bien ce matin : il y avait une touche de couleur sur ses paupières, ses joues et ses lèvres, et ses cheveux bouclaient imperceptiblement. Même sa tenue vestimentaire s'était améliorée, car elle portait une jupe de tweed marron et un pullover assorti qui, s'ils n'étaient pas de la teinte convenant le mieux à son teint, étaient nettement mieux que l'horrible tailleur bleu d'hier.

– Pourquoi cette question ? fit-elle.

– Selon Stepha, Gillian menait une vie de patachon. Elle buvait.

– Et elle cavalait.

– Oui. Mais pour le père Hart c'était un ange et un rayon de soleil.

– C'est bizarre.

– Il a ajouté que Teys avait été anéanti quand elle s'est enfuie.

Havers fronça ses épais sourcils et, sans réfléchir, versa à Lynley une seconde tasse de café.

– Voilà qui explique la disparition de ses photos, n'est-ce pas ? William Teys avait consacré sa vie à ses filles et voyez comment il en est récompensé : l'aînée se volatilise dans la nuit.

Les quatre derniers mots rappelèrent quelque chose à Lynley. Il se mit à fouiller dans le dossier posé sur la table du petit déjeuner et en sortit le cliché de Russell Mowrey que Tessa leur avait remis.

– J'aimerais que vous vous promeniez dans le village avec ceci aujourd'hui.

Havers prit la photographie, l'air intrigué.

– Ne m'avez-vous pas dit qu'il était à Londres ?

– Maintenant, oui. Mais il n'y était pas forcément il y a trois semaines. Si Mowrey est venu ici, il aura demandé son chemin pour se rendre à la ferme. Quelqu'un l'aura vu. Renseignez-vous auprès des commerçants de la grand-rue et auprès des clients des pubs. Poussez aussi jusqu'au chateau. Si personne ne l'a aperçu...

– Ça nous ramène à Tessa, finit-elle.

– Ou à quelqu'un d'autre ayant un mobile. Et là, il y a plusieurs possibilités.

**

Madeline Gibson vint ouvrir en entendant Lynley frapper. Pour arriver jusqu'à la porte, le policier avait dû enjamber deux enfants en train de se battre dans le jardin qui semblait avoir été ravagé par la guerre, contourner un tricyle cassé et une poupée démembrée, éviter une assiette d'œufs au plat en train de se figer abandonnée sur les marches du perron. Elle examina tout cela d'un air d'ennui et ajusta le peignoir vert émeraude sur ses seins hauts et pointus. Elle était manifestement nue dessous et ne chercha pas à lui cacher qu'il n'aurait pu tomber plus mal.

– Dick! appela-t-elle, son regard provocant braqué sur Lynley. Range ton outil. C'est Scotland Yard. (Elle gratifia Lynley d'un sourire languissant et ouvrit plus grand la porte.) Entrez donc, inspecteur.

181

Le laissant dans l'étroite entrée au milieu des jouets et des vêtements sales, elle se dirigea nonchalamment vers l'escalier.

– Dick! appela-t-elle de nouveau.

Elle se retourna, les bras croisés sur la poitrine, les yeux plantés dans ceux de Lynley. Un sourire jouait sur ses traits. Un genou et une cuisse au galbe fuselé émergeaient des plis du satin.

Il y eut du remue-ménage à l'étage au-dessus, suivi de grommellements masculins et Richard Gibson fit son apparition. Il descendit bruyamment les marches et aperçut sa femme.

– Bon Dieu, Madeline, mets-toi donc des fringues sur le dos.

– Faudrait savoir, il y a cinq minutes tu me demandais de les enlever, répliqua-t-elle en l'enveloppant d'un regard entendu. (Elle se mit à monter l'escalier en exhibant complaisamment son corps mince.)

Gibson l'observa d'un air amusé.

– Vous devriez la voir quand elle en veut *vraiment,* confia-t-il. Là, elle fait rien que s'amuser.

– Ah, oui. Je vois.

Le fermier éclata de rire.

– C'est le seul moyen de la rendre heureuse, inspecteur. Pendant un moment, du moins. (Il examina le chaos qui régnait dans le cottage et ajouta :) Allons dehors.

Lynley, qui trouvait que le jardin était un endroit pire encore que le cottage pour bavarder, jugea préférable de se taire et emboîta le pas au maître de maison.

– Allez voir votre mère, ordonna Gibson aux deux gamins qui se battaient comme des chiffonniers.

Du bout du pied, il poussa l'assiette au bord de la marche. Aussitôt, le chat pelé de la famille sortit de sous un buisson et commença à dévorer œufs et toast. Sa façon de manger, vorace et subreptice, était celle d'un nécrophage et Lynley ne put s'empêcher de penser à la femme qui était à l'étage au-dessus.

– J'ai vu Roberta hier, annonça-t-il à Gibson.

Ce dernier s'était assis sur une marche et laçait ses brodequins.

– Comment va-t-elle? Mieux?

– Non. Vous ne m'avez pas dit lors de notre premier entretien que vous aviez fait le nécessaire pour que Roberta soit admise à l'asile, Mr Gibson.

– Vous ne m'avez pas posé la question, inspecteur. (Ayant fini d'attacher ses chaussures, il se mit debout.) Vous vous attendiez à ce que je la laisse entre les mains de la police à Richmond?

– Pas spécialement. Vous êtes-vous également occupé de lui procurer un avocat?

Gibson fut manifestement surpris par la question. Ses paupières tremblotèrent et il mit un certain temps à rentrer sa chemise de flanelle dans son jean.

– Un avocat ? Non, répondit-il après une pause.

– Bizarre que vous ayez fait le nécessaire pour la faire entrer à l'hôpital et que vous ne vous soyez pas préoccupé de ses intérêts sur le plan juridique. Bizarre et commode aussi, non ?

La mâchoire de Gibson se durcit.

– Je ne dirais pas ça.

– Pouvez-vous vous expliquer, alors ?

– Je ne crois pas avoir à vous fournir des explications, fit Gibson, laconique. Mais il me semble que les problèmes psychologiques de Bobby étaient un tantinet plus urgents que ses problèmes juridiques.

Sa peau boucanée avait foncé.

– Vraiment ? Et si on la juge irresponsable – ce qui se produira certainement –, vous vous retrouvez dans une situation confortable, n'est-ce pas ?

Gibson lui fit face.

– Bon Dieu, oui, rétorqua-t-il, furieux. Libre de prendre possession de cette saloperie de ferme, libre de disposer de cette bon dieu de maison, libre de culbuter ma putain de femme sur la table de la cuisine si ça me chante. Et tout ça sans avoir Bobby dans les pattes. C'est ce que vous vouliez m'entendre dire, inspecteur ? (Il avança le visage d'un air belliqueux, mais voyant que Lynley ne réagissait pas, il recula et poursuivit sur un ton qui n'avait rien perdu de sa violence.) J'en ai ras-le-bol que les gens s'imaginent que je ferais du mal à Bobby, ou qu'ils pensent que Madeline et moi serions trop heureux de la voir enfermée pour le restant de ses jours. Vous croyez que je ne sais pas que c'est ce que tout le monde croit ? Vous vous figurez que Madeline ne le sait pas ? (Il eut un rire amer.) Non, je ne lui ai pas procuré d'avocat. Mais je m'en suis pris un pour moi. Et s'il y a moyen de la faire déclarer irresponsable par un psychiatre, j'ai bien l'intention de le faire. Vous croyez que c'est pire que de la voir finir en prison ?

– Ainsi vous êtes persuadé qu'elle a tué son père ? s'enquit Lynley.

Gibson se voûta.

– Je ne sais que croire. Tout ce que je sais, c'est que Bobby n'est plus la fille qu'elle était lorsque j'ai quitté Keldale. Celle-là n'aurait pas fait de mal à une mouche. Mais la nouvelle Bobby... est une étrangère.

– Cela a peut-être un rapport avec la disparition de Gillian.

– Gillian ? (Gibson rit, incrédule.) Je dirais que le départ de Gilly a été un immense soulagement pour tout le monde.

– Pourquoi ?

– Disons que Gilly était en avance pour son âge. (Il se retourna pour jeter un coup d'œil à la maison.) Disons qu'à côté d'elle,

Madeline aurait pu passer pour la Sainte Vierge. Est-ce que je me fais bien comprendre ?

– Parfaitement. Elle vous a entrepris ?

– Vous êtes direct, vous! Donnez-moi une sèche et je vous raconterai toute l'histoire.

Il alluma la cigarette que Lynley lui avait offerte et contempla les champs de l'autre côté de la rue. Au-delà, le sentier menant à la lande de High Kel serpentait à travers les arbres.

– J'avais dix-neuf ans lorsque j'ai quitté Keldale, inspecteur. Je n'avais pas la moindre envie de me tirer. Dieu sait que c'était même la dernière chose dont j'avais envie. Mais je savais que si je ne mettais pas les bouts, ça finirait par barder.

– Vous avez couché avec votre cousine Gillian avant de partir ?

Gibson poussa un grognement.

– Pas exactement. Couché n'est pas vraiment le mot que j'utiliserais avec une fille comme Gilly. C'est pratiquement elle qui faisait tout. La passivité, ce n'était pas son genre, inspecteur. Elle vous mignotait et vous manœuvrait un homme... mieux qu'une professionnelle. Elle me rendait dingue quatre fois par jour.

– Quel âge avait-elle ?

– Douze ans le jour où elle commença à me regarder d'un drôle d'air, treize la première fois qu'elle... exerça sur moi ses talents. Pendant les deux années qui suivirent, elle s'employa à me rendre cinglé.

– Vous voulez dire que vous avez quitté Keldale pour lui échapper ?

– Je n'ai pas l'âme noble à ce point. Je me suis tiré pour échapper à William. Il n'aurait pas tardé à découvrir le pot aux roses. Je ne voulais pas qu'il nous pince. Je voulais que ça finisse.

– Pourquoi ne pas vous être contenté d'en parler à Teys ?

Les yeux de Gibson s'écarquillèrent.

– William était persuadé qu'aucune de ses filles ne pouvait faire le mal. Comment étais-je censé lui dire que Gilly, la prunelle de ses yeux, se frottait contre moi comme une chatte en chaleur et m'entreprenait comme une pute ? Jamais il ne l'aurait cru. J'avais du mal à y croire moi-même, la plupart du temps.

– Elle est partie de Keldale un an après vous, n'est-ce pas ?

Gibson jeta sa cigarette dans la rue.

– C'est ce qu'on m'a dit.

– L'avez-vous revue ?

Le regard du fermier se fit lointain.

– Jamais, répondit-il. Dieu merci.

Marsha Fitzalan était une femme voûtée et ratatinée, avec un visage tout ridé qui rappelait à Lynley celui que les enfants s'amusent à sculpter dans les pommes. Elle avait les yeux bleus. Des yeux qui pétillaient de vivacité et d'humour et semblaient dire à ceux qui la regardaient que si le corps n'était plus de la première jeunesse, le cœur et l'esprit, eux, n'avaient nullement changé.

– Bonjour, sourit-elle. (Puis avec un coup d'œil à sa montre, elle reprit :) Ou plutôt bon après-midi. Vous êtes l'inspecteur Lynley, n'est-ce pas ? Je pensais bien que vous passeriez me voir tôt ou tard. J'ai de la tarte au citron de prête.

– Vous l'avez préparée exprès ?

– Bien sûr. Entrez.

Elle habitait l'une des maisonnettes de Saint-Chad's Lane, mais la sienne était bien différente de celle des Gibson. Le jardin, impeccablement entretenu, était orné de petits parterres de fleurs. Primevères, gueules-de-loup et géraniums avaient été taillés en prévision de l'hiver, la terre retournée avec amour autour de chaque plante. Sur deux des marches du perron, du millet émietté formait des petits tas faciles à atteindre. Un mobile de clochettes accroché près d'une fenêtre égrenait au vent ses six notes qu'on entendait clairement, malgré le vacarme que faisaient les enfants Gibson juste à côté.

Le contraste avec le cottage des Gibson était aussi frappant à l'intérieur qu'à l'extérieur. Il y flottait en effet une odeur de pot-pourri qui rappela à Lynley les longs après-midi passés dans la chambre de sa grand-mère à Howenstow. Le minuscule salon était confortable, bien que modestement meublé; deux de ses murs étaient tapissés de livres du sol au plafond. Sous l'unique fenêtre, une petite table disparaissait sous une collection de photos, et plusieurs tapisseries à l'aiguille étaient accrochées au-dessus d'un antique récepteur de télévision.

– Voulez-vous passer dans la cuisine, inspecteur ? proposa Marsha Fitzalan. Je sais que ça ne se fait pas de recevoir dans la cuisine, mais je m'y suis toujours sentie mieux. Mes amis attribuent cela au fait que j'ai grandi dans une ferme. A la ferme, on se tient toujours beaucoup dans la cuisine. Cela m'a marquée, il faut croire. Prenez place. Café et tarte au citron ? Vous avez l'air affamé. Je suppose que vous êtes célibataire. Les célibataires ne mangent jamais comme ils le devraient.

Cette fois encore, il ne put s'empêcher de penser à sa grand-mère, à la rassurante solidité de son amour inconditionnel. Tout en regardant Marsha Fitzalan s'affairer à préparer un plateau avec des gestes sûrs et des mains qui ne tremblaient pas, Lynley eut la certitude qu'elle détenait la clé du mystère.

– Pouvez-vous me parler de Gillian Teys ? demanda-t-il.

Elle s'interrompit dans sa tâche et se tourna vers lui avec un sourire.

– Gilly ? Mais avec plaisir. Gillian Teys était la créature la plus adorable que j'aie jamais connue.

11

Elle revint vers la table et posa le plateau entre eux. C'était un luxe dont elle aurait fort bien pu se passer car la cuisine était si minuscule qu'on en pouvait faire le tour en quelques pas. Si Marsha Fitzalan se servait de cet accessoire, c'était par souci d'observer un certain décorum et de lutter contre le sentiment de claustrophobie qu'engendre la pauvreté. Son plateau était recouvert d'un napperon de dentelle jaunie sur lequel reposait de la porcelaine fine. Les deux assiettes étaient ébréchées mais les tasses et les soucoupes avaient réussi à traverser les années sans la moindre égratignure.

Des feuilles d'automne piquées dans une cruche décoraient la table de pin. L'institutrice y disposa avec soin assiettes, couverts et linge. Elle versa le café brûlant dans les tasses et ajouta du sucre et du lait dans le sien avant de prendre la parole :

– Gilly ressemblait à sa mère comme deux gouttes d'eau. J'ai eu Tessa comme élève, elle aussi. Vous avouer ce détail, c'est vous révéler mon âge, bien sûr, mais les faits sont là. Presque tous les gens du village me sont passés entre les mains, inspecteur. (Elle eut une lueur de malice dans les yeux en ajoutant :) A l'exception du père Hart. Lui et moi sommes de la même génération.

– Je ne m'en serais jamais douté, déclara Lynley avec solennité.

Elle éclata de rire.

– Pourquoi les hommes vraiment charmants savent-ils toujours quand une femme cherche les compliments ? (Elle planta résolument sa fourchette dans sa tarte et se mit à mastiquer quelques instants en connaisseur avant de poursuivre.) Gillian était le portrait craché de sa mère. Elle avait les mêmes ravissants cheveux blonds, les mêmes yeux superbes, la même intelligence. Mais Tessa était une rêveuse, alors que Gillian avait davantage les pieds sur terre. Tessa était toujours dans les nuages, c'était une incorrigible romantique. Je crois que c'est cela qui l'a poussée à se marier à un âge aussi tendre. Son rêve, c'était de perdre la tête pour un grand ténébreux, et William Teys correspondait assez bien à cette description.

– Parce que Gillian ne songeait pas à perdre la tête, elle ?

– Oh non. Je ne crois pas que Gilly se soit jamais souciée des hommes. Elle voulait être enseignante. Je la revois venant chez moi l'après-midi pour lire, accroupie par terre. Cette petite avait une passion pour les Brontë. Elle a bien dû lire *Jane Eyre* six ou sept fois avant son quatorzième anniversaire. Jane, Mr Rochester et elle étaient des intimes, de vieilles connaissances pour ainsi dire. Et elle adorait me parler de ses lectures. Ce n'était pas seulement du bavardage. Elle analysait les personnages, leurs motivations, les disséquait. Elle n'arrêtait pas de me dire : « Il faudra que je sache tout ça quand je serai prof, miss Fitzalan. »

– Pourquoi s'est-elle enfuie ?

La vieille dame étudia les feuilles couleur bronze dans la cruche.

– Je ne sais pas, répondit-elle lentement. C'était une petite formidable. Elle avait une intelligence si pénétrante que je ne l'ai jamais vue sécher sur un problème. Franchement, je ne sais pas ce qui s'est passé.

– Se peut-il qu'il y ait eu une histoire d'homme là-dessous ? Quelqu'un après qui elle aurait couru ?

Miss Fitzalan balaya la suggestion d'un énergique revers de main.

– A ma connaissance, Gillian ne s'intéressait pas encore aux hommes à ce moment-là. Sur ce plan, elle n'était pas aussi mûre que les autres adolescentes.

– Et Roberta ? Est-ce qu'elle ressemblait à sa sœur ?

– Non, Roberta tenait de son père. (Elle s'interrompit soudain et fronça les sourcils.) « Tenait », je ne sais pas pourquoi je l'évoque au passé. Sans doute parce qu'elle donne l'impression d'être morte.

– Oui, n'est-ce pas ?

– Roberta était comme son père : costaud, très forte et très peu loquace. Les gens vous diront qu'elle n'avait pas de personnalité du tout, mais c'est faux. La vérité, c'est qu'elle était épouvantablement timide. Elle avait hérité du tempérament romanesque de sa mère et du caractère taciturne de son père. Et elle se plongeait dans les livres.

– Comme Gillian ?

– Oui et non. Elle dévorait comme Gillian mais contrairement à sa sœur, jamais elle ne parlait de ses lectures. Gillian lisait pour s'instruire, et Roberta, je crois, pour fuir.

– Fuir quoi ?

Avec des gestes maniaques, miss Fitzalan s'employa à redresser le napperon de dentelle qui recouvrait le vieux plateau. Lynley vit que ses mains étaient couvertes de taches brunes.

– La certitude d'avoir été abandonnée, j'imagine.

– Par Gillian ou par sa mère ?

– Par Gillian. Roberta adorait Gillian. Elle n'a jamais connu sa mère. Vous imaginez ce que ç'a dû être pour elle d'avoir pour sœur aînée une fille comme Gilly, si jolie, si vive, si intelligente. Tout ce que Roberta n'était pas et souhaitait être.

– Jalousie ?

L'institutrice secoua la tête.

– Roberta n'était pas jalouse de Gilly. Elle l'aimait. Je crois que Roberta a énormément souffert lorsque sa sœur est partie. Mais contrairement à Gillian qui n'aurait pas manqué d'extérioriser son chagrin – Gilly parlait de tout et de rien –, Roberta l'a refoulé. Je me souviens encore de la peau de cette pauvre petite après le départ de Gilly. C'est drôle que ce détail me soit resté.

En songeant à l'adolescente dont il avait fait la connaissance à l'asile, Lynley ne s'étonna pas que l'enseignante ait gardé ce souvenir.

– Elle avait de l'acné ? fit-il. Elle était un peu jeune pour ça.

– Non. Elle a fait une éruption terrible, elle avait des plaques partout. C'était nerveux, bien sûr, mais quand j'ai fait allusion à ses boutons, elle a mis ça sur le dos de Moustache.

Miss Fitzalan baissa les yeux et, à l'aide de sa fourchette, entreprit de tracer des dessins compliqués au milieu des miettes restées sur son assiette. Lynley attendit, persuadé qu'elle n'avait pas fini de vider son sac. Elle se décida enfin à poursuivre :

– J'ai eu l'impression de ne pas être à la hauteur du tout, inspecteur. En la voyant dans l'incapacité de s'ouvrir à moi, de me parler de ce qui était arrivé à Gilly, j'ai eu le sentiment d'avoir échoué en tant qu'amie et en tant qu'enseignante. Ne pouvant se confier, elle a préféré dire qu'elle faisait une allergie à son chien.

– En avez-vous touché un mot à son père ?

– Pas immédiatement. William avait été tellement bouleversé par la fuite de Gillian qu'il était impossible de l'approcher. Pendant des semaines, le père Hart fut la seule personne à laquelle il accepta d'adresser la parole. A la fin, j'en vins à penser que je devais lui parler, que je devais bien ça à Roberta. La pauvre petite n'avait que huit ans. Ce n'était pas sa faute si sa sœur s'était sauvée. Aussi, je me rendis à la ferme et déclarai à William que je me faisais du mauvais sang à son sujet, à cause notamment de la pitoyable histoire qu'elle avait inventée à propos du chien. (Elle se versa du café et le but à petites gorgées tout en évoquant la scène.) Pauvre homme. Je n'aurais pas dû m'inquiéter à ce point. Il devait se sentir coupable d'avoir négligé Roberta, car il se rendit sur-le-champ à Richmond où il acheta trois ou quatre lotions différentes pour la peau. La pauvre petite avait peut-être besoin d'attention, car ses boutons disparurent après ça.

L'éruption avait disparu, mais pas le reste, songea Lynley. Il ne put s'empêcher d'évoquer la petite fille solitaire dans la ferme lugubre, entourée des fantômes et des voix du passé, vivant dans une sombre stérilité, puisant sa nourriture dans les livres.

***

Lynley ouvrit la porte de derrière et s'introduisit dans la maison. Elle n'avait pas changé, elle était toujours aussi glaciale et l'air y était toujours aussi confiné qu'auparavant. Il traversa la cuisine pour se rendre dans le séjour où Tessa Teys lui sourit tendrement du haut de son autel, l'air jeune et infiniment vulnérable. Il imagina Russell Mowrey relevant la tête de ses fouilles et apercevant ce visage adorable qui s'encadrait dans un trou de la palissade. Il était facile de comprendre pourquoi Mowrey était tombé amoureux d'elle. Facile de voir pourquoi il devait l'aimer encore.

Tournant le dos à l'autel, il gravit l'escalier quatre à quatre. La solution devait être dans la maison. La solution, c'était Gillian qui la détenait.

Il commença par se rendre dans sa chambre mais la nudité de la pièce ne lui apprit rien. Le lit au couvre-pied immaculé resta muet. La carpette ne recelait pas l'empreinte qui l'aurait ramené vers le passé. Le papier peint ne dissimulait pas le moindre secret. C'était à croire qu'aucune jeune fille n'avait jamais vécu dans cette pièce, ni empli l'air de sa lumineuse présence. Et pourtant quelque chose... Quelque chose de Gillian flottait là, quelque chose qu'il avait vu, quelque chose qu'il sentait.

Il s'approcha de la fenêtre et, sans la voir, regarda l'étable. *Elle menait une vie de patachon. — C'était un ange, un rayon de soleil. — Une vraie chatte en chaleur. — La créature la plus adorable que j'aie jamais vue.* C'était à croire qu'il n'y avait pas de véritable Gillian, que celle-ci était un kaléidoscope. Il aurait bien aimé croire que la réponse se trouvait dans la chambre, mais lorsqu'il tourna le dos à la fenêtre, il ne vit autour de lui que des meubles, du papier peint et une descente de lit.

Comment expliquer que Gillian ait pu être effacée aussi totalement de la vie de sa famille, seize ans durant ? C'était inconcevable. Et pourtant c'est ce qui s'était passé. Voire...

Il se dirigea vers la chambre de Roberta. Gillian n'avait pas pu disparaître aussi complètement de la vie de sa cadette. Les deux sœurs s'aimaient, elles étaient unies par des liens étroits. Quoi qu'ils aient pu dire par ailleurs sur Gillian, c'était un point sur lequel les villageois étaient d'accord. Le regard de Lynley naviqua de la fenêtre à l'armoire et de l'armoire au lit. Le lit. C'était là que Roberta avait caché de la nourriture. Pourquoi n'y aurait-elle pas également dissimulé des souvenirs de Gillian ?

Se raidissant en prévision du spectacle et de l'odeur de pourriture, Lynley poussa le matelas. La puanteur s'éleva en vagues étouffantes.

Il jeta un coup d'œil autour de lui, cherchant un objet qui lui aurait facilité la tâche, mais ne trouva rien. La lumière était assez faible dans la pièce et, malgré sa répulsion, il comprit qu'il lui faudrait retirer le matelas et arracher la toile du sommier. Grognant sous l'effort, il flanqua matelas et literie par terre, puis se dirigea vers la fenêtre qu'il ouvrit en grand. Il resta un moment à respirer l'air frais avant de retourner vers le lit. Il grimpa sur le sommier, réfléchissant à la manière dont il allait procéder, s'efforçant de ne pas penser à l'odeur qui lui levait le cœur. *Allons, mon vieux. C'est bien pour ça que tu t'es engagé dans la police, non ? Courage, du nerf.*

Le tissu pourri – protection précaire – lui resta dans les mains, révélant un spectacle hallucinant. Des souris détalèrent dans toutes les directions, creusant des tranchées minuscules au milieu des fruits pourrissants. En compagnie de sa nichée de souriceaux aveugles accrochés à ses flancs comme à ceux d'une truie, un rongeur avait élu domicile dans un nid de sous-vêtements féminins sales. Furieuses d'avoir été arrachées à leur sommeil, des mites jaillirent dans la lumière, se cognant au visage de Lynley.

Saisi, il recula, réussit à s'empêcher de crier, et se précipita vers la salle de bains où il s'aspergea le visage d'eau froide. Tout en s'observant dans la glace, il rit en silence. *Encore heureux que tu aies sauté le déjeuner. Après ça, il ne te reste plus qu'à faire l'impasse sur les repas pour le restant de tes jours.*

Il chercha une serviette avec laquelle s'essuyer le visage. Il n'y en avait pas mais il aperçut une robe de chambre suspendue au dos de la porte de la salle de bains. Il poussa le battant pour le fermer. Le loquet cassé crissa contre le chambranle. Il se sécha le visage après l'ourlet du vêtement, tripota pensivement le loquet et au bout d'un moment, mû par une idée nouvelle, quitta la pièce.

La boîte à clés était là où il l'avait vue auparavant, sur la dernière étagère de l'armoire de Teys. Il la prit et la déposa sur le lit. Teys avait dû mettre les affaires de Gillian quelque part dans une malle. Au grenier, peut-être. Et les clés de la malle devaient se trouver là. Il fouilla dans la boîte, mais en vain. Il n'y avait là que des clés de porte, une étrange collection couverte de rouille.

Dégoûté, il les remit dans leur boîte et maudit la détermination aveugle de l'homme qui avait effacé toute trace de l'existence d'une de ses filles.

Pourquoi ? se demanda-t-il. Qu'est-ce qui avait bien pu pousser William Teys à nier l'existence de la fillette qu'il aimait tant ? Qu'avait-elle bien pu faire pour l'amener à gommer ainsi tout souvenir d'elle ? Et inciter dans le même temps sa sœur à conserver – geste dérisoire et désespéré – une photo d'elle ?

Il comprit ce qu'il lui restait à faire. *Le grenier est un leurre, mon vieux, une fausse piste. Il te faut retourner dans sa chambre. C'est là que ça se trouve. Peut-être pas dans le matelas, mais c'est là.*

Il frissonna à la pensée des surprises qui l'attendaient, telles des spectres, dans cette pièce sépulcrale.

Tandis qu'il rassemblait ses forces pour un nouvel assaut, il entendit siffler avec entrain. Il se dirigea vers la fenêtre.

Tournant le dos à la lande de High Kel, un jeune homme dévalait le chemin, un chevalet sur l'épaule, une boîte à la main. Lynley décida qu'il était temps pour lui de rencontrer Ezra.

**

Il commença par se dire que le peintre n'était pas aussi jeune qu'il le paraissait de loin. Cela devait tenir à ses cheveux, d'un beau blond profond et plus longs que ne le voulait la mode. De près, Ezra ressemblait à ce qu'il était : un homme d'une trentaine d'années, que sa rencontre avec l'envoyé de Scotland Yard rendait méfiant. Son attitude circonspecte, trahissait sa méfiance et ses yeux aussi, qui avaient l'air de changer de couleur selon les vêtements qu'il portait. Ils étaient d'un bleu intense en ce moment, comme sa chemise, qui était maculée de peinture. Il s'était arrêté de siffloter dès qu'il avait vu Lynley émerger de la maison et enjamber souplement le muret.

– Ezra Farmington ? dit Lynley.

Le jeune homme fit halte. Ses traits rappelèrent à Lynley ceux de Frédéric Chopin peint par Delacroix. Mêmes lèvres ciselées, même ombre de fossette au menton, mêmes sourcils sombres – beaucoup plus foncés que les cheveux ; même nez imposant mais qui ne déparait en rien l'ensemble.

– C'est moi, répondit-il sobrement.

– Vous êtes allé peindre la lande aujourd'hui ?

– Oui.

– Nigel Parrish m'a dit que vous faisiez des études de lumière.

À l'énoncé de ce nom, le peintre réagit et ses yeux exprimèrent la plus grande circonspection.

– Que vous a-t-il dit d'autre ?

– Qu'il avait vu William Teys vous chasser de sa propriété. Vous semblez vous y sentir chez vous.

– Gibson m'a donné l'autorisation de la traverser.

– Vraiment ? Il ne m'en a pas parlé.

Lynley contempla sereinement le sentier. Le raidillon était semé d'éboulis et mal entretenu, ça n'avait rien d'un sentier de randonnée. Il fallait que l'artiste fût sérieusement motivé pour s'amuser à grimper jusqu'à la lande. Il se tourna vers le peintre. La brise de l'après-midi qui soufflait dans les pâturages agitait ses cheveux blonds que le soleil faisait joliment briller. Lynley commença à comprendre pourquoi il les portait longs.

– Mr Parrish m'a également appris que Teys avait détruit certaines de vos œuvres.

– En a-t-il profité pour vous raconter ce qu'il fichait ici cette nuit-là ? s'enquit le peintre. Je vous flanque mon billet qu'il s'en est bien gardé !

– D'après lui, il raccompagnait à la ferme le chien de Teys.

L'incrédulité se peignit sur les traits d'Ezra.

– Il ramenait le chien à la ferme ? En voilà une bonne blague ! (Il planta sauvagement son chevalet dans la terre meuble.) Nigel possède à fond l'art de dénaturer les faits ! Laissez-moi deviner ce qu'il vous a raconté encore. Que Teys et moi avions une sévère engueulade au milieu de la route lorsqu'il s'est pointé pour raccompagner à la ferme ce pauvre chien qui n'y voyait goutte ? (Très énervé, Farmington se passa une main dans les cheveux. Il avait l'air si tendu que Lynley se demanda s'il n'allait pas lui envoyer un coup de poing.) Bon Dieu, un de ces jours, ce type finira par me faire sortir de mes gonds.

Lynley haussa un sourcil intéressé, ce qui n'échappa pas à son interlocuteur.

– Je suppose que vous allez prendre ça pour une confession, inspecteur ? A votre place, je m'empresserais d'aller trouver Nigel pour tâcher de savoir ce qu'il fabriquait, lui, à Gembler Road cette nuit-là. Car croyez-moi, si l'envie l'en avait pris, Moustache aurait très bien pu rentrer tout seul de Tombouctou. (Il éclata de rire.) Ce clébard était autrement plus futé que Nigel. Non que cela veuille dire grand-chose, notez bien.

Lynley se demanda ce qui pouvait bien mettre Farmington dans un état pareil. Sa colère était bien réelle mais disproportionnée. Le peintre lui faisait penser à une corde de violon trop tendue, à deux doigts de rompre.

– J'ai vu des œuvres de vous à l'auberge. Votre façon de peindre l'abbaye m'a fait penser à Wyeth. C'était voulu ?

Ezra desserra le poing.

– J'ai peint ça il y a des années, à une époque où je cherchais encore mon style. Je n'avais pas confiance dans mon instinct, aussi je copiais un peu tout le monde. Je suis étonné que Stepha ne se soit pas débarrassée de ces aquarelles.

– Elle m'a dit que c'est avec cela que vous aviez payé votre chambre un automne.

– C'est exact. En ce temps-là, je payais tout de cette façon. En cherchant bien, vous verrez qu'il y a des croûtes de moi dans toutes les boutiques du village. Mon dentifrice aussi, je l'achetais avec des toiles.

– J'aime Wyeth, poursuivit Lynley. Il y a dans son œuvre une simplicité que je trouve réconfortante. J'aime la simplicité. La clarté du trait et de l'image. Les détails.

Farmington croisa les bras.

– Êtes-vous toujours aussi direct, inspecteur ?

– J'essaie, répondit Lynley avec un sourire. Parlez-moi de votre empoignade avec William Teys.

– Et si je refuse ?

– Vous pouvez toujours refuser, bien sûr. Mais je me demande pourquoi vous le feriez. Auriez-vous quelque chose à cacher, Mr Farmington ?

Farmington se dandina d'un pied sur l'autre.

– Je n'ai rien à cacher du tout. Ce jour-là, j'ai passé la journée sur la lande et je ne suis redescendu qu'à la tombée du jour. Teys a dû m'apercevoir d'une fenêtre, je suppose. Il m'a rattrapé sur la route. On a eu une petite explication.

– Il a déchiré une partie de votre travail.

– Des choses sans valeur. C'était sans importance.

– J'ai toujours eu l'impression que les artistes aimaient conserver leurs œuvres, qu'ils avaient un mal fou à s'en séparer. Vous n'êtes pas d'accord ?

Lynley vit immédiatement qu'il avait touché un point sensible car Farmington se raidit sans le vouloir. Ses yeux se braquèrent sur le soleil bas. Il ne répondit pas tout de suite.

– Évidemment que je le suis! laissa-t-il finalement tomber.

– Alors quand Teys s'est mis en devoir de...

– Teys ? fit Ezra en éclatant de rire. Ce que Teys avait fait, je m'en fichais pas mal. Je vous l'ai dit, ce qu'il avait détruit, c'était de la merde, de toute façon. Mais il n'aurait pas su faire la différence. Un type qui écoute du Souza pour se distraire le soir en faisant brailler sa chaîne n'est pas une personne de goût, à mon humble avis du moins.

– Souza ?

– Oui, vous savez, ces ignobles airs de fanfare américains. Bon Dieu, on aurait dit qu'il avait chez lui une pleine maisonnée de Yankees en train d'agiter leur drapeau. Et quand je pense qu'il a eu le culot de m'engueuler, de prétendre que je troublais sa tranquillité alors que je traversais ses terres sur la pointe des pieds. Je lui ai ricané au nez. C'est alors qu'il s'en est pris à mes toiles.

— Que faisait Nigel Parrish pendant ce temps-là ?

— Rien. Nigel était content, il en avait pour son argent, il avait vu ce qu'il était venu voir, inspecteur. Après avoir joué au limier, il ne lui restait plus qu'à aller se coucher ce soir-là.

— Et les autres soirs, à quoi s'occupe-t-il ?

Farmington s'empara de son chevalet.

— Si vous n'avez plus de questions à me poser, je vais me remettre en route.

— Il y a encore une chose que j'aimerais savoir.

Farmington pivota pour lui faire face.

— Quoi donc ?

— Que faisiez-vous la nuit où William Teys est mort ?

— J'étais à La Colombe.

— Et après la fermeture ?

— Au lit, chez moi. Je dormais. Seul. (D'un brusque mouvement de tête, il rejeta ses cheveux en arrière en un geste étrangement féminin.) Désolé de ne pas avoir demandé à Hannah de m'accompagner, inspecteur, elle m'aurait fourni un alibi en or massif. Mais les fouets et les chaînes, franchement, ça n'a jamais été mon truc.

Enjambant le mur de pierre, il s'éloigna à grands pas le long de la route.

★_★★

— Comme on dit dans les films policiers américains, j'ai fait un bide.

A La Colombe, le sergent Havers jeta les photographies sur une table et s'écroula sur une chaise en face de Lynley.

— Cela signifie que personne dans cette vie n'a vu Russell Mowrey ?

— Et à moins de croire à la réincarnation, personne ne l'a vu du tout. En revanche, bon nombre de gens ont reconnu Tessa. Certains ont haussé le sourcil, d'autres m'ont posé des questions.

— Que leur avez-vous répondu ?

— Je suis restée dans le vague, je m'en suis sortie de mon mieux en marmonnant tout un tas de maximes latines. Ça a plutôt bien marché jusqu'au moment où j'ai essayé « Caveat emptor ». Je ne sais pas pourquoi, cette formule-là a moins bien marché que les autres. Sans doute manquait-elle de punch.

— Vous sentez-vous d'humeur à noyer votre déception dans l'alcool, sergent ?

– Je me contenterai d'un tonic. (Voyant son expression, Havers s'empressa de préciser avec un sourire :) Vraiment. Je ne bois pas beaucoup, monsieur, je vous assure.

– J'ai passé une journée épatante, dit Lynley en lui rapportant un Schweppes. Je suis tombé sur une Madeline Gibson proprement torride dans un négligé émeraude sous lequel elle était nue comme un ver.

– La vie de policier n'est décidément pas drôle.

– Pendant qu'à l'étage, Gibson était... au garde-à-vous, prêt à faire feu. Inutile de vous dire que j'ai été bien accueilli.

– Je m'en doute.

– Mais c'est sur Gillian que j'ai appris le plus de choses aujourd'hui. Selon les sources, c'était un ange et un rayon de soleil, une chatte en chaleur, ou la créature la plus adorable jamais vue sur terre. Ou cette fille est un vrai caméléon, ou certains de ceux que j'ai interrogés se donnent beaucoup de mal pour que j'aie cette impression.

– Pourquoi cela ?

– Je ne sais pas. Ils ont peut-être intérêt à ce qu'elle demeure aussi mystérieuse que possible. (Il avala le reste de sa bière et se laissa aller contre le dossier de sa chaise, étirant ses muscles fatigués.) Mais l'atmosphère, c'est à Gembler Farm que je l'ai trouvée, Havers.

– Comment ça ?

– J'étais sur la piste de Gillian Teys. Représentez-vous bien la scène. Quelque chose me disait que c'était dans la chambre de Roberta que je devais chercher. Je me suis lancé dans ma quête avec ardeur. J'ai déchiré la toile du matelas et j'ai failli me trouver mal.

Il se mit en devoir de lui raconter sa découverte.

Havers eut une grimace de dégoût.

– Je suis bien contente d'avoir raté ça.

– Oh, rassurez-vous. Sur le moment, j'ai été tellement secoué que je n'ai pas remis les choses en place. J'aurai besoin de votre aide demain. Après le petit déjeuner, ça vous va ?

– Allez vous faire voir ! fit-elle avec un grand sourire.

C'était manifestement l'heure du thé lorsqu'ils arrivèrent au cottage qui se dressait à l'angle de Bishop Furthing Road. Un thé tardif, cependant, et quasiment dinatoire car lorsque le constable vint leur ouvrir il tenait à la main une assiette copieusement garnie. Cuisses de poulet, fromage, fruit et gâteau s'y empilaient tant bien que mal.

Gabriel Langston, qui semblait bien jeune pour être policier, portait admirablement son prénom. Frêle d'allure, il avait des cheveux jaunes clairsemés de la consistance du verre filé, une peau lisse de bébé et des traits un peu flous, à croire que l'ossature du visage était trop molle pour leur donner du caractère.

— J'aurais d-dû aller vous voir t-tout-tout d-de suite, bégaya-t-il, les joues et le cou cramoisis. D-dès v-votre arrivée. Mais on m'a d-d-dit que vous viend-driez me t-trouver si vous aviez b-besoin de q-q-quoi q-que ce soit.

— C'est Nies qui vous a dit ça, je suppose, fit Lynley.

Le jeune homme hocha la tête d'un air gêné en leur faisant signe d'entrer chez lui.

La table était dressée pour une personne. Le constable s'empressa d'y poser son assiette, s'essuya la main après son pantalon et la tendit à Lynley.

— Ravi d-de vous renc-contrer. D-désolé pour... (Il rougit de plus belle et désigna sa bouche comme s'il y avait quelque chose qu'il pût faire pour remédier à son handicap.) T-thé ? proposa-t-il vivement.

— J'en prendrai volontiers une tasse. Sergent ?

— Moi aussi, fit Havers.

Soulagé, le jeune homme sourit et disparut dans une cuisine microscopique attenante à la pièce où ils se trouvaient. Le cottage semblait pouvoir n'abriter qu'une personne, car il n'était guère plus vaste qu'un studio. Mais il était méticuleusement propre – balayé, ciré et épousseté. Seule fausse note dans cet intérieur immaculé : une odeur de chien mouillé. L'animal, un terrier blanc, allongé sur une carpette mâchonnée et filandreuse, se chauffait devant un radiateur électrique encastré dans une petite cheminée de pierre. Il leva la tête, battit des paupières à leur vue, et bâilla en exhibant une longue langue rose. Après quoi, il pointa de nouveau sa truffe vers le feu électrique.

Langston émergea de la cuisine, un plateau dans les mains, un second terrier sur les talons. Celui-ci, nettement plus vif et démonstratif que le premier, se jeta sur Lynley pour lui souhaiter la bienvenue.

— C-couché ! ordonna Langston d'un ton aussi autoritaire que le lui permettait sa voix frêle. (Le chien lui obéit à regret et traversant la pièce au galop s'en fut rejoindre son congénère près du feu.) Ce sont de b-braves b-bêtes, inspecteur. Il ne faut p-pas leur en vouloir.

Lynley balaya ces excuses d'un geste négligent cependant que Langston versait le thé.

— Poursuivez votre repas. Havers et moi ne sommes guère en avance ce soir. Nous pourrons parler pendant que vous mangerez.

Langston lui jeta un regard sceptique mais se mit néanmoins à piocher dans son assiette avec un timide mouvement de tête.

— Si j'ai bien compris, le père Hart vous a téléphoné juste après avoir trouvé le corps de William Teys, attaqua Lynley. (Son interlocuteur ayant hoché affirmativement la tête, il poursuivit :) Roberta était encore là quand vous êtes arrivé ? (Nouveau hochement de tête.) Vous avez demandé à la police de Richmond d'intervenir immédiatement, pourquoi cela ?

A peine Lynley eut-il formulé la question qu'il la regretta. Se traitant in petto d'abruti, il se demanda ce qu'aurait pu éprouver un homme comme Langston en interrogeant des témoins qui, comme le père Hart, semblaient flotter entre deux mondes.

Langston fixait son assiette, s'efforçant de formuler une réponse.

— C'était la façon la plus rapide de procéder, je suppose, suggéra Havers.

Le constable fit oui avec reconnaissance.

— Roberta a-t-elle parlé à quelqu'un ? (Langston secoua la tête.) Elle ne vous a pas dit un mot ? Elle n'a pas ouvert la bouche devant les policiers de Richmond ? (Le constable secoua de nouveau la tête. Lynley jeta un coup d'œil à Havers.) Elle n'a parlé qu'au père Hart. (Il marqua une pause.) Roberta était assise sur le seau retourné, la hache à côté d'elle, le corps du chien sous celui de Teys. Mais l'arme utilisée pour trancher la gorge du chien n'était pas dans le box. C'est exact ? (Hochement de tête. Les yeux sur Lynley, Langston planta les dents dans sa troisième cuisse de poulet.) Qu'est devenu le chien ?

— Je... l'ai ent-terré.

— Où ?

— Derrière.

— Derrière chez vous ? Pourquoi ? Est-ce Nies qui vous l'a demandé ?

Langston avala, frotta ses mains sur son pantalon. Il jeta un regard malheureux à ses deux compagnons étendus devant le feu. En se voyant le centre de l'attention générale, les deux terriers se mirent à fouetter vigoureusement l'air de leur queue.

— Je...

Il s'arrêta, plus par gêne cette fois qu'à cause de son handicap.

— J'ad-dore les chiens. Je ne voulais pas q-qu'ils b-brûlent ce v-vieux Moustache. C'était... un c-copain de mes chiens.

***

— Pauvre garçon, murmura Lynley lorsqu'ils se retrouvèrent dehors.

Le soir tombait. Une voix de femme s'éleva, appelant un enfant.

– Pas étonnant qu'il ait demandé à Richmond de venir à la rescousse.

– Qu'est-ce qui a bien pu le pousser à entrer dans la police ? fit Havers alors qu'ils traversaient la rue pour rallier l'auberge.

– Il n'a jamais dû penser un seul instant qu'il aurait un jour une affaire de meurtre sur les bras. Du moins pas une affaire de cette nature. Qui s'attendrait à ça dans un village comme Keldale ? Avant cette histoire, les fonctions de Langston devaient consister à effectuer une ronde de routine dans le village pour s'assurer que les portes des boutiques étaient fermées pour la nuit.

– Qu'est-ce qu'on fait maintenant ? s'enquit Havers. Nous n'aurons pas le chien avant demain matin.

– Exact. (Lynley consulta sa montre de gousset.) Cela me donne douze heures pour convaincre Saint James d'interrompre sa lune de miel pour se livrer aux joies de la chasse. Qu'en pensez-vous, Havers ? Est-ce que nous avons une chance d'y parvenir ?

– Devra-t-il choisir entre le cadavre du chien et Deborah ?

– J'en ai peur.

– Dans ce cas, à moins d'un miracle...

– Les miracles, ça me connaît, déclara Lynley, la mine sombre.

* * *

Il allait lui falloir remettre la robe chemisier blanche. Barbara la sortit de l'armoire et l'examina d'un œil critique. Avec une autre ceinture, elle n'aurait pas trop mauvaise allure. Ou avec un foulard peut-être. Est-ce qu'elle avait emporté un foulard ? Un carré ou un simple fichu ferait très bien l'affaire, il lui suffirait de le nouer autour du cou pour donner une note de couleur, conférer à sa tenue un petit air différent. Chantonnant bouche fermée, elle fouilla dans ses affaires qui gisaient en tas dans la commode. Elle n'eut pas grand mal à trouver ce qu'elle cherchait : une écharpe à carreaux rouges et blancs qui évoquait un peu une nappe de bistrot, mais tant pis.

Elle s'approcha du miroir et aperçut son reflet avec un sursaut de surprise heureuse. L'air de la campagne lui avait mis du rose aux joues et ses yeux avaient un certain éclat. Ce doit être le fait de se sentir utile, se dit-elle.

Cette journée passée seule dans le village avait été épatante. C'était la première fois qu'un inspecteur la laissait prendre des initiatives. La première fois qu'un inspecteur la supposait dotée d'un cerveau. Cette expérience lui avait rendu un peu de la confiance en soi qu'elle avait – ô humiliation – perdue en rendossant l'uniforme. Quelle période épouvantable : la colère se muant en rage incompréhensible, le mécontentement fermentant en permanence, le fait de se rendre compte que les autres ne la trouvaient pas assez bien.

Dorénavant, tout allait s'arranger, elle était sur la bonne voie et ne s'arrêterait pas en si bon chemin. Elle repasserait l'examen pour devenir inspecteur et, cette fois, elle serait reçue.

Elle se dépouilla de sa jupe de tweed et de son pull-over, se débarrassa de ses chaussures. Certes, personne ne lui avait communiqué de renseignements sur Russell Mowrey mais tout le monde l'avait prise au sérieux quand elle avait posé ses questions. Les villageois, comme un seul homme, avaient vu en elle une envoyée de Scotland Yard. Une représentante tout à fait valable : compétente, intelligente, pleine d'intuition. C'était exactement ce dont elle avait besoin. Maintenant, elle était réellement dans le coup.

Elle finit de s'habiller, noua crânement l'écharpe autour de son cou et descendit l'escalier tortueux pour aller retrouver Lynley.

Il était dans le salon, planté devant l'aquarelle de l'abbaye, perdu dans ses pensées. Campée derrière le bar, Stepha Odell le regardait. Ils auraient fort bien pu figurer sur un tableau tous les deux. Ce fut Stepha qui bougea la première.

— Un verre avant de partir, sergent ? s'enquit-elle gentiment.

— Non, merci.

Lynley pivota.

— Ah, Havers, fit-il en se frottant les tempes d'un air absent. Êtes-vous prête à affronter de nouveau Keldale Hall ?

— Je suis fin prête.

— Alors, allons-y. (D'un hochement de tête empli de détachement, il souhaita bonne nuit à Stepha et, prenant Barbara par le coude, la pilota hors de la pièce.) J'ai réfléchi à la meilleure façon d'aborder le problème, lui dit-il une fois qu'ils furent installés dans la voiture. Il va falloir que vous fassiez la conversation à cet affreux couple d'Américains suffisamment longtemps pour que j'aie, moi, le temps de glisser un mot à Saint James. Vous y arriverez ? L'idée de vous abandonner à un sort pareil ne me sourit guère mais quelque chose me dit que si ce brave Hank m'entend, il voudra à tout prix mener l'enquête à nos côtés.

— Aucun problème, monsieur, lui assura Barbara. Je m'arrangerai pour le captiver.

Il lui jeta un regard soupçonneux.

— Comment ?

— Je le ferai parler de lui.

Pour toute réponse, Lynley éclata de rire. Ainsi mis en joie, il parut aussitôt rajeuni et moins fatigué.

– Ça devrait marcher.

***

– Écoutez, Barbie, dit Hank avec un clin d'œil. Si c'est pour enquêter que Tom et vous êtes venus dans ce bled, vous devriez passer une nuit ou deux au château. Qu'est-ce que tu en penses, Coco ? Il s'en passe de belles ici après le coucher du soleil, pas vrai ?

Ils prenaient un verre après dîner dans le grand salon aux lambris de chêne. Sanglé dans un pantalon d'un blanc aveuglant, le torse moulé dans une ébouriffante chemise brodée ouverte jusqu'à la taille, son inévitable chaîne en or autour du cou, Hank jeta un coup d'œil entendu à Barbara. Debout devant la cheminée, il semblait s'efforcer de faire corps avec les guirlandes et les chérubins sculptés sur le manteau. Sa main droite reposait sur une primevère de pierre stylisée, les doigts refermés sur une généreuse ration de cognac, sa troisième ou quatrième de la soirée. Le pouce de sa main gauche était coincé dans le passant du pantalon. La pose était impressionnante.

Assise sur une chaise à haut dossier, sa femme dirigeait des regards d'excuse tantôt vers Deborah et tantôt vers Barbara. Lynley et Saint James, ainsi que Barbara put le constater avec satisfaction, avaient réussi à s'éclipser en direction du vestibule presque immédiatement après le dîner. Quant à Mrs Burton-Thomas, elle s'était bruyamment assoupie sur un canapé moelleux non loin de là. Le rythme inégal de ses ronflements laissait à penser qu'ils étaient feints. Barbara ne se sentait pas le cœur de la blâmer. Hank tenait le crachoir depuis un bon quart d'heure.

Havers jeta un coup d'œil à Deborah pour voir comment elle réagissait au fait que son mari l'ait abandonné pour la laisser entre les griffes de Hank. Son visage que balayait le feu et l'ombre était paisible mais lorsqu'elle sentit le regard de Barbara se poser sur elle, un sourire espiègle étira ses lèvres l'espace d'une seconde. Elle sait exactement ce qui se passe, songea Barbara, qui trouva sympathique cette attitude généreuse.

Alors que Hank ouvrait la bouche pour reprendre sa description de la vie nocturne à Keldale Hall, Lynley et Saint James rejoignirent le petit groupe près du feu.

– Laissez-moi vous situer le tableau, poursuivait Hank. Il y a quarante-huit heures de ça, je vais vers la fenêtre pour la fermer à cause des cris perçants. Vous avez déjà entendu des paons faire un raffut pareil, Debbie ?

– Des paons ? reprit Deborah. Juste ciel, ce n'était pas le bébé qui criait ! M'aurais-tu menti, Simon ?

— Je me suis trompé, répondit Saint James. Ça ressemblait pourtant bigrement à des cris de nouveau-né. Tu veux dire que nous avons conjuré le mauvais sort pour rien ?

— Des cris de nouveau-né ? fit Hank, incrédule. L'amour vous fait perdre la boule. C'était un paon qui piaillait, il y avait de quoi ameuter un régiment. (Il s'assit, genoux écartés, bras reposant sur ses cuisses massives.) Je me dirige donc vers la fenêtre pour la fermer ou liquider ce maudit oiseau d'un coup de godasse. Parce que pour ce qui est de viser, je suis champion. Je ne vous ai pas raconté ça ? Non ? A Laguna, il y a une ruelle qui est fréquentée uniquement par des pédés. (Il attendit pour voir s'il lui faudrait expliquer de nouveau la sociologie de Laguna Beach. S'apercevant que c'était inutile, il poursuivit gaiement.) C'est pas les occasions de lancer des tatanes qui manquent, croyez-moi. Hein, Coco ? C'est vrai ou c'est pas vrai ?

— C'est vrai, chéri, opina Jojo. Il vise tellement bien qu'il touche tout ce qu'il veut, assura-t-elle aux autres.

— Je n'en doute pas, commenta Lynley, la mine sombre.

Hank sourit, exhibant ses jaquettes éblouissantes.

— Donc je suis devant la fenêtre, prêt à lancer, quand soudain je remarque quelque chose qui ne ressemble pas du tout à un oiseau.

— Quelqu'un en train de pousser des cris perçants ? fit Lynley.

— Foutre, non. L'oiseau était bel et bien là, mais il était pas seul ! (Hank attendit qu'on l'interroge. Il y eut un silence poli.) D'accord ! fit-il beau joueur en éclatant de rire et baissant la voix. Y avait Danny et ce type, le dénommé Ira... Hezekiah...

— Ezra ?

— Ouais, Ezra ! Et ils s'embrassaient à pleine bouche que c'en était un plaisir. « Oubliez quand même pas de respirer ! » que je leur ai crié.

Il beugla de rire.

Sourires polis. Jojo quêta du regard l'approbation de chacun avec des mines de chiot en mal d'affection.

— Mais la meilleure dans tout ça, fit Hank, baissant de nouveau la voix, c'est que c'était pas Danny qui était avec Ezra.

Il eut un sourire de triomphe en voyant que tous l'écoutaient, avec attention cette fois.

— Encore un peu de cognac, Deborah ? s'enquit Saint James.

— Volontiers.

Hank se pencha en avant.

— C'est avec Angelina que le gars Ezra s'explique ! Vous vous rendez compte ! (Aboyant de rire, il s'assena une claque retentissante sur le genou.) Ah, il ne chôme pas, l'Ezra, c'est pire qu'un coq dans un poulailler, mes enfants. Pas possible, il doit avoir un truc ! (Il avala une gorgée de cognac avec un vilain bruit de succion.) J'ai lancé deux ou trois remarques à Angelina ce matin, mais cette petite a oublié d'être bête : elle n'a pas moufté. Si c'est de l'action que vous cherchez, Tom, faut vous installer au château, vous serez servi. (Poussant un soupir de satisfaction, il tripota sa lourde chaîne en or.) Ah, l'amour! C'est une belle chose, hein? Rien de tel pour vous mettre la tête à l'envers. C'est pas vous qui me direz le contraire, hein, Si?

— Il y a des années que j'ai renoncé à avoir les idées claires, fit Saint James.

Hank émit un braiment.

— Elle vous a pris jeune, alors! (Il tendit l'index vers Deborah.) Ça fait un bout de temps que vous êtes après lui?

— Depuis l'enfance, rétorqua-t-elle paisiblement.

— Depuis l'enfance? (Hank traversa la pièce pour aller remplir son verre. Les ronflements de Mrs Burton-Thomas redoublèrent d'intensité lorsqu'il passa à sa portée.) Vous vous aimez depuis le lycée, comme Jojo et moi, je parie. Tu te souviens, Coco? Quand on s'expliquait à l'arrière de la Chevrolet? Vous avez des cinémas en plein air ici?

— Ça n'existe que dans votre pays, répondit Saint James.

— Ah bon? (Hank haussa les épaules, se laissa tomber sur une chaise. Le cognac éclaboussa son pantalon blanc mais il ne broncha pas.) Alors comme ça, vous vous êtes rencontrés au lycée?

— Non. Nous avons été présentés chez ma mère.

Saint James et Deborah échangèrent des regards innocents.

— Ah, c'est elle qui avait arrangé la rencontre, je parie. Coco et moi on s'est rencontrés par l'intermédiaire d'une copine, nous aussi! On a un point commun, Si.

— En fait, je suis née chez sa mère, ajouta poliment Deborah. Mais j'ai grandi à Londres dans la maison de Simon.

Hank prit un air déconfit. On était en terrain glissant.

— Qu'est-ce que tu dis de ça, Jojo? Vous êtes parents? Cousins peut-être? (Des visions d'hémophiles dégénérés et alanguis lui vinrent manifestement à l'esprit.)

— Absolument pas. Papa est... comment dire, Simon? (Elle se tourna vers son mari.) Le domestique, le maître d'hôtel, le valet de chambre de Simon?

— C'est mon beau-père, fit Saint James.

— Tu te rends compte, Coco? dit Hank, dépassé. Ça, c'est une histoire d'amour.

*
* *

Ce fut brutal, inattendu. Elle s'efforça d'opérer un rétablissement. Le personnage de Lynley avait tellement de facettes qu'il finissait par ressembler à un diamant taillé par un maître. A chaque nouvelle situation, une facette inconnue se révélait.

Amoureux de Deborah, il l'était certainement, et c'était bien compréhensible. Mais amoureux de la fille du domestique de Saint James? Barbara dut se faire violence pour assimiler la nouvelle. Comment cela avait-il pu lui arriver? s'étonna-t-elle. Il avait toujours semblé si bien contrôler son existence et sa destinée. Comment avait-il laissé pareille chose se produire?

Sa conduite bizarre au mariage de Saint James lui apparut soudain sous un tout autre jour. Il n'avait pas été impatient de se débarrasser d'elle, mais impatient de s'éloigner de ce qui lui causait une souffrance intolérable: le bonheur nuptial qu'un autre apportait à la femme qu'il aimait.

Elle comprenait maintenant pourquoi des deux hommes, c'était Saint James que Deborah avait choisi. Manifestement, elle n'avait pas eu le choix, car Lynley ne se serait jamais laissé aller à lui parler d'amour. Lui parler d'amour, c'eût été lui parler mariage, et jamais Lynley n'eût épousé la fille d'un domestique. Ses ancêtres s'en seraient retournés dans leur tombe.

Pourtant il avait dû vouloir faire de Deborah sa femme. Comme il avait dû souffrir en voyant Saint James piétiner le ridicule code de conduite dans lequel il était empêtré, lui.

Qu'avait dit Saint James? *Beau-père*. En deux syllabes il avait effacé toute distinction de classe sociale qui aurait pu le séparer de sa femme.

Rien d'étonnant à ce qu'elle l'aime, se dit Barbara.

Dans la voiture, elle jeta un regard circonspect à Lynley tandis qu'ils regagnaient l'auberge. Que devait-il éprouver, sachant qu'il n'avait pas eu le courage de dire à Deborah qu'il l'aimait, qu'il avait fait passer sa famille et son titre avant ses sentiments? Comme il devait se détester! Que de regrets il devait éprouver! Comme il devait se sentir seul!

Il sentit le regard de sa passagère posé sur lui.

– Vous avez bien travaillé aujourd'hui, sergent. Au château, surtout. Le fait d'avoir réussi à tenir Hank à distance pendant un quart d'heure vous vaudra une citation, vous pouvez en être certaine.

Le compliment – c'était absurde – lui fit chaud au cœur.

– Merci, monsieur. Est-ce que Saint James a accepté de nous prêter son concours?

– Absolument.

*_**

Absolument, songea Lynley. Se moquant de lui-même, il poussa un soupir et jeta le dossier sur la table de chevet. Il posa dessus ses lunettes, se frotta les yeux et tapota les oreillers derrière son dos.

Deborah avait parlé à son mari, Lynley s'en était tout de suite rendu compte. Les Saint James avaient discuté ensemble de la réponse que Simon ferait à Lynley lorsque celui-ci lui demanderait son aide. Et la réponse avait été simple :

– Bien sûr, Tommy. En quoi puis-je t'être utile ?

C'était bien d'eux. C'était digne de Deborah d'avoir senti dans leur conversation du matin les inquiétudes que cette affaire lui inspirait. Alors elle lui avait préparé le terrain auprès de son mari. C'était bien de Saint James d'avoir accepté sans hésiter, sachant que la moindre hésitation réveillerait le sentiment de culpabilité qui était couché entre eux en permanence, comme un tigre prêt à bondir.

Il s'appuya contre les oreillers et ferma les yeux, laissant son esprit épuisé l'emporter vers le passé. Il s'abandonna à la vision enchanteresse d'un bonheur ancien qui n'avait pas été touché par le chagrin ou la peine.

> Assise à ses côtés, Thaïs resplendissait
> Dans sa jeunesse, telle une fleur d'été.
> Heureux, heureux, heureux amour
> Qui unit beauté et bravoure !

Les vers de Dryden jaillirent de sa mémoire sans qu'il l'eût désiré. Il les ravala, s'appliquant à les faire reculer dans son esprit. Cet effort exigea toute sa concentration et l'empêcha d'entendre la porte s'ouvrir et des pas s'approcher du lit. Ce n'est que lorsqu'il sentit une main fraîche se poser doucement sur sa joue qu'il se rendit compte qu'il n'était plus seul. Il ouvrit vivement les yeux.

– Je crois que vous avez besoin d'une Odell, inspecteur, chuchota Stepha.

12

Interloqué, il la fixa. Il attendit que son moi lisse et policé se mette en place, qu'arrive l'homme artificiel qui savait si bien rire et danser, celui qui n'était jamais à court de reparties spirituelles. Mais rien ne se produisit. L'apparition de Stepha – une Stepha dont la matérialisation dans sa chambre s'était effectuée comme par enchantement – semblait avoir détruit sa seule ligne de défense et tout ce qui lui restait dans sa panoplie de comportements, c'était la faculté de croiser sans trembler son beau regard.

Il éprouva le besoin d'habiller de substance cet instant. Aussi tendit-il la main pour lui toucher les cheveux. *Comme ils sont doux*, songea-t-il, étonné.

Elle lui prit la main, lui embrassa la paume, le poignet. Du bout de la langue, elle lui caressa les doigts.

– Laissez-moi vous aimer ce soir. Laissez-moi chasser les ombres.

La voix de Stepha n'était qu'un souffle, et il se demanda si cela faisait partie du rêve. Mais ses mains douces voletaient de ses joues à son cou, et lorsqu'elle se pencha vers lui et qu'il goûta la douceur de sa bouche, sentit la caresse de sa langue, il sut qu'elle appartenait à la brûlante réalité, qu'elle était le présent assiégeant calmement et sans hâte les murs crénelés de son passé.

Il voulut fuir, se réfugier dans le paradis du souvenir lourd de bonheur qui lui avait tenu lieu d'armure au cours de l'année écoulée, une année de vide dont tout désir avait été absent. Mais elle ne le laissa pas s'échapper, et tandis qu'elle s'employait à détruire consciencieusement les remparts qui l'abritaient, au lieu d'un sentiment de libération, il éprouva une fois de plus le besoin terrifiant de posséder un autre être humain, corps et âme.

Impossible, il ne laisserait pas cela se produire. Avec l'énergie du désespoir, il tenta de mobiliser ses dernières défenses déjà bien mises à mal, dans un ultime et inutile effort pour faire revivre la créature à l'indifférence glaciale qui n'existait plus. Car à sa place, venait de renaître de ses cendres l'homme – tranquille et vulnérable – qui, refoulé dans les profondeurs de son être, n'en avait pas moins jamais cessé d'exister.

***

– Parle-moi de Paul.

Elle se souleva sur un coude, suivit du doigt le contour de ses lèvres. La lumière frappait de plein fouet sa chevelure, ses épaules, ses seins. Elle était tout feu et crème, et il émanait d'elle un doux parfum presque imperceptible de violette du Devon.

– Pourquoi ?

– Parce que j'ai envie de mieux te connaître. Parce qu'il était ton frère. Parce qu'il est mort.

Les yeux de Stepha se détachèrent de lui.

– Que t'en a dit Nigel ?

– Que la mort de Paul avait marqué tout le monde.

– C'est exact.

– Bridie m'a dit qu'il était parti sans même dire au revoir.

Stepha se rallongea près de lui, dans ses bras.

– Paul s'est tué, Thomas, chuchota-t-elle, tremblant de tous ses membres. (Il l'étreignit.) Bridie ne le sait pas. Nous disons qu'il est mort de la chorée d'Huntington, et d'une certaine façon, c'est vrai. C'est bien ça qui l'a tué. As-tu jamais vu des gens atteints de cette maladie ? La danse de Saint-Guy. Il leur est impossible de contrôler les mouvements de leur corps. Ils se trémoussent, titubent, sautillent, tombent. Et à la fin, ils se détériorent sur le plan intellectuel. Mais pas Paul. Seigneur, pas Paul.

Sa voix dérapa. Elle inspira à fond. Il posa une main sur ses cheveux et appuya ses lèvres contre son front.

– Je comprends.

– Il lui restait tout juste assez de lucidité pour se rendre compte qu'il ne reconnaissait plus sa femme, ne savait plus le nom de sa fille, n'avait plus aucun contrôle sur son corps. Juste assez de force mentale pour décider que le moment était venu pour lui de mourir. (Elle déglutit.) Je l'ai aidé. Il le fallait bien. C'était mon jumeau.

– Je l'ignorais.

– Nigel ne te l'a pas dit ?

– Non. Nigel est amoureux de toi, n'est-ce pas ?

– Oui, répondit-elle sans détour.

– C'est pour être près de toi qu'il est venu s'installer à Keldale ?

Elle fit oui de la tête.

– Nous étions à l'université ensemble, Nigel, Paul et moi. J'ai bien failli épouser Nigel. Il était moins fou, moins violent. J'ai peur d'être la source de sa folie. Mais il est hors de question que je me marie maintenant.

– Pourquoi ?

– Parce que la chorée d'Huntington est une maladie héréditaire. Et que je la porte dans mes gènes. Je n'ai pas envie de la transmettre à un enfant. C'est déjà assez pénible de voir Bridie tous les jours et de se dire, chaque fois qu'elle trébuche ou laisse tomber un objet par terre, qu'elle a cette saleté de maladie. Je ne sais pas ce que je ferais si j'avais un enfant. Je deviendrais probablement folle d'inquiétude.

– Rien ne t'oblige à en avoir. Tu pourrais en adopter.

– C'est bien une réflexion d'homme. Nigel n'arrête pas de me tenir le même raisonnement. Mais à quoi bon se marier si c'est pour ne pas avoir d'enfant ? Un enfant en bonne santé.

– Le bébé de l'abbaye, est-ce qu'il était en bonne santé, lui ?

Elle se redressa pour le regarder.

– On est en service, inspecteur ? Drôle d'endroit pour mener une enquête, vous ne trouvez pas ?

Il eut un sourire mi-figue, mi-raisin.

– Désolé. La force de l'habitude, je suppose. (Et d'ajouter, incorrigible :) Elle était en bonne santé, cette petite fille ?

– Où en as-tu entendu parler ? Non, inutile de répondre. C'est à Keldale Hall, évidemment.

– Si j'ai bien compris, il s'agit d'une ancienne légende qui est devenue réalité.

– En quelque sorte. La légende – soigneusement entretenue par les Burton-Thomas – veut qu'on entende parfois crier un bébé dans l'abbaye, la nuit. En fait, la réalité est tout autre, tu t'en doutes. C'est une illusion produite par le vent du nord lorsqu'il souffle avec la force voulue dans une fissure d'un mur, à la hauteur du transept. Cela se produit plusieurs fois par an.

– Comment le sais-tu ?

– Quand nous étions adolescents, mon frère et moi, nous sommes allés camper là-bas au printemps jusqu'à ce que nous ayons trouvé l'origine du bruit. Nous nous sommes évidemment bien gardés de faire part de nos conclusions aux Burton-Thomas. D'ailleurs, je dois à la vérité de dire que les sifflements du vent ne ressemblent guère aux piaillements d'un nourrisson.

– Et le vrai bébé, lui ?

– Ah, c'est ce qui s'appelle avoir de la suite dans les idées ! (Elle appuya sa joue contre sa poitrine.) Je sais peu de choses sur lui. Cela s'est passé il y a trois ans. Le père Hart découvrit la petite, réussit à soulever l'indignation générale et c'est à Gabriel Langston que revint le soin délicat de tirer l'affaire au clair. Pauvre Gabriel. Il n'a jamais réussi à découvrir quoi que ce soit. La colère du village retomba au bout de quelques semaines. Il y eut un enterrement, et ça s'arrêta là. Sombre histoire.

– Tu étais contente que ça se termine?

– Oui. Je n'aime pas ce qui est sombre. Je ne veux pas que ma vie soit triste, je veux qu'elle soit pleine de rire et de gaieté.

– Peut-être parce que tu as peur d'éprouver autre chose.

– C'est vrai. J'ai surtout peur de finir déboussolée, comme Olivia. D'aimer quelqu'un et de me le voir arracher. Je ne supporte plus Olivia. Après la mort de Paul, elle s'est enfoncée dans le brouillard et n'en est plus jamais ressortie. Je ne veux pas être comme ça. Jamais. (Elle prononça le dernier mot avec colère, mais lorsqu'elle leva la tête, ses yeux étaient luisants de larmes.) S'il te plaît, Thomas, chuchota-t-elle.

Le corps de Lynley s'embrasa de nouveau de désir. Il l'attira rudement contre lui, sentit sa chaleur, sa passion, entendit son cri de plaisir, sentit les ombres s'éloigner.

***

– Et Bridie?

– Quoi, Bridie?

– On la dirait perdue, avec son canard.

Stepha éclata de rire. Elle se recroquevilla sur le côté, son dos lisse pressé contre lui.

– Bridie sort de l'ordinaire, n'est-ce pas?

– Olivia a l'air bizarrement détachée d'elle. C'est comme si Bridie grandissait sans parents.

– Liv n'a pas toujours été comme ça. Mais Bridie ressemble à Paul. Elle lui ressemble terriblement. Aussi Olivia ne supporte-t-elle pas de la voir. Elle n'a pas encore surmonté son chagrin, et je doute qu'elle y parvienne un jour.

– Pourquoi diable allait-elle se remarier alors?

– Pour Bridie. Paul était un père très attentif. Olivia a dû se sentir obligée de lui dénicher un remplaçant, j'imagine, dit-elle d'une voix endormie. Je ne sais pas comment elle s'imaginait que ce mariage tournerait. Mais je crois que ce qui l'intéressait surtout, c'était de trouver un moyen de faire tenir Bridie tranquille. Ça aurait marché, d'ailleurs. Car William se débrouillait très bien avec Bridie. Et Roberta aussi.

– Tu ne te défends pas mal non plus, d'après Bridie.

Elle bâilla.

– Ah oui? Elle dit ça parce que je lui ai arrangé les cheveux, pauvre trognon. Je ne suis pas certaine d'être douée pour grand-chose d'autre.

– Tu chasses les fantômes, chuchota-t-il. Tu es très douée pour la chasse aux fantômes.

Mais elle dormait.

* * *

Il ouvrit les yeux et, cette fois, reprit aussitôt contact avec la réalité. Elle était allongée comme un enfant, les genoux ramenés contre la poitrine, les poings sous le menton. Fronçant les sourcils en rêve, elle avait une mèche de cheveux coincée entre les lèvres. Il sourit.

Un coup d'œil à sa montre lui apprit qu'il était près de sept heures. Il se pencha pour embrasser l'épaule nue. Elle s'éveilla sur-le-champ, l'œil vif, sachant parfaitement où elle était. Elle tendit la main, lui toucha la joue, l'attira contre elle.

Il lui embrassa la bouche, puis le cou, et au rythme de sa respiration comprit ce qu'elle éprouvait lorsqu'il atteignit son sein. Sa main glissa tout le long du corps de Stepha. Elle poussa un soupir.

– Thomas.

Il leva la tête. Elle avait les joues rouges, les yeux brillants.

– Il faut que j'y aille.

– Pas tout de suite.

– Regarde l'heure.

– Dans un instant.

Il se pencha vers elle, sentit ses mains dans ses cheveux.

– Tu... Je... Seigneur.

Elle rit en comprenant à quel point son corps la trahissait. Il sourit :

– Va-t'en, puisqu'il le faut.

Elle s'assit, l'embrassa une dernière fois, et se dirigea vers la salle de bains. Il resta allongé, empli d'un contentement qu'il avait cru ne plus jamais éprouver, écoutant les bruits familiers dans la salle d'eau. Il se demanda comment il avait bien pu survivre à toute une année d'exil en lui-même. Puis elle le rejoignit en souriant, passant sa brosse dans ses cheveux emmêlés. Elle attrapa sa robe de chambre grise et commença à l'enfiler, un bras gracieusement levé.

C'est à la faveur de ce geste, à la lumière du matin, qu'il vit inscrite de manière irréfutable sur sa chair la preuve qu'elle avait porté un enfant.

* * *

Barbara finit par se lever en entendant la porte de Lynley s'ouvrir et se fermer tout doucement. Elle était restée allongée sur le côté, les yeux désespérément fixés sur la même tache du mur, à grincer des dents si fort qu'elle en avait la mâchoire douloureuse. Il y avait sept heures qu'elle s'efforçait de se contenir, depuis qu'elle les avait entendus dans la chambre voisine.

Les membres gourds, elle marcha jusqu'à la fenêtre où elle contempla fixement le matin de Keldale. Le village semblait sans vie, dénué de couleur et de bruit. « Tout comme moi », songea-t-elle.

Le plus éprouvant, ç'avait été le lit : le grincement rythmique et sans équivoque du lit. Cela avait duré et duré jusqu'à lui donner envie de hurler, de marteler le mur de ses poings pour que ça cesse. Mais le silence qui succédait abruptement aux couinements des ressorts était encore pire. Il lui résonnait dans les tympans en pulsations furieuses, qui étaient celles de son propre cœur. Et le lit avait repris le relais, interminablement. Puis le cri étouffé de la femme.

Elle posa une main sèche et fiévreuse sur la vitre, sentit avec une surprise distraite le verre humide et frais. Ses doigts glissèrent, laissant sur le carreau des traînées qu'elle examina méticuleusement.

Autant pour l'amour non payé de retour qu'il éprouvait pour Deborah, songea Barbara, acide. Seigneur, quelle idiote je fais! Quand avait-il été autre chose que ce qu'il avait été la nuit dernière : un étalon, un taureau, un impitoyable étalon en rut qui devait se prouver sa puissance entre les jambes de toutes les femmes qui croisaient son chemin.

Vous nous avez fait une belle démonstration de virilité, la nuit dernière, inspecteur. Combien de fois l'avez-vous fait monter au septième ciel ? Trois, quatre fois ? Vous avez de sacrées ressources, ça c'est sûr. Votre coup de reins vaut de l'or.

Elle rit sans bruit, sans joie. C'était vraiment un plaisir de découvrir qu'il n'était que ce qu'elle avait toujours pensé de lui : un chat de gouttière à l'affût de la première femelle en chaleur venue, astucieusement camouflé sous un éclatant vernis de bonne éducation. Mais que le vernis était mince, finalement! Il suffisait de gratter la surface pour faire jaillir la vérité.

Dans la chambre voisine, l'eau se mit à couler dans la baignoire et Barbara eut l'impression d'entendre crépiter une salve d'applaudissements. Elle se décida à remuer, tourna le dos à la fenêtre et prit une décision quant à l'attitude à prendre.

***

– Il va nous falloir retourner la maison de fond en comble, pièce après pièce, dit Lynley.

Ils étaient dans le bureau. Havers, qui s'était approchée des étagères, feuilletait d'un air morne un exemplaire corné des Brontë. Il l'observait. A toutes les remarques qu'il avait faites au petit déjeuner, elle n'avait répondu que par de secs monosyllabes. Les fragiles liens qu'ils avaient réussi à tisser semblaient rompus. Et pour couronner le tout, elle avait remis son hideux tailleur bleu clair et un grotesque collant de couleur.

– Havers, fit-il d'un ton froid. Vous m'écoutez ?

Elle tourna la tête avec une lente insolence.

– Je suis suspendue à vos lèvres... inspecteur.

– Alors commencez par la cuisine.

– L'un des deux endroits où les femmes se sentent réellement à l'aise.

– Qu'est-ce que ça veut dire ?

– Absolument rien.

Elle sortit.

Perplexe, il la suivit des yeux. Bon sang, qu'est-ce qui lui prenait d'un seul coup ? Ils avaient fait du si bon travail ensemble et voilà qu'elle se comportait comme si elle n'avait qu'une envie : tout compromettre et rendosser l'uniforme. Cela n'avait pas de sens. Webberly lui donnait une chance de se racheter. Pourquoi s'amuserait-elle à prouver que tous les préjugés que nourrissaient les autres inspecteurs du Yard à son égard étaient fondés ? Il marmonna un juron et chassa cette pensée de son esprit.

A l'heure qu'il était, Saint James devait être au labo de Newby Wiske, le cadavre du chien enveloppé dans un linceul en polystyrène dans le coffre de l'Escort et les vêtements de Roberta posés dans un carton sur le siège arrière. Il effectuerait l'autopsie, superviserait les tests, en coucherait les résultats par écrit avec son efficacité habituelle. Dieu merci. Grâce à la participation de Saint James, il y aurait au moins quelque chose dans cette affaire qui serait fait dans les règles.

Kerridge, chef de la police du Yorkshire, avait été ravi d'apprendre qu'Allcourt-Saint James allait se servir de son excellent laboratoire. Du moment qu'il s'agissait d'enfoncer un clou dans le cercueil de Nies, il ne pouvait qu'être d'accord, songea Lynley. Il secoua la tête d'un air dégoûté, se dirigea vers le bureau de William Teys et ouvrit le tiroir du haut.

Il ne renfermait pas le moindre secret. Il y avait là des ciseaux, des crayons, une carte de la région toute fripée, un ruban de machine à écrire, un rouleau de scotch. En voyant la carte, il sentit son intérêt s'éveiller et s'empressa de la déplier. Peut-être allait-elle être couverte d'un fouillis de griffonnages prouvant que Teys avait cherché avec soin sa fille aînée. Mais Lynley en fut pour ses frais. La carte ne portait aucun message indiquant l'endroit où pouvait se trouver une jeune disparue.

Les autres tiroirs étaient aussi peu intéressants que le premier. Il y trouva un pot de colle, deux boîtes de cartes de vœux inutilisées, trois paquets de photos prises à la ferme, des livres de comptes, un rouleau de pastilles à la menthe qui n'était plus de la première fraîcheur. Rien qui se rapportât à Gillian.

Il se laissa aller contre le dossier de la chaise. Ses yeux se dirigèrent vers le lutrin et vers la Bible qui était posée dessus. Mû par une impulsion subite, il l'ouvrit à la page marquée précédemment :

« Alors Pharaon dit à Joseph : « Après que Dieu t'a fait connaître tout cela, il n'y a personne d'intelligent et de sage comme toi. C'est toi qui seras mon maître du palais et tout mon peuple se conformera à tes ordres, je ne te dépasserai que par le trône. » Pharaon dit à Joseph : « Vois : je t'établis sur tout le pays d'Égypte. » Et Pharaon ôta son anneau de sa main et le mit à la main de Joseph, il le revêtit d'habits de lin fin et lui passa au cou le collier d'or. Il le fit monter sur son meilleur char et l'on criait devant lui « A genoux. » Ainsi fut-il établi sur tout le pays d'Égypte. »

– Vous demandez conseil au Seigneur ?

Lynley leva les yeux. Havers était appuyée contre la porte du bureau, son corps épais crûment découpé par la lumière du matin, le visage indéchiffrable.

– Vous avez fini d'examiner la cuisine ? s'enquit-il.

– Je me suis dit que je pourrais m'accorder une pause. (Elle pénétra dans la pièce.) Auriez-vous des cigarettes ?

Il lui tendit son étui d'un air absent et se dirigea vers les étagères, les parcourant des yeux, cherchant un volume de Shakespeare. L'ayant trouvé, il se mit à le feuilleter.

– Est-ce que Daze est rousse, inspecteur ?

Il mit un certain temps à réagir. Lorsqu'il releva le nez, Havers était retournée près de la porte dont elle caressait le chambranle d'un air pensif, donnant l'impression de se moquer éperdument de la réponse qu'il pourrait lui faire.

– Je vous demande pardon ?

Elle ouvrit le porte-cigarettes et lut l'inscription : « Thomas chéri. Nous pourrons toujours penser à Paris, n'est-ce pas ? Daze. »

Froidement, elle croisa son regard. C'est alors qu'il remarqua sa grande pâleur, ses yeux cernés de fatigue, et l'étui en or qui tremblait entre ses doigts.

– Est-ce que Daze est rousse ? répéta Havers. Je vous pose la question, parce que vous semblez avoir une préférence pour les rousses, inspecteur. Mais peut-être que je me trompe, peut-être qu'elles font toutes aussi bien l'affaire, après tout ?

Horrifié, Lynley comprit – mais un peu tard – ce qui avait provoqué ce changement d'attitude chez Barbara, et la responsabilité qu'il avait en la matière.

– Havers...

Elle leva la main pour l'empêcher de poursuivre. Elle était pâle comme une morte. Ses traits semblaient plats et sans relief, sa voix tendue.

– Ce n'est pas de bon goût de ne pas aller retrouver la dame dans sa chambre quand on a un rendez-vous galant, inspecteur. Je suis étonnée que vous ne sachiez pas cela. Compte tenu de l'expérience que vous avez en la matière, un détail comme celui-là n'aurait pas dû vous échapper. Oh bien sûr, ce n'est qu'un petit manquement aux usages et je doute que ça dérange beaucoup les dames qui ont le plaisir insigne de coucher avec vous.

Il eut un mouvement de recul, choqué par la laideur brutale que prenait le mot prononcé sur ce ton.

– Je suis désolé, Barbara.

– Pourquoi ? fit-elle avec un rire guttural et forcé. On ne songe pas aux voisins dans le feu de la passion. Je n'y songe pas, moi, en tout cas. (Elle lui adressa un mince sourire.) Et passionné, vous l'étiez, la nuit dernière, pas vrai ? J'avoue que j'ai eu du mal à en croire mes oreilles quand vous êtes repartis tous les deux pour une deuxième séance. Surtout si peu de temps après la première ! Seigneur, c'est à peine si vous avez pris le temps de souffler.

Il la regarda se diriger vers l'étagère, passer un doigt le long du dos d'un livre.

– Je ne savais pas que vous pouviez nous entendre. Je vous fais toutes mes excuses, Barbara. Je suis vraiment navré.

Elle pivota vivement vers lui.

– Pourquoi ? répéta-t-elle, une octave plus haut. Vous n'êtes pas de service vingt-quatre heures sur vingt-quatre. En outre, ce n'est pas vraiment votre faute : vous ne pouviez pas savoir que Stepha se mettrait à bramer comme une possédée.

– Quoi qu'il en soit, il n'a jamais été dans mon intention de vous blesser...

– Vous ne m'avez pas blessée! (Elle éclata d'un rire suraigu.) Où diable êtes-vous allé pêcher une idée pareille ? Disons que vous avez piqué ma curiosité, c'est tout. En vous entendant expédier Stepha au septième ciel – combien, trois, quatre fois ? – je me suis demandé si Deborah avait coutume de bramer, elle aussi.

Elle y était allée au pifomètre et pourtant elle avait fait mouche. A son air triomphant, il comprit que cela ne lui avait pas échappé.

– Ce ne sont pas vos oignons.

– Bien sûr que non! Je le sais! Mais quand vous avez remis ça avec Stepha la deuxième fois – et ça a bien duré une heure, n'est-ce pas ? – je n'ai pas pu m'empêcher de penser à ce pauvre Simon. Il doit lui falloir en mettre un sacré coup pour réussir à faire le poids à côté de vous.

– Je vois que vous avez potassé la question, Havers. Je ne peux pas vous retirer ça. Et quand vous vous décidez à frapper, vous n'y allez pas de main morte.

– Je vous dispense de vos airs condescendants! Ne vous amusez pas à ça avec moi! hurla-t-elle. Pour qui diable vous prenez-vous ?

– Pour votre supérieur hiérarchique, pour commencer.

– Oh, c'est ça, inspecteur. Faites-moi le coup de la supériorité hiérarchique maintenant. Eh bien, que dois-je faire ? Me remettre au travail ? Ne m'en veuillez pas si je ne suis pas tout à fait dans mon assiette. Je n'ai pas très bien dormi la nuit dernière.

D'un geste rageur, elle prit un livre sur l'étagère et le fit tomber par terre. Lynley vit qu'elle luttait pour refouler ses larmes.

– Barbara...

Elle continua à tripoter les livres, tournant violemment les pages, jetant les ouvrages par terre. Ils étaient tachés d'humidité et répandaient dans l'air le parfum de moisi des objets qu'on néglige.

– Écoutez-moi. Vous avez fait du bon travail jusque-là. Ne faites pas l'imbécile maintenant.

Elle pivota vers lui en tremblant.

– Qu'est-ce que ça veut dire ?

– Vous avez une chance de réintégrer la criminelle. Ne la gâchez pas sous prétexte que vous êtes furieuse contre moi.

– Je ne suis pas furieuse contre vous! Je me fous pas mal de vous.

– Je n'en doute pas un instant.

– Nous savons bien tous les deux pourquoi on m'a demandé de faire équipe avec vous. Il leur fallait une femme et ils savaient que je *ne craignais rien,* fit-elle en crachant les mots. A l'instant où l'enquête est terminée, je me retrouve dans la rue.

– Qu'est-ce que vous racontez ?

– Allons, inspecteur, je ne suis pas idiote. Je me suis plus d'une fois regardée dans la glace.

– Vous pensez que c'est parce que Webberly est persuadé que je suis capable de coucher avec toutes les autres femmes policiers du Yard que l'on a fait appel à vous ? fit-il, saisi. (Comme elle ne répondait pas, il insista :) C'est ça que vous pensez ? (Le silence se prolongea.) Bon Dieu, Havers...

– Je ne le pense pas, je le sais! cria-t-elle. Ce que Webberly ignore, c'est qu'il n'y a pas que les mochetés dans mon genre qui n'ont rien à craindre de vous : les blondes et les brunes ne risquent rien, elles non plus, en ce moment. C'est pour les rousses que vous en pincez, les rousses comme Stepha, qui remplacent celle que vous avez perdue.

– Ne mélangez pas tout! Ça n'a rien à voir... avec le sujet de cette conversation!

– Au contraire! Si Deborah ne vous manquait pas autant, vous n'auriez pas passé la nuit à besogner Stepha comme un malade et nous n'aurions pas cette discussion à la flan!

– Alors laissons tomber, voulez-vous ? Je vous ai présenté des excuses. Vous avez vidé votre sac, déballé vos états d'âme... bizarres. Je crois que ça suffit comme ça.

– Oh, ça vous arrange de qualifier mes états d'âme de bizarres, fit-elle amèrement. Mais et vous alors ? Vous refusez d'épouser une femme parce que son père est domestique, vous regardez votre meilleur ami tomber amoureux d'elle, vous passez le reste de votre vie rongé par le remords, et c'est *moi* que vous qualifiez de bizarre ?

– Vous déformez quelque peu les faits, dit-il, glacial.

– Oh, les faits, je les connais. Et mis bout à bout, ils ont l'air rudement... bizarres, pour reprendre votre expression. Primo : vous êtes amoureux de Deborah Saint James et ne cherchez pas à le cacher. Deuxio : elle est mariée à quelqu'un d'autre. Tertio : vous avez manifestement eu une liaison avec elle. Quarto : vous auriez fort bien pu l'épouser, mais vous avez décidé de vous abstenir et pour cette décision – prise pour des raisons de bienséance mesquines et étriquées – vous allez payer pendant tout le reste de votre putain de vie!

– C'est touchant, cette foi que vous avez dans mon pouvoir de séduction. Pour vous, toutes celles qui couchent avec moi n'ont qu'une envie : devenir ma femme. Exact ?

– Je vous interdis de vous moquer de moi! glapit-elle, les yeux plissés de rage.

– Je ne me moque pas de vous. Pas plus que je n'ai l'intention de poursuivre cette conversation.

Il fit mine de se diriger vers la porte.

– Oh, c'est ça! Prenez la fuite! C'est exactement ce que j'attendais de vous, Lynley. Allez donc vous... expliquer de nouveau avec Stepha! Ou alors avec Helen. Est-ce qu'elle se colle une perruque sur le crâne pour vous aider à bander ? Est-ce qu'elle vous laisse l'appeler Deb ?

Il sentit la colère, tel un courant tumultueux, passer dans ses veines. Pour s'efforcer de garder son calme, il consulta sa montre.

– Havers, je vais à Newby Wiske prendre connaissance des résultats des tests effectués par Saint James. Cela vous laisse – disons – trois heures pour retourner la maison de fond en comble et me trouver quelque chose – n'importe quoi, Havers – qui me conduise à Gillian Teys. Compte tenu de votre remarquable propension à tirer des conclusions à partir de rien, cela ne devrait guère vous poser de problème. Toutefois, si dans trois heures vous revenez bredouille, considérez-vous comme virée. Est-ce clair ?

— Pourquoi ne pas me virer tout de suite et en finir une bonne fois pour toutes ? fit-elle d'une voix stridente.

— Parce que l'attente ajoute encore au plaisir. (Il s'approcha d'elle, prit dans sa main molle le porte-cigarettes.) Daze est blonde, ajouta-t-il après un temps.

Elle grogna.

— Je trouve ça dur à avaler. Est-ce qu'elle porte une perruque rousse dans l'intimité ?

— Je l'ignore. (Il retourna l'étui dans sa main de façon qu'elle puisse voir le A fleuri qui y était gravé.) Mais c'est une question qui n'est pas dénuée d'intérêt. Si mon père était encore en vie, je ne manquerais pas de la lui poser. Cet étui lui appartenait. Daze est ma mère.

Il prit le volume de Shakespeare et quitta la pièce.

Barbara le fixa, immobile, attendant que son cœur se calme un peu dans sa poitrine, prenant lentement conscience de l'énormité de ce qu'elle venait de faire.

Vous avez fait du bon travail jusqu'à maintenant... Vous avez une chance de réintégrer la criminelle. Ne la gâchez pas sous prétexte que vous êtes furieuse contre moi.

Et n'était-ce pas exactement ce qu'elle venait de faire ? Mue par le besoin de le harceler, de le larder de critiques, de se moquer de l'attrait qu'exerçait sur lui une belle femme, elle avait oublié toutes les bonnes intentions qu'elle avait prises avant d'enquêter sur l'affaire Teys. Bon Dieu, qu'est-ce qui avait bien pu lui passer par la tête ?

Était-elle jalouse ? S'était-elle – pauvre imbécile – imaginé dans un moment de folie que Lynley pourrait la regarder et ne pas voir en elle ce qu'elle était réellement : une femme boulotte et laide comme un pou, qui en voulait au monde entier, une femme amère, dépourvue d'amis, et terriblement seule ? Se pouvait-il qu'elle ait nourri l'espoir qu'il finirait par éprouver de la sympathie pour elle ? Est-ce cela qui l'avait poussée à l'agresser ce matin ? L'idée était d'une absurdité patente.

Non. Ce n'était pas possible. Elle en savait assez sur son compte pour ne pas être ignorante à ce point.

Elle se sentit vidée. Cela tenait sûrement à la maison, au fait de devoir travailler dans cet endroit macabre. Elle n'était pas à Gembler Farm depuis cinq minutes qu'elle se sentait prête à craquer nerveusement, à montrer les dents, à grimper aux murs, à s'arracher les cheveux par poignées.

Elle se dirigea vers la porte du bureau et regarda l'autel, à l'autre bout du séjour. Tessa lui adressa un gentil sourire. Mais n'y avait-il pas une petite lueur de triomphe au fond de ses prunelles ? N'aurait-on pas dit que Tessa savait depuis le début qu'elle ne pouvait qu'échouer, dès qu'elle aurait posé le pied dans cette maison et senti peser sur ses épaules le silence et le froid ?

Trois heures, avait-il dit. Trois heures pour découvrir le secret de Gillian Teys.

Elle éclata d'un rire dont elle eut tout le loisir de goûter l'amertume. Il savait qu'elle ferait chou blanc, qu'il aurait la joie de la renvoyer à Londres où elle rendosserait l'uniforme et tomberait de nouveau en disgrâce. Alors à quoi bon continuer ? Pourquoi ne pas mettre les voiles tout de suite et le priver du plaisir de la sacquer ?

Elle se laissa tomber sur le canapé du séjour. Du haut de son cadre, Tessa la considéra avec sympathie. Mais... et à supposer qu'elle parvienne à retrouver Gillian ? Et si elle réussissait là où Lynley lui-même avait échoué ? Quelle importance alors qu'il la renvoyât faire la circulation ? Ne saurait-elle pas, une fois pour toutes, qu'elle était bonne à quelque chose, qu'elle aurait pu faire partie d'une équipe ?

C'était une idée. Elle se mit à tirer machinalement sur le capitonnage usé du canapé. Le bruit que faisaient ses doigts en grattant le tissu était le seul qu'on entendît dans la maison. A l'exception du frôlement des souris fouisseuses qui flottait au bord de sa conscience, comme une idée à demi ébauchée.

Elle regarda l'escalier d'un air pensif.

* * *

Ils s'étaient assis à une table, dans un coin du pub à l'enseigne des Clés et de la Bougie, l'établissement le plus central et le plus prospère de Newby Wiske. La plupart des clients venus là pour déjeuner étaient partis et, à part eux, il ne restait que les habitués, buvant des demis, penchés au-dessus du bar.

Ils repoussèrent leurs assiettes sur un coin de table et Deborah versa le café qu'on venait de déposer devant eux. De l'autre côté de la porte, le cuistot et le plongeur jetaient des restes dans la poubelle tout en discutant bruyamment des mérites d'un cheval de trois ans qui devait courir à Newmarket et sur lequel le cuisinier avait misé une partie non négligeable de ses gages de la semaine.

L'air absent, Saint James mit dans son café la dose habituelle de sucre. Lynley attendit qu'il en soit à sa quatrième cuillerée pour remarquer :

– Il compte ?

– S'il le fait, je ne m'en suis jamais aperçue, répondit Deborah.

– Quelle horreur! Comment peux-tu avaler ça, Saint James?

Simon prit les résultats des tests.

– Il faut bien que je combatte l'odeur de ce chien d'une façon ou d'une autre. C'est un fier service que je t'ai rendu là, Tommy.

– Je te revaudrai ça au centuple. Qu'as-tu trouvé, au juste?

– L'animal s'est vidé de son sang à la suite d'une blessure reçue au cou. Un coup de couteau dont la lame faisait douze centimètres de long.

– Pas un canif, donc.

– Je dirais qu'il s'agissait d'un couteau de cuisine ou d'un couteau de boucher. Quelque chose dans ce goût-là. Les gars du labo ont-ils examiné les couteaux de la ferme?

Lynley fouilla dans les documents qu'il avait apportés.

– Apparemment oui. Mais ils n'ont pas réussi à mettre la main sur l'objet en question.

Saint James prit un air pensif.

– C'est curieux. Cela tendrait presque à suggérer que... (Il fit une pause, renonça à poursuivre.) Enfin, ils ont la fille qui a reconnu avoir tué son père, ils ont la hache...

– La hache sans empreinte, remarqua Lynley.

– Soit. Mais à moins que la S.P.A. ne tienne à intenter un procès pour cruauté envers les animaux, il n'est pas vraiment nécessaire qu'on mette la main sur l'arme qui a tué le chien.

– Tu commences à parler comme Nies.

– Loin de moi cette pensée!

Saint James touilla son café, il allait y remettre du sucre lorsque avec un sourire angélique sa femme attrapa le sucrier et le plaça hors de sa portée. Il grommela et reprit la conversation.

– J'ai trouvé autre chose. Des barbituriques.

– Quoi?

– Des barbituriques, reprit Saint James. Tiens, fit-il en poussant le rapport de toxicologie vers Lynley.

Lynley en prit connaissance, sidéré.

– Le chien a été drogué, c'est ça?

– Oui. D'après les tests, l'animal était inconscient lorsqu'on lui a tranché la gorge.

– Inconscient! (Lynley balaya le rapport des yeux et le reposa sur la table.) Alors ce n'est pas pour le faire taire qu'on l'a zigouillé.

– Pas vraiment, non. Il était hors d'état de faire le moindre bruit.

– Est-ce qu'il y avait assez de barbituriques pour le tuer? Est-ce que quelqu'un aurait essayé de neutraliser la pauvre bête en la droguant et, voyant son coup manqué, aurait décidé de la saigner à blanc?

– Ce n'est pas impossible. Mais compte tenu de tout ce que tu m'as raconté sur cette affaire, ça n'a guère de sens.

– Pourquoi ?

– Parce que ce quelqu'un aurait d'abord dû s'introduire dans la maison, mettre la main sur les somnifères, les administrer au chien, attendre qu'ils fassent effet, se rendre compte que la dose était insuffisante et retourner chercher un couteau afin d'achever le travail. Et le chien pendant ce temps-là, qu'est-ce qu'il fabriquait ? Il attendait bien sagement qu'on lui plante un coutelas dans le cou ? Ne crois-tu pas plutôt qu'il aurait aboyé et fait un raffut de tous les diables ?

– Un instant. Tu es trop rapide pour moi. Pourquoi cette personne aurait-elle dû s'introduire dans la maison pour se procurer les somnifères ?

– Ce sont les mêmes que ceux que William Teys avait ingurgités, et il rangeait ses comprimés à la maison, pas dans l'étable.

Lynley réfléchit à l'argument.

– L'assassin les avait peut-être sur lui.

– Peut-être. Il aurait pu les faire avaler au chien, attendre qu'ils agissent, trancher la gorge de la pauvre bête et attendre ensuite que Teys sorte et se rende à l'étable.

– Entre dix heures et minuit ? Qu'est-ce que Teys serait allé faire à l'étable entre dix heures et minuit ?

– Chercher le chien ?

– Pourquoi ? Pourquoi dans l'étable ? Pourquoi pas au village où l'animal avait coutume de vadrouiller ? D'ailleurs veux-tu me dire pourquoi Teys aurait pris la peine de partir à sa recherche ? Tous les villageois nous ont affirmé que Moustache allait et venait à sa guise à Keldale. Pourquoi William Teys se serait-il subitement mis à se faire du mauvais sang pour son chien, justement cette nuit-là ?

Saint James haussa les épaules.

– Ce que fabriquait Teys, on peut en discuter. Mais il n'y a qu'une personne qui aurait pu tuer le chien, c'est Roberta.

Dehors devant le pub, Saint James déploya la robe et l'étala sur le coffre de la voiture de Lynley, indifférent aux regards curieux d'un groupe de touristes du troisième âge qui, l'appareil photo en sautoir, faisaient la chasse aux souvenirs. Il désigna du doigt la tache qui ornait l'intérieur du coude sur la manche gauche, la croûte incrustée entre la taille et les genoux, et le poignet droit, pareillement taché.

– Ces taches, c'est du sang du chien, Tommy. (Il se tourna vers sa femme.) Tu veux bien procéder à une petite démonstration, mon cœur ? Refaire ce que tu as fait au labo ? Ici, sur la pelouse ?

Deborah s'assit docilement sur les talons, sa robe couleur terre de Sienne bouillonnant autour d'elle comme une mante. Saint James vint se placer derrière elle.

– Si j'avais un chien coopératif sous la main, ce serait plus commode, mais nous ferons de notre mieux. Roberta – qui sait où se trouvent les somnifères de son père, j'imagine – en met le soir dans la pâtée du chien. Il lui faut s'assurer que l'animal demeure dans l'étable. Pas question qu'il titube et aille s'écrouler au beau milieu du village. Une fois le chien dans les vapes, elle s'agenouille par terre comme Deborah vient de le faire. Seule cette posture explique la présence des taches là où elles sont sur sa robe. Elle soulève la tête du chien et la tient au creux de son bras. (Il plia doucement le bras de Deborah pour les besoins de sa démonstration.) Puis, de la main droite, elle lui coupe la gorge.

– C'est insensé, murmura Lynley d'une voix rauque. Pourquoi ?

– Attends une minute, Tommy. La tête du chien est tournée. Elle lui plonge le coutelas dans la gorge, ce qui produit la flaque de sang qui macule sa jupe, et le tire vers le haut pour achever le travail. (Il désigna du doigt les différents endroits sur la robe de Deborah.) D'où la présence de sang sur le coude, là où reposait la tête, sur la jupe – c'est du sang qui a dégoutté du cou –, sur la manche droite et sur le poignet. (Saint James effleura les cheveux de sa femme.) Merci, mon amour, dit-il en l'aidant à se remettre debout.

Lynley revint vers la voiture et examina le vêtement.

– Franchement, ça n'a pas beaucoup de sens. Pourquoi diable aurait-elle fait ça ? Tu veux dire qu'elle s'est mise sur son trente et un dans la nuit de samedi à dimanche, qu'elle s'est glissée jusqu'à l'étable pour trancher la gorge du chien qu'elle aimait depuis qu'elle était petite fille ? (Il leva les yeux.) Pourquoi ?

– Comment veux-tu que je te réponde ? Je ne peux pas te dire ce qui se passait dans sa tête, seulement ce qui a dû se passer.

– N'aurait-elle pas pu aller à l'étable, trouver le chien mort, et dans sa panique, le ramasser, le serrer contre elle et se mettre du sang partout à ce moment-là ?

Il y eut une pause infime.

– C'est possible, mais peu vraisemblable.

– Mais c'est possible ?

– Oui, mais peu vraisemblable, Tommy.

– Quel est ton scénario, alors ?

Deborah et Saint James échangèrent des regards gênés. Lynley comprit qu'ils avaient parlé de l'affaire, qu'ils étaient du même avis, un avis qu'ils répugnaient à lui faire connaître.

– Eh bien ? fit Lynley. Est-ce que par hasard tu prétendrais que Roberta a trucidé son chien, que son père s'est rendu à l'étable, s'en est aperçu, qu'ils se sont disputés et qu'elle lui a coupé la tête ?

– Non, non. Il est possible que Roberta n'ait pas tué son père. Mais elle était là quand c'est arrivé. Elle ne pouvait pas ne pas être là.

– Pourquoi ?

– Parce que le bas de sa robe est plein du sang de son père.

– A moins qu'elle se soit rendue à l'étable, qu'elle ait trouvé son corps et que, sous le choc, elle soit tombée à genoux.

Saint James secoua la tête.

– Ça ne tient pas debout.

– Pourquoi ?

Il tendit le doigt vers le vêtement étalé sur le coffre de la voiture.

– Regarde les taches. Le sang de Teys a giclé sur le tissu. Tu sais aussi bien que moi ce que cela signifie.

Lynley garda un instant le silence.

– Elle était debout à côté de lui quand c'est arrivé, conclut-il.

– Il ne peut en avoir été autrement. Si ce n'est pas elle qui a fait le coup, elle a assisté à la scène.

– Est-ce qu'elle protège quelqu'un, Tommy ? s'enquit Deborah en voyant l'expression qui se peignait sur les traits de Lynley.

Il ne répondit pas tout de suite. Il pensait aux taches et aux dessins qu'elles avaient laissés, aux assemblages de mots, d'images et de comportements. Il pensait à ce qu'une personne apprend, au moment où elle l'apprend, et à la façon dont elle utilise les données qui lui sont fournies.

Il se secoua et répondit à la question par une autre question.

– Saint James, que ferais-tu, jusqu'où irais-tu pour sauver Deborah ?

C'était une question dangereuse. Il se risquait dans des eaux qu'il valait peut-être mieux laisser inexplorées.

– Jusqu'où irais-tu ? insista Lynley.

– Non, Tommy !

Deborah tendit la main pour l'empêcher d'aller plus loin, l'empêcher de causer des dégâts irréparables dans le cristal délicat de leur paix fragile.

– Est-ce que tu dissimulerais la vérité ? Est-ce que tu ferais le sacrifice de ta vie ? Jusqu'où irais-tu pour sauver Deborah ?

Saint James regarda sa femme. Elle était blanche, ses taches de rousseur dansaient sur son nez, ses yeux étaient voilés de larmes. Soudain il comprit le sens de la question, qui était primordiale.

– Je ferais n'importe quoi, répondit-il, les yeux sur sa femme. Mon Dieu, oui, je ferais n'importe quoi.

Lynley hocha la tête.

– C'est en général ce que font les gens pour ceux qu'ils aiment le plus.

* * *

Il choisit la symphonie n° 6 de Tchaïkovski, la Pathétique. Il sourit lorsque le bouillonnement du premier mouvement emplit l'habitacle de la voiture. Helen n'aurait jamais toléré une chose pareille.

– Tommy, chéri, tout mais pas ça! aurait-elle protesté. Nous sommes déprimés, mais ce n'est pas une raison pour nous rendre suicidaires!

Puis elle aurait résolument fouillé dans les cassettes pour trouver quelque chose de tonique et de léger, vraisemblablement du Strauss, qu'elle aurait mis au maximum et entrelardé de ces réflexions amusantes qui étaient sa spécialité.

– Imagine-les sautillant à travers bois dans leurs petits tutus, Tommy. Religieux à souhait!

Aujourd'hui, cependant, le thème pesant de la Pathétique avec son impitoyable exploration des souffrances spirituelles de l'homme convenait à son état d'esprit. Il ne se rappelait pas s'être jamais senti aussi écrasé par une enquête. Il avait l'impression qu'un poids terrible – qui n'avait rien à voir avec la responsabilité qui lui incombait d'aller au fond des choses – lui pesait sur le cœur. Il en connaissait la cause. Le meurtre – sa nature et ses conséquences indicibles – était une hydre. Chacune de ses têtes, coupée impitoyablement afin d'atteindre le «corps prodigieux semblable à celui d'un chien» de la culpabilité, cédait aussitôt la place à deux autres têtes, plus venimeuses que la précédente. Mais contrairement à tant d'autres enquêtes où la simple routine lui avait suffi pour atteindre en un coup de scalpel le cœur du mal, empêchant la tumeur de gagner et lui permettant de sortir indemne de la rencontre, il n'en était pas de même dans cette affaire qui lui collait littéralement à la peau. Son instinct lui disait que la mort de William Teys n'était que l'une des têtes du serpent, et que les huit autres n'allaient pas tarder à se mesurer avec lui. Ignorant, de surcroît, la nature du mal qu'il affrontait, Lynley était dans un état d'intense agitation intérieure. Mais il se connaissait suffisamment bien pour savoir qu'il fallait bien autre chose que la mort d'un homme dans une étable de Keldale pour expliquer son angoisse et son désespoir.

Il y avait Havers, dont il allait devoir s'occuper. Mais par-delà Havers, il y avait la vérité. Car sous les accusations amères et sans fondement, sous son amour-propre blessé, les mots qu'elle avait prononcés avaient l'accent de la vérité. N'avait-il pas cette année passé son temps à chercher en vain une remplaçante à Deborah ? Pas de la façon – honnête, tout compte fait – qu'avait suggérée Havers, qui consiste pour deux êtres à s'accoupler sans arrière-pensées afin de partager quelques instants de plaisir, avant de se séparer et de reprendre chacun sa route, sans avoir été autrement marqués par la rencontre. Cela avait au moins l'avantage de la franchise et du plaisir partagé. Mais pendant cette dernière année de sa vie, Lynley n'avait rien partagé avec qui que ce soit.

Cette attitude ne cachait-elle pas la vérité, à savoir qu'il s'était imposé cette longue période de célibat aride non à cause de Deborah, mais plutôt afin de devenir le grand prêtre d'une religion qu'il avait créée pour soi seul et qui consistait à sombrer dans le culte aveugle du passé ? Cette religion perverse l'avait conduit à soumettre toutes celles qui avaient eu le malheur de traverser sa vie à l'épreuve impossible de soutenir la comparaison avec Deborah, pas la Deborah réelle, mais la déesse mystique qui n'existait que dans son imagination.

Loin d'avoir essayé d'oublier le passé, il avait au contraire tout fait pour le maintenir vivant, à croire qu'il avait toujours eu l'intention d'épouser Deborah. Un immense chagrin lui serra le cœur.

Pour couronner le tout, il dut admettre également que sa relation avec Stepha était loin d'être claire. Mais il ne put se résoudre à aborder ce nouveau problème. Il était encore trop tôt.

Le dernier mouvement de la symphonie s'achevait. Il s'engagea sur la route sinueuse qui menait à Keldale, faisant voler les feuilles d'automne sous les roues de la voiture, laissant derrière lui un nuage bouillonnant de rouge, d'or et de jaune, annonciateur d'hiver. Il stoppa devant l'auberge et passa un moment à en contempler les fenêtres, se demandant quand et comment il allait recoller les morceaux de sa vie.

Havers avait dû l'observer du salon, car elle se précipita vers la porte dès qu'il eut coupé le contact. Il grogna et se raidit en prévision d'une autre scène. Mais elle ne lui laissa pas le temps d'ouvrir la bouche.

– J'ai retrouvé Gillian, annonça-t-elle.

13

Barbara avait réussi tant bien que mal à survivre à la matinée. L'affreuse prise de bec avec Lynley, les horreurs de la chambre de Roberta avaient émoussé sa fureur et son sentiment de malaise s'était mué en un morne détachement. Elle était persuadée de toute façon qu'il allait la virer. Certes, elle le méritait. Mais avant qu'il ne mît sa menace à exécution, elle lui prouverait tout de même qu'elle pouvait faire un sergent honorable. Pour cela, il lui faudrait cependant le rencontrer une dernière fois. Ce serait sa dernière chance de lui montrer qu'elle était à la hauteur.

Elle regarda Lynley balayer du regard l'insolite ramassis d'objets étalés sur l'une des tables du salon : l'album et ses photos de famille mutilées, un roman corné et froissé, la photographie exhumée de la commode de Roberta, la photo des deux sœurs et six pages de journal jaunies toutes pliées en rectangles de quarante centimètres sur cinquante-cinq.

L'air absent, Lynley prit ses cigarettes dans sa poche, en alluma une et s'assit sur le canapé.

– Qu'est-ce que c'est que tout ça, sergent ?

– Les faits concernant Gillian.

Sa voix était modulée avec soin, mais le léger vibrato qui l'habitait attira l'attention de Lynley. Elle se racla la gorge pour tenter de le dissimuler.

– Il va falloir que vous éclairiez ma lanterne, j'en ai peur, dit-il. Cigarette ?

Elle brûlait d'envie de sentir le mince cylindre de tabac entre ses doigts, la fumée apaisante dans ses poumons. Mais elle savait que si elle en allumait une, le tremblement de ses mains la trahirait.

– Non, merci.

Les yeux rivés sur le visage impassible de Lynley, elle inspira à fond et poursuivit :

– Avec quoi Denton tapisse-t-il les tiroirs de vos commodes ?

– Avec du papier, je suppose. Je n'ai jamais fait particulièrement attention.

– Mais pas du papier journal, n'est-ce pas ? (Elle prit place en face de lui, les poings serrés sur les genoux, et sentit ses ongles s'enfoncer cruellement dans ses paumes.) Car l'encre risquerait de tacha vos vêtements.

– Exact.

– C'est pour cela que j'ai été intriguée lorsque vous m'avez dit que les tiroirs de Roberta étaient tapissés de papier journal. Et je me suis souvenue avoir entendu Stepha Odell dire que Roberta avait coutume de passer prendre le *Guardian* à l'auberge tous les jours.

– Jusqu'à ce que Paul Odell meure, en tout cas. Car après, elle a cessé de venir le réclamer.

Barbara ramena ses cheveux derrière ses oreilles. Ça n'avait aucune espèce d'importance, se dit-elle, s'il ne la croyait pas, s'il se moquait des conclusions qu'elle avait tirées après trois longues heures passées dans cette horrible chambre.

– Ce n'est pas à cause de Paul Odell qu'elle a cessé de passer à l'auberge prendre le *Guardian*, à mon avis. Je crois plutôt que c'est à cause de Gillian.

Les yeux de Lynley se braquèrent sur les journaux et Barbara le vit remarquer à son tour ce qui l'avait frappée : Roberta avait tapissé ses tiroirs avec les petites annonces. En outre, bien qu'il y eût six pages de journal sur la table, c'étaient plusieurs fois les deux mêmes pages du *Guardian*, à croire que quelque chose de particulièrement important avait paru dans un certain numéro et que Roberta avait demandé à différents villageois leur exemplaire pour le garder en souvenir.

– Les petites annonces, murmura Lynley. Bon Dieu, Havers, Gillian lui a envoyé un message.

Barbara attrapa l'un des feuillets et promena son doigt tout le long de la page.

– « R. Regarde l'annonce. G. », lut-elle. Je crois bien que c'est ça, le message.

– « Regarde l'annonce ? » Quelle annonce ?

Elle prit un exemplaire de la seconde page soigneusement conservée par Roberta.

– Celle-ci.

Il la lut. C'était un petit encart annonçant la tenue – quatre ans plus tôt – d'une réunion à Harrogate, un débat auquel participait une organisation répondant au nom de Testament House. Les noms des intervenants suivaient, mais celui de Gillian Teys ne figurait pas sur la liste. L'air intrigué, Lynley leva le nez.

– Je n'y suis plus, sergent.

Elle haussa un sourcil étonné.

– Vous ne connaissez pas Testament House ? Aucune importance, j'oublie tout le temps que ça fait des années que vous n'avez pas enfilé l'uniforme. Testament House, dont le siège est à Fitzroy Square, est dirigée par un anglican. Il enseigna à l'université jusqu'au jour où un de ses étudiants lui demanda pourquoi il ne mettait pas son enseignement en pratique et ne s'occupait pas de nourrir les affamés et de vêtir ceux qui étaient nus. Il décida alors de s'occuper de ces problèmes et fonda Testament House.

– Et c'est quoi, Testament House ?

– Une organisation qui recueille les fugueurs. Adolescents filles et garçons s'adonnant à la prostitution, à la drogue et d'une façon générale tous les jeunes de moins de vingt et un ans qui traînent à Trafalgar, à Piccadilly ou dans les gares londoniennes, à la merci du premier maquereau ou de la première pute venue. Cela fait des années qu'il opère. Tous les policiers en tenue le connaissent. Nous lui amenions toujours des clients.

– Il s'agit du révérend George Clarence dont le nom figure ici, je suppose ?

Havers hocha la tête.

– Il donne des conférences dans tout le pays afin de collecter des fonds pour l'organisation.

– Vous voulez dire que... vous croyez que Gillian Teys a été recueillie par ces gens-là, c'est ça ?

– Je... Oui.

– Pourquoi ?

Dénicher l'annonce, la décrypter lui avait pris un temps fou et maintenant tout – à commencer par sa carrière, il lui fallait bien l'admettre – reposait sur Lynley. Allait-il ou non la croire ?

– A cause de ce nom.

Elle désigna du doigt le nom qui figurait en troisième position sur la liste des participants au débat.

– Nell Graham ?

– Oui.

– Je nage complètement.

– Je crois que *Nell Graham* était le message destiné à Roberta. Des années durant, elle a épluché le journal tous les jours avec soin, attendant de voir ce qui était arrivé à sa sœur. *Nell Graham* lui a fourni la réponse. Cela signifiait que Gillian avait survécu.

– Mais pourquoi Nell Graham ? (Lynley balaya du regard les autres noms.) Pourquoi pas Terence Hanover, Caroline Paulson ou Margaret Crist ?

Havers prit le roman fatigué qu'elle avait posé sur la table.

– Parce qu'aucun de ces noms-là ne figure dans les œuvres des Brontë. (Elle tapota le livre.) *Le Locataire de Wildfell Hall* raconte l'histoire d'Helen Huntington, une femme qui, bravant le code moral de son temps, laisse choir son mari alcoolique pour refaire sa vie. Elle tombe amoureuse d'un homme qui ignore tout de son passé et ne connaît d'elle que le nom qu'elle s'est choisi : Helen Graham, *Nell*, inspecteur.

Sa démonstration terminée, elle attendit, le cœur battant.

La réaction de Lynley n'aurait pu la surprendre davantage, rien n'aurait pu la désarmer plus sûrement.

– Bravo, Barbara, dit-il doucement, l'œil brillant, le sourire aux lèvres. (Il se pencha en avant, l'air sérieux.) Comment croyez-vous qu'elle ait atterri chez eux ?

Le soulagement fut si intense que Barbara s'aperçut qu'elle tremblait de la tête aux pieds. Elle prit une profonde inspiration et réussit à retrouver sa voix :

– Gillian devait avoir juste assez d'argent pour gagner Londres, où son pécule fondit rapidement. Ils ont dû la ramasser dans la rue ou dans l'une des gares de la capitale.

– Pourquoi ne l'ont-ils pas renvoyée chez son père ?

– Parce que ce n'est pas comme ça que ça marche à Testament House. Les responsables encouragent les enfants à rentrer chez eux ou, à défaut, à téléphoner à leurs parents afin de leur faire savoir qu'ils sont en bonne santé, mais ils ne les forcent pas à le faire. Si les adolescents veulent rester à Testament House, on leur demande d'obéir au règlement, un point c'est tout. On ne leur pose pas de questions.

– Mais Gillian était partie de chez elle à l'âge de seize ans. Si elle est bien Nell Graham, elle devait avoir vingt-trois ans lorsqu'elle a participé à ce débat à Harrogate. Comment expliquez-vous qu'elle ait passé toutes ces années à Testament House ?

– Si elle n'avait pas d'autre point de chute, ça s'explique très bien. Si elle voulait une famille, c'était encore là qu'elle avait le plus de chances d'en trouver une. En tout cas, il n'y a qu'une façon de le savoir, il nous suffit de...

– ... lui parler, conclut-il rondement. (Il se leva d'un bond.) Rassemblez vos affaires. Nous partons dans dix minutes. (Il fouilla dans le dossier et en sortit la photographie de Russell Mowrey et de sa famille.) Donnez ça à Webberly quand vous serez à Londres, dit-il en griffonnant un message au dos du cliché.

– Quand je serai à Londres ?

Le cœur d'Havers se serra. Ainsi donc, il la sacquait. Ne le lui avait-il pas promis après leur explication à la ferme ? A quoi pouvait-elle s'attendre, sinon à cela ?

L'air affairé, Lynley releva les yeux.

– Vous l'avez retrouvée, sergent. Vous pouvez bien la ramener à Keldale. C'est par Gillian et par elle seule que nous réussirons à communiquer avec Roberta. Vous n'êtes pas d'accord ?

– Je... Mais en ce qui me concerne... (Elle s'interrompit, n'osant croire à ce que cachaient ses mots.) Vous ne voulez pas téléphoner à Webberly ? Envoyer quelqu'un d'autre...? Vous rendre là-bas vous-même ?

– J'ai trop à faire ici. Vous êtes assez grande pour vous occuper de Gillian. Si Nell Graham est bien Gillian, évidemment. Dépê-chez-vous, Havers. Il faut que nous foncions à York pour que vous puissiez attraper le train.

– Mais... comment dois-je...? Quelle approche dois-je adopter ? Est-ce que je dois simplement...

Il eut un geste péremptoire de la main.

– Je m'en remets à vous, sergent. Tout ce que je vous demande, c'est de la ramener ici aussi vite que possible.

Elle desserra les poings, sentant le soulagement l'envahir.

– Bien, monsieur, s'entendit-elle chuchoter.

*
* *

Il tapota le volant des doigts et examina la maison qui surplom-bait la pente gazonnée. En roulant à tombeau ouvert, il avait réussi à mettre Havers dans le train de trois heures pour Londres et maintenant il était assis devant la villa des Mowrey, se deman-dant quelle attitude choisir pour aborder la maîtresse de céans. La vérité n'était-elle pas préférable au silence ? N'en avait-il pas déjà fait l'expérience ?

Elle vint lui ouvrir la porte. Au coup d'œil circonspect qu'elle lança par-dessus son épaule, il comprit qu'il tombait encore plus mal que lors de leur première entrevue.

– Les enfants viennent de rentrer de l'école, dit-elle en guise d'explication. (Elle sortit, referma la porte derrière elle et resserra son cardigan autour de son corps mince comme celui d'un enfant.) Est-ce que vous... Avez-vous des nouvelles de Russell ?

Il ne pouvait s'attendre à ce qu'elle lui demandât des nouvelles de sa fille. Tessa, elle, avait dit adieu au passé, avait fait une cou-pure chirurgicale franche et nette, et elle était partie.

– Il va vous falloir demander à la police d'intervenir, Mrs Mowrey.

Elle pâlit.

– C'est impossible. Il n'a pas...

– Il faut que vous téléphoniez à la police.

– Je ne peux pas faire ça, chuchota-t-elle farouchement.

– Il n'est pas dans sa famille à Londres, n'est-ce pas ? (Elle secoua brièvement la tête, et détourna son visage.) Est-ce qu'il leur a donné signe de vie, seulement ? (Même réponse.) Dans ce cas ne vaut-il pas mieux essayer de savoir ce qu'il est devenu ? (Comme elle ne répondait pas, il la prit par le bras et la conduisit doucement vers l'allée.) Pourquoi William gardait-il toutes ces clés ?

– Quelles clés ?

– Il y en avait une boîte pleine sur l'étagère de son armoire. Mais il n'y en a nulle part ailleurs dans la maison. Savez-vous pourquoi ?

Elle baissa la tête, porta une main à son front.

– Les clés. J'avais oublié, murmura-t-elle. Je... C'est à cause de la colère qu'avait piquée Gillian.

– Quand ?

– Elle devait avoir sept ans. Non, presque huit. Je m'en souviens parce que j'étais enceinte de Roberta. C'est un incident qui est survenu comme ça, tout d'un coup, et qui a pris des proportions incroyables, le genre d'incident dont les familles rient plus tard quand les enfants sont grands. Un jour à l'heure du dîner, William dit à Gillian : « Gilly, nous allons lire la Bible ce soir. » J'étais assise, à rêvasser sans doute, et je m'attendais à ce qu'elle réponde : « Oui, papa » comme d'habitude. Mais ce soir-là, elle décida de ne pas lire la Bible et contra William sur ce point. Cela la rendit littéralement hystérique et elle courut s'enfermer à double tour dans sa chambre.

– Et alors ?

– Gilly n'avait jamais désobéi à son père auparavant. Le pauvre William était assis, là, sidéré, ne sachant comment réagir.

– Qu'avez-vous fait ?

– Autant que je m'en souvienne, pas grand-chose. Je suis montée jusqu'à la chambre de Gilly, qui refusa de me laisser entrer. Elle criait qu'elle ne lirait plus jamais la Bible et que personne ne pourrait l'y obliger. Puis elle se mit à jeter des objets contre la porte. Je... je redescendis trouver William. (Elle regarda Lynley, mi-perplexe, mi-admirative, et poursuivit :) William ne lui adressa pas un mot de reproche. Ce n'était pas dans ses habitudes. Mais quelque temps après, il retira les clés de toutes les serrures. Il m'expliqua que si la maison avait brûlé cette nuit-là et qu'il n'avait pas réussi à arriver jusqu'à Gilly parce que sa porte était verrouillée, il ne se le serait jamais pardonné.

– Est-ce qu'ils se remirent à lire la Bible après ça ?

Elle secoua la tête.

– Non, il ne le lui demanda jamais plus.

– La lisait-il avec vous ?

– Non. Seul.

Une petite fille émergea soudain de la maison tandis qu'ils parlaient, un morceau de pain à la main, une fine traînée de confiture sur la lèvre supérieure. Petite comme sa mère, elle tenait de son père ses cheveux foncés et ses yeux intelligents. Elle leur décocha un regard empreint de curiosité.

– Maman, appela-t-elle du seuil. (Elle avait une voix douce et claire.) Qu'est-ce qui se passe ? C'est à cause de papa ?

– Non, ma chérie, fit vivement Tessa. Je rentre dans un instant.

Elle se tourna vers Lynley.

– Vous connaissiez bien Richard Gibson ? s'enquit-il.

– Le neveu de William ? Autant qu'on pouvait connaître Richard, je suppose. C'était un garçon discret mais très sympathique, doué d'un merveilleux sens de l'humour. Gilly en était folle. Pourquoi cette question ?

– Ce n'est pas à Roberta mais à lui que William a légué Gembler Farm.

Elle plissa le front.

– Pourquoi pas à Gilly ?

– Gillian s'est enfuie de la maison quand elle avait seize ans, Mrs Mowrey. Nul n'en a plus jamais entendu parler.

Tessa prit une brève inspiration, comme lorsqu'on reçoit un choc inattendu. Ses yeux se braquèrent sur Lynley.

– Oh non, murmura-t-elle.

C'était un non qui exprimait moins le refus que l'incrédulité. Il poursuivit :

– Richard avait lui-même quitté la région depuis un certain temps, il était parti pour les Fens. Il n'est pas impossible que Gillian l'y ait rejoint et que de là elle soit ensuite allée à Londres.

– Mais pourquoi ? Que s'était-il passé ? Qu'avait-il bien pu se passer ?

Il se demanda ce qu'il devait lui dire.

– J'ai eu l'impression, risqua-t-il en espaçant ses mots, qu'il y avait quelque chose entre elle et Richard.

– Et William s'en serait aperçu ? Si tel était le cas, il n'aurait pas manqué d'arracher les yeux à son neveu.

– Supposons qu'il ait découvert le pot aux roses et que Richard ait su à quoi s'attendre de sa part. Croyez-vous que cela aurait suffi à l'inciter à quitter le village ?

– Je crois que oui. Mais cela n'explique pas que William lui ait laissé la ferme plutôt qu'à Roberta.

– Apparemment, Gibson et lui avaient conclu un marché. Roberta aurait continué à habiter à la ferme avec Richard et sa famille, mais les Gibson auraient hérité des terres.

– Mais Roberta se serait mariée un jour ou l'autre. Ce n'est pas juste. William aurait souhaité que les terres restent la propriété de ses descendants directs, reviennent à ses petits-enfants, peut-être pas aux enfants de Gilly mais à ceux de Roberta.

En l'entendant parler, Lynley comprit quel gouffre ses dix-neuf ans d'absence avaient creusé entre elle et ses filles. Elle ne savait rien de Roberta, des provisions qu'elle avait cachées sous son lit, de sa catatonie. Roberta n'était pour sa mère qu'un nom, un nom qui se marierait, aurait des enfants, vieillirait. Elle n'avait aucune réalité, pas d'existence réelle à ses yeux.

– N'avez-vous jamais pensé à vos filles? s'enquit-il. (Tessa contempla ses pieds avec intensité, comme si toute son attention était focalisée sur ses chaussures de daim. Ne la voyant pas répondre, il insista :) Vous ne vous êtes jamais demandé comment elles allaient, Mrs Mowrey? Vous n'avez jamais pensé à ce qu'elles étaient devenues? Vous ne vous êtes jamais inquiétée de savoir comment elles avaient grandi?

Elle secoua vivement la tête. Et lorsqu'elle se décida enfin à lui répondre, ce fut d'une voix soigneusement maîtrisée qui en disait bien plus que de longs discours sur ce qu'elle ressentait au fond d'elle-même. Elle garda les yeux fixés au loin sur la silhouette de la cathédrale d'York.

– C'est un luxe que je ne pouvais pas me permettre, inspecteur. Je savais qu'elles étaient en bonne santé. Aussi les ai-je laissées. Ma survie était à ce prix. Est-ce que vous comprenez?

Quelques jours plus tôt, il lui aurait répondu par la négative. Et ç'aurait été la vérité. Mais tel n'était plus le cas maintenant.

– Oui. Je comprends.

Il lui fit au revoir de la tête et retourna à sa voiture.

– Inspecteur...

La main sur la poignée de la portière, il pivota vers elle.

– Vous savez où est Russell, n'est-ce pas?

Elle lut la réponse sur son visage mais préféra se contenter du mensonge.

– Non, répondit-il.

***

Ezra Farmington habitait le pavillon mitoyen de celui de Marsha Fitzalan, juste en face de La Colombe. Comme celui de l'institutrice sa voisine, le jardin de Farmington était bien entretenu, mais avec un souci moins poussé du détail. Comme si les bonnes intentions du peintre s'étaient, ainsi que les plantes, détériorées à la longue. Les haies poussaient dru mais n'étaient pas taillées, les mauvaises herbes envahissaient les plates-bandes, des plantes annuelles fanées auraient eu grand besoin d'être arrachées et jetées. Quant au petit carré de pelouse hirsute, il n'était plus bon qu'à servir de fourrage.

Farmington n'eut pas l'air content du tout de le voir. Après avoir ouvert la porte, il se planta carrément devant. Jetant un coup d'œil par-dessus son épaule, Lynley vit que le peintre avait passé ses œuvres en revue. Des douzaines d'aquarelles étaient étalées sur le divan du séjour ou jonchaient le sol, déchirées en menus morceaux, froissées en boules furieuses ou encore abandonnées çà et là et piétinées par leur auteur. Un tri fait au petit bonheur, cependant, car l'artiste paraissait avoir un sacré coup dans l'aile.

— Inspecteur ? s'enquit Farmington avec une politesse excessive.

— Puis-je entrer ?

Le peintre haussa les épaules.

— Pourquoi pas ? (Il ouvrit plus grand la porte et, avec un moulinet du bras plein d'affectation, fit signe à Lynley d'entrer.) Excusez la pagaille. Je suis en train de faire le ménage.

Lynley enjamba plusieurs toiles.

— Dans des toiles vieilles de quatre ans ? s'enquit-il, débonnaire.

Il avait bien choisi son moment. Les narines de Farmington se mirent à frémir et ses lèvres à remuer.

— Qu'est-ce que cha veut dire ?

Son élocution commençait à devenir pâteuse.

— Quelle heure était-il quand vous vous êtes disputé avec William Teys ? s'enquit Lynley, ignorant la question.

— Quelle heure ? (Ezra haussa les épaules.) Aucune idée. Un verre, inch... inspecteur ? (Il eut un sourire fixe et, le buste roide, traversa la pièce pour se verser un gobelet de gin.) Non ? Vous ne voyez pas d'inconvénient à ce que je... ? Merci. (Il avala une gorgée, toussa et rit, s'essuyant la bouche d'un revers de poignet si rude qu'on eût dit qu'il s'assenait un coup.) Même pas capable de boire un petit coup.

— Vous descendiez de la lande de High Kel. Ce n'est pas une balade que vous feriez à la nuit tombée.

— Sûrement pas.

— Et vous avez entendu de la musique dans la ferme ?

— Ha ! (Il agita son verre en direction de Lynley.) Tout un putain d'orchestre, inch... inspecteur. On se serait cru au beau milieu d'un de ces défilés à la gomme.

— Et vous n'avez vu que Teys ? Personne d'autre ?

— Est-ce que je dois compter l'aimable Nigel raccompagnant le clébard chez lui ?

— Non.

— Alors il n'y avait personne d'autre. (Levant son verre, il fit cul sec.) Je suppose que Roberta devait être à l'intérieur en train de changer les disques, pauvre grosse mémère. Elle n'était guère bonne à autre chose. Si ce n'est à manier la hache et à faire faire le grand saut à papa, gloussa-t-il.

Lynley se demanda pourquoi le peintre s'efforçait de paraître répugnant, et ce qui pouvait bien le pousser à afficher un aspect si laid de son caractère qu'il en devenait intolérable. Il paraissait mû par la haine, la colère et un mépris intense, presque palpable. Farmington était à l'évidence un homme de talent et pourtant il semblait poussé à détruire avec une sorte d'entêtement aveugle la force créatrice qui donnait un sens à sa vie.

Tandis qu'avec un abandon révoltant le peintre portait la main à sa braguette et se dirigeait d'un pas titubant vers les toilettes, Lynley examina les toiles qui jonchaient la pièce et comprit la cause du désespoir de leur auteur en voyant les études qu'il ne pouvait se résoudre à détruire.

Exécutées au fusain, au crayon, au pastel, à l'huile, et sous tous les angles possibles, ces œuvres – qui racontaient le mouvement, la passion, le désir, et témoignaient du tourment de l'artiste – représentaient toutes Stepha Odell.

En entendant revenir Ezra, Lynley s'arracha à la contemplation du travail du peintre et à ses réflexions. Il s'obligea à regarder Farmington et, ce faisant, le vit clairement pour la première fois : un coureur de femmes et un hypocrite se servant de chagrins passés pour excuser son comportement présent. Il se rendit compte que Farmington était au mieux son double, son second moi, l'homme qu'il pouvait décider de devenir.

*
* *

De la gare de King's Cross, Barbara prit la Northern Line jusqu'à Warren Street. Fitzroy Square n'était qu'à quelques minutes à pied de là. Tout en marchant, elle s'efforça d'échafauder une stratégie. De toute évidence, Gillian Teys était mouillée jusqu'au cou dans l'affaire, mais pour le prouver, ç'allait être une autre paire de manches. Si elle avait été assez intelligente pour disparaître de la surface de la terre pendant onze ans, elle devait l'être assez pour avoir un alibi en béton pour la nuit fatidique. Si Gillian était bien Nell Graham et si elle pouvait la retrouver à l'aide des maigres renseignements en sa possession – Barbara se dit que la meilleure façon de s'y prendre était de ne pas lui laisser le choix, de l'arrêter si nécessaire, afin de la ramener à Keldale le soir même. Elle réfléchit à tout ce qu'on lui avait dit au sujet de Gillian : son comportement de quasi-délinquante, ses débordements et sa faculté de dissimuler les deux sous un angélique raffinement. Il n'y avait qu'une façon de traiter quelqu'un d'aussi retors : se montrer ferme, ne pas faire de sentiment, ne pas faire de quartier.

Fitzroy Square – secteur soigneusement rénové de Camden Town – était une adresse insolite pour une maison destinée à recueillir des adolescents fugueurs. Vingt ans auparavant, lorsque la place n'était encore qu'un rectangle d'immeubles croulants, de trottoirs sales et de jardinières vides, on n'aurait pas été surpris de trouver là une maison habitée par le rebut de la société. Mais aujourd'hui, la place était pimpante et comme neuve, la pelouse en son centre soigneusement entourée d'une grille destinée à tenir les vagabonds à l'écart. Tous les immeubles étaient peints de frais et les portes d'entrée laquées luisaient à la lueur mourante du jour. Difficile de croire que les indésirables, les terrorisés, les affligés et les oubliés pussent encore demeurer là !

Le numéro 11 abritait Testament House, bâtisse géorgienne dont la façade disparaissait sous les échafaudages. Une poubelle pleine de plâtre, de pots de peinture vides, de cartons et de chiffons indiquait que Testament House, à l'instar de ses voisines, s'employait à faire peau neuve. De la porte d'entrée ouverte s'échappaient des flots de musique. Ce n'était pas le rock-and-roll tapageur qu'on aurait pu s'attendre à trouver dans une maison peuplée d'adolescents en cavale, mais les accords délicats d'une guitare classique s'égrenant au milieu du silence attentif de l'auditoire. Les jeunes de corvée à la cuisine ne participaient de toute évidence pas au récital, car même dehors l'air était imprégné d'un puissant arôme de sauce tomate et d'épices, laissant deviner assez précisément le menu du dîner.

Barbara gravit deux marches et entra. Le long couloir était recouvert d'un tapis rouge si râpé par endroits qu'il laissait voir le bois du plancher. Des tableaux d'affichage couverts d'affichettes et de messages ornaient seuls les murs nus. Abondamment signalé par de grosses flèches en carton, l'horaire des cours à l'université de Gower Street occupait la place d'honneur. Les adresses des cliniques du quartier, des centres pour drogués, des bureaux du Planning familial avaient été notées à l'intention des pensionnaires. Le numéro de téléphone gratuit d'un S.O.S. Amitié pour les candidats au suicide était imprimé sur des feuillets détachables fixés au bas du tableau. La plupart de ces feuillets avaient été arrachés.

– Bonjour, lança gaiement une voix. Est-ce que je peux vous aider ?

Barbara pivota et se trouva face à une femme replète entre deux âges penchée au-dessus du comptoir de la réception, qui repoussa ses lunettes à monture d'écaille sur une masse de cheveux gris coupés ras. Son sourire accueillant se figea quand elle vit la carte que Barbara lui mit sous le nez. A l'étage, la musique classique continuait.

— Il y a un problème? s'enquit la femme. Vous voulez parler à Mr Clarence, je suppose?

— Non, répondit Barbara. Ce ne sera peut-être pas nécessaire. Je cherche cette jeune femme. Son nom est Gillian Teys mais nous pensons qu'elle se fait appeler Nell Graham.

Elle tendit la photographie et comprit aussitôt l'inutilité de son geste. Car à peine avait-elle prononcé le nom que le visage de son interlocutrice s'était altéré.

Faisant preuve de bonne volonté, la réceptionniste examina cependant le cliché:

— C'est bien Nell.

Barbara avait eu beau être certaine de son fait, elle ne put s'empêcher de triompher intérieurement.

— Pouvez-vous me dire où je peux la joindre? C'est important, il faut que je la trouve le plus vite possible.

— Elle n'a pas d'ennuis?

— C'est important, il faut que je la trouve, répéta Havers.

— Oui, bien sûr. Je suppose que vous ne pouvez rien me dire. C'est que... (La femme se tripota nerveusement le menton.) Laissez-moi aller chercher Jonah, ajouta-t-elle impulsivement. C'est de son ressort.

Avant même que Barbara ait pu répondre, la femme aux lunettes se précipita dans l'escalier qu'elle grimpa en courant. Un instant plus tard, la musique prit fin au milieu d'un concert de protestations et d'éclats de rire. Puis il y eut des bruits de pas. La voix assourdie de la réceptionniste résonna, puis une voix masculine lui fit écho.

Lorsqu'elle l'aperçut sur les marches, Barbara comprit qu'elle était en présence du guitariste. Son instrument sur l'épaule, il était beaucoup trop jeune pour être le révérend George Clarence, mais son habit ecclésiastique et sa ressemblance frappante avec le fondateur de Testament House indiquaient que ce devait être son fils. Il avait les mêmes traits bien dessinés: vaste front, regard vif capable d'évaluer une situation en un tournemain. Sa coiffure aussi était identique, avec une raie sur le côté et un épi rebelle dont aucun peigne n'avait pu venir à bout. Il n'était pas grand – un mètre soixante-treize tout au plus – et de corpulence plus que moyenne. Mais quelque chose dans sa façon de se tenir indiquait qu'il ne manquait ni de force ni d'assurance.

Il se dirigea vers Havers à grandes enjambées et tendit la main:

— Jonah Clarence. (Il avait une poignée de main ferme.) Vous cherchez Nell, m'a dit ma mère.

Mrs Clarence avait retiré ses lunettes et se mit à en mâchouiller machinalement la branche en écoutant la conversation, le front plissé, ses yeux allant de l'un à l'autre.

Barbara présenta la photographie à Jonah Clarence.

– C'est Gillian Teys, dit-elle. Son père a été assassiné il y a trois semaines dans le Yorkshire, et il va falloir qu'elle vienne avec moi pour répondre à quelques questions.

Clarence fixa Barbara. Il s'obligea à détacher d'elle son regard, contempla le cliché. Après quoi, ses yeux se portèrent sur sa mère :

– C'est bien Nell.

– Jonah, murmura Mrs Clarence. Mon cher enfant, fit-elle d'une voix empreinte de compassion.

Clarence rendit la photo à Barbara et s'adressant à sa mère :

– Il fallait que ça arrive un jour ou l'autre, n'est-ce pas ? fit-il d'une voix altérée par l'émotion.

– Mon chéri, est-ce que je... Veux-tu...

Il secoua la tête.

– J'allais partir de toute façon. (Et regardant Barbara, il ajouta :) Je vais vous conduire à Nell. C'est ma femme.

***

Lynley contemplait l'aquarelle de l'abbaye de Keldale tout en se demandant pourquoi son message lui avait échappé. La beauté de la toile résidait dans sa simplicité, son souci du détail, son refus de déformer ou de poétiser les ruines croulantes, d'en faire autre chose que ce qu'elles étaient en réalité : un vestige du temps passé que dévorerait le temps à venir.

Les murs squelettiques se dressaient sur fond de ciel désolé, s'efforçant désespérément de se soustraire à l'étouffement inévitable auquel la terre même sur laquelle ils étaient bâtis les condamnait. Ils luttaient contre les fougères coriaces jaillies des moindres recoins ; contre les fleurs sauvages grimpant le long des murs du transept ; contre l'herbe grasse et drue qui disputait au persil sauvage les pierres où les moines s'étaient jadis agenouillés pour prier.

Les marches ne débouchaient sur rien. Les escaliers incurvés qui avaient mené les saints hommes du cloître au parloir sombraient dans un oubli moussu, subissant des changements qui ne les enlaidissaient pas, mais modifiaient leur apparence.

Les fenêtres avaient disparu. Là où, jadis, des vitraux avaient orné presbytère et chœur, nef et transept, ne demeuraient plus que des trous béants regardant sans le voir un paysage sorti seul vainqueur de la lutte contre le temps.

Comment définir les vestiges de Keldale Abbey ? Étaient-ce les ruines mises à sac d'un passé glorieux ou la promesse vacillante de ce que l'avenir pouvait avoir en réserve ? Cela n'était-il pas après tout qu'une question de définition, songea Lynley ?

Il s'arracha à sa contemplation en entendant une voiture s'arrêter devant l'auberge, des portières s'ouvrir, un murmure de voix, des pas irréguliers approcher. Il se rendit compte qu'il faisait presque noir dans le salon et alluma une lampe juste au moment où Saint James entra dans la pièce. Il était seul, ce qui ne surprit pas Lynley.

Ils se firent face de part et d'autre d'une étroite bande de banale moquette, de part et d'autre surtout d'un abîme virtuel créé et entretenu par le sentiment de culpabilité de l'un et le chagrin de l'autre. Ils connaissaient bien tous deux les composantes de leur histoire et, comme pour y échapper, Lynley passa derrière le bar et versa deux whiskies. Il traversa la pièce et en tendit un à son ami.

– Elle est dehors ? s'enquit-il.

– Elle est allée à l'église. Connaissant Deborah comme je la connais, afin de jeter un dernier coup d'œil au cimetière, j'imagine. Nous partons demain.

Lynley sourit.

– Tu es autrement plus courageux que moi. Je n'aurais pas supporté Hank plus de cinq minutes. Vous filez vers les lacs ?

– Non. Nous allons passer une journée à York, après quoi nous rentrons à Londres. Je dois être au tribunal pour témoigner lundi matin et auparavant il me faut terminer une analyse de fibres.

– Dommage que vous ayez disposé de si peu de temps.

– Nous avons tout l'avenir devant nous. Deborah le sait.

Lynley hocha la tête et dirigea son regard vers les fenêtres où il vit leur reflet. Deux hommes si différents l'un de l'autre, partageant un passé douloureux et qui pouvaient, à condition qu'il le veuille, partager un avenir riche et plein de promesses. Tout dépendait de la définition. Il vida ce qui restait de son whisky.

– Merci de ton aide aujourd'hui, Saint James, finit-il par lâcher en tendant la main. Deborah et toi êtes de merveilleux amis.

* * *

Jonah Clarence emmena Barbara à Islington dans sa Morris déglinguée. Pendant le trajet – au demeurant fort court – il ne desserra pas les dents. Crispées sur le volant, ses mains aux phalanges blanches trahissaient seules son angoisse.

Les Clarence habitaient une drôle de petite rue, Keystone Crescent, qui donnait directement dans Caledonian Road. Pourvue à une extrémité de deux boutiques de traiteurs – d'où s'exhalaient les odeurs multiculturelles du *fish and chips* et du falafel – et d'un boucher à l'autre, près de Pentonville Road, elle était située dans un quartier mi-industriel, mi-résidentiel. Ateliers de confection, agences de location de voitures et fabriques de machines-outils cédaient le pas à des rues qui s'efforçaient d'acquérir un certain cachet.

Keystone Crescent était comme son nom l'indiquait une rue en croissant bordée de deux rangées de maisons – une concave et l'autre convexe. Toutes étaient munies de grilles de fer forgé et, là où jadis avaient fleuri de minuscules jardins, le sol maintenant bétonné servait de parking aux voitures. Les bâtisses de deux étages aux façades de brique noires de suie étaient surmontées par des fenêtres mansardées et couvertes d'un toit au bord festonné. Chaque bâtiment comportait un appartement en sous-sol. Alors que certaines de ces maisons récemment retapées s'efforçaient d'avoir l'air chic, celle devant laquelle Jonah Clarence se gara était résolument minable. Blanchie à la chaux, elle s'ornait d'huis-series vertes à l'origine mais devenues crasseuses à souhait, et de deux poubelles sans couvercle.

– Par ici, dit-il d'une voix sans timbre.

Il poussa la grille et, précédant Barbara, descendit les marches étroites et hautes menant à la porte d'un appartement. Contras-tant avec le triste état du bâtiment, la porte massive était laquée de frais et s'ornait en son centre d'un bouton de cuivre étincelant. Il ouvrit à l'aide de sa clé et fit signe à Barbara d'entrer.

Celle-ci vit au premier coup d'œil que les Clarence s'étaient donné beaucoup de mal pour décorer leur modeste foyer, comme s'ils avaient voulu tracer une ligne de démarcation sans équivoque entre la crasse de l'extérieur et le pimpant de l'intérieur. Les murs venaient d'être repeints, des tapis bariolés couvraient le sol, des rideaux blancs étaient accrochés aux fenêtres qui abritaient des plantes luxuriantes. Des livres, des albums de photos, une modeste chaîne stéréo, une collection de disques et trois pots en vieil étain garnissaient les étagères d'un meuble de rangement bas qui courait le long d'un mur. Il y avait peu de meubles mais ils avaient été à l'évidence choisis en fonction de leur beauté intrin-sèque et de leur qualité.

Jonah Clarence posa avec soin sa guitare sur un support et se dirigea vers la porte de la chambre.

– Nell ? appela-t-il.

– Je me change, chéri. J'en ai pour une minute, répondit gaie-ment une voix de femme.

Il regarda Barbara. Elle vit que son visage avait viré au gris maladif.

– J'aimerais...

— Non, dit Havers. Restez ici. S'il vous plaît, ajouta-t-elle en lisant dans les yeux de Clarence son désir de rejoindre sa femme.

Il se laissa tomber sur une chaise, l'air d'avoir soudain vieilli de plusieurs années. Il braqua les yeux sur la porte. Derrière le battant, des allées et venues guillerettes servaient d'accompagnement à une voix qui chantonnait une version entraînante d'un cantique. Il y avait des bruits de tiroirs qu'on ouvre et qu'on ferme. Le grincement d'une porte d'armoire. Il y eut une pause dans les chantonnements et des pas s'approchèrent. La chanson prit fin, la porte s'ouvrit et Gillian Teys surgit d'entre les morts.

C'était le portrait craché de sa mère, à ceci près que ses cheveux blonds coupés très court lui donnaient l'air d'avoir dix ans, impression que renforçait encore sa tenue. Elle portait en effet une jupe plissée écossaise, un chandail bleu marine, des chaussures noires et des chaussettes montant jusqu'au genou. On aurait dit qu'elle rentrait de l'école.

— Chéri, je... (Elle se figea en voyant Barbara.) Jonah ? Il y a quelque chose qui... ?

Sa respiration parut sur le point de s'arrêter. Elle tâtonna à la recherche de la poignée de la porte derrière elle.

Barbara esquissa un pas en avant.

— Scotland Yard, Mrs Clarence, dit-elle d'un ton net. J'aimerais vous poser quelques questions.

— Des questions ? (Sa main se porta à sa gorge. Ses yeux bleus s'assombrirent.) A quel sujet ?

— Au sujet de Gillian Teys, répondit son mari qui n'avait pas bougé de sa chaise.

— Qui ? fit-elle d'une voix sourde.

— Gillian Teys, reprit-il d'un ton uni. Dont le père a été assassiné il y a trois semaines dans le Yorkshire, Nell.

Elle recula contre la porte.

— Non.

— Nell...

— Non ! (Sa voix se fit plus forte. Barbara esquissa encore un pas en avant.) N'approchez pas ! Je ne sais pas de quoi vous parlez ! Je ne connais pas cette Gillian Teys !

— Donnez-moi la photo, dit Jonah à Havers en se levant. (Elle la lui tendit. Il se dirigea vers sa femme, lui posa la main sur le bras.) Voilà Gillian Teys.

Elle détourna les yeux de la photo qu'il lui tendait.

— Je ne la connais pas, je ne la connais pas ! hurla-t-elle manifestement terrorisée.

— Regarde-la, chérie.

Doucement, il l'obligea à tourner le visage vers le cliché.

— Non !

Hurlant de plus belle, elle s'arracha à son étreinte et s'enfuit dans l'autre pièce. Une autre porte claqua. Un verrou fut tiré.

Formidable, songea Barbara. Bousculant le jeune homme, elle se dirigea vers la porte de la salle de bains où régnait le silence. Elle tourna la poignée. *Sois ferme, ne fais pas de sentiment.*

– Mrs Clarence, sortez de là. (Pas de réponse.) Mrs Clarence, il faut que vous m'écoutiez. Votre sœur Roberta est accusée de meurtre. Elle est à l'asile de Barnstingham. Elle n'a pas dit un mot depuis trois semaines si ce n'est pour prétendre avoir assassiné votre père. Décapité votre père, Mrs Clarence. (Barbara manœuvra de nouveau la poignée.) Décapité, Mrs Clarence. Vous entendez ?

Un gémissement étouffé jaillit de derrière le battant – de ceux qu'aurait pu pousser un animal terrifié et blessé – qui fut bientôt suivi d'un cri angoissé :

– Je l'avais laissée pour toi, Bobby ! Oh mon Dieu, tu l'as perdue ?

Puis tous les robinets de la salle de bains furent ouverts à fond.

14

Propre. Propre! Il faut que je me lave. Vite, vite, vite! Ça va recommencer si je ne me lave pas. Cris, tambourinements, cris, tambourinements. C'est sans fin, ça n'arrête pas. Cris, tambourinements. Mais ils s'en iront tous les deux – Seigneur, il faut qu'ils s'en aillent – dès que je serai propre, propre, propre.

L'eau est chaude. Très chaude. La vapeur jaillit. Des nuages de vapeur. Je la sens sur mon visage. Je la respire à pleins poumons pour me décrasser.

– Nell!

Non, non, non!

Les poignées du placard glissent. Il faut que je l'ouvre. Il faut que mes mains tremblantes les trouvent, soigneusement dissimulées sous les serviettes. Brosses dures. Brosses métalliques à manche de bois. Métalliques et efficaces. Les brosses vont me nettoyer.

– Mrs Clarence!

Non, non, non!

C'est affreux, cette respiration sifflante qui emplit la pièce, me martèle les tympans. Assez, assez! Mains plaquées contre les oreilles, je n'arrive pas à la faire taire, poings pressés contre mon visage, je n'arrive pas à étouffer ce bruit.

– Nellie, s'il te plaît. Ouvre la porte!

Non, non, non!

Pas question d'ouvrir les portes maintenant. Aucun salut à attendre de ce côté. Il n'y a qu'un moyen d'y couper. C'est de se nettoyer, se nettoyer, se nettoyer. Commencer par ôter ses chaussures. S'en débarrasser. D'un coup de pied, je les pousse hors de ma vue. Ensuite, les chaussettes. Mes mains refusent de m'obéir. Allez, tire dessus! Vite, vite, vite!

– Mrs Clarence, est-ce que vous m'entendez ? Vous écoutez ce que je vous dis ?

Je n'entends rien, je ne vois rien. Je ne veux rien entendre, je ne veux rien voir. Les nuages de vapeur m'enveloppent. Les nuages de vapeur me brûlent. Les nuages de vapeur me nettoient!

– C'est ça que vous voulez, Mrs Clarence ? Parce que c'est exactement ce qui va arriver à votre sœur si elle continue à se taire. A vie, Mrs Clarence. Pour le restant de ses jours.

Non! Dis-leur que non! Dis-leur que rien n'a d'importance maintenant. Impossible de penser, impossible d'agir. Dépêche-toi, l'eau. Dépêche-toi de me purifier. Je la sens sur mes mains. Non, elle n'est pas encore assez chaude! Je ne sens rien, je ne vois rien. Jamais, jamais je ne serai propre.

Elle l'appela Moab, père des Moabites d'aujourd'hui. Elle l'appela Ben-Ammi, père des enfants d'Ammon d'aujourd'hui. La fumée monta du pays comme la fumée d'une fournaise. Ils montèrent de Çoar et s'établirent dans la montagne car ils n'osèrent pas rester à Çoar.

– Comment la porte ferme-t-elle ? Il y a un verrou ? Une clé ? Comment est-ce que ça ferme ?

– Je...

– Ressaisissez-vous. Il va falloir que nous enfoncions le battant.

– Non!

Martèlements, martèlements, violents, incessants. Qu'ils s'en aillent, par pitié qu'ils s'en aillent!

– Nell, Nell!

De l'eau partout. Je ne la sens pas, je ne la vois pas, pas assez chaude pour me rendre propre, propre, propre! Savon et brosses, savon et brosses. Frotte fort, fort, fort. Rendez-moi propre, propre, propre!

– C'est ça ou appeler la police. C'est ce que vous voulez ? Les forces de police enfonçant la porte ?

– Taisez-vous! Regardez ce que vous avez fait! Nell!

Bénissez-moi, Seigneur, parce que j'ai péché. Comprenez-moi et pardonnez-moi. Les brosses frottent, grattent, les brosses frottent pour me nettoyer.

– Vous n'avez pas le choix! C'est du ressort de la police, Mr Clarence, il ne s'agit pas d'une banale dispute conjugale.

– Qu'est-ce que vous faites ? N'approchez pas de ce téléphone, nom d'un chien !

Martèlements, martèlements.

– Nell!

Lecteur, je l'ai épousé et le mariage a eu lieu dans l'intimité: lui et moi, le pasteur et le clerc étions seuls présents. Lorsque nous sommes rentrés de l'église, je suis allée dans la cuisine du château où

Mary préparait le dîner et où John astiquait l'argenterie, et j'ai annoncé à Mary que j'avais épousé Mr Rochester le matin même.

— Je vous donne exactement deux minutes pour la sortir de là sinon je vous promets que vous allez voir rappliquer ici plus de flics que vous n'en avez jamais vu de votre vie. Est-ce clair ?

Tu es une drôle de fille. Encore! Pas déjà, Seigneur, Gilly, Seigneur!

Gilly est morte, Gilly est morte. Mais Nell est propre, propre, propre. Frotte bien, frotte fort, nettoie-la, nettoie-la, nettoie-la!

— Il faut que j'entre, Nell. Tu m'entends ? Je vais faire sauter le verrou. N'aie pas peur.

Allez, ma petite Gilly. Au diable le sérieux, ce soir. Rions, déchaînons-nous, faisons la folle. Nous boirons, danserons jusqu'à l'aube. Nous ramasserons des hommes et nous irons à Whitby. Nous emporterons du vin, des provisions. Nous danserons nue sur les murs de l'abbaye. Ils peuvent toujours essayer de nous attraper, Gilly. Nous serons complètement déchaînée.

Les martèlements sont encore plus forts maintenant. Forts, forts, forts! Mes tympans éclatent, mon cœur éclate. Frotte-lui bien la peau, qu'elle soit propre.

— Je doute que ça marche, Mr Clarence. Il va falloir que je...

— Non! Fermez-la, bon sang!

Tard le soir. Je t'ai dit au revoir. Tu m'as entendue ? Tu m'as vue ? Est-ce que tu l'as trouvée là où je l'avais laissée ? Est-ce que tu l'as trouvée, Bobby ? Est-ce que tu l'as trouvéetrouvéetrouvée ?

Le bois grince, le bois vole en éclats. Je ne suis plus en sûreté. Il me reste une dernière chance avant que Loth me trouve. Une dernière chance de me nettoyer.

— Seigneur! Oh, mon Dieu, Nell.

— Je vais appeler une ambulance.

— Non! Laissez-nous seuls!

Des mains m'agrippent. Des mains glissent. L'eau est toute rose et riche de sang. Des bras m'entourent. Quelqu'un pleure. On me tient bien serrée au chaud.

— Nellie. Oh Seigneur. Nell.

Il me presse contre lui. Je l'entends sangloter. Est-ce fini ? Suis-je propre ?

— Amenez-la ici, Mr Clarence.

— Allez-vous-en! Laissez-nous tranquilles!

— Il n'en est pas question. Elle est complice dans une affaire de meurtre. Vous le savez aussi bien que moi. A défaut d'autre chose, sa réaction devrait...

— Elle n'est complice de rien du tout! C'est impossible! J'étais avec elle!

— Vous ne pensez tout de même pas que je vais vous croire ?

– Nell! Je ne les laisserai pas ! Je ne les laisserai jamais !

Larmes, larmes. Brûlantes larmes. Corps secoué de douleur et de chagrin. Fais que cela cesse. Fais que cela cesse.

– Jonah...

– Oui, ma chérie. Qu'y a-t-il ?

– Nell est morte.

[*]

– Alors il a enfoncé la porte, dit Havers.

Lynley frotta son front douloureux. Les trois dernières heures lui avaient donné une migraine atroce. La conversation téléphonique avec Havers n'arrangeait rien.

– Et puis ?

Il y eut une pause.

– Havers ? insista-t-il.

Il avait conscience que sa voix était abrupte, qu'elle prendrait ça pour de la colère alors que ce n'était que de la fatigue. Il l'entendit prendre une profonde inspiration. Est-ce qu'elle pleurait ?

– C'était... Elle avait... (Elle s'éclaircit la gorge). La baignoire était pleine.

– Elle avait pris un bain ?

Il se demanda si Barbara s'en rendait compte : ce qu'elle racontait n'avait ni queue ni tête. Seigneur Dieu, qu'est-ce qui avait donc bien pu se passer ?

– Oui. Mais... elle s'était frottée avec des brosses. Des brosses métalliques. Et elle était en sang.

– Juste ciel, murmura-t-il. Où est-elle, Havers ? Comment... Est-ce qu'elle va bien ?

– J'ai voulu téléphoner pour faire venir une ambulance.

– Pourquoi ne l'avez-vous pas fait, bon Dieu ?

– Son mari... il était... C'est ma faute, inspecteur. Je croyais qu'il me fallait me montrer ferme. Je... C'est ma faute.

Sa voix se brisa.

– Pour l'amour du ciel, Havers, ressaisissez-vous.

– Il y avait du sang partout. Elle s'était frotté tout le corps avec ces brosses. Il l'a prise dans ses bras. Il ne voulait plus la lâcher. Il pleurait. Elle a dit qu'elle était morte.

– Seigneur, chuchota-t-il.

– Je me suis approchée du téléphone. Il s'est précipité sur moi. Et il m'a...

– Ça va ? Vous n'avez rien de cassé ?

– Il m'a poussée dehors. Je suis tombée. Je n'ai rien de cassé. Je... C'est ma faute. Elle est sortie de la chambre. Je me suis rappelé tout ce que nous avions dit à son sujet. J'ai pensé que le

245

mieux était de me montrer ferme avec elle. Je n'ai pas réfléchi. Je n'ai pas compris qu'elle allait...

— Havers, écoutez-moi.

— Mais elle s'est enfermée dans la salle de bains. Il y avait du sang dans l'eau. L'eau était si chaude qu'elle fumait... Comment est-ce qu'elle a pu se tremper dans de l'eau aussi chaude ?

— Havers!

— Je me croyais capable de faire du bon travail cette fois-ci. Mais j'ai tout fait foirer, n'est-ce pas ?

— Bien sûr que non, lui assura-t-il. (Pourtant il n'était pas certain du tout que leurs chances d'aboutir à un résultat n'aient pas été définitivement compromises.) Ils sont toujours chez eux ?

— Oui. Voulez-vous que je fasse venir quelqu'un du Yard ?

— Non!

Il réfléchit à toute allure. La situation n'aurait pu être pire. Avoir réussi à dénicher Gillian Teys après toutes ces années pour coincer si près du but! Il y avait de quoi râler. Il savait pertinemment qu'elle représentait leur seul espoir d'aller au fond des choses. La clé de l'énigme devait se trouver dans les vers de Shakespeare, mais Gillian seule pouvait lui donner substance et réalité.

— Alors qu'est-ce que je...

— Rentrez chez vous. Couchez-vous. Je vais m'occuper de ça.

— Monsieur, je vous en prie.

Il entendit le désespoir au fond de sa voix. Il n'y pouvait rien, il n'y avait rien qu'il pût faire pour l'atténuer, il n'avait pas le temps de s'en préoccuper maintenant.

— Faites ce que je vous dis, Havers. Rentrez chez vous et couchez-vous. Ne téléphonez pas au Yard, et ne vous avisez pas de remettre les pieds dans cet appartement. Est-ce clair ?

— Est-ce que je suis...

— Et revenez à Keldale par le train du matin.

— Et Gillian ?

— Je m'occupe de Gillian, dit-il, sombre, avant de raccrocher le téléphone.

Il jeta un coup d'œil au livre posé sur ses genoux. Il avait passé les quatre dernières heures à fouiller dans sa mémoire afin d'en extraire tous ses souvenirs de Shakespeare, d'ailleurs limités. L'intérêt qu'il avait porté aux Élisabéthains avait été purement historique, et non littéraire, et plus d'une fois au cours de la soirée il avait maudit la voie suivie à Oxford des années auparavant, regrettant son manque de compétence dans un domaine qui, à l'époque, lui avait semblé futile.

Il avait quand même fini par trouver. Maintenant il lisait et relisait les vers, s'efforçant d'extraire d'un texte du XVIIᵉ siècle une signification contemporaine.

Il n'est point de crime, je le sais, qui n'en appelle un autre;
Le meurtre suit la luxure, comme la fumée la flamme.

Il donne un sens à la vie et à la mort, avait dit le prêtre. Qu'est-ce que les mots du Prince de Tyr ont à voir avec une tombe abandonnée de Keldale ? Et quel rapport cette tombe a-t-elle avec la mort d'un fermier ?

Absolument rien, disait son intellect. Tout, au contraire, répondait son intuition.

Il ferma le livre avec un bruit sec. La solution, c'était Gillian qui la détenait. C'était elle qui savait la vérité. Il prit le téléphone et composa un numéro.

*
* *

Il était dix heures passées lorsque Barbara parvint en se traînant jusqu'à la rue mal éclairée d'Acton. Webberly avait été surpris de la voir mais sa surprise avait fondu après qu'il eut décacheté l'enveloppe que Lynley lui avait fait parvenir. Il jeta un coup d'œil au message et décrocha le téléphone. Après avoir – en aboyant – ordonné à Edwards de rappliquer illico dans son bureau, il l'avait renvoyée sans même lui demander pourquoi elle débarquait soudain à Londres sans Lynley. Comme si elle n'existait pas pour lui. Et elle n'existait pas, n'est-ce pas ? Elle n'existait plus.

Qu'est-ce que ça peut bien foutre ? songea-t-elle. Qui se préoccupe de savoir ce qui m'arrive ? N'était-ce pas couru d'avance ? La mocheté, la dondon, l'idiote s'était amusée à jouer les détectives. Tu te figurais tout savoir de Gillian Teys, pas vrai ? Tu l'as entendue chantonner dans la pièce voisine, et tu n'as pas été assez maligne pour comprendre.

Elle regarda la maison. Pas de lumière aux fenêtres. La télévision de Mrs Gustafson braillait à côté, mais il n'y avait aucun signe de vie dans le pavillon devant lequel elle était plantée. Si ses habitants étaient dérangés par les voisins, ils n'en montraient rien. Rien.

Rien. C'est exactement ça, se dit-elle. *Il n'y a rien à l'intérieur, et surtout pas la seule chose que tu voudrais y voir. Pendant toutes ces années, tu as nourri une chimère, Barb. Tu parles d'un gâchis.*

Se raidissant contre cette pensée, la repoussant, elle glissa la clé dans la serrure et ouvrit la porte. Dans la maison endormie, l'odeur la prit à la gorge, odeur de corps rances, relents de cuisine pris au piège, parfum de renfermé et de lourd désespoir. C'était un remugle infect et malsain, qu'elle retrouva presque avec plaisir. Elle inspira bien à fond, le trouvant adéquat, le trouvant juste.

Elle ferma la porte derrière elle et s'appuya contre le battant, laissant ses yeux s'habituer à l'obscurité. *C'est ici que ça se passe, Barb. C'est ici que tout a commencé. Que cela te ramène à la vie.*

Elle posa son sac sur la table esquintée près de la porte et se força à se diriger vers l'escalier. Au moment où elle atteignait la première marche, son regard fut happé par un éclat de lumière en provenance du séjour. Elle s'approcha de la porte, constata que la pièce était vide. L'éclat de lumière avait été provoqué par les phares d'une voiture balayant dans son cadre une photo. Sa photo. La photo de Tony.

Elle s'assit dans le fauteuil de son père qui, avec celui de sa mère, faisait face à l'autel. Le visage de Tony lui sourit malicieusement, son corps filiforme crépitant de vie.

Fatiguée, abrutie, elle s'obligea cependant à garder les yeux rivés sur la photo, s'obligea à se remémorer Tony gisant allongé, desséché et émacié, sur un étroit lit blanc d'hôpital. Il était gravé dans sa conscience pour toujours, bardé de tuyaux et d'aiguilles, ses doigts se refermant spasmodiquement sur les couvertures. Son cou mince ne pouvait plus soutenir une tête qui, par contraste, semblait devenue énorme. Ses paupières étaient lourdes, couvertes d'une croûte et fermées. Ses lèvres fendillées saignaient.

– Coma, avaient-ils dit.

Mais le moment n'était pas venu. Pas encore. Il avait ouvert les yeux, avait réussi à lui adresser un fugace sourire d'elfe, puis avait murmuré :

– Je n'ai pas peur quand tu es là, Barbie. Tu ne me laisseras pas, n'est-ce pas ?

Il aurait tout aussi bien pu lui parler maintenant dans l'obscurité du séjour, car, comme toujours, elle fut saisie de la même émotion. Le chagrin, la rage lui gonflaient la poitrine. La seule réalité qui la maintînt encore en vie.

– Je ne te laisserai pas, jura-t-elle. Je n'oublierai jamais.

– Mon chou ?

Brutalement ramenée au présent, elle poussa un cri de surprise.

– Mon chou ? C'est toi ?

Le cœur battant la chamade, elle se força à déguiser le timbre de sa voix pour le rendre aimable. Ce n'était vraiment pas compliqué, elle commençait à avoir l'habitude, depuis le temps.

– Oui, maman. Je m'étais assise une minute.

– Dans le noir, mon chou ? Laisse-moi allumer la lumière...

– Non ! fit-elle d'une voix râpeuse. (Elle s'éclaircit la gorge.) Non, maman. Laisse.

– Mais je n'aime pas l'obscurité, mon chou. Ça me... fait tellement peur.

– Que fais-tu debout ?

– J'ai entendu la porte s'ouvrir. J'ai pensé que c'était peut-être... (Elle avança, entra dans le champ visuel de Barbara, silhouette fantomatique dans son peignoir rose couvert de taches.) Il m'arrive parfois de penser qu'il est revenu, mon chou. Mais il ne reviendra pas, n'est-ce pas ?

Barbara se leva abruptement.

– Retourne te coucher, maman. (Remarquant la rudesse de sa voix, elle s'efforça en vain d'en modifier les inflexions.) Comment va papa ?

Elle prit le bras osseux de sa mère et l'entraîna fermement hors du séjour.

– Il a passé une bonne journée aujourd'hui. On s'est dit qu'on pourrait peut-être aller en Suisse. L'air est si frais, si pur là-bas. On a pensé que la Suisse serait un endroit formidable. Je sais bien qu'on rentre à peine de Grèce, ça peut sembler bizarre qu'on reparte tout de suite, mais ton père trouve que c'est une bonne idée. Tu crois que ça te plaira, la Suisse, mon chou ? Parce que si tu penses que non, on peut toujours choisir un autre endroit. Je veux que tu sois heureuse.

Heureuse ? *Heureuse ?*

– La Suisse, c'est parfait, maman.

Elle sentit la main de sa mère, telle une serre, lui agripper le bras. Elles commencèrent à monter l'escalier.

– Très bien, je pensais que ça te plairait. Je crois qu'il faut commencer par Zurich. Nous ferons un circuit, cette fois, avec une voiture de location. Je meurs d'envie de voir les Alpes.

– Ça m'a l'air très bien, maman.

– Ton père est également de cet avis, mon petit. Il est même allé à Empress Tours afin de me rapporter les dépliants.

Barbara ralentit l'allure.

– A-t-il vu Mr Patel ?

La main de Mrs Havers tressaillit sur son bras.

– Aucune idée, mon chou. Il ne m'a pas parlé de Mr Patel. Je suis certaine qu'il m'en aurait touché un mot s'il l'avait vu.

Elles atteignirent le palier. Mrs Havers marqua une pause devant la porte de sa chambre.

– C'est un tout autre homme quand il arrive à mettre le nez dehors l'après-midi, mon chou. Un tout autre homme.

En pensant à ce que sa mère voulait dire, Barbara se sentit prise de nausées.

* * *

Jonah Clarence ouvrit tout doucement la porte de la chambre. Précaution inutile, car elle était réveillée. En l'entendant, elle tourna la tête et sourit faiblement à son mari.

– Je t'ai fait de la soupe, dit-il.

– Jo...

Sa voix était si ténue, si faible, qu'il poursuivit à la hâte :

– C'est du potage en boîte que j'ai pris dans le placard à provisions. Je t'ai aussi apporté du pain et du beurre.

Il posa le plateau sur le lit et l'aida à s'asseoir. Le mouvement fit saigner de nouveau les coupures les plus profondes. Il prit une serviette et la lui appliqua fermement sur la peau afin de stopper l'hémorragie mais aussi pour effacer le souvenir de ce qui était arrivé ce soir-là.

– Je ne...

– Pas maintenant, chérie, coupa-t-il. Il faut d'abord que tu avales quelque chose.

– On parlera après ?

Ses yeux quittèrent son visage. Elle avait les mains, les bras, les seins, l'estomac, les cuisses couverts de balafres. A cette vue, il éprouva une telle angoisse qu'il se demanda s'il allait pouvoir lui répondre. Mais elle le fixait, ses beaux yeux pleins de confiance et d'amour, attendant sa réponse.

– Oui, chuchota-t-il. Nous parlerons après.

Elle lui adressa un sourire tremblant, et il sentit son cœur se déchirer. Il posa le plateau sur ses genoux, mais lorsqu'elle essaya de manger le potage à la cuiller, il comprit qu'elle était si faible qu'elle n'arriverait pas à s'alimenter seule. Doucement, il lui prit la cuiller des mains et se mit en devoir de l'aider. Ce fut particulièrement long, chaque bouchée avalée tenant de l'exploit.

Il n'avait pas envie qu'elle parle, il avait trop peur de ce qu'elle pouvait dire. Alors il la calma en lui chuchotant des mots d'amour et d'encouragement, se demandant qui elle était et quelle sorte de chagrin elle avait apporté dans sa vie.

Ils étaient mariés depuis moins d'un an mais il avait l'impression qu'ils avaient toujours vécu ensemble, qu'ils étaient faits l'un pour l'autre depuis le jour où son père l'avait ramenée de la gare de King's Cross à Testament House, frêle épave solennelle qui paraissait douze ans à peine. Ses yeux lui mangent le visage, s'était-il dit en la voyant. Mais lorsqu'elle souriait, c'était un rayon de soleil. Quelques semaines à peine lui suffirent pour comprendre qu'il l'aimait, mais il lui fallut presque dix ans pour en faire sa femme.

Entre-temps, il avait été ordonné, avait décidé de travailler avec son père et, tel Jacob poursuivant Rachel, avait fait le siège d'une femme sans jamais être certain de la conquérir un jour. Pourtant, cette pensée ne l'avait pas découragé. A l'instar d'un croisé, il s'était lancé à corps perdu dans cette quête, et Nell avait été son Graal. Il n'en voulait pas d'autre.

Seulement voilà, songea-t-il, elle ne s'appelle pas Nell. J'ignore qui elle est. Et le pire, c'est que je ne suis même pas certain de vouloir le savoir.

Il s'était toujours considéré comme un homme d'action, un homme courageux, un homme mû par la force de ses convictions intimes, un homme de paix au fond, pourtant. Tout cela avait été balayé ce soir. La vue de Nell dans la baignoire – se déchirant la peau comme une forcenée, rougissant l'eau de son sang – avait démoli cette façade soigneusement édifiée en l'espace de deux minutes : le temps qu'il lui avait fallu pour la sortir de la baignoire, tenter d'arrêter le sang qui coulait de ses blessures, et jeter dehors l'officier de police.

En l'espace de deux minutes, l'homme de Dieu sincère et charitable s'était métamorphosé en un fou furieux capable de tuer quiconque eût cherché à faire du mal à sa femme. Il était bouleversé jusqu'au tréfonds de son être, et se demandait comment, la protégeant de ses ennemis, il pourrait protéger Nell d'elle-même.

Nell, qui d'ailleurs n'était pas Nell, songea-t-il.

Ayant fini de manger, elle se laissa aller contre les oreillers tachés de sang. Il se mit debout.

– Jo...

– Je vais chercher quelque chose pour mettre sur tes coupures. J'en ai pour un instant.

Il s'efforça de ne pas voir l'état épouvantable dans lequel était la salle de bains en fouillant dans le placard. On aurait dit qu'un chevillard avait tué un bœuf dans la baignoire. Il y avait du sang partout, dans les moindres fissures, dans les moindres creux. Il sentit ses mains mollir tandis qu'il attrapait la bouteille d'eau oxygénée. Il fut à deux doigts de se trouver mal.

– Jonah ?

Il inspira à fond plusieurs fois et retourna dans la chambre. « Réaction à retardement. » Il s'efforça de sourire, empoigna le flacon, le serra si fort qu'il crut qu'il allait se briser entre ses mains et s'assit sur le bord du lit.

– Ce sont surtout des coupures superficielles, dit-il sur le ton de la conversation. On verra de quoi ça a l'air demain matin. Si ça a vilaine allure, nous irons à l'hôpital. Qu'est-ce que tu en dis ?

Sans attendre de réponse, il s'employa à laver les plaies tout en continuant de parler.

– J'ai pensé qu'on pourrait aller à Penzance ce week-end, chérie. Cela nous ferait du bien de quitter Londres quelques jours, ne crois-tu pas ? Je parlais avec une de nos jeunes pensionnaires d'un hôtel où elle avait séjourné, enfant. S'il existe toujours, ça devrait être formidable. De là, on voit le Saint-Michael Mount. Je me disais qu'on pourrait descendre en train et qu'on louerait une voiture sur place. Ou alors des bicyclettes. Tu n'aimerais pas louer des bicyclettes, Nell?

Il sentit sa main sur sa joue. A ce contact, son cœur se gonfla, il comprit qu'il était au bord des larmes.

– Jo, chuchota-t-elle. Nell est morte.

– Ne dis pas ça! fit-il d'un ton véhément.

– J'ai fait des choses affreuses. Je ne peux supporter l'idée que tu les découvres. Je me figurais en être délivrée, avoir réussi à m'en débarrasser à tout jamais.

– Non!

Passionnément, machinalement, il continua de soigner ses blessures.

– Je t'aime, Jonah.

A ces mots, il s'arrêta, enfouit son visage dans ses mains.

– Comment faut-il que je t'appelle? murmura-t-il. Je ne sais même pas qui tu es!

– Jo, Jonah, mon amour, mon unique amour...

Sa voix lui causait un tourment qu'il avait du mal à endurer, et lorsqu'elle tendit le bras vers lui, il s'enfuit en courant, brisé, claquant fermement, irrévocablement derrière lui la porte de la chambre.

Il se dirigea en titubant vers une chaise, sa propre respiration déchirant l'air, sentant des crampes de panique lui tordre l'estomac et le bas-ventre. Il s'assit, regardant sans les voir les objets qui composaient leur intérieur, repoussant avec force le fait indélébile qui était au cœur de sa terreur.

Trois semaines plus tôt, avait dit la femme flic. Il lui avait menti, réaction immédiate née de l'horreur de ses allégations incompréhensibles. Il n'était pas à Londres avec sa femme à ce moment-là, il assistait à un congrès de quatre jours à Exeter, suivis de deux autres jours passés à recueillir des fonds pour Testament House. Nell était censée l'accompagner mais au dernier moment, elle s'était ravisée, se disant grippée. Du moins était-ce ce qu'elle avait prétendu. Mais était-elle réellement malade? Ou avait-elle vu là une occasion de se rendre dans le Yorkshire?

– Non!

Le mot jaillit malgré lui entre ses dents serrées. Se méprisant d'envisager la question ne fût-ce qu'un instant, Jonah ordonna à sa respiration de se calmer, à ses muscles de se détendre.

Il attrapa sa guitare non pour en jouer mais pour se pénétrer de sa réalité et se rappeler le sens qu'elle avait dans sa vie, car c'est alors qu'il était assis dans la pénombre sur l'escalier de Testament House, jouant la musique qu'il aimait, qu'elle lui avait adressé la parole pour la première fois.

– Comme c'est joli. Vous croyez que tout le monde peut apprendre?

Elle était venue s'accroupir près de lui sur la marche, les yeux braqués sur ses doigts qui pinçaient les cordes avec maestria, et lui avait souri, d'un sourire enfantin, illuminé de plaisir.

Il n'avait eu aucun mal à lui apprendre à jouer, car elle avait d'étonnantes facilités d'imitation : elle retenait tout ce qu'elle voyait ou entendait. Maintenant, elle jouait aussi souvent pour lui qu'il jouait pour elle, pas avec autant d'assurance ou de feu que lui, mais avec une douceur empreinte de mélancolie qui aurait dû lui mettre la puce à l'oreille.

Il se leva abruptement. Pour se rassurer, il ouvrit les livres de sa femme les uns après les autres, lut le nom Nell Graham écrit sur chaque ouvrage de son écriture nette. Était-ce pour montrer qu'ils lui appartenaient, se demanda-t-il, ou pour se convaincre ?

— Non !

Il s'empara d'un album de photos sur l'étagère du bas et le serra contre sa poitrine. C'était la preuve que Nell était bien réelle, qu'elle n'avait d'autre vie que celle qu'elle partageait avec lui. Il n'avait même pas besoin d'ouvrir l'album pour savoir ce que renfermaient ses pages : une histoire en images de leur amour, des souvenirs qui faisaient partie intégrante de la tapisserie de leurs deux existences. Dans un parc, sur un sentier, rêvant doucement à l'aube, riant des ébats des oiseaux sur la plage. Tous ces clichés constituaient des témoignages, prouvaient l'existence de Nell et des choses qu'elle aimait.

Pour se rassurer davantage encore, il dirigea ses regards vers les plantes qu'elle faisait pousser sur le rebord de la fenêtre. Les saint-paulias, surtout, lui faisaient penser à elle. Les belles fleurs posées délicatement, précairement au bout de leur tige. Les larges feuilles vertes les protégeant et les entourant. Ces plantes qui avaient l'air de ne pas pouvoir survivre sous la rigueur du climat londonien étaient, en dépit de leur aspect trompeur, d'une vigueur remarquable.

En les regardant, il comprit enfin qu'il était inutile de continuer à refuser l'évidence. Les larmes qui avaient mis si longtemps à couler jaillirent et un sanglot lui échappa. Il retourna vers la chaise, se laissa tomber dessus et se mit à pleurer inconsolablement.

C'est alors qu'il entendit frapper à la porte.

— Allez-vous-en ! sanglota-t-il.

Les coups persistèrent.

— Allez-vous-en !

Il n'y avait d'autre bruit que les coups frappés à la porte qui continuaient comme la voix de sa conscience. Ça ne finirait jamais.

— Allez-vous-en, bon sang ! hurla-t-il en se précipitant vers la porte qu'il ouvrit avec violence.

Il tomba nez à nez avec une femme vêtue d'un élégant tailleur noir et d'un chemisier de soie blanc orné de dentelle. Elle portait un sac bandoulière noir et un livre relié en cuir. Ce fut son visage qui retint son attention. Calme, l'œil clair, empreint de tendresse. Peut-être une missionnaire? Ou une vision? Mais elle lui tendit la main, lui prouvant ainsi qu'elle était bien réelle.

— Mon nom est Helen Clyde, dit-elle tranquillement.

**

Lynley s'installa dans un coin. Des cierges tremblotaient à quelques pas de là, mais à l'endroit où il se tenait, l'obscurité enveloppait l'église. L'édifice sentait vaguement l'encens mais plus encore le cierge, les allumettes et la poussière. Il y régnait une paix absolue. Même les colombes, chez lesquelles son arrivée avait provoqué un froufroutant remue-ménage, s'étaient calmées. Il n'y avait pas le moindre souffle de vent pour faire craquer les branches des arbres.

Il était seul avec pour seuls compagnons les jeunes gens et les jeunes filles enlacés comme sur les urnes grecques en une danse éternelle et silencieuse de vérité et de beauté sur les portes des confessionnaux élisabéthains.

Il avait le cœur lourd. C'était une vieille histoire, une légende romaine du vᵉ siècle, mais en cet instant elle était aussi réelle qu'elle l'avait été pour Shakespeare, lorsqu'il en avait fait la trame de sa tragédie. Le Prince de Tyr s'était rendu à Antioche pour élucider une énigme et conquérir une princesse. Mais il en était reparti les mains vides, fuyant pour échapper à la mort.

Lynley s'agenouilla. Il songea à prier mais les mots ne lui vinrent pas.

Il savait qu'il était près du corps de l'hydre, mais cela ne lui procurait ni sentiment de triomphe ni satisfaction. Loin de jubiler, il éprouvait le besoin de fuir la confrontation finale avec le monstre, sachant maintenant que, quoique les têtes fussent détruites et le tronc marqué au fer rouge, il ne pouvait sortir indemne de la rencontre.

« Ne te ronge pas le cœur à cause des méchants », dit une voix sans substance, désincarnée, hésitante. Jaillie de nulle part, tremblante et incertaine, elle restait en suspens dans l'air glacé. Il fallut un certain temps à Lynley pour en repérer la provenance.

Le père Hart était agenouillé au pied de l'autel. Courbé en deux, il avait le front contre le sol. « Ne jalouse pas les artisans de fausseté. Vite comme l'herbe ils sont fanés, flétris comme le vert des prés. Compte sur Yahvé et agis bien, habite la terre et vis tranquille; mets en Yahvé ta réjouissance, il te donnera les désirs de ton cœur. Remets ton sort à Yahvé. Les méchants seront extirpés, qui espère Yahvé possédera la terre. Encore un peu et plus d'impie. »

Lynley écouta ces paroles avec angoisse, refusant de les comprendre. Tandis que le silence s'abattait de nouveau sur l'église enténébrée, Lynley tenta de mettre de l'ordre en lui-même afin de trouver le détachement dont il avait besoin pour aller jusqu'au bout de son enquête.

— Vous êtes venu vous confesser ?

Il sursauta en entendant cette voix. Sans qu'il s'en fût rendu compte, le prêtre, sortant de l'ombre, s'était matérialisé à ses côtés. Lynley se mit debout.

— Non, je ne suis pas catholique, répondit-il. Je mettais de l'ordre dans mes idées.

— Les églises se prêtent bien à ce genre d'activité, n'est-ce pas ? (Le père Hart sourit.) Je m'arrête toujours un moment pour prier avant de fermer pour la nuit. Je vérifie toujours d'abord, en même temps, qu'il n'y a personne à l'intérieur. Avec ce froid, il ne ferait pas bon être enfermé dans cette église.

— En effet, approuva Lynley. (Il suivit le petit prêtre le long de la travée centrale et sortit dans la nuit. Des nuages obscurcissaient la lune et les étoiles. L'ecclésiastique n'était qu'une ombre sans forme ni traits.) Vous connaissez bien *Périclès*, père Hart ?

Le prêtre, qui tripotait son trousseau et fermait l'église à clé, ne répondit tout d'abord pas.

— *Périclès* ? répéta-t-il, songeur. (Dépassant Lynley, il s'engagea dans le cimetière.) C'est une pièce de Shakespeare, n'est-ce pas ?

— « Comme la fumée la flamme. » Oui, c'est de Shakespeare.

— Je... eh bien, je la connais assez bien, je crois.

— Suffisamment pour savoir pourquoi Périclès a fui Antiochus ? Pourquoi Antiochus voulait le faire tuer ?

— Je... (Le prêtre fouilla dans ses poches.) Je ne crois pas me souvenir de tous les détails.

— Vous vous les rappelez suffisamment, il me semble. Bonne nuit, père Hart, répondit Lynley en quittant le cimetière.

Il emprunta le sentier de gravillons pour descendre la colline, ses pas résonnant haut et clair dans la paix du soir. Sur le pont, il s'arrêta pour réfléchir et, s'appuyant contre le parapet de pierre, examina le village. A sa droite, la maison d'Olivia Odell était plongée dans l'obscurité, Olivia et sa fille devaient dormir d'un sommeil innocent. De l'autre côté de la rue, des flots d'orgue s'échappaient du cottage de Nigel Parrish situé en bordure du pré communal. A sa gauche, l'auberge attendait son retour et au-delà la grand-rue amorçait sa courbe en direction du pub. De là où il se tenait, il ne pouvait apercevoir Saint-Chad's Lane et ses pavillons miteux. Mais il n'avait aucun mal à les imaginer. Ne voulant pas y penser, il regagna l'auberge.

Il ne s'était pas absenté plus d'une heure mais à peine eut-il franchi le seuil de l'établissement qu'il sut qu'en son absence Stepha était rentrée.

L'auberge retenait son souffle, attendant qu'il découvre, attendant qu'il sache. Il avait l'impression d'avoir des pieds de plomb.

Il ne savait pas exactement où se trouvaient les appartements de Stepha. Son instinct lui souffla qu'ils devaient être au-rez-de-chaussée du vieux bâtiment, derrière la réception, du côté de la cuisine. Il se dirigea vers la porte.

A peine l'eut-il franchie que les réponses jaillirent, presque palpables dans l'atmosphère qui l'environnait. Il sentait l'odeur de la cigarette. Il pouvait presque goûter l'alcool dans l'air. Il entendait le rire, les chuchotements de la passion, la jubilation. Il sentait les mains qui le forçaient impitoyablement à aller de l'avant. Il ne lui restait plus qu'à voir de ses yeux la vérité.

Il frappa à la porte. Le silence se fit immédiatement.

– Stepha ?

Il entendit bouger à l'intérieur, des mouvements rapides puis arrêtés net. Le doux rire de Stepha resta suspendu dans l'air. Au dernier moment, il faillit renoncer, mais il tourna le bouton pour entrer et en avoir le cœur net.

– Maintenant tu vas peut-être me fournir un alibi qui tienne debout, fit Richard Gibson en riant. (Il décocha une tape de propriétaire sur la cuisse nue de Stepha.) Je n'ai pas l'impression que l'inspecteur ait cru ma petite Madeline une seule seconde.

15

Lady Helen l'aperçut alors que, descendue du train, elle se frayait dans la foule un chemin vers la sortie. Ces deux heures de voyage avaient été très éprouvantes. Elle était en effet restée coincée entre Gillian et le sergent Havers, redoutant à tout moment que la première ne s'effondre, et essayant désespérément d'arracher la seconde à son humeur d'une insondable noirceur. Lady Helen sortait de l'expérience dans un tel état d'angoisse et de tension qu'à la vue de Lynley ramenant en arrière ses cheveux blonds décoiffés par le passage d'un train, elle manqua défaillir de soulagement. Dans la gare bondée, noyé parmi les voyageurs qui se bousculaient et grouillaient autour de lui, il réussissait à donner l'impression qu'il était seul. Il releva la tête. Leurs regards se croisèrent et lady Helen ralentit momentanément l'allure.

Même à cette distance, elle distinguait le changement qui s'était opéré en lui. Les cernes sous les yeux. La tension dans le port de tête, les rides plus accentuées autour du nez et des lèvres. C'était encore Tommy et pourtant, ce n'était plus tout à fait lui. Il ne pouvait y avoir à cela qu'une raison : Deborah.

Il l'avait rencontrée à Keldale. Il suffisait de voir son visage pour s'en convaincre. Un an s'était écoulé depuis la rupture de ses fiançailles avec Deborah, mais malgré cela et en dépit des heures qu'elle-même avait passées avec lui, lady Helen s'aperçut qu'elle ne pouvait supporter l'idée de l'entendre évoquer cette rencontre. Elle voulait à toute force éviter de lui en donner l'occasion. C'était lâche de sa part, sans doute, et elle se méprisait de réagir ainsi. Mais en cet instant, elle ne se sentait pas d'humeur à comprendre pourquoi il était si important que Tommy ne lui reparle jamais de Deborah.

Comme s'il avait lu dans ses pensées – c'était bien de lui, vraiment –, il lui adressa un sourire fuyant et se dirigea vers le bas de l'escalier pour les accueillir.

– Comme je suis heureuse de te voir, Tommy, dit-elle. J'ai passé la moitié du voyage – quand je n'étais pas occupée à dévorer toutes les pâtisseries qui me tombaient sous la main – à me ronger les sangs, craignant que tu aies été retenu à Keldale et que nous soyons dans l'obligation de louer une voiture et de nous lancer comme des fous à travers la lande pour te retrouver. Mais tout est bien qui finit bien, n'est-ce pas ? Jamais je n'aurais dû céder à mon désir de manger ces pains au chocolat vieux d'une semaine pour apaiser mon angoisse. La nourriture est absolument abominable dans le train, tu ne trouves pas ? (En un geste instinctif, elle resserra un bras protecteur autour de Gillian. Bien qu'elle sût, en effet, que la jeune femme n'avait rien à craindre de Lynley, les douze dernières heures les avaient rapprochées Gillian et elle, et elle répugnait maintenant à la confier à quelqu'un d'autre.) Gillian, voici l'inspecteur Lynley, murmura-t-elle.

Une ombre de sourire étira les lèvres de Gillian. Puis elle baissa les yeux. Au moment où Lynley lui tendait la main, lady Helen secoua la tête en guise d'avertissement. Lynley regarda les mains de la jeune femme. Les vilaines écorchures rouges qui les couvraient n'étaient sans doute pas aussi graves que celles qui, dissimulées sous la robe que lady Helen avait choisie pour elle, devaient zébrer son cou, ses seins et ses cuisses.

– La voiture est devant la gare, dit-il.

– Dieu merci, déclara lady Helen. Dépêche-toi de m'y conduire : mes pauvres pieds souffrent le martyre dans ces affreuses chaussures. Elles ont de l'allure, n'est-ce pas ? Mais si tu savais ce que j'endure à trotter avec ça, c'est inimaginable. Pourquoi faut-il donc que je me laisse martyriser par la mode ? Je n'arrête pas de me le demander. (Elle chassa la question d'un revers de main, dédaignant d'y répondre.) Je suis prête à supporter cinq minutes de ton plus mélancolique Tchaïkovski pour avoir le plaisir de m'asseoir.

– Je m'en souviendrai, ma chère.

– Je n'en doute pas, chéri. (Elle se tourna vers le sergent Havers, qui piétinait lourdement derrière depuis leur descente du train.) Sergent, il faut absolument que je fasse un saut aux toilettes afin de réparer les dégâts que j'ai causés à mon maquillage en plongeant la tête dans cette pâtisserie juste avant l'entrée dans cet horrible tunnel. Voudriez-vous accompagner Gillian à la voiture ?

Le regard d'Havers navigua de lady Helen à Lynley.

– Bien sûr, dit-elle, impassible.

Lady Helen regarda le couple s'éloigner avant de reprendre la parole.

– Je ne sais pas laquelle est le plus mal en point des deux, Tommy.

– Merci pour hier soir, dit-il en guise de réponse. Ç'a dû être horrible.

Elle quitta des yeux les deux femmes qui s'éloignaient.

– Horrible ?

La terrible détresse peinte sur le visage de Jonah Clarence ; la vue de Gillian allongée, l'œil vide, à peine recouverte d'un drap ensanglanté, un flot pourpre s'écoulant encore de ses blessures les plus profondes ; le sang dégoulinant sur le carrelage des murs et du sol de la salle de bains, s'incrustant dans les joints de ciment d'où il ne partirait jamais ; la porte enfoncée et les horribles brosses métalliques auxquelles étaient encore accrochés des lambeaux de peau.

– Je suis désolé de t'avoir imposé ça, déclara Lynley. Mais tu étais la seule en qui j'avais confiance, la seule capable de t'en sortir. Je ne sais pas ce que j'aurais fait si tu ne t'étais pas trouvée chez toi au moment où j'ai téléphoné.

– Je venais de rentrer. Je dois avouer que Jeffrey n'a pas du tout apprécié la façon dont la soirée s'est terminée.

– Jeffrey Cusick ? fit Lynley mi-amusé, mi-étonné. Je croyais que tu l'avais largué.

Elle éclata d'un rire léger et lui prit le bras.

– J'ai essayé, Tommy chéri. Je t'assure que j'ai essayé. Mais Jeffrey est fermement décidé à me prouver que, même si je n'en suis pas consciente, nous sommes lui et moi en passe de filer le parfait amour. Et la nuit dernière, il s'est employé à nous faire progresser vers la fin du voyage. C'était d'un romantique... Dîner à Windsor sur la rive de la Tamise. Cocktails au champagne dans le jardin de l'Old House. Tu aurais été fier de moi : j'ai réussi à me rappeler que c'était Wren qui l'avait construite. Tu n'as pas fait mon éducation en vain pendant toutes ces années.

– Et c'est Jeffrey Cusick qui en recueille les bénéfices ? Autant jeter des perles aux pourceaux.

– Pas du tout. C'est un charmant garçon. Vraiment. En outre, il s'est fait un plaisir de m'aider à m'habiller.

– Je n'en doute pas, remarqua sèchement Lynley.

Elle rit de lui voir l'air sombre.

– Ne te méprends pas. Jeffrey n'est pas homme à profiter de la situation. Il est beaucoup trop... trop...

– Pisse-froid ?

– C'est l'ancien étudiant grincheux d'Oxford qui parle, Tommy ? déclara-t-elle. Mais pour être parfaitement honnête, je t'accorde qu'il est quand même un tout petit peu... coincé. Que veux-tu ? Je n'ai jamais de ma vie ouï dire qu'un homme de Cambridge se soit laissé emporter par le feu de la passion.

– Est-ce qu'il portait sa cravate de Harrow quand j'ai téléphoné? s'enquit Lynley. Est-ce qu'il avait quelque chose sur le dos, seulement?

– Tommy, ça c'est méchant! Mais laisse-moi réfléchir. (Elle se tapota pensivement la joue. Ses yeux étincelèrent tandis qu'elle faisait mine de se concentrer.) Non, nous étions parfaitement décents quand tu as appelé. Et après ça, ma foi, nous avons eu autre chose à faire. Nous nous sommes précipités vers ma penderie pour nous mettre en quête d'une tenue appropriée. Qu'en penses-tu? Est-ce réussi?

Lynley examina le tailleur noir superbement coupé et les accessoires assortis.

– Tu as l'air d'un Quaker en route pour l'enfer, fit-il sobrement. Seigneur, Helen, serait-ce... une bible?

Elle éclata de rire.

– N'est-ce pas que ça y ressemble? (Elle examina le volume relié plein cuir qu'elle tenait à la main.) En fait, c'est un recueil de poèmes de John Donne dont mon cher grand-père m'a fait cadeau à l'occasion de mon dix-septième anniversaire. Il n'est pas impossible que je l'ouvre un de ces jours.

– Qu'aurais-tu fait si Gillian t'avait demandé de lui lire quelques versets pour l'aider à passer la nuit?

– Je peux être tout ce qu'il y a de biblique quand je veux, Tommy. Quelques « En vérité », quelques « Seigneur » bien placés, et le tour est... Que se passe-t-il?

A ses mots, il s'était raidi. Et elle l'avait senti.

Lynley regarda sa voiture garée devant les portes de la gare.

– Où est son mari?

Elle lui jeta un coup d'œil curieux.

– Je n'en sais rien. Il a disparu. Je me suis précipitée dans l'appartement pour voir Gillian et quand je suis sortie de la chambre un peu plus tard, il avait disparu. J'ai passé la nuit là-bas, évidemment, et il n'est pas revenu.

– Comment Gillian a-t-elle réagi?

– Je... (Lady Helen réfléchit avant de répondre.) Tommy, je ne suis même pas certaine qu'elle se soit rendu compte de son départ. Cela peut sembler bizarre, bien sûr, mais je crois qu'il a cessé d'exister pour elle. Elle n'a pas prononcé son nom une seule fois.

– A-t-elle dit quelque chose?

– Seulement qu'elle avait laissé je ne sais quoi pour Bobby.

– Le message paru dans le journal, je suppose.

Lady Helen secoua la tête.

– Non. J'ai la nette impression qu'il s'agissait de quelque chose qu'elle avait laissé à la ferme.

Lynley opina pensivement du chef et lui posa une dernière question:

– Comment as-tu réussi à la persuader de venir, Helen?

– Je n'ai pas eu à la persuader. Elle avait déjà pris sa décision et ça, nous le devons au sergent Havers, Tommy. Encore qu'à sa façon de se comporter, je crois que Barbara s'imagine que j'ai accompli des miracles dans l'appartement des Clarence. Parle-lui, veux-tu? Elle ne profère que des monosyllabes depuis que je lui ai téléphoné ce matin, et je crois qu'elle se figure que tout ce qui est arrivé est sa faute.

Il poussa un soupir.

– C'est bien d'Havers. Seigneur, je n'ai vraiment pas besoin de ça. Cette saloperie d'enquête est suffisamment compliquée comme ça!

Les yeux de lady Helen s'écarquillèrent. Il était rarissime que Lynley donnât libre cours à sa colère.

– Tommy, dit-elle d'un ton hésitant. Pendant que tu étais à Keldale, est-ce que par hasard tu as... Est-ce que...

Elle ne voulait pas en parler. Elle n'en parlerait pas.

Il lui adressa un sourire incertain.

– Excuse-moi, mon petit. (Lui passant un bras autour des épaules, il la serra affectueusement contre lui.) T'ai-je dit combien ça me faisait plaisir de te retrouver?

***

Il ne lui avait pas dit un mot, il lui avait à peine prêté attention. C'est tout juste s'il l'avait gratifiée d'un bref signe de tête. Mais pourquoi lui aurait-il adressé la parole? Maintenant que milady était là pour lui sauver la mise – comme elle avait réussi à le faire la nuit dernière –, il n'y avait absolument aucune raison qu'ils se parlent.

Elle aurait dû se douter que Lynley ferait appel à une de ses maîtresses plutôt qu'à quelqu'un du Yard N'était-ce pas typique? Il était affligé d'un ego si monumental qu'il éprouvait le besoin de s'assurer que ses petites amies londoniennes étaient prêtes à accourir au moindre signe alors même qu'il courait le guilledou à la campagne. «Savoir si milady continuera à traverser des cerceaux comme un caniche savant lorsqu'elle découvrira l'existence de Stepha,» se demanda Barbara. Regardez-la avec son teint parfait, son port de tête non moins parfait, sa parfaite éducation – à croire que ses ancêtres avaient passé les deux cents dernières années à se débarrasser des inaptes, à les abandonner sur des collines comme autant de bébés spartiates tarés afin d'aboutir au chef d'œuvre d'eugénique qu'était lady Helen Clyde. *Pas assez bien quand même pour que milord vous reste fidèle, n'est-ce pas, ma douce?* sourit Barbara intérieurement.

Assise sur la banquette arrière, elle observa Lynley. *Je parie qu'il a encore passé une nuit agitée avec la petite Stepha.* C'était à prévoir. N'ayant pas eu à se soucier de ses hurlements, il avait dû la besogner comme un dingue des heures durant. Et ce soir, il pourrait s'occuper de madame la comtesse. Un jeu d'enfant pour lui. Il n'aurait aucun mal à relever le défi. Ensuite, il ne lui resterait plus qu'à aller voir du côté de Gillian. Son petit mari anémique ne serait que trop heureux de laisser un homme digne de ce nom prendre les choses en main.

Ils en prenaient des gants, pour s'occuper de cette petite garce ! On ne pouvait blâmer lady Helen de se conduire de cette façon. Elle n'avait pas tous les éléments du dossier en main. Mais pourquoi Lynley se comportait-il ainsi ? Depuis quand les policiers de la criminelle déroulaient-ils le tapis rouge pour une fille qui était complice dans une affaire de meurtre ?

– Vous allez trouver Roberta très changée, Gillian, disait Lynley.

Barbara eut du mal à en croire ses oreilles. Mais qu'est-ce qu'il faisait ? Qu'est-ce qu'il racontait ? Comment pouvait-il la préparer à voir sa sœur alors que tous deux savaient pertinemment qu'elles s'étaient vues trois semaines plus tôt, lorsqu'elles avaient tué William Teys ?

– Je comprends, répondit Gillian d'une voix à peine audible.

– Elle a été mise à l'asile à titre provisoire, poursuivit doucement Lynley. La question est de savoir si elle est responsable ou non. Après ses aveux, elle n'a plus ouvert la bouche.

– Comment se fait-il qu'elle... Qui ?

Gillian hésita, puis renonça et parut se recroqueviller sur son siège.

– C'est votre cousin Richard Gibson qui l'a fait admettre à l'hôpital.

– Richard ? fit-elle d'une voix encore plus ténue.

– Oui.

– Je vois.

Personne ne souffla mot. Barbara, qui attendait avec impatience que Lynley passe aux choses sérieuses et commence à cuisiner la jeune femme, n'arrivait pas à comprendre qu'il traînât ainsi les pieds. Qu'est-ce qu'il pouvait bien fabriquer ? Il lui faisait la conversation avec l'amabilité qu'on réserve généralement à la victime d'un crime, pas à son auteur.

A la dérobée, Barbara étudia Gillian. Juste ciel, quelle manipulatrice ! Il lui avait suffi de quelques minutes dans la salle de bains hier pour les amener exactement là où elle voulait. Elle avait dû mettre ce numéro au point depuis longtemps déjà.

Ses yeux se posèrent de nouveau sur Lynley. Pourquoi lui

avait-il demandé de revenir aujourd'hui ? Il ne pouvait y avoir à cela qu'une raison : il tenait à la remettre une fois pour toutes à sa place, à l'humilier en lui faisant comprendre que même un amateur comme milady avait plus de doigté qu'Havers la mocheté. Avant de la renvoyer définitivement régler la circulation dans la rue.

Message bien reçu, inspecteur. Tout ce à quoi elle aspirait désormais, c'était à repartir pour Londres et rendosser l'uniforme, laissant Lynley et sa belle ramasser les morceaux derrière elle.

*
* *

A l'époque, elle portait ses longs cheveux blonds nattés. C'est pour cela qu'elle leur avait paru si jeune, ce premier soir, à Testament House. Elle n'avait parlé à personne, examinant tranquillement les membres du groupe, se demandant si elle pouvait leur faire confiance. Après quoi, elle s'était contentée de leur dire son nom : Helen Graham, Nell Graham.

Mais n'avait-il pas su dès le début que ce n'était pas son vrai nom ? Peut-être la légère hésitation qu'elle marquait avant de répondre quand on lui adressait la parole l'avait-elle trahie ? Ou bien était-ce son regard songeur quand elle le prononçait elle-même ? Ou les larmes qu'elle avait versées lorsqu'il l'avait pénétrée la première fois et avait chuchoté « Nell » dans le noir ? Quoi qu'il en soit, n'avait-il pas toujours su, quelque part au fond de lui-même, que ce n'était pas son vrai nom ?

Qu'est-ce qui, en elle, l'avait donc attiré ? Au début, ç'avait été l'innocence enfantine avec laquelle elle s'était pliée à la vie de Testament House. Elle était si avide d'apprendre, si passionnée par le travail entrepris par la communauté. Après, il avait admiré sa pureté qui lui permettait de mener une vie nouvelle, les animosités personnelles n'ayant plus droit de cité dans un monde d'où elle avait décidé que cette laideur serait exclue à jamais. Sa dévotion aussi l'avait touché – pas la piété ostentatoire du pécheur repenti toujours prêt à battre sa coulpe mais l'acceptation calme d'une puissance supérieure. Enfin, il avait été ému par sa foi inébranlable dans la faculté qu'il avait de tout entreprendre, ses paroles d'encouragement lorsqu'il était désespéré, son amour indéfectible lorsqu'il en avait le plus besoin.

Comme maintenant, songea Jonah Clarence.

Au cours des douze dernières heures, il avait étudié impitoyablement son comportement, et en était venu à le voir tel qu'il était vraiment : une lâcheté sans borne. Il avait abandonné sa femme et son foyer, fuyant pour ne pas se retrouver obligé de faire face à ce qu'il craignait d'apprendre. Pourtant, qu'y avait-il à craindre? Qui Nell pouvait-elle bien être sinon l'adorable créature qui se tenait à ses côtés, buvait ses paroles, le prenait dans ses bras le soir? Il ne pouvait y avoir de monstre affreux enfoui dans son passé. Il ne pouvait y avoir que ce qu'elle était et avait toujours été.

Telle était la vérité. Il le savait. Il le sentait. Il le croyait. Et lorsque la porte de l'hôpital psychiatrique s'ouvrit, il se leva vivement et traversa le hall central pour rejoindre sa femme.

***

Lynley sentit l'hésitation dans la démarche de Gillian lorsqu'ils pénétrèrent dans l'hôpital. Au début, il y vit la marque d'une agitation bien compréhensible à l'idée de retrouver sa sœur après tant d'années. Mais ensuite, il constata que son regard était rivé sur un jeune homme qui traversait le vestibule à leur rencontre. Intrigué, Lynley se tourna vers Gillian pour lui parler, et c'est alors qu'il lut sur son visage l'expression d'une terreur sans nom.

– Jonah, hoqueta-t-elle, en reculant d'un pas.

– Je suis désolé. (Jonah tendit le bras comme pour la toucher mais s'immobilisa.) Pardonne-moi. Je suis désolé, Nell.

Il avait les yeux creux et fiévreux de quelqu'un qui n'a pas dormi depuis des jours.

– Il ne faut pas m'appeler comme ça. Il ne faut plus.

Il ignora ses paroles.

– J'ai passé la nuit à King's Cross, assis sur un banc, à m'efforcer d'y voir clair, à essayer de savoir si tu pouvais aimer un homme trop lâche pour rester avec sa femme au moment où elle avait le plus besoin de lui.

Elle tendit la main, lui toucha le bras.

– Oh, Jonah, dit-elle. S'il te plaît, retourne à Londres.

– Ne me demande pas ça. Ce serait trop facile.

– Je t'en prie. Je t'en supplie. Pour moi.

– Pas sans toi. Pas question. Quoi que tu sois venue faire ici, je veux être avec toi. (Il consulta Lynley du regard :) Est-ce que je peux rester avec ma femme?

– Cela dépend de Gillian, répondit Lynley, remarquant le mouvement de recul involontaire du jeune homme au moment où il prononçait ce nom.

– Si tu as envie de rester, Jonah, chuchota-t-elle.

Il lui sourit, lui effleura la joue et ne cessa de la regarder qu'en entendant un bruit de voix annonçant l'arrivée du Dr Samuels. Le spécialiste portait une pile de dossiers qu'il tendit à une collègue avant de s'avancer dans leur direction.

Il jeta un coup d'œil au petit groupe, le visage sévère. Si la présence de la sœur de Roberta, qui risquait d'être bénéfique à cette dernière, lui apportait un certain soulagement, il se garda de le montrer.

– Inspecteur, dit-il en guise de préambule. Faut-il vraiment que vous soyez aussi nombreux ?

– Oui, répondit Lynley d'un ton uni en espérant que le médecin aurait le bon goût d'examiner Gillian de plus près avant de protester énergiquement et de mettre tout le monde dehors.

Une veine se mit à battre sur la tempe du psychiatre. Manifestement peu habitué à ce qu'on lui parle sur un ton autre que celui de la courtoisie la plus servile, il semblait partagé entre le désir de remettre vertement Lynley à sa place et celui de laisser se dérouler l'entretien entre les deux sœurs. Son souci de l'intérêt de la malade l'emporta.

– C'est la sœur ? (Sans attendre de réponse, il prit le bras de Gillian et lui accorda toute son attention tandis qu'ils enfilaient le couloir menant à l'aile fermée.) J'ai prévenu Roberta que vous veniez la voir, dit-il doucement, la tête penchée vers celle de Gillian. Mieux vaut que vous le sachiez : il se peut fort bien qu'elle reste sans réaction devant vous. En fait, c'est probablement ce qui va se passer.

– Est-ce qu'elle... (Gillian hésita, ne sachant comment poursuivre.) Elle n'a toujours rien dit ?

– Rien du tout. Mais nous n'en sommes qu'au début de la thérapie, miss Teys...

– Mrs Clarence, corrigea fermement Jonah.

Le psychiatre s'immobilisa, dévisagea Jonah Clarence. Une étincelle jaillit entre eux, méfiance et antipathie.

– Mrs Clarence, rectifia Samuels, les yeux toujours fixés sur son mari. Comme je vous le disais, Mrs Clarence, nous n'en sommes qu'au tout début de la thérapie. Nous n'avons aucune raison de douter que votre sœur se rétablira pleinement un jour.

– Un jour ? fit Gillian, un bras serré contre sa taille en un geste qui rappelait étonnamment sa mère.

Le psychiatre parut étudier sa réaction. La façon dont il lui répondit indiquait que la réaction laconique de la jeune femme lui en avait appris plus long qu'elle ne l'imaginait.

– Oui, Roberta est très malade.

Il la prit par le coude et lui fit franchir la porte pratiquée dans les boiseries du mur.

Ils traversèrent l'aile fermée, dont le silence n'était troublé que par le bruit de leurs pas étouffé par la moquette et les cris poussés à l'occasion par un malade derrière une porte close. Presque au bout du couloir, une porte s'ouvrait dans le mur. Le Dr Samuels s'immobilisa devant, l'ouvrit et alluma, révélant une petite pièce étriquée dans laquelle il leur fit signe d'entrer.

– Vous allez être à l'étroit là-dedans, les prévint-il d'un ton indiquant que cela ne lui faisait ni chaud ni froid.

L'endroit n'était guère plus grand qu'un honnête placard à balais, ce qu'il avait été, d'ailleurs. L'un des murs était entièrement recouvert d'un miroir flanqué de deux haut-parleurs. Au milieu de la pièce étaient disposées une table et des chaises. Il se dégageait du cagibi, qui avait de quoi rendre claustrophobe, un puissant arôme de cire et de désinfectant.

– C'est parfait, déclara Lynley.

Samuels hocha la tête.

– Quand j'amènerai Roberta, j'éteindrai les lumières. Vous pourrez voir ce qui se passe dans la pièce voisine grâce à ce miroir sans tain. Les haut-parleurs vous permettront d'entendre ce qui se dit. Roberta ne verra que le miroir mais elle sait que vous êtes derrière, je l'ai prévenue. Je n'aurais pas pu la faire entrer dans la pièce autrement, comprenez-vous.

– Oui, bien sûr.

– Bien. (Il leur adressa un sourire sans joie comme s'il percevait leur inquiétude et se réjouissait de constater qu'ils se rendaient compte comme lui que l'entretien n'allait pas être une partie de plaisir.) Je serai à côté, avec Gillian et Roberta.

– Est-ce indispensable ? s'enquit Gillian d'un ton hésitant.

– Compte tenu des circonstances, je le crains.

– Les circonstances ?

– Le meurtre, Mrs Clarence. (Samuels leur jeta un dernier regard et enfonça les mains dans les poches de son pantalon. Il fixa Lynley :) Dois-je vous rappeler la loi ? s'enquit-il abruptement.

– Inutile, dit Lynley. Je la connais.

– Vous savez que rien de ce qu'elle dira...

– Je sais, répéta Lynley.

Il hocha la tête.

– Alors je vais la chercher.

Pivotant sur ses talons, il éteignit la lumière et sortit, refermant la porte derrière lui.

Les lumières de la pièce attenante éclairaient faiblement le cagibi peuplé d'ombres. Ils prirent place sur les chaises de bois et attendirent. Gillian, les jambes étendues devant elle, fixant intensément le bout lacéré de ses doigts. Jonah, sa chaise contre celle de sa femme, en étreignant le dossier d'un geste protecteur. Le sergent Havers, affalée sur son siège, broyant du noir dans le coin le plus sombre de la pièce. Lady Helen, près de Lynley, observant le mari et la femme. Lynley, perdu dans une profonde méditation dont le tira le contact de la main de lady Helen pressant la sienne.

Que Dieu la bénisse, songea-t-il, en lui pressant la main en retour. Elle savait. Elle savait toujours à quoi s'en tenir. Il lui sou-rit, follement heureux qu'elle soit à ses côtés avec son bon sens à toute épreuve dans un monde où la folie n'allait pas tarder à faire irruption.

* * *

Roberta n'avait guère changé. Encadrée par deux infirmières en blouse blanche, elle entra dans la pièce vêtue comme elle l'était lors de leur précédente visite : boudinée dans la jupe trop courte et le chemisier trop étroit, les pieds dans des savates trop petites pour elle. On lui avait cependant donné un bain en prévi-sion de l'entretien et ses cheveux épais étaient propres et humides, tirés en arrière et attachés à l'aide d'un bout de laine rouge, note de couleur incongrue dans la pièce monochrome. La pièce elle-même était neutre et dépouillée, et ne contenait en tout et pour tout que trois chaises et un classeur métallique bas. Les murs étaient nus. Il n'y avait rien qui pût distraire le regard, aucun moyen de s'échapper.

– Oh, Bobby, murmura Gillian lorsqu'elle vit sa sœur à travers le miroir.

– Il y a trois chaises dans cette pièce, comme vous pouvez le voir, Roberta. (La voix de Samuels leur parvint, nullement défor-mée par les haut-parleurs.) Dans un instant, je vais demander à votre sœur de se joindre à nous. Vous vous souvenez de votre sœur Gillian, Roberta ?

Roberta commença à se balancer sur son siège, sans répondre. Les deux infirmières quittèrent la pièce.

– Gillian est venue de Londres. Avant d'aller la chercher, j'aimerais que vous examiniez cette pièce pour vous y habituer. Nous ne nous sommes encore jamais rencontrés ici, n'est-ce pas ?

Les yeux mornes de la grosse fille ne bougèrent pas, rivés qu'ils étaient sur un point du mur en face d'elle. Ses bras pendaient, inertes, le long de ses flancs sans vie, telles des masses molles de graisse et de peau. Nullement déconcerté par son silence, Samuels laissa celui-ci se poursuivre tandis qu'il observait placidement la malade. Deux interminables minutes s'écoulèrent ainsi avant qu'il se mît debout.

– Je vais aller chercher Gillian maintenant, Roberta. Je resterai ici pendant qu'elle sera là. Vous n'avez rien à craindre.

La phrase semblait inutile car si Roberta avait peur, elle ne le montrait pas.

Dans le cagibi, Gillian se leva. D'un mouvement hésitant et dénué de naturel, comme si elle était poussée en avant par une force étrangère.

– Chérie, tu n'es pas obligée d'y aller si tu as peur, dit son mari.

Elle ne répondit pas et, du dos de sa main où les coups de brosse avaient laissé des traînées semblables à des veines, elle lui caressa la joue. On eût dit qu'elle lui disait adieu.

– Prête ? s'enquit Samuels en ouvrant la porte. (D'un coup d'œil vif, il examina Gillian, faisant l'inventaire de ses faiblesses et de ses forces potentielles. La voyant hocher la tête, il poursuivit d'un ton net) : Ne vous inquiétez pas. Je serai là et il y a plusieurs aides-infirmiers à portée de voix, prêts à accourir au cas où il faudrait la mettre rapidement hors d'état de nuire.

– A vous entendre on croirait que Bobby est capable de faire du mal à quelqu'un, remarqua Gillian.

Sans attendre de réponse, elle le précéda dans la pièce voisine.

Les autres regardèrent la scène, s'attendant à ce que Roberta réagisse lorsque la porte s'ouvrirait et que sa sœur entrerait. Mais il n'y eut pas la moindre réaction. La grosse fille continua de se balancer.

Gillian hésita, la main sur la porte.

– Bobby, dit-elle d'une voix claire.

Le ton était calme, c'était celui d'un parent s'adressant à un enfant récalcitrant. Ne recevant pas de réponse, la jeune femme prit une des trois chaises et la plaça devant sa sœur, en plein dans son champ visuel. Elle s'assit. Roberta continua de fixer la tache sur le mur, son regard transperçant sa sœur. Gillian se tourna vers le psychiatre, qui avait tiré sa chaise de côté, hors de la vue de Roberta.

– Que dois-je...

– Parlez-lui de vous. Elle vous entend.

Gillian tripota le tissu de sa robe.

– Je suis venue de Londres pour te voir, Bobby, commença-t-elle. (Sa voix tremblait, mais se faisait plus assurée à mesure qu'elle parlait.) C'est là que je vis maintenant. Avec mon mari. Je me suis mariée en novembre dernier. (Elle regarda Samuels, qui lui adressa un hochement de tête encourageant.) Tu vas peut-être trouver ça drôle, mais j'ai épousé un pasteur. C'est difficile à croire qu'une catholique comme moi ait pu épouser un pasteur, non ? Que dirait papa s'il savait ça ?

Le visage ingrat ne manifesta aucune réaction. Gillian aurait pu tout aussi bien s'adresser au mur. Elle passa la langue sur ses lèvres sèches et poursuivit tant bien que mal :

– Nous avons un appartement à Islington. Ce n'est pas très grand mais ça te plairait. Tu te rappelles comme j'aimais les fleurs ? Eh bien, j'en ai des tas à la maison parce que la fenêtre de la cuisine est ensoleillée juste comme il faut. Tu te souviens, à la ferme, je n'arrivais jamais à faire pousser de plantes. C'était trop sombre.

Roberta continuait de se balancer, sa chaise gémissant sous son poids.

– J'ai un job, également. Je travaille dans un endroit qui s'appelle Testament House. Tu connais, non ? C'est là que vont se réfugier les fugueurs parfois. Mon travail est très varié, mais ce que je préfère, c'est conseiller les adolescents. Ils disent que je suis quelqu'un à qui on peut parler facilement. (Gillian marqua une pause.) Et toi, tu ne veux pas me parler, Bobby ?

La respiration de Roberta ressemblait à une respiration de droguée, sa tête massive pendait sur le côté. On eût dit qu'elle dormait.

– J'aime bien Londres. Je ne croyais pas que je m'y plairais, mais je m'y plais. C'est sans doute parce que c'est là que sont mes rêves. Je..., J'aimerais avoir un bébé. C'est un de mes rêves. Et je... j'aimerais écrire un livre. Je porte toutes sortes d'histoires en moi et j'ai envie de les écrire. Comme les sœurs Brontë. Rappelle-toi comme on lisait les Brontë. Elles en avaient des rêves, elles aussi, n'est-ce pas ? Je crois que c'est important d'avoir des rêves.

– Ça ne marchera pas, décréta brusquement Jonah Clarence. (A peine sa femme avait-elle quitté le cagibi qu'il avait flairé le piège : il avait compris qu'en retrouvant sa sœur, Gillian allait replonger dans un passé dans lequel il n'avait joué aucun rôle et dont il ne pouvait la sauver.) Combien de temps va-t-il falloir qu'elle reste là-dedans ?

– Aussi longtemps qu'elle le voudra, fit Lynley fraîchement. Cela ne dépend que d'elle.

– Mais tout peut arriver. Elle ne comprend donc pas ? (Jonah avait envie de bondir, d'ouvrir la porte et d'entraîner sa femme. C'était comme si sa seule présence dans la pièce – en tête à tête avec sa sœur – suffisait à la contaminer et à la détruire à jamais.) Nell ! dit-il avec véhémence.

– Je veux te parler de la nuit où je suis partie, Bobby, poursuivit Gillian, les yeux sur le visage de sa sœur, s'efforçant d'y lire un petit mouvement indiquant qu'elle comprenait, une réaction qui lui permettrait de cesser de parler. Je ne sais pas si tu t'en souviens. C'était juste après mon seizième anniversaire. Je... (C'était trop. Elle ne pouvait pas. Elle se força à poursuivre cependant.) J'ai volé de l'argent à papa. Il te l'a dit ? Je savais où il mettait l'argent de la maison, alors je l'ai pris. Ce n'était pas bien, je sais, mais je... il fallait que je parte. Il fallait que je m'en aille quelque temps. Tu le sais, n'est-ce pas ? (Et de nouveau, quêtant l'approbation de Roberta :) N'est-ce pas ?

Roberta s'était-elle mise à se balancer plus vite, ou était-ce l'imagination des spectateurs qui travaillait ?

– Je suis allée à York. Ça m'a pris toute la nuit pour y arriver.

J'ai marché et fait du stop. J'étais partie avec un sac à dos en tout et pour tout, celui dans lequel je mettais mes livres de classe. Je n'avais que quelques vêtements de rechange. Je me demande où j'avais la tête, à m'enfuir comme ça. Ça a l'air dingue, non ? (Gillian adressa un bref sourire à sa sœur. Son cœur battait la chamade. Elle avait du mal à respirer.) Je suis arrivée à York à l'aube. Je n'oublierai jamais la lumière du matin sur la cathédrale. C'était magnifique. J'avais envie de rester là pour toujours. (Elle s'arrêta, mit les mains sur ses genoux. Les balafres se voyaient, mais il n'y avait pas moyen de faire autrement.) Je suis restée à York toute la journée. J'étais morte de peur, Bobby. Je n'étais jamais partie de la maison toute une nuit toute seule et je n'étais pas certaine de vouloir pousser jusqu'à Londres. Je me suis dit que ce serait peut-être plus simple de retourner à la ferme. Mais je... je ne pouvais m'y résoudre. Impossible.

– A quoi rime tout cela ? fit Jonah Clarence. En quoi est-ce censé aider Roberta ?

Lynley lui jeta un coup d'œil méfiant. Clarence se tassa sur sa chaise, le visage tendu, les muscles raides.

– Alors j'ai pris le train ce soir-là. Il y avait des arrêts à n'en plus finir, et à chaque gare, je me demandais si on n'allait pas venir me questionner. Je me figurais que papa aurait envoyé la police à mes trousses, ou qu'il se serait lancé lui-même à ma poursuite. Mais le voyage s'est déroulé sans encombre. Jusqu'au moment où je suis arrivée à King's Cross.

– Inutile de lui parler du maquereau, chuchota Jonah. A quoi bon ?

– A King's Cross, je suis tombée sur un monsieur charmant qui m'a acheté à manger. Ça m'a fait rudement plaisir. Je me suis dit que c'était un gentleman. Mais pendant que je mangeais et qu'il me parlait d'une maison qu'il avait où je pourrais vivre, un autre homme est entré dans le buffet. Il nous a aperçus, s'est approché de nous et a dit : « Elle vient avec moi. » J'ai cru que c'était un policier, qu'il allait m'obliger à rentrer à la maison, alors je me suis mise à pleurer. Je me cramponnais à mon ami. Mais il m'a fait lâcher prise et m'a entraînée hors de la gare. (Reprise par ses souvenirs de cette nuit-là, elle marqua une pause.) Cet homme-là était bien différent du premier. Ses vêtements étaient vieux, un peu râpés. Mais il avait une bonne voix. Il m'a dit qu'il s'appelait George Clarence, qu'il était pasteur et que l'autre type avait voulu m'emmener à Soho pour... M'emmener à Soho, répéta-t-elle d'un ton ferme. Il a ajouté qu'il habitait Camden Town et avait une maison où je pourrais m'installer.

Jonah ne se rappelait que trop bien tous les détails : le vieux sac à dos, la jeune fille effrayée, les chaussures éculées et le jean rapiécé qu'elle portait. Il se souvenait encore de l'arrivée de son père et de la conversation qu'avaient eue ses parents. Les mots « maquereau de Soho... elle ne comprenait même pas... on dirait qu'elle n'a pas fermé l'œil de la nuit... » flottaient dans sa mémoire. Il se souvenait l'avoir observée à la table du petit déjeuner où il avalait ses œufs brouillés tout en bachotant pour préparer un examen de littérature. Elle ne regardait jamais personne alors.

— Mr Clarence a été très bon pour moi, Bobby. C'est comme si j'avais fait partie de sa famille. J'ai... j'ai épousé son fils Jonah. Je suis certaine qu'il te plaira. Il est si gentil, si bon. Quand je suis avec lui, j'ai l'impression que rien ne peut plus jamais...

C'était assez. C'était pour cela qu'elle était venue. Gillian regarda le psychiatre d'un air suppliant, attendant ses instructions, un geste lui signifiant qu'elle pouvait sortir. Il se contenta de l'observer de derrière ses lunettes qui luisaient à la lumière. Son visage était totalement inexpressif, mais ses yeux très doux.

— Et voilà. Résultat nul, conclut Jonah. Vous l'avez fait venir ici pour rien. Je la ramène à la maison.

Il fit mine de se mettre debout.

— Asseyez-vous, dit Lynley d'un ton sans réplique.

— Bobby, parle-moi, supplia Gillian. Ils disent que tu as tué papa. Mais je sais que tu n'as pas pu faire une chose pareille. Tu ne ressemblais pas... Il n'y avait pas de raison. Je le sais. Dis-moi qu'il n'y avait pas de raison. Il nous emmenait à l'église, nous faisait la lecture, nous bricolait des jeux. Bobby, tu ne l'as pas tué, n'est-ce pas ?

— C'est important pour toi que je ne l'aie pas tué, n'est-ce pas ? dit doucement le Dr Samuels.

Sa voix telle une plume flottait dans l'air.

— Oui, répondit aussitôt Gillian bien qu'elle n'eût pas quitté sa sœur des yeux. J'ai mis la clé sous ton oreiller, Bobby. Tu étais réveillée ! Je t'ai parlé ! Je t'ai dit : « Sers-t'en demain », et tu as eu l'air de comprendre. Ne me dis pas que tu n'as pas compris. Je sais que tu as compris.

— J'étais trop petite. Je n'ai pas compris, dit le médecin.

— Ce n'est pas possible ! Je t'avais promis que je mettrais un message dans le *Guardian*, que ce serait Nell Graham, tu te rappelles ? On adorait ce roman. Elle était si courageuse, si forte. C'était comme cela que nous voulions être toutes les deux.

— Mais je n'étais pas forte, n'est-ce pas ? fit le médecin.

— Si, tu l'étais ! Tu ne ressemblais pas... Tu étais censée venir à Harrogate ! Le message te disait de venir à Harrogate, Bobby ! Tu avais seize ans. Tu aurais pu venir !

— Je n'étais pas comme toi à seize ans, Gillian. Comment aurais-je pu être comme toi ?

Le psychiatre n'avait pas bougé. Ses yeux passaient de l'une à l'autre des deux sœurs, à l'affût d'un signe. Il s'efforçait de déchiffrer les messages non verbaux dans leurs gestes, leur attitude, leurs inflexions de voix.

– Tu n'avais pas à être comme moi! Tu n'étais pas censée me ressembler! Tout ce que tu avais à faire, c'était venir à Harrogate. Pas à Londres, à Harrogate. Je t'aurais emmenée avec moi après. En ne te voyant pas venir, je me suis dit – j'ai cru – que tu allais bien. Que rien... que tu allais bien. Tu ne ressemblais pas à maman. Tout allait donc bien pour toi.

– A maman?

– A maman, oui. Je lui ressemblais, moi. J'étais son portrait craché. Il n'y avait qu'à voir les photos. Mais toi, non. C'est pour ça que tout devait aller bien pour toi.

– Ressembler à maman, qu'est-ce que ça voulait dire? s'enquit le médecin.

Gillian se raidit. Sa bouche esquissa le mot *non* trois fois très vite. Impossible de continuer.

– Est-ce que Bobby ressemblait à maman en dépit de ce que vous pensiez?

Non!

– Ne lui réponds pas, Nell, marmonna Jonah Clarence. Tu n'as pas à lui répondre. Ce n'est pas toi la malade.

Gillian fixa ses mains. Le sentiment de culpabilité pesait telle une chape sur ses épaules. Le bruit que faisait sa sœur en se balançant emplissait la pièce, ainsi que sa respiration sifflante, et les battements de son propre cœur. Elle eut l'impression de ne pas pouvoir continuer. Pourtant elle savait qu'elle ne pouvait plus faire machine arrière.

– Tu sais pourquoi je suis partie, n'est-ce pas? dit-elle d'une voix qui sonnait creux. C'est à cause du cadeau que j'ai reçu pour mon anniversaire, du cadeau spécial, de celui... (Elle porta à ses yeux une main qui tremblait, fit un effort sur elle-même.) Il faut que tu leur dises la vérité! Il faut que tu leur dises ce qui s'est passé! Tu ne peux pas les laisser t'enfermer pour le restant de tes jours!

Silence. Impossible. Tout cela appartenait au passé. Tout cela était arrivé à quelqu'un d'autre. Et puis, la petite fille de huit ans qui l'avait suivie partout, avait suivi ses moindres mouvements avec des yeux brillants d'adoration était morte. Cette grosse créature obscène assise devant elle n'était pas Roberta. Inutile d'aller plus loin. Roberta n'existait plus.

Gillian leva la tête. Les yeux de Roberta avaient bougé: ils s'étaient posés sur elle. En voyant cela, Gillian comprit qu'elle avait réussi là où le psychiatre avait échoué ces trois dernières semaines. Elle n'en tira aucune gloire : il allait lui falloir affronter une dernière fois le passé immuable.

– Je ne comprenais pas, dit Gillian d'une voix brisée. Je n'avais que quatre ou cinq ans. Tu n'étais même pas née à l'époque. Il me disait que c'était... particulier. Que c'était une espèce d'amitié qui liait les pères à leurs filles. Comme Loth.

– Oh non, murmura Jonah.

– Est-ce qu'il te lisait la Bible, Bobby ? A moi, il me la lisait. Il venait la nuit, s'asseyait sur mon lit et me lisait la Bible. Et pendant qu'il lisait, ...

– Non, non, non!

– ... il glissait la main sous les couvertures. « Tu aimes ça, Gilly ? » me demandait-il. « Ça te fait plaisir ? Ça fait très plaisir à papa. C'est si agréable. Si doux. Tu aimes ça, Gilly ? »

Jonah se martela le front du poing droit, le bras gauche crispé contre son torse.

– Je vous en prie, gémit-il.

– Je ne savais pas, Bobby. Je ne comprenais pas. Je n'avais que cinq ans et la pièce était plongée dans l'obscurité. « Retourne-toi, » disait-il. « Papa va te frotter le dos. Tu aimes ça ? Où est-ce que ça te plaît le plus ? Là, Gilly ? C'est bien, là ? » Et puis il prenait ma main. « Papa, c'est là qu'il aime, lui, Gilly. Frotte papa. »

– Et maman, où était-elle ? s'enquit le médecin.

– Maman dormait. Ou elle était dans sa chambre. Ou elle lisait. Mais ça n'avait pas vraiment d'importance parce que c'était... spécial. C'était quelque chose que les pères partageaient avec leurs filles. Maman ne devait pas savoir. Maman ne comprendrait pas. Elle ne lisait pas la Bible avec nous, aussi elle ne comprendrait pas. Et puis elle est partie. J'avais huit ans.

– Comme ça, vous avez été tranquille.

Gillian secoua la tête. Ses yeux étaient écarquillés, secs.

– Oh non, dit-elle d'une petite voix déchirée. Parce que j'ai pris la place de maman.

A ses mots, un cri s'échappa des lèvres de Jonah Clarence. Lady Helen se tourna immédiatement vers Lynley et posa sa main sur la sienne. Il lui serra étroitement les doigts.

– Papa a accroché toutes ses photos dans le salon afin que je puisse la voir tous les jours. « Maman est partie, » disait-il et il m'obligeait à les regarder afin que je voie comme elle était jolie et que je comprenne que j'avais commis une faute en venant au monde, parce que ça l'avait poussée à s'en aller. « Maman savait combien papa t'aimait, Gilly, alors elle est partie. C'est toi qui dois faire la maman maintenant. » Je ne savais pas ce qu'il voulait dire. Alors il m'a montré. Il lisait la Bible, il priait et il me montrait. Mais j'étais trop petite pour être une vraie maman. Alors il... je faisais d'autres choses. Il m'apprenait. Et je... j'étais une élève très douée.

— Vous vouliez lui faire plaisir. C'était votre père. Il était tout ce que vous aviez.

— Je voulais qu'il m'aime. Il disait qu'il m'aimait quand je... quand nous... « Papa aime bien dans ta bouche, Gilly. » Et après, nous priions. Nous priions toujours. Je pensais que Dieu me pardonnerait d'avoir fait partir maman si je devenais une bonne maman pour papa. Mais Dieu ne m'a jamais pardonné. Il n'existe pas.

Jonah posa la tête sur la table, au creux de ses bras, et se mit à pleurer.

Gillian finit par regarder de nouveau sa sœur. Les yeux de Roberta étaient braqués sur elle, son visage toujours inexpressif. Elle avait cessé de se balancer.

— Alors j'ai fait des choses, Bobby, des choses que je ne comprenais pas parce que maman était partie et que j'avais besoin... que je voulais que ma maman revienne. Et je croyais que la seule façon de la faire revenir, c'était de devenir maman moi-même.

— Et c'est ce que vous avez fait quand vous avez eu seize ans ? s'enquit doucement le Dr Samuels.

— Il est venu dans ma chambre ce soir-là. Il était tard. Il m'a dit qu'il était temps de devenir vraiment la fille de Loth, comme dans la Bible, et il a enlevé ses vêtements.

— Ça ne lui était jamais arrivé auparavant ?

— Jamais tous ses vêtements. Pas comme ça. Je croyais qu'il voulait... ce que je faisais d'habitude... Mais non. Il... m'a écarté les jambes et... « Tu es... Tu m'empêches de respirer, papa. Tu es trop lourd. S'il te plaît, non. J'ai peur. Oh, ça fait mal, ça fait mal ! »

Jonah Clarence se mit debout, raclant sa chaise furieusement contre le linoléum. Il se dirigea en titubant vers la fenêtre.

— Rien de tout cela n'est arrivé ! s'écria-t-il devant la vitre. C'est impossible ! Ça n'est pas arrivé ! Tu es ma femme !

— Mais il m'a mis la main sur la bouche. « On ne peut pas réveiller Bobby, ma chérie. C'est toi que papa préfère. Laisse-moi te montrer, Gilly. Laisse-moi entrer. Fais comme maman. Comme une vraie maman. Laisse-moi entrer. » Et ça faisait mal. Ça faisait affreusement mal. Et je le détestais.

— Non ! hurla Jonah.

Il ouvrit à toute volée la porte dont le battant alla heurter le mur avec violence et s'enfuit du cagibi à toutes jambes.

Gillian se mit alors à pleurer.

— Je n'étais qu'une coquille vide. Je n'existais plus en tant que personne. Qu'est-ce que cela pouvait bien faire ce qu'il me faisait ? Je suis devenue ce qu'il voulait, ce que n'importe qui voulait.

274

C'est comme ça que j'ai vécu, Jonah. C'est comme ça que j'ai vécu!

— En faisant plaisir à tout le monde? s'enquit le médecin.

— Les gens adorent regarder dans les miroirs. C'est ce que j'étais, un miroir. C'est ce qu'il a fait de moi. Oh mon Dieu, comme je le détestais, comme je le haïssais!

Elle enfouit son visage dans ses mains et pleura, submergée par le chagrin, versant les larmes amères qu'elle avait retenues pendant onze interminables années. Les autres, immobiles, écoutaient ses sanglots. Après plusieurs longues et éprouvantes minutes, elle releva la tête.

— Ne le laisse pas te tuer, Bobby. Ne le laisse pas faire ça. Pour l'amour du ciel, dis-leur la vérité!

Aucune réponse. Rien. Seul le bruit insupportable du chagrin de Gillian. Roberta était immobile. Comme si elle n'avait rien entendu.

— Tommy, chuchota lady Helen. C'est insupportable. Elle a fait tout ça pour rien.

Lynley fixa la pièce voisine. Il avait la tête qui résonnait comme un tambour, la gorge douloureuse, les yeux qui piquaient. Il aurait aimé trouver William Teys, le trouver vivant, et lui arracher sauvagement les yeux. Il n'avait jamais éprouvé pareille fureur, pareil sentiment de malaise. La douleur de Gillian l'enveloppait comme une maladie.

Mais ses pleurs avaient diminué d'intensité. Elle se mit debout. Elle marcha d'un pas incertain vers la porte. Elle tendit la main vers la poignée. Elle la tourna, ouvrit. Sa présence n'avait finalement servi à rien. C'était fini.

— Est-ce qu'il t'a fait défiler toute nue, Gilly? demanda Roberta.

16

Telle une plongeuse qui se déplace dans l'eau, Gillian se détourna lentement de la porte en entendant la voix enrouée de sa sœur.

— Raconte, chuchota-t-elle.

Revenant vers sa chaise, elle l'approcha de l'autre et s'assit.

Les yeux de Roberta avec leurs paupières lourdes sous les couches de graisse étaient braqués sur sa sœur, mais ils regardaient dans le vide. Ses lèvres remuaient convulsivement. Les doigts d'une de ses mains se fermaient et s'ouvraient.

— Il y avait de la musique. Fort. Il m'enlevait mes vêtements. (La voix de la grosse fille changea radicalement, prit des intonations insinuantes et persuasives, affreusement masculines :) *Bébé joli. Bébé joli. C'est le moment de défiler, bébé joli. C'est le moment de défiler devant papa.* Et il... il l'avait dans sa main... *Regarde ce que fait papa pendant que tu défiles, bébé joli.*

— J'avais laissé la clé exprès pour toi, Bobby, murmura Gillian d'une voix brisée. Quand il s'est endormi cette nuit-là dans mon lit, je suis allée dans sa chambre et j'ai trouvé la clé. Qu'est-il arrivé à cette clé ? Je l'avais laissée exprès pour toi.

Roberta se débattait avec des faits enfouis depuis des années sous ses terreurs enfantines.

— Je... je ne savais pas. J'ai fermé la porte à clé. Mais tu ne m'as pas expliqué pourquoi il fallait que je ferme à clé. Tu ne m'as jamais dit que je devais garder la clé.

— Oh Seigneur, souffla Gillian. Tu veux dire que tu as fermé la porte cette nuit-là mais que tu as laissé la clé sur la serrure pendant la journée ? Bobby, c'est ça que tu veux dire ?

Roberta mit un bras sur son visage humide. En guise de bouclier. Et de derrière son bras, elle opina. Son corps lourd fut secoué d'un sanglot étouffé.

– Je ne savais pas.

– Alors il l'a trouvée et il l'a emportée.

– Il l'a mise dans son armoire. C'est là que se trouvaient toutes les autres. L'armoire était fermée à clé. Je ne pouvais pas la prendre. *Tu n'as pas besoin de clés, bébé joli. Bébé joli, défile devant papa.*

– Quand te faisait-il défiler ?

– La nuit, le jour. *Viens ici, bébé joli. Papa va t'aider à défiler.*

– Comment ?

Roberta abaissa son bras. Son visage se ferma. Avec ses doigts elle se mit à tirer sur sa lèvre inférieure.

– Comment, Bobby ? insista Gillian. Dis-moi ce qu'il faisait.

– J'aime papa. J'aime papa.

– Ne dis pas ça ! (Tendant la main, elle attrapa sa sœur par le bras.) Dis-moi ce qu'il te faisait !

– J'aime. J'aime papa.

– Ne dis pas ça ! C'était un monstre !

Roberta se recroquevilla.

– Non. C'était moi le monstre.

– Comment ça ?

– Ce que je lui faisais... Il ne pouvait pas s'empêcher... il priait et priait, et il ne pouvait s'empêcher... Tu n'étais pas là... *Gilly savait ce que je voulais. Gilly savait s'occuper de moi. Tu n'es bonne à rien, bébé joli. Marche devant papa. Passe sur papa.*

– Passe *sur* papa ? hoqueta Gillian.

– Arrête-toi maintenant. Monte et descends. Là, reste là. *C'est bien, bébé joli. Papa grossit entre tes jambes.*

– Bobby, Bobby. (Gillian détourna la tête.) Quel âge avais-tu ?

– Huit ans. *Mmmmmm. Papa aime te sentir partout. Il aime sentir, sentir, sentir.*

– Tu n'en as parlé à personne ? N'y avait-il personne à qui tu aurais pu te confier ?

– Miss Fitzalan. Je lui en ai parlé. Mais elle n'a pas... elle n'a pas pu...

– Elle n'a rien fait ? Elle ne t'a pas aidée ?

– Elle n'a pas compris. Je lui ai parlé de Moustache... de sa tête quand il se frottait contre moi. Elle n'a pas compris. *Tu as parlé, bébé joli ? Tu as essayé de dénoncer papa ?*

– Seigneur, elle est allée le trouver ?

– *Gilly, elle, n'a jamais rien dit. Gilly n'a jamais rapporté. C'est très mal, bébé joli. Papa va te punir.*

– Comment ?

Roberta ne répondit pas. Elle recommença à se balancer, replongeant dans le silence où elle s'était si longtemps réfugiée.

– Tu n'avais que huit ans ! (Gillian se mit à pleurer.) Bobby, je suis désolée! Je ne savais pas! Je ne croyais pas qu'il le ferait. Tu ne me ressemblais pas. Tu ne ressemblais pas à maman.

— Il a fait mal à Bobby au mauvais endroit. Pas comme Gilly. Pas comme Gilly.

— Pas comme Gilly?

— *Retourne-toi, bébé joli. Papa va te punir.*

— Oh, Seigneur! (Gillian tomba à genoux, prit sa sœur dans ses bras. Elle sanglotait contre sa poitrine, mais Roberta restait sans réaction. Ses bras pendaient mollement à ses côtés, son corps se raidit comme si sentir sa sœur si près d'elle lui faisait peur ou la dégoûtait.) Pourquoi n'es-tu pas venue à Harrogate? N'as-tu pas lu le message? Pourquoi n'es-tu pas venue? Je croyais que tu allais bien! Je croyais qu'il te laissait tranquille! Pourquoi n'es-tu pas venue?

— Bobby est morte. Bobby est morte.

— Ne dis pas ça! Tu es vivante. Ne le laisse pas te tuer maintenant!

Roberta recula, se dégagea d'une poussée furieuse.

— Papa jamais tuer, papa jamais tuer, papa jamais tuer! lança-t-elle d'une voix rendue perçante par la panique.

Le psychiatre se pencha sur sa chaise.

— Tuer quoi, Roberta? s'enquit-il vivement. (Exploitant son avantage, il enchaîna:) Qu'est-ce que papa n'a jamais tué?

— Le bébé. Papa n'a pas tué le bébé.

— Qu'a-t-il fait?

— Il m'a trouvée dans l'étable. Il a pleuré. Il a prié et pleuré.

— C'est là que vous avez eu le bébé, Roberta? Dans l'étable?

— Personne ne se doutait. Grosse et laide. Personne ne se doutait.

Emplis d'horreur, les yeux de Gillian étaient fixés non sur le visage de sa sœur, mais sur le psychiatre. Une main sur la bouche, elle se balançait sur ses talons, se mordant les doigts comme pour s'empêcher de crier.

— Tu étais enceinte? Bobby! Il ne savait pas que tu étais enceinte?

— Personne le savait. J'étais pas comme Gilly. Grosse et laide. Personne ne se doutait.

— Qu'est-il arrivé au bébé?

— Bobby est morte.

— Qu'est-il arrivé au bébé?

— Bobby est morte.

— Qu'est-il arrivé au bébé!

La voix de Gillian fusa, se fit cri.

— Vous avez tué le bébé, Roberta? s'enquit le Dr Samuels.

Rien. Elle commença à se balancer d'un mouvement rapide, comme replongeant dans la folie.

Gillian la regardait, regardait la panique qui la poussait à agir et l'armure inattaquable de la psychose qui la protégeait. Et soudain elle comprit.

— Papa a tué le bébé, déclara-t-elle d'une voix morne. Il t'a trouvée dans l'étable, il a pleuré, prié, il a lu la Bible et après ça il a tué le bébé. (Elle toucha les cheveux de sa sœur.) Qu'en a-t-il fait ?

— Je sais pas.

— L'as-tu seulement vu ?

— Je l'ai jamais vu. Fille, garçon, je sais pas.

— C'est pour cela que tu n'es pas venue me retrouver à Harrogate ? Tu étais enceinte ?

Le balancement s'arrêta, ce qui équivalait à une affirmation.

— Le bébé est mort. Bobby est morte. Ça n'avait pas d'importance. *Papa désolé, bébé joli. Papa te fera plus jamais mal. Bébé joli, marche devant papa. Papa te fera plus jamais mal.*

— Il n'a plus jamais eu de rapports avec vous, Roberta ? demanda le médecin. Mais pour le reste, tout continua comme avant ?

— *Bébé joli, défile devant papa.*

— Vous défiliez devant papa, Roberta ? poursuivit le psychiatre. Après le bébé, vous avez continué à marcher devant lui ?

— Je défilais pour papa. Il fallait que je défile.

— Pourquoi ? Pourquoi le fallait-il ?

Elle jeta un regard furtif autour d'elle, un curieux sourire de satisfaction dansant sur ses traits. Et elle recommença à se balancer.

— Papa heureux.

— C'était important que papa soit heureux, fit le Dr Samuels, pensif.

— Oui, oui. *Très* heureux. Papa heureux ne touche pas... (Elle n'acheva pas, se balançant de plus belle.)

— Non, Bobby, dit Gillian. Ne t'en va pas. Tu ne dois pas partir maintenant. Tu as défilé devant papa pour qu'il soit heureux et ne touche pas à quelqu'un d'autre. Qui ?

Dans le cagibi sombre, la vérité éclata aux yeux de Lynley, lui transperçant le cœur comme un éclair fulgurant. Il y avait un certain temps qu'il savait. Une petite fille de neuf ans à qui on enseignait la Bible, à qui on lisait l'Ancien Testament, qui apprenait les leçons des filles de Loth.

— *Bridie* ! s'exclama-t-il sauvagement, comprenant tout, enfin.

Il aurait pu raconter la suite de l'histoire, mais il laissa la pauvre âme torturée se libérer toute seule.

— Papa voulait Gilly, pas une grosse vache comme Roberta.

— Votre père voulait une petite fille, c'est ça ? s'enquit le

Dr Samuels. Il lui fallait un corps d'enfant pour le stimuler. Comme celui de Gillian. Comme celui de votre mère.

— Trouvé un enfant.

— Et que s'est-il passé ?

Roberta serra la mâchoire comme pour s'empêcher de parler. Ses lèvres fendillées étaient tachées de sang. Elle poussa un cri déchirant et un flot de paroles s'échappa comme malgré elle de sa bouche. « Pharaon lui passa au cou le collier d'or, le revêtit d'habits de lin fin et l'établit sur tout le pays d'Égypte. Ses frères rendirent visite à Joseph et Joseph leur dit : " Dieu m'a envoyé sauver la vie à nombre d'entre vous. " »

Gillian réussit à parler à travers ses larmes.

— La Bible t'a guidée comme elle guidait papa.

— Se vêtir de lin, porter une chaîne.

— Que s'est-il passé ?

— Je l'ai fait venir dans l'étable.

— Comment ? fit le Dr Samuels à voix basse.

Le visage de Roberta frissonna. Ses yeux s'emplirent de larmes qui se mirent à ruisseler sur ses joues couvertes d'acné.

— J'ai essayé à deux reprises. Ça n'a pas marché. Alors... Moustache, répondit-elle.

— Vous avez tué Moustache pour attirer votre père dans l'étable ? fit le médecin.

— Moustache ne savait pas. Je lui ai donné des pilules. Les pilules de papa. Il dormait. Je lui ai tranché... tranché la gorge. J'ai appelé papa. Papa est arrivé en courant. Il s'est agenouillé à côté de Moustache.

Elle commença à se balancer furieusement, les bras autour de son corps soufflé, accompagnant le mouvement d'un chantonnement bas à bouche fermée. Manifestement, elle battait en retraite.

— Et alors, Roberta ? insista le psychiatre. Vous pouvez bien aller jusqu'au bout, non ? Avec Gillian qui est ici ?

Balancement. Balancement. Sauvage et furieux. Aveugle et déterminé. Les yeux braqués sur le mur.

— J'aime papa. J'aime papa. Me souviens pas. *Me souviens pas.*

— Mais si, vous vous souvenez, fit le psychiatre d'une voix douce mais impitoyable. La Bible vous a dit ce qu'il fallait faire. Si vous n'aviez pas agi, votre père aurait fait à cette petite fille toutes les choses qu'il vous avait faites, à Gillian et à vous, pendant toutes ces années. Il l'aurait tripotée. Il l'aurait sodomisée. Il l'aurait violée. Mais vous l'en avez empêché, Roberta. Vous avez sauvé cette enfant. Vous avez revêtu une robe de lin. Vous vous êtes passé une chaîne en or autour du cou. Vous avez tué le chien. Vous avez appelé votre père pour qu'il vienne dans l'étable. Il est arrivé en courant, n'est-ce pas ? Il s'est agenouillé et...

Roberta se leva d'un bond, s'empara de sa chaise et la lança de toutes ses forces à travers la pièce. La chaise alla s'écraser contre le classeur métallique. Roberta se précipita, la ramassa et la jeta avec une violence inouïe contre le mur cette fois. Puis elle s'effondra sur le classeur et se mit à hurler.

– Je lui ai coupé la tête! Il s'était mis à genoux. Il s'était pencher pour ramasser Moustache. Et je lui ai tranché la tête! Je l'ai fait et ça m'est égal! Je voulais qu'il meure! Je ne voulais pas le laisser toucher à Bridie! Il en avait envie. Il lui faisait la lecture comme il me l'avait faite à moi. Il lui parlait comme il m'avait parlé. Il allait la tripoter! Je le voyais bien! Je l'ai tué! Je l'ai tué et je m'en moque! Je ne regrette rien! Il méritait de mourir! (Se laissant tomber sur le sol, elle se mit à pleurer dans ses mains, de grosses mains grises semblables à de la pâte, qui couvraient son visage mais le pinçaient et le brutalisaient en même temps qu'elles le protégeaient.) J'ai vu sa tête par terre. Et ça ne m'a rien fait. Et le rat est sorti de je ne sais où. Et il a reniflé le sang. Et il s'est mis à lui ronger la cervelle et ça ne m'a rien fait!

Avec un cri étranglé, le sergent Havers sauta sur ses pieds et sortit du cagibi en titubant.

**

Barbara entra en trombe dans les toilettes, s'engouffra dans une cabine et se mit à vomir. La pièce tournait autour d'elle. Elle était en feu et pensa qu'elle allait tourner de l'œil. Toutefois, au lieu de s'évanouir, elle continua à rendre. Tout en vomissant – péniblement, spasmodiquement – elle savait que ce qu'elle expulsait de son corps, c'était la masse bourbeuse de son propre désespoir.

Cramponnée à la cuvette de porcelaine, elle parvint à inspirer une bolée d'air purificatrice et se remit à vomir. C'était à croire qu'elle n'avait jamais vu la vie clairement avant les deux dernières heures et que, soudain confrontée à sa laideur, elle éprouvait le besoin de la fuir, de l'évacuer de son système.

Dans le cagibi sombre et étouffant, les voix avaient résonné impitoyablement à ses oreilles. Non seulement les voix des deux sœurs qui avaient traversé ce cauchemar, mais les voix de son propre passé et du cauchemar qu'elle vivait encore. C'en était trop. Elle ne pouvait plus continuer de vivre comme ça, elle ne pouvait plus supporter ça.

Je ne peux pas, sanglota-t-elle intérieurement. Tony, je ne peux plus! Que Dieu me pardonne, je ne peux pas!

Des pas résonnèrent dans les lavabos. Barbara lutta pour se ressaisir mais le malaise persistant, elle comprit qu'il lui faudrait subir encore une humiliation : celle d'être malade comme un chien devant l'efficace, l'élégante lady Helen Clyde.

Elle entendit quelqu'un tourner un robinet. Des pas encore. La porte de la cabine s'ouvrit et on lui appuya contre la nuque un chiffon humide qu'on plia et qu'on passa ensuite sur ses joues brûlantes.

– Je vous en prie. Non! Allez-vous-en! (Elle fut de nouveau malade et, comble de l'ignominie, se mit à pleurer.) Je ne peux pas! sanglota-t-elle. Je ne peux pas! Je vous en prie. S'il vous plaît! Laissez-moi seule!

Une main fraîche lui ramena les cheveux en arrière, lui soutenant le front.

– La vie est une vacherie, Barb. Et le plus moche, c'est que ça ne s'arrange jamais vraiment, fit la voix de Lynley.

Horrifiée, elle pivota. C'était bien Lynley.

Il avait dans les yeux la compassion qu'elle y avait vue précédemment : dans sa façon de traiter Roberta, dans sa conversation avec Bridie, dans sa façon de questionner Tessa. Et soudain elle comprit ce que Webberly avait en tête lorsqu'il lui avait dit qu'elle pourrait apprendre beaucoup de choses en travaillant avec Lynley – la source de sa force, ce noyau qu'elle connaissait si bien, n'était rien d'autre qu'un immense courage personnel. Ce fut cette compassion tranquille, et rien d'autre, qui eut finalement raison d'elle.

– Comment a-t-il pu faire une chose pareille? sanglota-t-elle. Quand on a un enfant, c'est pour l'aimer, pas pour lui faire du mal. Pas pour le laisser mourir. Jamais pour le laisser mourir! Or c'est ce qu'ils ont fait! (Sa voix dérapa dans l'hystérie. Pendant tout ce temps, les yeux sombres de Lynley étaient fixés sur son visage.) Je hais... Je ne peux pas... Ils étaient censés être là. C'était leur fils! Ils étaient censés l'aimer mais ils ne l'ont pas fait. Il est resté malade quatre ans, et la dernière année, il l'a passée à l'hôpital. Ils n'allaient même pas le voir! Ils disaient qu'ils ne pouvaient pas le supporter, que ça leur faisait trop mal. Mais j'y suis allée, moi. J'y allais tous les jours. Et tous les jours il les réclamait. Il me demandait pourquoi papa et maman n'allaient pas lui rendre visite. Et je mentais. J'y allais tous les jours et je mentais. Et quand il est mort, il était seul. J'étais à l'école. Je ne suis pas arrivée à temps. C'était mon petit frère! Il n'avait que dix ans! Et tous, tous, nous l'avons laissé mourir seul.

– Je suis navré, dit Lynley.

– Je me suis juré que jamais je ne les laisserais oublier ce qu'ils avaient fait. J'ai demandé ses bulletins scolaires à ses professeurs. J'ai encadré son certificat de décès. J'ai dressé l'autel. Je les ai obligés à rester à la maison. J'ai fermé les portes et les fenêtres. Et chaque jour que Dieu faisait, je m'assurais qu'ils ne pouvaient faire autrement que de rester assis là, à regarder Tony. Je les ai rendus fous! Je l'ai voulu! Je les ai détruits. Je me suis détruite moi-même!

Posant sa tête sur la cuvette, elle pleura. Elle pleurait pour la haine qui avait empli sa vie, pour le sentiment de culpabilité et la jalousie qui avaient été ses compagnons, pour la solitude qu'elle avait fait fondre sur elle-même, pour le mépris qu'elle avait voué aux autres et le dégoût qu'ils lui avaient inspiré.

A la fin, lorsque Lynley la prit dans ses bras sans un mot, elle pleura contre sa poitrine, regrettant plus que tout la mort de l'amitié qui aurait pu naître entre eux.

***

Par les fenêtres du bureau impeccablement rangé du Dr Samuels, ils apercevaient la roseraie organisée en parterres et terrasses successives. Les plantes étaient regroupées par couleur et par variété. Quelques buissons portaient encore des fleurs malgré l'époque tardive, les nuits froides, la gelée matinale. Bientôt, cependant, les fleurs mourraient. Les jardiniers couperaient les arbustes pour préparer la lente traversée de l'hiver. Mais ils renaîtraient au printemps, et le cycle de la vie continuerait.

Ils regardèrent le petit groupe se promener dans les allées de gravier au milieu des fleurs. On eût dit une étude de contraires : Gillian et sa sœur, lady Helen et le sergent Havers, et loin derrière, les deux infirmières, leurs formes dissimulées sous les longues capes qu'elles portaient en cet après-midi venteux.

Lynley se détourna et vit que le Dr Samuels l'observait pensivement de derrière son bureau, son visage intelligent dénué d'expression.

— Vous saviez qu'elle avait eu un bébé, dit Lynley. Grâce à la visite médicale qu'elle a passée à son arrivée ici.

— Oui.

— Pourquoi ne pas m'en avoir parlé ?

— Je n'avais pas confiance en vous, répondit Samuels. A ce moment-là, le lien – même ténu – que je pouvais tisser avec Roberta en gardant ce détail pour moi me paraissait trop important pour que je partage le renseignement avec vous et coure le risque que vous le lui lâchiez en pleine figure. (Il rectifia :) C'était confidentiel, après tout.

— Que va-t-il leur arriver ? s'enquit Lynley.

— Elles survivront.

— Comment le savez-vous ?

— Elles commencent à comprendre qu'elles ont été ses victimes. C'est la première étape. (Samuels ôta ses lunettes et les essuya avec la doublure de sa veste. Son visage mince était fatigué. Pour lui, c'était une vieille histoire, sans cesse recommencée.)

– Je n'arrive pas à comprendre comment elles ont réussi à survivre aussi longtemps.

– Elles se sont débrouillées.

– Comment ?

Le médecin accorda un dernier regard à ses lunettes et les remit sur son nez, les ajustant soigneusement. Il les portait depuis des années et elles avaient fini par creuser des sillons de part et d'autre de l'arête du nez.

– Gillian s'en est sortie en recourant à la dissociation mentale, en faisant exploser son moi de façon à faire semblant d'avoir ou d'être ce qu'elle ne pouvait pas vraiment avoir ou être.

– Par exemple ?

– Des sentiments normaux, pour commencer. Des relations normales. C'est ce qu'elle appelait être un miroir, se contenter de réfléchir la conduite de son entourage. C'est une réaction de défense. Cela l'empêchait d'éprouver quoi que ce soit à l'égard de ce qui lui arrivait.

– Comment cela ?

– Elle n'était pas une « vraie personne », aussi rien de ce que son père faisait ne pouvait la toucher ou l'atteindre réellement.

– Il n'y a pas deux personnes qui l'ont décrite de la même façon dans le village.

– Oui. Gillian, tel un miroir, leur renvoyait l'image qu'ils se faisaient d'elle. Poussée à l'extrême, cette attitude conduit au dédoublement de la personnalité. Mais il semble qu'elle ait réussi à ne pas en arriver là. En soi, c'est remarquable, surtout si l'on songe à tout ce qu'elle a traversé.

– Et Roberta ?

Le psychiatre fronça les sourcils.

– Elle ne s'en est pas aussi bien sortie que Gillian, reconnut-il.

Lynley jeta un dernier coup d'œil par la fenêtre et retourna vers son siège, un fauteuil au capiton usé où avaient dû s'asseoir des centaines d'âmes tourmentées.

– Est-ce pour cela qu'elle était boulimique ?

– Pour fuir ? Non, je ne crois pas. Je dirais plutôt que c'était un acte d'autodestruction.

– Je ne comprends pas.

– L'enfant qui subit des sévices sexuels a l'impression qu'il a fait quelque chose de mal et qu'on le punit. Il se peut que Roberta ait mangé parce que les sévices l'amenaient à se mépriser et que détruire son corps ait été une façon de se châtier. C'est une explication.

Le médecin parut hésiter.

– Il y en a une autre ?

– Difficile à dire. Peut-être a-t-elle essayé de mettre un terme à ce viol de la seule façon qu'elle a jugée possible. A moins de se suicider, quelle meilleure manière de détruire son corps que de se rendre aussi différente que possible de Gilly ? Ainsi, son père n'aurait plus voulu d'elle sexuellement.

– Mais ça n'a pas marché.

– Malheureusement, non. Il s'est tourné vers diverses formes de perversion pour se stimuler, en entraînant sa fille avec lui. De quoi satisfaire sa volonté de puissance.

– J'éprouve une furieuse envie d'étriper Teys, dit Lynley.

– C'est un besoin que j'éprouve moi aussi tout le temps.

– Comment peut-on... Je ne comprends pas.

– C'est une déviation, une maladie. Teys éprouvait une attirance sexuelle pour les enfants. Son mariage avec une fille de seize ans – qui était une adolescente immature et non une femme aux formes épanouies – aurait dû attirer l'attention du premier observateur un peu averti. Mais il réussit remarquablement bien à tout dissimuler sous sa dévotion et son comportement de père solide et aimant. C'est une attitude caractéristique, inspecteur Lynley, tout à fait caractéristique.

– Mais personne ne s'est jamais douté de rien ? J'ai du mal à le croire.

– Si on examine bien la situation, c'est facile à croire. Teys projetait une image de réussite dans son entourage. Dans le même temps, ses filles étaient condamnées au secret et à l'autopunition. Persuadée qu'elle était responsable du départ de sa mère, Gillian – pour réparer – servait de « maman » à Teys, selon le mot de celui-ci. Roberta, elle, était convaincue que Gillian avait comblé son père et qu'elle était censée faire de même. Teys leur avait enseigné à toutes deux – d'après des morceaux soigneusement choisis de la Bible qu'il interprétait à sa façon – que ce qu'elles faisaient était non seulement juste, mais que c'était leur devoir de fille tel qu'il était prescrit par Dieu.

– Ça me donne envie de vomir.

– C'est répugnant, en effet. C'était un malade. Voyez plutôt : il choisit une enfant pour femme. Ainsi, il ne risque rien. Il se sentait menacé par le monde adulte et, dans la personne de cette adolescente de seize ans, il voyait une partenaire capable de le stimuler sexuellement grâce à son corps enfantin et en même temps le moyen d'assouvir son besoin de respectabilité par le mariage.

– Pourquoi s'en être pris à ses filles, alors ?

– Lorsque Tessa – sa femme-enfant – mit un bébé au monde, Teys eut l'effrayante, l'irréfutable preuve que la créature qui avait éveillé ses sens et dont le corps avait été une telle source de gratification pour lui n'était pas du tout une enfant mais une femme. Or il percevait les femmes comme une menace, ces femmes qui étaient l'émanation d'un monde adulte qu'il redoutait.

– Tessa nous a dit qu'il avait cessé de dormir avec elle.

– Je n'en doute pas. S'il avait couché avec elle et qu'il n'ait pas réussi à s'acquitter du devoir conjugal, jugez de son humiliation. Pourquoi risquer d'aller au-devant d'un échec pareil alors qu'il avait chez lui un tout petit enfant sans défense dont il pouvait tirer un immense plaisir et une immense satisfaction ?

Lynley sentit sa gorge se serrer.

– *Un tout petit enfant ?* murmura-t-il. Vous voulez dire...

Devant la réaction de Lynley, le Dr Samuels hocha tristement la tête : il partageait son indignation, il y avait des années qu'il l'éprouvait.

– Il a dû commencer à abuser de Gillian dans sa petite enfance. Le premier incident dont elle se souvienne remonte à sa quatrième ou à sa cinquième année mais il est peu probable que Teys ait attendu tout ce temps, à moins que sa religion ne l'ait aidé à refouler ses pulsions pendant toutes ces années. C'est possible.

Sa religion. Les pièces du puzzle se mettaient en place les unes après les autres. Mais plus le processus avançait, plus Lynley éprouvait le besoin de donner libre cours à la colère qui grondait en lui. Il s'efforça de se contrôler.

– Elle comparaîtra devant la justice.

– Un jour ou l'autre, oui. Roberta finira par se rétablir. Elle sera déclarée apte à comparaître devant un tribunal. (Le médecin se tourna pour observer le petit groupe dans le jardin.) Mais vous savez comme moi, inspecteur, qu'aucun jury au monde ne la condamnera lorsque la vérité éclatera. C'est peut-être ce genre de choses qui nous permet de croire à l'existence d'une forme de justice, après tout.

* *
*

Les arbres qui dominaient Sainte-Catherine jetaient des ombres longues sur l'édifice de sorte que, bien qu'il fît encore jour dehors, l'intérieur de l'église était plongé dans l'obscurité. Les rouges profonds des vitraux déversaient des flaques de lumière sanglante qui se fanaient lentement sur le carrelage fendillé, les cierges tremblotaient au pied des statues qui le regardaient remonter la travée centrale. L'air était lourd et mort. Tandis qu'il se dirigeait vers le confessionnal élisabéthain, Lynley frissonna.

Il ouvrit la porte, entra dans le réduit, s'agenouilla et attendit. L'obscurité était complète, le calme absolu. Ambiance idéale pour méditer sur ses péchés, songea Lynley.

Une grille grinça dans le noir. Une voix douce murmura des incantations à l'adresse d'un dieu absent. Puis :

– Oui, mon enfant ?

A la dernière minute, il se demanda s'il allait y parvenir. Mais il retrouva sa voix.

— Il est venu vous trouver ici même, dit Lynley. C'est là qu'il a confessé ses péchés. L'avez-vous absous, mon père ? Avez-vous, à l'aide de quelque signe cabalistique, fait comprendre à William Teys qu'il était libre d'abuser de ses enfants ? Que lui avez-vous dit ? Lui avez-vous donné votre bénédiction ? L'avez-vous renvoyé du confessionnal, l'âme purifiée, afin qu'il rentre chez lui et recommence ? Est-ce ainsi que cela se passait ?

Seule une respiration sifflante et rapide lui indiqua qu'il y avait bien un être humain assis de l'autre côté de la grille.

— Et Gillian, est-ce qu'elle se confessait ? Ou est-ce qu'elle avait trop peur ? Lui avez-vous parlé de ce que son père lui faisait subir ? Avez-vous essayé de l'aider ?

— Je... (La voix avait l'air de venir de très loin.) Comprendre et pardonner.

— C'est ce que vous lui avez dit ? Comprendre ? Pardonner ? Et Roberta ? Était-elle censée comprendre et pardonner, elle aussi ? Est-ce qu'une fille de seize ans était censée accepter que son père la viole, lui fasse un enfant qu'il irait ensuite assassiner ? Ou était-ce une idée à vous, père Hart ?

— Je n'étais pas au courant de l'existence du bébé. Je n'étais pas au courant. Je n'étais pas au courant! fit-il, frénétique.

— Mais vous avez compris quand vous avez trouvé le corps dans l'abbaye. Vous avez compris. Vous avez choisi *Périclès*, père Hart. Vous saviez bigrement bien à quoi vous en tenir!

— Cela, il ne l'a jamais confessé. Jamais!

— Et qu'auriez-vous fait s'il l'avait fait ? Quelle pénitence lui auriez-vous imposée pour le meurtre de son enfant ? Car c'était un meurtre. Vous savez que c'était un meurtre.

— Non. Non!

— William Teys porta l'enfant de Gembler Farm à l'abbaye. Il ne pouvait l'envelopper dans une couverture, car on en aurait retrouvé la provenance. Aussi l'emporta-t-il nu. Et le bébé mourut. En le voyant, vous avez tout de suite compris à qui était ce bébé, comment il était arrivé là-bas. Vous avez choisi une citation de *Périclès* pour épitaphe. *Le meurtre suit la luxure, comme la fumée la flamme.* Vous aviez tout compris.

— Il a dit... Après ça... il a juré qu'il était guéri.

— Guéri ? Il aurait miraculeusement guéri d'une perversion sexuelle à la suite de la mort de son enfant nouveau-né ? C'est ce que vous vous êtes dit ? C'est ce que vous vouliez vous faire croire ? Il était guéri, c'est sûr. Seulement guérir pour lui, c'était cesser de violer Roberta. Mais écoutez-moi, mon père, parce que cela vous l'avez sur la conscience : pour le reste, tout continua comme avant.

– Non!

– Vous savez que c'est vrai. C'était comme une drogue pour lui. Le seul problème, c'est qu'il avait besoin de chair fraîche. Il lui fallait Bridie. Et vous alliez laisser faire.

– Il m'avait juré...

– Juré? Sur quoi? Sur la Bible dont il se servait pour faire croire à Gillian qu'elle devait se donner à son père? C'est sur ça qu'il avait juré?

– Il avait cessé de se confesser. Je ne savais pas. Je...

– Vous saviez. Dès l'instant où il s'est attaqué à Bridie, vous avez su. Et lorsque vous êtes allé à la ferme et que vous avez vu ce que Roberta avait fait, la vérité vous a sauté aux yeux, n'est-ce pas?

Il y eut un sanglot étouffé. Puis une mélopée de chagrin qui s'éleva comme les gémissements de Jacob et s'acheva sur trois mots à peine compréhensibles. *Mea... mea culpa!*

– Oui, siffla Lynley. Tout ça est votre faute, mon père.

– Je ne pouvais pas... Le silence du confessionnal. C'est un serment sacré.

– Il n'y a pas de serment qui tienne face à la vie. Il n'y a pas de serment qui tienne face à la destruction d'un enfant. Vous avez compris ça, n'est-ce pas, lorsque vous vous êtes rendu à la ferme? Vous avez compris qu'il était enfin temps de rompre le silence. Alors vous avez essuyé la hache, vous vous êtes débarrassé du couteau, et vous êtes venu à Scotland Yard. Vous saviez que la vérité éclaterait de cette façon, la vérité que vous n'aviez pas le courage de révéler.

– Oh mon Dieu, je... Comprendre et pardonner, chuchota le prêtre brisé.

– Pas pour ça. Pas pour vingt-sept ans de sévices sexuels. Pour deux vies saccagées. Pour la mort de leurs rêves. Cela ne se peut comprendre. Cela ne se peut pardonner. Pas pour ça, par Dieu, non.

Il poussa la porte du confessionnal et s'en fut.

Derrière lui, une voix plaintive s'éleva:

– Ne t'échauffe pas contre les méchants... vite comme l'herbe ils sont fanés... compte sur Yahvé... il te donnera les désirs de ton cœur... les méchants seront extirpés...

Respirant avec difficulté, Lynley ouvrit la porte de l'église et sortit dans l'air du soir.

**

Lady Helen était appuyée contre le bord d'un sarcophage moussu, regardant Gillian, qui était plantée devant la petite tombe sous les cyprès, sa tête aux cheveux blonds coupés ras penchée, en contemplation ou en prière. Elle entendit les pas de Lynley mais ne bougea pas, pas même lorsqu'il la rejoignit et qu'elle sentit la pression de son bras contre le sien.

— J'ai vu Deborah, dit-il enfin.

— Ah. (Ses yeux demeurèrent rivés sur la fragile silhouette de Gillian.) Je pensais que tu risquais de la voir, Tommy. J'espérais que non, mais je pensais que ce n'était pas impossible.

— Tu savais qu'ils étaient à Keldale. Pourquoi ne pas me l'avoir dit ?

Continuant d'éviter son regard, elle baissa les yeux l'espace d'un moment.

— Que voulais-tu que je te dise ? Nous avions dit tout ce qu'il y avait à dire. (Elle hésita, désireuse d'abandonner le sujet une fois pour toutes. Mais les longues années d'amitié partagée l'en empêchèrent.) Ç'a dû être horrible pour toi ? s'obligea-t-elle à demander.

— Au début.

— Et après ?

— Après, j'ai vu qu'elle l'aimait. Comme tu l'avais aimé jadis.

Un sourire de regret étira brièvement ses lèvres.

— Oui. Comme moi jadis.

— Où as-tu trouvé la force de laisser partir Saint James, Helen ? Comment diable as-tu survécu ?

— Oh, je me suis débrouillée. Et puis n'oublie pas que je t'avais, Tommy. Tu m'as aidée. Tu as toujours été mon ami.

— Et toi la mienne. Ma meilleure amie.

Elle rit doucement.

— C'est ce que les hommes disent de leur chien, tu sais. Je ne sais pas si je dois être flattée.

— Mais tu l'es ?

— Absolument, répondit-elle. (Se tournant alors vers lui, elle scruta son visage. La fatigue s'y lisait toujours, mais le chagrin semblait s'être atténué. La souffrance n'avait pas disparu – cela prendrait un certain temps – mais elle s'estompait, arrachant Lynley au passé.) Le plus dur est derrière toi maintenant, n'est-ce pas ?

— J'ai traversé le plus dur. En fait, je crois que je suis prêt à continuer.

Il lui toucha les cheveux et sourit.

La porte du cimetière s'ouvrit et par-dessus l'épaule de Lynley, lady Helen aperçut le sergent Havers qui entrait. Barbara ralentit momentanément l'allure en les voyant bavarder tranquillement tous les deux mais après s'être éclairci la gorge comme pour les prévenir de son arrivée, elle s'avança vers eux d'un pas décidé, en balançant les épaules.

– Vous avez un message de Webberly, dit-elle à Lynley. C'est Stepha qui l'a reçu à l'auberge.

– Un message ? De quelle nature ?

– Énigmatique, comme d'habitude. (Elle lui tendit le papier.) « Identité colle. Londres vérifie. York prévenu hier après-midi », récita-t-elle. Vous y comprenez quelque chose ?

Il relut le message, plia le bout de papier, et jeta un regard lugubre aux collines par-delà le cimetière.

– Oui, fit-il, mais les mots ne venaient pas facilement. Je comprends.

– Russell Mowrey ? s'enquit Havers. (Comme il hochait la tête, elle poursuivit :) Ainsi, il s'est rendu à Londres pour dénoncer Tessa à Scotland Yard. Comme c'est étrange. Pourquoi ne pas être allé la dénoncer à la police d'York ? Qu'est-ce que Scotland Yard pouvait bien...

– Non. Il est bien allé à Londres voir sa famille, comme Tessa le pensait. Mais il n'est pas allé plus loin que la gare de King's Cross.

– La gare de King's Cross ? reprit Havers.

– C'est là que l'Éventreur lui a mis le grappin dessus, Havers. La photo de Mowrey était punaisée au mur du bureau de Webberly.

***

Il se rendit à l'auberge seul. Il descendit Church Street, et resta un instant planté sur le pont comme il l'avait fait la nuit précédente. Le village était calme. Au moment où il jetait un dernier regard à Keldale, une porte claqua tout près. Une petite fille rousse dévala les marches de sa maison et se précipita vers un appentis. Elle disparut et émergea quelques minutes plus tard, traînant un gros sac de grain sur le sol.

– Où est Dougal ? appela-t-il.

Bridie leva les yeux. Ses cheveux bouclés retenaient le soleil, formant un contraste saisissant avec le vert vif du pull-over trois fois trop grand qu'elle portait.

– A l'intérieur. Il a mal à l'estomac aujourd'hui.

Lynley se demanda comment on diagnostiquait un mal d'estomac chez un col-vert et crut plus sage de ne pas poser la question.

– Pourquoi lui donnes-tu à manger alors ?

Elle réfléchit tout en se grattant la jambe gauche avec le pied droit.

– Maman m'a dit de lui donner à manger. Elle l'a gardé au chaud toute la journée et elle dit qu'il peut manger quelque chose maintenant.

– C'est une bonne infirmière, dis donc.

– Oui.

Elle agita une main sale dans sa direction et s'engouffra dans la maison, petit paquet de vie avec ses rêves intacts.

Il traversa le pont et entra dans l'auberge. Derrière le comptoir de la réception, Stepha se leva, les lèvres entrouvertes, prête à parler.

– C'est l'enfant d'Ezra Farmington que vous avez eu, n'est-ce pas? s'enquit-il. Ezra faisait partie du tourbillon dans lequel vous vous êtes plongée après la mort de votre frère?

– Thomas...

– N'est-ce pas?

– Oui.

– Est-ce que vous les regardez, Nigel et lui, quand ils se tourmentent à votre propos? Est-ce que cela vous amuse de voir Nigel se soûler à La Colombe, espérant vous pincer en compagnie d'Ezra chez lui de l'autre côté de la rue? Ou est-ce que vous vous tenez en dehors du conflit avec l'aide de Richard Gibson?

– Vous n'êtes pas juste.

– Vous trouvez? Savez-vous qu'Ezra ne se croit plus capable de peindre? Ça vous intéresse, Stepha? Il a détruit son travail. Les seules œuvres qu'il ait conservées sont ses toiles de vous.

– Je ne peux rien pour lui.

– Parce que vous refusez de l'aider.

– Ce n'est pas vrai.

– Vous refusez de l'aider, répéta Lynley. Pour une raison que j'ignore, il est toujours amoureux de vous. Il veut également l'enfant. Il veut savoir où il est. Il veut savoir ce que vous en avez fait, qui le garde. Vous êtes-vous seulement donné la peine de lui dire si c'était un garçon ou une fille?

Elle baissa les yeux.

– Elle... elle a été adoptée par une famille de Durham. C'était la seule solution.

– Et ce sera sa punition, je présume?

Elle releva vivement les yeux.

– Pourquoi le punirais-je?

– Vous l'avez puni d'avoir mis un terme au tourbillon. D'avoir voulu aller plus loin avec vous. D'avoir voulu prendre des risques. D'être tout ce que vous aviez peur d'être.

Elle ne répondit pas, c'était inutile. Car la réponse se lisait clairement sur son visage.

**

Elle n'avait pas voulu pousser jusqu'à la ferme. Théâtre de tant de terreurs enfantines, Gembler Farm était un endroit qu'elle voulait enfouir dans le passé. Tout ce qu'elle avait voulu voir, c'était la tombe du bébé. Cela fait, elle fut prête à partir. Les autres, ce groupe d'étrangers compréhensifs qui avaient fait irruption dans sa vie, ne lui avaient posé aucune question. Ils s'étaient contentés de la faire monter dans la grande voiture gris métallisé et de la conduire hors de Keldale.

Elle n'avait pas la moindre idée de l'endroit où ils l'emmenaient, et elle ne s'en souciait guère. Jonah était parti. Nell était morte. Et il lui restait à découvrir qui était Gillian. Elle n'était qu'une coquille vide. Il ne lui restait plus rien.

**

Lynley regarda Gillian dans le miroir. Il ne savait pas ce qui se passerait. Il n'était pas certain que c'était la chose à faire. Il suivait son instinct, un instinct aveugle qui lui répétait que du bien devait sortir, tel un phénix triomphant, des cendres de la journée.

Il savait qu'il voulait donner un sens aux événements, qu'il ne pouvait accepter l'absurdité de la mort de Russell Mowrey à King's Cross, mort reçue des mains d'un tueur inconnu. Il pestait contre cette mort, sa brutalité, sa laideur diabolique, le terrible gâchis qu'elle représentait.

Lui allait s'efforcer de donner un sens à tout cela. Il refusait d'admettre que ces vies fragmentées ne pussent d'une certaine façon se rejoindre, se retrouver par-delà le gouffre de dix-neuf années, et atteindre enfin la paix.

C'était un risque à courir. Mais cela lui était égal. Il était prêt à le prendre. Il était dix-huit heures lorsqu'il s'immobilisa devant la villa d'York.

— J'en ai pour un instant, dit-il aux autres en tendant la main vers la poignée de la portière.

Le sergent Havers lui toucha l'épaule.

— Laissez-moi faire, monsieur. S'il vous plaît.

Il hésita. Elle le regarda.

— S'il vous plaît, répéta-t-elle.

Il jeta un coup d'œil vers la porte d'entrée fermée, sachant qu'il ne pouvait décemment pas prendre la responsabilité de laisser l'affaire à la merci de l'incompétence d'Havers. Pas ici. Pas maintenant. Pas alors que l'enjeu était aussi important.

— Havers...

— J'y arriverai. Croyez-moi, je vous en prie.

Il comprit alors qu'elle remettait son avenir entre ses mains, qu'elle lui laissait le soin de décider si elle devait rester à la criminelle ou rendosser l'uniforme une fois pour toutes.

— Monsieur?

Il voulait lui refuser la permission qu'elle lui demandait, lui ordonner de rester où elle était, dans la voiture, la condamner à arpenter en tenue les trottoirs londoniens. Mais tel n'avait pas été le souhait de Webberly. Il s'en rendait compte maintenant. Tandis qu'il regardait le visage confiant et résolu d'Havers, il comprit que Barbara avait construit le bûcher funéraire elle-même et était parfaitement décidée à craquer l'allumette qui allait mettre la promesse du phénix à l'épreuve.

– Très bien, répondit-il finalement.

– Merci, monsieur.

Elle sortit de la voiture, se dirigea vers la porte et entra dans la villa. Et l'attente commença.

Il ne s'était jamais considéré comme un homme de prière, mais, assis dans la voiture au milieu de l'obscurité qui tombait et des minutes qui s'égrenaient, il comprit ce que le mot « prier » voulait dire. C'était vouloir que le mal se transforme en bien, le désespoir en espérance, que la mort devienne vie. C'était vouloir que les rêves existent et que les spectres deviennent réalité. C'était vouloir que finisse l'angoisse, vouloir que commence la joie.

Gillian remua sur le siège arrière.

– A qui cette maison...

Sa voix mourut tandis que la porte s'ouvrait à la volée et que Tessa se précipitait dehors, marquant une pause sur le seuil afin de scruter la voiture.

– Maman, souffla Gillian.

Ce fut son seul mot. Elle sortit de la voiture lentement et fixa la femme debout sur le seuil comme s'il s'agissait d'une apparition.

– Maman ?

– Gilly! Oh, mon Dieu, *Gilly*! cria Tessa en s'avançant à sa rencontre.

Il n'en fallut pas davantage à Gillian, qui gravit la pente en courant et se jeta dans les bras de sa mère. Les deux femmes entrèrent dans la maison ensemble.

Achevé d'imprimer sur les presses de

BUSSIÈRE

GROUPE CPI

à Saint-Amand-Montrond (Cher)
en mai 2002

POCKET - 12, avenue d'Italie - 75627 Paris Cedex 13
Tél. : 01-44-16-05-00

— N° d'imp. 22710. —
Dépôt légal : avril 1992.

Imprimé en France